阿拉乌戈人

上册

La Araucana

〔西〕阿隆索·德·埃尔西亚·伊·苏尼卡 著

段继承 译

商务印书馆
The Commercial Press

图书在版编目(CIP)数据

阿拉乌戈人/(西)阿隆索·德·埃尔西亚·伊·苏尼卡著；段继承译. —北京：商务印书馆，2022（2024.2 重印）
ISBN 978-7-100-21815-3

Ⅰ.①阿… Ⅱ.①阿… ②段… Ⅲ.①史诗—西班牙—16 世纪 Ⅳ.① I551.233.1

中国版本图书馆 CIP 数据核字（2022）第 212993 号

权利保留，侵权必究。

阿拉乌戈人

〔西〕阿隆索·德·埃尔西亚·伊·苏尼卡 著
段继承 译

商务印书馆出版
（北京王府井大街36号 邮政编码100710）
商务印书馆发行
北京捷迅佳彩印刷有限公司印刷
ISBN 978-7-100-21815-3

2022年12月第1版	开本 787×1092 1/32
2024年2月北京第2次印刷	印张 26¼

定价：198.00元

本书获"中拉思想文化经典互译工程"资助

Este libro fue realizado con el valioso apoyo del Ministerio de
Relaciones Exteriores de Chile,
a través de su División de las Culturas, las Artes,
el Patrimonio y Diplomacia Pública;
La Embajada de Chile en China;
y
El Ministerio de las Culturas, las Artes y el Patrimonio y la
Biblioteca Nacional de Chile.

本书的出版得到了智利外交部

文化艺术、遗产和公共外交司

智利驻华大使馆

智利文化艺术和遗产部以及智利国家图书馆的宝贵支持。

阿隆索·德·埃尔西亚·伊·苏尼卡
Alonso de Ercilla y Zúñiga
(1533—1594)

莫说事件何所终，飙升队长造极刑。
吾被无端缚广场，险被斩首示公众。
莫说长期被监禁，小题大做遭罚惩。
莫说遭受千般罪，活受比死罪孽重。

好心姑娘自天降，多亏施救保性命。
人生自古谁无死，呜呼哀哉死不瞑。
天使少女哀乞求，死里逃命劫后生。
碎首縻躯无以报，阿拉乌戈人作名。

目　录

上　册

001 / 关于史诗《阿拉乌戈人》

第一卷

献辞——敬献给神圣的天主教国王陛下
序言——致敬读者

035 / 第一歌　描述秘鲁总督辖区智利省与阿拉乌戈领地的地理位置和自然状况。描述智利土著人的风俗习惯和作战方式。大致描述西班牙人的到来与征服，以及阿拉乌戈人的反抗。

056 / 第二歌　叙述阿拉乌戈各位酋长在推举军队统领上的分歧。老酋长科罗科罗提出推举办法。土著人用欺骗的办法进入图卡贝尔堡垒。土著人与西班牙人展开战斗。

082 / 第三歌　瓦尔迪维亚带领少量西班牙人和部分印第安友军前往图卡贝尔堡垒，以示惩罚。阿拉乌戈人在关隘对瓦尔迪维亚发动袭击，将其杀死。瓦尔迪维亚的部下领略了拉乌塔罗的战斗力和勇敢精神。

108 / 第四歌　十四名西班牙骑兵按约定前往图卡贝尔堡垒与瓦尔迪维亚会合。埋伏在周围的印第安人与他们遭遇。拉乌塔罗带领援兵赶到。七名西班牙人及同来的所有印第安友军阵亡，其余人则侥幸逃生。

136 / 第五歌　长诗第五歌，讲述筋疲力尽的西班牙人和阿拉乌戈人在安达琏山谷发生激烈战斗。拉乌塔罗巧施计谋，致使西班牙人死亡过半，随同的三千名印第安人无一生还。

151 / 第六歌　双方战斗继续，阿拉乌戈人对待战败者十分残酷。除了对妇女儿童稍有怜悯之外，所有战败者均遭刀击。

166 / 第七歌　西班牙人筋疲力尽地到达康塞普西翁城。他们与敌人寡众悬殊，惨败康城。城中的老幼妇孺向圣地亚哥城撤退。描述康塞普西翁城遭受的抢掠、焚毁与破坏。

185 / 第八歌　阿拉乌戈地区众酋长和领主在阿拉乌戈山谷召开全体大会。图卡贝尔杀死普切卡克酋长。考波利坎率大军逼近建在卡乌腾山谷中的帝国城。

203 / 第九歌　庞大的阿拉乌戈军队抵达距离帝国城仅三哩的地方。但他们的意图未得到神的允许，便返回原地。西班牙人返回彭科的据点，重建康塞普西翁城。阿拉乌戈人向西班牙人发起进攻。双方展开恶战。

233 / 第十歌　　得意洋洋的阿拉乌戈人欢庆胜利,举办大型庆典活动。本地人和外乡人等参加庆典。开展各种角斗和娱乐活动。

249 / 第十一歌　长诗第十一歌,欢庆及娱乐活动宣告结束。拉乌塔罗向圣地亚哥城进发。在到达之前修建堡垒,扎下营盘并安顿军兵。西班牙人前来,双方又是一场恶战。

272 / 第十二歌　拉乌塔罗躲在堡垒中,不想继续戏弄西班牙人取胜。马尔科·贝阿兹提出建议,堂佩德罗据此预见危险的处境,拔营撤退。卡涅特侯爵来到秘鲁国王城。

298 / 第十三歌　卡涅特侯爵在秘鲁受罚。智利方面的信使前来求援。因其要求必要且合理,派出海陆两路援兵。本歌结尾时,弗朗西斯科·德·比亚格兰在印第安人引领下,袭击拉乌塔罗部队。

315 / 第十四歌　弗朗西斯科·德·比亚格兰夜袭敌营,对方毫无觉察。拂晓时分发生遭遇战,第一次短兵相接,拉乌塔罗阵亡。描述双方展开的血战。

329 / 第十五歌　长诗第十五歌,第一卷最后一歌。战斗结束,阿拉乌戈人全部阵亡,但无一人投降。讲述来自秘鲁的几艘船只抵达智利,在毛利河与康塞普西翁港之间遭遇大风暴。

下 册

第二卷

献辞——敬献给神圣的天主教国王陛下
序言——致敬读者

359 / 第十六歌　风暴过去。西班牙人进入康塞普西翁港和塔卡瓜诺岛。印第安人在翁戈尔茂山谷召开全体酋长会议。贝特戈楞和图卡贝尔之间出现分歧。最后达成一致意见。

381 / 第十七歌　委派密亚乌戈执行侦察任务。西班牙人离开岛屿，在彭科山地修建堡垒。阿拉乌戈人来袭。讲述同时在法国发生的圣金廷战役。

399 / 第十八歌　国王腓力二世下令进攻法国圣金廷并获胜。阿拉乌戈人进攻西班牙人的堡垒。

422 / 第十九歌　叙述阿拉乌戈人袭击在彭科堡垒中的西班牙人。格拉克拉诺攻城战役。船上留守的海员与士兵在海上与敌人展开激战。

437 / 第二十歌　阿拉乌戈人伤亡惨重而撤退。图卡贝尔遭受攻击，重伤而逃。特瓜尔丹向阿隆索·德·埃尔西亚讲述她奇异而又令人同情的经历。

459 / 第二十一歌　特瓜尔丹找到丈夫的尸体,失声痛哭,之后将其尸身带回家乡。西班牙人骑马从圣地亚哥城和帝国城出发,走陆路抵达彭科城。考波利坎显示己方强大的军事力量。

476 / 第二十二歌　西班牙人进入阿拉乌戈人的领地,双方展开恶战。连科的人品经受考验。印第安勇士加瓦利诺被剁去双手。

492 / 第二十三歌　加瓦利诺来到阿拉乌戈议会厅,在全体首长大会上谴责某些人的愚蠢举动。西班牙人外出寻敌。描写费东博士居住的山洞和洞内物品。

516 / 第二十四歌　本歌集中描写一场大海战:土耳其海军全军覆没,统帅奥察里逃之夭夭。

545 / 第二十五歌　西班牙人在米亚拉普扎营。考波利坎手下的印第安人前来挑衅,展开惨烈的血战。图卡贝尔和连科展示力量。讲述西班牙人如何在同一日展现勇气。

567 / 第二十六歌　血战结束,阿拉乌戈人撤退。加瓦利诺的顽强、坚韧及死亡。继续描述费东博士的花园和居所。

582 / 第二十七歌　本歌描述智利诸多省份、山川和城市,它们或以风光迷人,或因战争著称。讲述西班牙人如何在图卡贝尔山谷修建堡垒。讲述埃尔西亚如何邂逅美女格拉乌拉。

603 / 第二十八歌　格拉乌拉讲述自己的不幸和来因。阿拉乌戈人在布楞山口袭击西班牙人，双方激战。敌人抢走辎重，兴高采烈地撤退，乱作一团。

623 / 第二十九歌　阿拉乌戈人召开新的酋长会议，谋划烧毁庄园。图卡贝尔要求与连科进行被耽搁的较量，二人展开勇敢激越的角斗。

第三卷

献辞——献给吾之主人国王陛下

643 / 第三十歌　图卡贝尔与连科角斗结束。讲述阿拉乌戈人布兰与西班牙人的土著仆役小安德烈之间发生的故事。

660 / 第三十一歌　小安德烈向雷伊诺索讲述了与布兰达成的协议。小安德烈向考波利坎进言，后者信以为真，以为西班牙人正在午睡，便来偷袭。

675 / 第三十二歌　阿拉乌戈人向西班牙人堡垒发起进攻，遭到迎头痛击。考波利坎自毁营寨，撤向山区。埃尔西亚应士兵之邀，讲述迦太基女王黛朵的生平及真实故事。

700 / 第三十三歌　埃尔西亚继续讲述黛朵到比塞尔塔的航行，讲述黛朵如何建立迦太基王国以及为何自杀。本歌还讲述了考波利坎的被俘经过。

724 / 第三十四歌　考波利坎与雷伊诺索交谈,得知自己就算变成基督徒也将必死无疑。阿拉乌戈人聚会推选新的军事统帅。

743 / 第三十五歌　西班牙人前来,要求新土地。东科纳瓦出迎,奉劝他们打道回府,但无济于事。推荐女向导,女向导将他们引向悬崖。悬崖边发生的可怕之事。

756 / 第三十六歌　叙述酋长下船登陆,为西班牙人提供旅途所需。西班牙人节节败退。群岛的引水渠截断他们的前进道路。堂阿隆索·埃尔西亚率十名士兵乘独木舟渡河。返回驻地后,从另外一条路抵达帝国城。堂阿隆索·埃尔西亚启程返回西班牙,沿途游历欧洲各省。腓力国王颁诏向葡萄牙进发。

770 / 第三十七歌　本歌为最后一歌。讲述战争为什么是人的权利,并宣告腓力国王对葡萄牙王国拥有摄政权。同时讲述腓力国王对葡萄牙人的要求,确保其武力的合法性。

795 / 译名对照表

805 / 译后记

关于史诗《阿拉乌戈人》

——赵振江[1]

西班牙征服者[2]的到来中断了古印第安文化的历史进程。

---

[1] 赵振江，北京大学教授、博士生导师、资深翻译家。出版大量翻译作品，主要有《马丁·菲耶罗》《拉丁美洲诗选》《西班牙黄金世纪诗选》和《西班牙当代女性诗选》等。曾获西班牙伊莎贝尔女王勋章、西班牙"智者"阿方索十世十字勋章、阿根廷共和国五月骑士勋章和智利聂鲁达百年诞辰勋章。2014 年获中国鲁迅文学翻译奖。

[2] 从 1492 年 10 月 12 日哥伦布踏上美洲新大陆开始，西班牙就陆续在加勒比海和美洲沿岸设立据点并向内陆推进。1519 年西班牙人建立了哈瓦那城并控制了加勒比海最大的岛屿古巴岛，同年登陆墨西哥并建立韦拉克鲁斯城。此后，西班牙殖民者埃尔南·科尔特斯（Hernán Cortés, 1485—1547）带兵深入内陆并于 1521 年征服了墨西哥阿兹特克帝国。同是在 1519 年，西班牙人在巴拿马地峡南岸建立巴拿马城，并侵入南美太平洋沿岸地区。1533 年秘鲁印加帝国被弗朗西斯科·皮萨罗（Francisco Pizarro, 1478—1541）征服。两年后，西班牙人在秘鲁建立利马城并以此作为逐步控制南美其他地区的基地。自 1535 年起，西班牙为了统治中南美洲，先后建立四个总督区：新西班牙总督区（1535 年设立，首府墨西哥城，管辖今墨西哥、中美洲及加勒比海诸岛等地）、秘鲁总督区（1542 年设立，首府利马，管辖整个南部美洲）、新格拉纳达总督区（1718 年设立，首府波哥大，管辖今哥伦比亚、委内瑞拉和厄瓜多尔地区）、拉普拉塔总督区（1776 年设立，首府布宜诺斯艾利斯，管辖今阿根廷、乌拉圭、巴拉圭和玻利维亚等地）。

— 关于史诗《阿拉乌戈人》—

他们带来的不仅是权欲迷、宗教狂和黄金热，也带来了欧洲大陆的文学艺术和人文精神。在此期间，作家本身就是探险家、征服者或他们的后代，其纪事体作品一般具有文学和历史的双重价值。这时期的诗歌佳作不多，但值得一提的是出现了一部规模宏伟、气势磅礴的史诗《阿拉乌戈人》，作者是阿隆索·德·埃尔西亚·伊·苏尼卡（Alonso de Ercilla y Zúñiga, 1533—1594）。

一 史诗的作者

阿隆索·德·埃尔西亚·伊·苏尼卡于1533年8月7日出生在马德里的一个贵族之家。父亲佛尔顿·德·埃尔西亚，是一名法官，是当时最高司法机构"皇家理事会"的成员；母亲名叫莱昂诺尔·德·苏尼加。阿隆索是这个家庭的第六个孩子。他的父母都出身于西班牙北部比斯开地区博尔梅奥的名门望族。阿隆索不满周岁时，父亲突然去世，一家人的生活陷入窘境。为了抚养子女，母亲被迫回到家乡，辗转在博尔梅奥、纳赫拉和波瓦迪亚几个小城市之间。1545年，由于在一场官司中败诉，他们家失去了几处封地，也失去了正常收入。同年，阿隆索的长兄又突然死去。无奈之下，母亲将次子送入教会，

― 关于史诗《阿拉乌戈人》―

自己则亲自担任其余几个子女的启蒙教师。她在贫困中向当时的西班牙国王卡洛斯五世求助。国王认识她的丈夫，对他们一家人的遭遇心生恻隐，1548年任命她作为玛利亚公主的侍从主管女官。当时只有15岁的阿隆索则被指派为王子腓力的伴童，陪同王子去巡视西班牙的海外领地。王子一行于1548年10月从巴亚多利德启程开始长途游历。在三年的时光中，阿隆索陪王子游历了巴塞罗那、日内瓦、米兰、慕尼黑、卢森堡、布鲁塞尔等多个城市。仅在德国奥斯博格一地，他们就停留了将近一年。1551年，阿隆索返回巴亚多利德，当时正在进行一场论战：塞普尔维达教士和拉斯卡萨斯神父在征服美洲是否公正的问题上发生了争执。[1] 当年年底，阿隆索陪同自己的母亲和

---

[1] 1550年，在西班牙北部城市巴亚多利德（Valladolid）的一家剧院里进行了关于对美洲印第安人的看法和策略的辩论。辩论的主题是：发现的美洲所应该拥有的权利和针对印第安人的战争是否公正。辩论主要在当时两位著名人物之间进行，一位是拉斯卡萨斯，另一位是塞普尔维达。巴托洛梅·德·拉斯卡萨斯（Bartolomé de las Casas, 1474—1566）在萨拉曼卡大学学习，最后以律师身份毕业。1502年4月15日他与父亲一起来到美洲，后来他被任命为（教区）神父和牧师，这是新世界的第一位牧师（1507），他的主要著作有《西印度毁灭述略》和《征服美洲的后果》等，被认为是美洲印第安人人权的伟大捍卫者。胡安·吉内斯·德·塞普尔维达（Juan Ginés de Sepúlveda, 1490—1573）是一位人道主义者，是卡洛斯五世官廷中的重要人物。1510年，在佩德罗·德·科尔多瓦神父的带领下，第一批西班牙人抵达多米尼加，塞普尔维达担任口头翻译工作。1544年，塞普尔韦达撰写了（转下页）

关于史诗《阿拉乌戈人》

姐妹作为玛利亚公主的随从前往维也纳。这次旅行又持续了三年。当他再次回到巴亚多利德时,已经21岁,又做了王子的侍从。

综上所述,不难看出,阿隆索没有接受过系统的学校教育,他最多只是在闲暇时上过宫廷里给一般侍从们安排的进修课程。当时的宫廷教师是后来做了王史纂修官的卡尔维特·德·埃斯特雷亚,他授课的内容以拉丁文著作为主。由于学习时间有限,阿隆索不可能有很高的学术修养。阿隆索可能接触了维吉尔的《埃涅阿斯纪》和卢卡诺的作品,这从《阿拉乌戈人》一些诗句的结构中可以看出,可能也阅读了古罗马史、希腊神话、《圣经》和一些意大利诗人的作品,因为这些作品在当时的学术界和宫廷中十分流行。他对但丁、彼特拉克、薄伽丘、桑纳扎罗等人,尤其是对阿里奥斯多应当很熟悉,因为《阿拉乌戈人》的开篇就运用了阿里奥斯多《疯狂的罗兰》的八行诗格式。在西班牙诗人中,他肯定读过加尔西拉

(接上页)《民主党的改变》《新世界的历史》和《对印第安人战争的正当理由》等著作,成为当时支持西班牙征服美洲及其方法的最重要的文本。塞普尔维达在理论上遵循了亚里士多德的自然奴役思想,声称印第安人没有统治者,也没有法律,因此任何文明的人都可以合法地使用"它们"。这场辩论在1551年继续进行,没有得出明确的结论。但法院似乎同意拉斯卡萨斯的观点,并要求对印第安人提供更好的待遇。

– 关于史诗《阿拉乌戈人》–

索·德拉·维加[1]的作品。在《阿拉乌戈人》中，他反复引用过维加的诗句、观点及其描述过的场面。另外，《阿拉乌戈人》中也包含了天文和星象的所谓自然科学和哲学的内容，可见作者在写作过程中也在不断完善自己的知识储备。无论是在美洲还是回到西班牙以后，创作《阿拉乌戈人》的过程也是作者不断学习并走向成熟的过程。

1554年3月，阿隆索成为腓力王子的侍卫队成员，护送他前往英国迎娶玛利亚王后。不久之后从秘鲁传来埃尔南德斯·赫隆起义和瓦尔迪维亚死在智利阿拉乌戈人手中的消息。腓力王子当时已经开始负责与西印度群岛的贸易。他在伦敦任命安德烈斯·门多萨为秘鲁总督、吉罗尼莫·德·阿尔德雷特为智利都督。任命下达后，埃尔西亚主动请缨，要求加入赴智利的远征军。国王批准了他的请求，但直到1555年12月初，

---

[1] 加尔西拉索·德拉·维加（Garcilaso de la Vega, 1503—1536），西班牙"新体诗"第一位伟大诗人。诗作流传至今的约5000行，主要创作于1526—1535年。维加与同时代诗人胡安·博斯坎·阿莫加维尔（Juan Boscán Almogáver, 1492—1542）齐名，他们的诗作都突破了传统，融合卡斯蒂亚文体和意大利文体，开辟了西班牙诗歌的新道路。维加的抒情诗大多以爱情为主题，表达作者的所感所思；描写自然景色，擅长譬喻，并巧用典故，模仿意大利诗歌的同时却保持着西班牙诗歌的优良传统，创造了西班牙体感怀诗。对后来西班牙抒情诗的发展起到引领作用。

— 关于史诗《阿拉乌戈人》—

埃尔西亚才从加的斯港启程。1556年4月,新任智利都督阿尔德雷特死在巴拿马附近的塔博加岛上。后来任命的新都督于6月将埃尔西亚作为随从带到了利马。阿隆索最初的目的是前往秘鲁与埃尔南德斯·赫隆的叛军作战,但他在巴拿马得知叛军已被打败,其头目已被正法,于是便决定跟随阿尔德雷特前往智利。事实上,早在伦敦的时候,埃尔西亚就决定加入阿尔德雷特的军队直接前往智利。智利都督死后,秘鲁总督任命自己的儿子继任此职,不久之后又任命他为讨伐阿拉乌戈人的总司令。埃尔西亚加入了远征军,于1557年2月2日从利马卡亚俄港启程。4月22日,他们到达智利的塞莱纳岛。两个月后,他们在寒冬时节动身前往智利中部阿拉乌戈的土地,开始了对阿拉乌戈人的征服。由于与都督不睦以及后来矛盾激化险些丧命,埃尔西亚被逐出远征军,于1559年2月底到达利马。万般无奈之下,埃尔西亚向国王腓力二世求助,后者下旨给秘鲁总督,要求给埃尔西亚安排与其身份相应的职务,但是国王的诏书是在十四个月之后才签署的,而且又经过一年半的时间才到达。在此期间,秘鲁总督对他的态度已经发生了变化:1560年底,埃尔西亚已是总督的亲兵,享受着优厚的待遇。

1561年,埃尔西亚放弃了总督亲兵的职位,决定返回西班牙。经过十八个月的颠簸和病痛,他于1563年年中回到故土。埃尔西亚的美洲之旅前后历时七年半,其中有一年半的时间是在阿拉乌戈人的土地上的多次战役中度过的。也正是度日如年的戎马生涯,激发了他对诗歌的爱好,并使他日后因此而成名。

回到马德里之后,埃尔西亚去拜见国王,但是国王对他的态度已今非昔比,于是他向国王讲述了自己在美洲的经历和为国王所作的贡献。不久之后,他成了禁卫军的一员。与此同时,他也准备前往维也纳迎接姐姐回国成婚。他的姐姐是当时马克西米连二世王后的侍从女官。1565年初,他的姐姐在结婚后不到三个月就去世了,在遗嘱中指定阿隆索为继承人。因此,埃尔西亚在一夜之间就摆脱了贫困。随后他又得到了自己在利马四年期间应得的俸禄。从此,他开始与官廷贵族交往。1568年,他的儿子胡安出生,这是他与一个平民女子生下的私生子。与此同时,他着手准备自费出版《阿拉乌戈人》的第一部分。他对这本书寄予厚望,希望自己可以借此平步青云。1568年12月底,他申请了出版许可。第二年3月,当第一版印刷完毕后,他申请了二十年的版权,但是按照惯例,最后只得到了十年。在版权批准前一个月,他已写好给腓力国王的献辞(见第一卷献辞)。后来的第二卷和第三卷同样为国王写了亲笔献辞。

- 关于史诗《阿拉乌戈人》-

应当说,无论作者的期望值有多高,《阿拉乌戈人》的实际反响都远远超出了他的预期。一夜之间,埃尔西亚从名不见经传的小人物变成了家喻户晓的名人。有了名声之后,他就要解决婚姻问题了。他看中的女子名叫玛利亚·德·巴桑,是王后的侍女。玛利亚容貌美丽,出身高贵,家中富有。玛利亚对他很满意,但是她的母亲却反对这门亲事,因为她希望女儿能够嫁入名门望族。埃尔西亚出身高贵,作战勇敢,仪表堂堂,又有诗名,并在朝廷为官,美中不足的是家境不佳。埃尔西亚最终说服了未来的岳母,于1570年初以轰动一时的巨额聘礼定下婚约,至于婚礼日期则要听从未来岳母的安排。1570年7月,"有情人终成眷属"。随后不久,埃尔西亚就开始办理加入圣地亚哥骑士团事宜。完成血统认证之后,埃尔西亚于1571年12月31日在马德里的圣胡斯特教堂被封为骑士。又过三年之后,岳母去世,埃尔西亚和妻子共同继承了遗产。这时他已至不惑之年。此后,埃尔西亚将很大一部分精力投入到贸易之中,只有闲暇时读书,并酝酿《阿拉乌戈人》的续篇。按照骑士团的规定,所有成员都必须在军队中服役六个月,而且更重要的是,他骨子里深爱远游,所以他将生意和家中大小事务交给妻子打理。10月16日,埃尔西亚来到停泊在卡塔赫纳的皇家舰队。四个月之后,他前往那不勒斯,计划在那里

- 关于史诗《阿拉乌戈人》-

服役六个月并前往增援一艘被土耳其人围困在非洲的西班牙船只。但是在救兵到达前,这艘船就已落入敌手,于是埃尔西亚便离开了那不勒斯,前往罗马拜见教皇格里高利八世,然后到意大利中部和北部一些城市游览。离开威尼斯之后,埃尔西亚经德国到布拉格,在那里观看了国王鲁道夫的加冕典礼。归途中,他又游览了德国和奥地利一些地区的名胜古迹,最后回到马德里,结束了两年零八个月的旅行。不久之后,埃尔西亚又前往拉曼恰地区的乌克莱斯,在圣地亚哥骑士团的修道院中学习规章制度。1578年回家之后,埃尔西亚开始准备《阿拉乌戈人》第二卷的印刷。当年8月,史诗的第二卷出版,作者这时已经45岁。他的大名随着第二卷《阿拉乌戈人》的出版而达到了顶峰,国王终于知道了此事。他召埃尔西亚进宫,交给他一项棘手的外交使命:当时布伦瑞克大公一行自巴塞罗那上岸后,想要径直前往马德里拜谒国王,但国王不愿让他们来马德里,而只想在萨拉戈萨与他们会面。令埃尔西亚始料不及的是,大公一行最后还是急不可耐地来到了马德里。心胸狭窄的腓力二世对此事极为不满,从此再也没有召埃尔西亚进宫。至此,埃尔西亚想在外交上施展抱负的愿望化作了泡影,只能一心一意地经商。1580年8月,埃尔西亚的兄长在葡萄牙战场上死去,兄长的遗产由他继承。1582年6月,埃尔西亚来到里斯

— 关于史诗《阿拉乌戈人》—

本,可能是想加入著名的阿尔瓦罗·德·巴桑侯爵的军队,去攻克亚速尔群岛。1586年,埃尔西亚在里斯本发表了一首谣曲,记录下这一经历。在此期间,他结识了《堂吉诃德》的作者塞万提斯,后者当时还是一名默默无闻、刚刚从阿尔及尔被释放回国的受伤士兵。塞万提斯在其后来的小说《加拉特亚》中,曾提到埃尔西亚的名字,并对他大加赞赏,这说明他们之间关系密切。

1583年,埃尔西亚再次回到马德里,专心经营自己的生意,并审订自己的诗集。长诗第二卷出版之后,他在诗坛上的地位已经稳固。功成名就之后,不甘寂寞的埃尔西亚,拟再次外出旅行,并寻找增加财富的机会。1585年,他赴德国游览,半为消遣,半为生意,这次旅行持续了一年。回家之后,他已经构思好史诗《阿拉乌戈人》的最后一卷,其内容与他个人关系最为密切,是他三十年前在智利的亲身经历。就在他准备写作最后一卷时,家庭的不幸降临到他的头上。1586年,他另外一个姐姐去世,1588年,他那在西班牙无敌舰队中服役的年仅二十岁的儿子死于海难。丧失亲人的痛苦,国王的日益冷落,"黄昏岁月"的伤感,都在埃尔西亚心中播下了苦涩的种子,并在他1589年出版的史诗《阿拉乌戈人》最后一卷中表现出来。

- 关于史诗《阿拉乌戈人》-

埃尔西亚生命中的最后五年是在家中平静地度过的。在此期间,他更多地关注自己的健康,同时审订已经出版的诗作,也许还在酝酿创作一部关于葡萄牙征服战争的史诗。1594年,埃尔西亚的身体已经非常糟糕,并每况愈下,但他还是强打精神照顾自己的生意。进入11月之后,他的身体一下子垮了下来,未来得及留下遗嘱,就于29日辞世,时年六十一岁。

二 史诗的内容

《阿拉乌戈人》全诗共2634首八行格律诗,共计21,072行,由三大卷帙组成,先后发表于1569、1578和1589年,全诗分为三十七歌。第一卷是从第一歌至第十五歌,占全书近一半的篇幅;第二卷从第十六歌至第二十九歌;第三卷从第三十一歌至三十七歌。为讨好国王,作者在每卷卷首都写有长短不一的献辞。后两卷大部分内容都是作者的亲身经历。关于史诗的内容,作者在史诗的第一卷第一歌就开宗明义地写道:

弗唱贵妇貌雍容,弗唱爱情骑士风。
弗唱殷勤赠信物,弗唱缠绵缱绻情。
吾唱果敢功绩事,西班牙人远征程。

- 关于史诗《阿拉乌戈人》-

阿拉乌戈人桀骜，何惧利剑桎梏重。

(第一歌，1首)

紧接着，诗人从智利的风土人情开始讲起，介绍智利所处的地理位置和当地原住民的生活风貌。具体介绍了阿拉乌戈人的生活。在西班牙征服者到来之前，他们过着平时耕作、战时打仗的生活，部族里的男子从小接受训练，主要使用棍棒刀枪等冷兵器。他们时常操练作战队形，也占据有利地形，盖起堡垒，偶尔也设置陷阱，诱敌深入。阿拉乌戈人英勇善战，他们曾与印加人一决高下。总之，他们以防守为主，主要是为保卫自己的家园而战。

瓦尔迪维亚率兵来到了智利，一切都发生了变化。西班牙人凭借先进的武器，几乎不费吹灰之力，一上来就赢得了战斗。他们喜气洋洋，信心百倍，觉得很快就能拿下智利。只是，他们遇到了阿拉乌戈人。

首次交锋失利的阿拉乌戈人很快就反应过来，开始准备反抗。众多阿拉乌戈部落聚集在一起，商议共同对付西班牙人。一时间，各部落首领都想争当武装力量的首领。此时，科罗科罗酋长站出来，力排众议，建议不要内讧，要团结一致对付西班牙人。聪明的科罗科罗建议用扛木桩的时间长短来推举首

– 关于史诗《阿拉乌戈人》–

领,得到了众人的一致赞同。于是,比赛开始。十六名阿拉乌戈酋长纷纷登场,展示自己的实力,争夺领导权。最后,考波利坎以扛木桩整整两天两夜的超长时间胜出,当选为阿拉乌戈人的统帅。

考波利坎点兵马,设计谋,一鼓作气,攻入西班牙人建立的图卡贝尔堡垒。阿拉乌戈人士气高昂,很快就大获全胜,西班牙人不得不弃堡而逃。西班牙人失败的原因,一方面是轻敌,另一方面,也是他们太过贪婪。

得知前方部队被阿拉乌戈人打败,西班牙远征军的统帅瓦尔迪维亚(简称"瓦帅")亲自率兵前往图卡贝尔复仇。瓦帅派出两名侦察兵前去探看军情,不料他们出发没多久就被阿拉乌戈人杀害了。此事一下子激起了西班牙人的复仇火焰。他们来到图卡贝尔,与阿拉乌戈人发生激战。战斗中,瓦帅被杀。西班牙人逃回堡垒,闭门不出。阿拉乌戈人凯旋后举行欢庆活动,拉乌塔罗因为在战场上表现出众,被任命为副统领。

与此同时,十四名西班牙人按照约定,赶来图卡贝尔与瓦帅会合,没想到却听到了瓦帅被杀的噩耗。十四人奋勇杀敌,只有七人逃出生天。很快,西班牙方的统帅比亚格兰出场,他在山上安营扎寨,准备破釜沉舟,与阿拉乌戈人决一死战。双方在安达琏山谷展开激战。拉乌塔罗略施小计,西班牙人再次溃败。战争十分惨烈，阿拉乌戈人对待俘虏也十分残酷。战败的西班牙人回到康塞普西翁城（简称"康城"），城里的景象十分悲惨。城市被焚毁，老百姓不得不弃城出逃。堂娜梅西娅挺身而出，保卫康城，康城总算得以幸免。

阿拉乌戈人再次召开大会，商议如何抵抗西班牙人的进攻。众酋长各表忠心，表示愿意听从考波利坎指挥。阿拉乌戈人集结十八路大军，再次出征，来到康城，与西班牙人展开激战。西班牙人再次被打败。

阿拉乌戈人欢庆胜利，举办了连续14天的欢庆会。会上，雷乌克东等人展开了掷长矛比赛和摔跤比赛，出现了一些纷争，经过考波利坎调解后达成一致。欢庆结束后，拉乌塔罗率兵出征，来到圣地亚哥城前安营扎寨。一场短兵相接之后，拉乌塔罗躲在堡垒中龟缩不出。堂佩德罗·德·比亚格兰派马尔科前往阿拉乌戈人处进行协商。拉乌塔罗提出停战条件，要求西班牙人提供粮草，被西班牙人拒绝。双方于是排兵布阵，战斗继续。此时，堂卡涅特侯爵来到秘鲁，在秘鲁受罚，接到智利的求援，派兵支援。作者埃尔西亚跟随堂卡涅特的队伍来到智利，与比亚格兰会合。

大战在即。拉乌塔罗与恋人特瓜尔丹生离死别。弗朗西斯科·德·比亚格兰夜袭敌人，拂晓时分与阿拉乌戈人发生遭遇战。战斗十分激烈,连科与安德雷阿之间发生搏斗。阿拉乌戈人全部阵亡。第一卷就此结束。

第二卷延续第一卷的内容,从西班牙人到达康城开始讲起。为了应对西班牙人的进攻,阿拉乌戈人召开酋长会议。会上,贝特戈楞与图卡贝尔产生分歧,经调解后达成一致,决定派密亚乌戈去侦察西班牙人的军情。西班牙人在前往彭科山地的途中遭遇了阿拉乌戈人的突袭。诗人此时突然荡开一笔,讲述自己在梦中梦见女神柏洛娜,用女神托梦的方式,讲述了西班牙和法国之间的圣金廷之战,以西班牙人大获全胜告终。

诗人紧接着转回笔锋,继续讲述西班牙人与阿拉乌戈人之间的战争。阿拉乌戈人袭击了彭科城堡中的西班牙人,但伤亡惨重,不得不撤退。图卡贝尔重伤而逃。特瓜尔丹向诗人讲述她的经历,找到丈夫的尸身,并将其带回家。

之后,西班牙人从圣地亚哥人和帝国城出发,来到阿拉乌戈人的领地。考波利坎展示了阿拉乌戈人强大的军事力量。双方展开恶战。战斗中,连科的人品遭受考验,而加瓦利诺被俘后被剁去双手。他回到自己的队伍中,谴责某些人的愚蠢举动。西班牙人外出寻找敌人,偶遇隐居在山中的费东博士。诗人又假借费东博士的口,讲述了勒班陀海战。

— 关于史诗《阿拉乌戈人》—

　　西班牙人在米亚拉普扎营，考波利坎派人前来挑衅，双方血战一场。西班牙人与阿拉乌戈人各自展现勇气。被剁去双手的加瓦利诺在胳膊上绑上尖刀，成为勇猛的武士，奋勇参战，战斗至死。战争结束了，阿拉乌戈人退去。诗人继续描绘费东博士及其住所，再次假借费东博士之口，描绘智利各省风光，介绍欧洲各国。在回营的路上，作者邂逅美丽的阿拉乌戈姑娘格拉乌拉，后者向其讲述自己的不幸命运。

　　不久之后，阿拉乌戈人再次袭击西班牙人，抢走辎重物资。回营后，阿拉乌戈人召开酋长会议，图卡贝尔与连科再次展开较量。第二卷至此戛然而止。

　　第三卷的故事从图卡贝尔与连科较量结束之后开始。讲述一个名叫小安德烈的土著士兵的故事。小安德烈是西班牙人的勤务兵，已被西班牙人策反。西班牙人统帅雷伊诺索与小安德烈定下计策，由小安德烈向考波利坎进言，说西班牙人有午睡的习惯。考波利坎信以为真，趁西班牙人"午休"时发动进攻，结果却落入西班牙人的圈套，被迎头痛击。考波利坎率兵撤向山区。诗人故伎重施，再次展现"神来之笔"，应邀讲述黛朵女王创建迦太基城的故事。

　　故事讲完了，考波利坎及其妻子斐蕾茜雅被捕。考波利坎与雷伊诺索交谈，发现自己就算改信基督也免不了被处死，就坦然赴死。阿拉乌戈人痛失统帅，不得已只好推举新的统领。西班牙人来到阿拉乌戈人领地，要求新的土地，被首领东科纳瓦断然拒绝。随后他施计向西班牙人推荐女向导，由其将西班牙人引向悬崖。西班牙人纷纷坠入悬崖，损失惨重。

1558年2月28日下午2时，埃尔西亚启程离开智利，游历欧洲各地，返回西班牙。

至此，史诗的正文全部结束。作者又添加了一歌，讲述战争为什么是人类的权利，记述葡萄牙王位争夺战的过程，以腓力二世当上葡萄牙国王结尾。

需要指出的，最后一歌与阿拉乌戈民族的抗争故事毫无关系，是硬安上去的一个"尾巴"，说狗尾续貂也不为过。这是在迎合国王腓力二世的心理，为他占领葡萄牙歌功颂德。这样的表现在史诗的后半部分已见端倪。在了解了埃尔西亚与腓力二世特殊而又微妙的关系之后，这样的表现，在今天看来大可不必，用不着画蛇添足。但在当时，倒也是不难理解的。

三　史诗的特点

首先应该指出，纪实性是《阿拉乌戈人》的最大特征。这部史诗与其他的民族史诗最根本的区别，在于作者本人就

- 关于史诗《阿拉乌戈人》-

是史诗中的人物。正如拉丁美洲文学史家安德逊·英贝特所说:"《阿拉乌戈人》在史诗中堪称妙笔,它是第一部以作者亲身经历写成的史诗。"毋庸置疑,作为远征军的一员,阿隆索·德·埃尔西亚在创作史诗时,并没有丝毫的美洲意识,然而可贵的是,他在一定程度上摆脱了狭隘的种族偏见,比较客观地再现了历史的本来面目,在歌颂西班牙人的同时,也歌颂了阿拉乌戈人英勇善战、视死如归的精神,这正是这部史诗高于征服时期同类作品的原因所在。

《阿拉乌戈人》自问世以来,它的真实性一直得到普遍的认同。就连作者的"战友"在自己的"战功报告"中都引用史诗中的诗句作为佐证。其中最有说服力的莫过于当时为西班牙远征军司令门多萨服务的贡戈拉·马尔莫雷赫的话。这位史学家说,自己写历史是为了弥补《阿拉乌戈人》的不足,因为"堂阿隆索·德·埃尔西亚在这片王国土地上停留的时间过于短暂……无从知晓发生的所有事情。"至于埃尔西亚本人,更是不厌其烦地重申史诗的真实性。在史诗第一卷的序言中,他就曾宣称自己描述的是"真正的历史",是在战斗间歇中写下的,有时由于缺乏纸张,就记在皮革上或是废弃的信纸上。自己就是"一部分内容可靠的见证人"。因此,在后世涉及美洲题材的西班牙文学作品如谣曲、英雄史诗和戏剧中,埃尔西亚

- 关于史诗《阿拉乌戈人》-

笔下的英雄人物曾反复出现。诸如考波利坎、图卡贝尔、连科、科罗科罗、加瓦利诺、特瓜尔丹、斐蕾茜雅、格拉科拉诺、雷乌克东、卡耶瓜诺等一再出现。可见人们似乎普遍相信,《阿拉乌戈人》是一部"战争日志",是作者实录的"真人真事"。

其次,历史真实与艺术真实的结合。无论作者怎样申明自己说的全是史实,但作为一部文学性很高的史诗,不可能没有虚构与夸张的成分。更何况《阿拉乌戈人》的写作是在27年间完成的。无论是出于自身的需要(如夸大自己在战斗中的作用以向国王表功)还是艺术创作的需要,作者都会有意无意地在历史的真实中融入艺术的虚构。如对远征军在海上遭遇暴风雨的描述,作者的笔墨是如此的强劲,使人如身临其境,而从历史记载来看,实际上并不曾发生过这场暴风雨。又如,按照历史家贡戈拉·马尔莫雷赫的说法,是阿拉乌戈人的首领拉乌塔罗下令杀死了西班牙远征军首领瓦尔迪维亚,而并非像阿隆索在史诗中所说,是考波利坎杀死的。其实,贡戈拉·马尔莫雷赫看出了阿隆索的虚构,只是没有勇气指出来,由此亦可见人们对史诗的真实性相信到了何种程度,似乎虚构的文学人物比真实的历史人物有更强的生命力。

就塑造人物而言,诗人的想象力与艺术夸张主要体现在

— 关于史诗《阿拉乌戈人》—

阿拉乌戈人身上。对诗人来说，西班牙人都是历史上的真实人物，他们的所作所为都确有其事，任何大胆的想象和艺术夸张，都会使作品失去可信性，而"可信性"恰恰是作者所标榜的价值。史诗中唯一被赋予传奇色彩的是身材魁伟、近乎畸形的安德雷阿，不过他是一名意大利人。

相反，对阿拉乌戈人则不同，由于其异域色彩，又不属于基督教文明所熟知的世界，自然就成了作者笔下的诗歌人物。从他们灵活老练的军事战术到无以复加的野蛮行为，无不给读者带来心灵的震撼。作者不厌其烦地向我们展示他们的野蛮成性，是因为在西班牙征服者心中，土著人都被魔鬼附体，他们只能是这种样子。但令人钦佩的是，作者从不讳言土著人的智慧、理性及其与生俱来的优秀品质，诸如勇敢无畏、不怕酷刑、视死如归，尤其是对家乡和自由的热爱，更是骑士们历来所尊崇的。阿隆索·德·埃尔西亚对土著人的描述，从某种意义上说，填补了史书上的空白，这就越发值得人们尊敬。可以说，诗人笔下的阿拉乌戈人，不仅不是"野蛮人"，而且也不是"常人"，他们在一定程度上，是"超人"，是真正的人民英雄。

作者对瓦尔迪维亚和考波利坎之死的描述可以证明我们上述的论点。首先要说明的是作者并没有亲眼看见他们的死亡。

– 关于史诗《阿拉乌戈人》–

对于前者之死的描述，作者仅用了寥寥四十二行诗句。既不像贡戈拉·马尔莫雷赫说的那么恐怖，也不像马里尼奥·德·洛维拉说的那么残忍。史诗中只说，阿拉乌戈人的首领考波利坎亲自率军打败了西班牙人，俘虏了他们的首领瓦尔迪维亚。以考波利坎为首的阿拉乌戈众酋长对瓦尔迪维亚进行了审讯。后者此时已威风扫地，唯求活命。尽管考波利坎本人并不想杀他，但最终还是下令处决了这位手下败将。一切看起来都顺理成章，尽管这并非史实。

我们再看看作者是如何对待考波利坎之死的。作者用了长达四百行的篇幅细致入微地描述了阿拉乌戈人身上自始至终闪耀着的英雄光辉。考波利坎临危不惧，视死如归，自豪地承认自己就是阿拉乌戈人的首领考波利坎。正是他率领起义大军，让西班牙人连吃败仗，并下令杀死了瓦尔迪维亚。他声称自己的死不会让西班牙人安宁，也不会让阿拉乌戈人臣服。即便在最后的时刻，他还是满怀豪情地拒绝作为一名奴隶死去。他的形象在酷刑的最后时刻达到了顶峰：

说完此话右脚蹬，铁质脚镣分量重。
向后蹬向刽子手，黑人跌倒伤不轻。
骂不绝口斥黑人，恶鬼压抑不吭声。
有人助其坐起身，坐上尖尖木桩钉。

尖尖木桩似刀锋，穿破肝肠肉相通。

木桩钻透人肉体，难忍疼痛不欲生。

安如磐石表情冷，眉毛未皱唇未动。

心若止水心恬淡，似坐婚床勃激情。

（第三十四歌，27—28首）

多么令人赞叹！后来也有相关题材的创作，但无人能像埃尔西亚这样，将传奇和现实融为一体。在当年和后来的读者中，许多人对作者将西班牙人和阿拉乌戈人作如此鲜明的对比颇有微词。诗人对此早有预料，因而抢先表示："这是出于对个人的敬仰，阿拉乌戈人不是凭借高墙壁垒，也不是凭借武器精良，仅仅是靠他们的勇气和决心，用热血和生命来捍卫自由。"在此要说明的是，作为基督徒和骑士，作者钦佩自己的敌人，并慷慨地对其进行讴歌，但是如果认为他在现实层面上也认为阿拉乌戈人比西班牙人高尚，那就大错特错了。对作者而言，印第安人也好，西班牙人也罢，他们是不同的人。印第安人处在绚丽多彩的诗歌里，西班牙人处在朴实无华的现实中，仅此而已。归根结底，胜利者还是西班牙人。战斗中的最高荣耀是胜利，胜利铸就了"不朽的功勋"，尽管阿拉乌戈人的智慧和

– 关于史诗《阿拉乌戈人》–

勇敢令西班牙人佩服。

　　第三，用生动的语言和严谨的格律塑造了鲜明的英雄形象。法国著名作家伏尔泰在《论史诗》中对《阿拉乌戈人》做了高度评价，将老酋长科罗科罗的形象与《荷马史诗》中特洛伊人的将领赫克托尔相提并论。诗歌中，深谋远虑的科罗科罗，勇敢机智的拉乌塔罗，视死如归的考波利坎等英雄人物，无不刻画得栩栩如生、跃然纸上，给人留下难以磨灭的印象。作者虽然也歌颂了西班牙征服者的功绩，但如前所述，与阿拉乌戈人相比，有时是相形见绌的。例如，西班牙远征军首领门多萨的名字在诗中就很少出现（当然，这和作者的个人恩怨不无关系）。正因为如此，史诗的第二卷出版后，作者受到了腓力二世的冷落和门多萨的仇视。也正因为如此，史诗的出版引起西班牙文学界的重视和读者的赞扬。三个世纪以后，现代主义诗歌的代表人物鲁文·达里奥还写了歌颂考波利坎的诗篇，至今智利还有以科罗科罗命名的足球队，都说明这部史诗对智利乃至整个拉丁美洲文学产生了深远影响。史诗的语言生动、形象鲜明，有很强的感染力。其中第一卷第二歌中对考波利坎通过扛木桩比赛而当选为阿拉乌戈人军事指挥首领的描写更是为人称道：

- 关于史诗《阿拉乌戈人》-

图梅众酋高位尊,周围簇拥众蛮人。
拨开人群排阻拦,左推右搡心如焚。
所幸无人受伤害,怒气冲冲撼乾坤。
科罗科罗老酋长,举手进言人自信。

领地长老卫国雄:谋求统帅非我能。
众人抬举我领情,尽管我应力求争。
老迈年高人槁木,迈向天堂起步程。
爱民如子终身愿,良药苦口利于病。

光荣职务为何争?非要翻脸争雌雄。
焉能悖逆上天意,忘记曾经被战胜?
西班牙人灭顶灾,抚躬自问应反省。
压住义愤填膺火,对抗凶敌用战争。

为何暴怒如此狠,毫无意义至沉沦?
为何自家互相残,不去抵抗强暴君?
为何放任基督徒,兄弟阋墙刀枪拼?
既有死而后已心,为何沮丧无精神?

— 关于史诗《阿拉乌戈人》—

放回兵器息愤怒，杀向外敌朝胸脯。
握紧兵器面入侵，武士出征能伏虎。
勇猛果敢去参战，抛弃可耻重桎梏。
莫让祖国淌鲜血，鲜血流淌为救赎。

（第二歌，27—31首）

最后，还要指出的是，这部史诗的韵律是严格按照十一音节八行诗（octava real）的形式写成的。每一小节都是八行，每行十一个音节，押韵的方式是ＡＢ、ＡＢ、ＡＢ、ＣＣ。全诗共计2634首，像是一气呵成。十一音节八行诗歌是西班牙16世纪十分流行的诗歌形式。值得一提的是，在后来的韵书中，人们常常以《阿拉乌戈人》中的诗句为范例。作者的诗歌天赋，由此亦可见一斑。

我的好友段继承教授是我牛栏山中学的初高中同学，他费时近四年时间翻译巨篇史诗《阿拉乌戈人》，实在是一件了不起的工程。说他在以一种工匠精神完成的《阿拉乌戈人》翻译巨作也不为过。就说这部史诗的长度，史诗长21,072行，2634首七言八行诗。诗歌的总长度都分别超过荷马的史诗《伊利亚

— 关于史诗《阿拉乌戈人》—

特》(15,693 行)和《奥德赛》(12,110 行)以及但丁的《神曲》(14,233 行)。原书押韵格式为 AB、AB、AB、CC。为适应中国读者的习惯,继承用 AA、BA、CA、DA 韵文格式翻译。继承把翻译的《阿拉乌戈人》诗歌形式称之为长篇七言排律叙事诗,名副其实,我很赞成。翻译如此之长篇巨作继承当属第一人。翻译这一首长诗相当于翻译 2634 首七言律诗,可见工程之浩大,劳作之辛苦。另外,继承在翻译过程中,十分注重遣词造句,读者在阅读史诗时,即可有深刻体会的。在《阿拉乌戈人》付梓之际,我为之赞叹,为之喝彩。其老当益壮的精神值得效仿,值得赞扬。

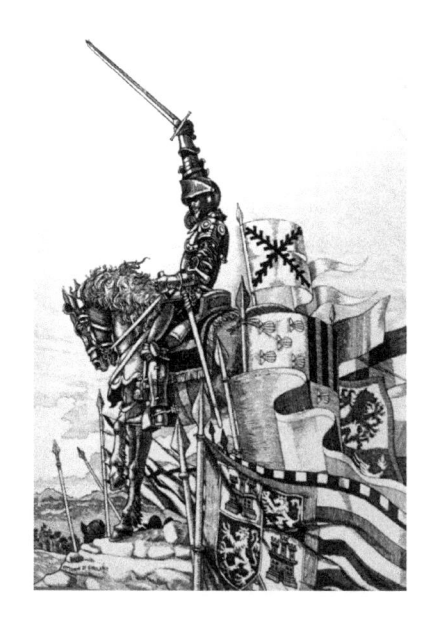

第一卷

瓦帅谱写胜利篇,出师有名值纪念。
统领征程可颂扬,大张挞伐挥利剑。
直至阿拉乌戈地,空前绝后耀峰巅。
高傲民族套桎梏,镇压自由播哀怜。

献 辞

——敬献给神圣的天主教国王陛下

臣自幼年始在宫中服侍陛下数年。时至今日臣仍对随从陛下首次出访弗兰德斯之情景记忆犹新。继而年长，臣之性格、追求至后来赴多处服役亦如臣在英国之表现，皆作为陛下之侍从度过。后数年，家父离世。家父担任宫中之法律顾问亦在陛下之栽培与教导之下，实为陛下效力之下属。家母正在宫中充当服侍公主堂娜玛利亚之主管。陛下亲见臣为丧父之孤后，对臣倍加怜爱与护佑。其时正好得知弗朗西斯科·埃尔南德斯·赫隆[1]于秘鲁背叛国王之不幸消息，在陛下之恩准和恩赐之下（此时臣亦一心想永远效忠伟大陛下），从此开始走上漫长生活之路。臣虽不满其间某段时期之作为，但臣为陛下效劳之心一直忠贞不贰。如是，臣随即踏上那片王土及后写下臣之

---

1 弗朗西斯科·埃尔南德斯·赫隆（Francisco Hernández Girón, 1510—1554），西班牙军人、征服者，在美洲征服秘鲁，创建新格拉纳达总督辖区，忠于西班牙王室，但站在现实派一边，后因对抗西班牙国王腓力二世而被处决于秘鲁。

— 第一卷 —

所见所闻。当时,秘鲁总督大人[1]正在扫平那块土地。后来臣得知智利当地土著发生多起动乱以反对王国统治之行动,臣亲眼见证多起发生之事件及在阿拉乌戈领地所发生之战争。臣虽尽绵薄之力,仍未完成臣之心愿,未能全力发挥上帝所赐予臣之才能。臣一直在千方百计地尽臣之所能为陛下效劳。但如今臣能奉献给陛下之物微乎其微,何足挂齿。只是在那样恶劣环境之下,在战争期间,在有限之时间内,臣一直在坚持写作,臣虽能写出奉献给陛下眼前之这本诗歌作品,内心倍感惭愧。臣深知只有在陛下护佑之下,拙作才会拥有价值。凭借神圣之天主教国王陛下之伟大人格,凭借上帝护佑之最大王国,陛下之宗主权力会不断增长,斯乃陛下所有臣民所企盼之大事。

      臣阿隆索·德·埃尔西亚·伊·苏尼卡
      1569年3月2日于马德里

---

[1] 这里指秘鲁第三任总督安德烈斯·乌尔塔多·德·门多萨(Andrés Hurtado de Mendoza, 1510–1560)。

序　言

——致敬读者

如果说我想过我现在奉献给您的诗作是我克服稍许有点害怕心理而出版的话，我的回答是肯定的，确实如是。对我来说确是千真万确的，是不争的事实。在某个时刻，我真没有勇气彻底完成这项劳作。但我认为它是历史和战争之真实写照，加之确实有许多人对此感兴趣，我决心出版，且志在必得。同时也可以帮助一些亲历者排除诸多烦扰并帮助一些西班牙人排除他们所受到的诟病，因为那些诟病致使他们的功绩永远深埋于地下。倒不是因为那些事件渺小，不值一提。而是因为那片土地距我们非常遥远且人民居住非常之分散，我说的就是智利。是西班牙人后来从秘鲁出发踏上的那片智利土地。由于忙于参加战争的原因，加之没有足够的工具和时间的限制，不利于写作，我只能忙里偷闲，劳心费力地撰写此书。这本诗作的记事性和真实性是不容怀疑的。情节虽然支离破碎，但史诗的故事都是发生在那场战争中，其地点和事件经过都是确切无疑的。许多时候由于缺乏纸张只能是在一鳞片甲的牛皮上书写的，有时是在普通家信信纸的空白处上写作的。因为信纸的空白处太小；有时连一行诗都放不下，收集起这些小纸片十分费力。诗品是微不足道的，算是一个在一块可怜而窄小的尿布上养育的婴儿。同时还存在人心嫉妒和不良干扰。我希望读者能容忍诗歌中所出现的错误。如果有人认为阿隆索·德·埃尔西亚在某些方面表现出偏袒阿拉乌戈人，那是因为在对待他们的事物和勇敢时我理解得更透彻，也是土著蛮人事物本身所需求的公平和公正。

如果我们去观察他们的发育成长、生活习惯、战争形式和练兵方法，我们就可以看到，他们所进行的战争，总体来说几乎一点都不占有优势。他们坚韧不拔的反抗精神和坚定顽强的意志完全是为了保护他们的土地，抗争疯狂的西班牙征服者。确实，这是令人敬佩的品德。阿拉乌戈的土地方圆不超过110公里，其军事组织结构也并非有多么严密。他们没有坚城壁垒，没有致命的火器。他们只是出于防御，冗长的战争使西班牙人消耗殆尽。在并非特别坚固的阵地上—诗歌里我时而称之为堡垒，我时而称之为碉堡。其实称之为碉堡更确切。他们被西班牙人三面包围，中间只有两个坚实的护身墙，他们以纯粹的勇敢和坚强的信念赎买他们的自由，他们和西班牙征服者一样抛洒鲜血。毫不夸张地说，几乎只剩下很少土地看不到血

- 序 言 -

流成河、尸横遍野的惨烈情景。连已经死去的人都想继续实现他们的目标，他们的子女渴望为死去的亲人报仇，本能的疯狂驱使着他们继续战斗，勇敢的品德驱使他们继承先辈的遗志。

随着时间之推移，他们毅然拿起武器投入残酷的战争。由于死去的人过多，他们缺乏足够的人力以支援补充军队，甚至连许多妇女和男人一样也参加了战争，视死如归。一言以蔽之，我想做一次尝试，以证明他们的勇敢是值得用我的诗歌加以赞颂的。据我所知，目前在西班牙有不少人发现很多我现在写着的故事。但是从我本人角度出发，我还要保护我的诗作，我向诸位推荐阅读我的《阿拉乌戈人》。阅读全部的《阿拉乌戈人》。

阿隆索·德·埃尔西亚·伊·苏尼卡

第一歌

西班牙征服者抵达智利的阿拉乌戈领地

描述秘鲁总督辖区智利省与阿拉乌戈领地的地理位置和自然状况。描述智利土著人的风俗习惯和作战方式。大致描述西班牙人的到来与征服,以及阿拉乌戈人的反抗。

弗唱贵妇貌雍容,弗唱爱情骑士风。　　01
弗唱殷勤赠信物,弗唱缠绵缱绻情。
吾唱果敢功绩事,西班牙人远征程。
阿拉乌戈人桀骜,何惧利剑桎梏重。

- 第一卷 -

所唱故事耸人听，百姓拒从君王命。
威武不屈永铭记，理所当然值称颂。
西班牙人创奇迹，千歌万颂难形容。
胜者并非令尊重，败者反应受崇敬。

伟大陛下臣拜请，屈尊披览本敬呈。[1]
陛下膏泽润拙笔，求之不得谢君宠。
君臣真情未受损，短暂中断从君命。
陛下怜悯弗冷蔑，诗文必将扬名声。

臣仆呈文仰慕敬，冒昧举止乞恩宠。
执着恳请阅诗章，别无他求为奏禀。
如不足以免谴责，至少安心祛惶恐。
面呈陛下多训导，恳求陛下念私情。

自幼养育在宫廷，陛下信任贴身行。　　05
文章杂乱重文采，诗格粗劣心地诚。
拙笔愚笨献战神，勤奋热情知用功。
陛下聆听屈尊贵，微臣亲历在远征。

- 第一歌 -

沃土物阜智利省,地属南极早出名。
国力强大震遐迩,万方朝觐表敬重。
优秀骄傲品质优,英武好战善用兵。
不设国王统辖管,从未屈服番邦控。

南北狭长智利国,濒临南海东岸坡。[2]
从东到西地狭窄,最窄不过百里阔。[3]
纬度低于南极洲,相距二十七度多。
宽阔大洋智利海,海水大洋两汇合。[4]

水域混合越界限,宽阔两大海汇合。[5]
惊涛拍岸浪花溅,彼此靠近受阻隔。
两处土地被劈断,大洋海水巨浪波。
葡萄牙人麦哲伦,开辟海峡美名存。

或许因缺领航员,关键原因不知晓。
秘密通道未发现,鲜为人知藏奥妙。
或因岛屿有变迁,测量高度有误导。
骇浪惊涛暴风雨,吞吃岛屿海路闭。

从南到北地蜿蜒,西部濒临海潮涌。　　10
东部绵延高山巅,山脉万里亘古横。
战争焦点在中段,浴血奋战鬼神惊。
爱神阿蒙暂不表,狂怒战神正咆哮。[6]

土地划分遵常规,突显地理势宏伟。
地跨南纬三十六,外邦土著血肉飞。
凶悍人民无惧怕,狭长智利成堡垒。
勇敢面对生死战,整片大地在崩摧。

阿拉乌戈永不朽,伟大民族垂千秋。
名声信誉天下扬,南极北展地长瘦。
西班牙人陷泥潭,臣在信中已禀奏。
界碑延伸二十哩,十六酋长品德优。

十六酋长品德优,壮观领地所独有。
粗犷母亲所生养,军事行家第一流。
祖国忠诚保护神,不求高官当魁首。
多数酋长人彪悍,出类拔萃军领袖。

- 第一歌 -

义不容辞心赤诚,服务属民当酋长。
强征赋税非酌情,不论何时何名堂。
责无旁贷讲战争,事必躬亲演兵场。
谨慎用权守纪律,封为导师遵信誉。

孩童天生性灵活,潜在力量少年郎。
崎岖坡地石块多,阡陌纵横跑山岗。
训练完毕重结果,授予优秀特等奖。
品格坚定人勇敢,雄鹿追赶颇费难。

挥戈习武自少年,紧急需要能参战。
研究战事尽职责,年纪稍长苦磨练。
某人出现体衰弱,剥夺使用武器权。
文武双全佼佼者,权衡价值授军衔。

战争奖励授军衔,并非死守旧观念。
不论财产轻门第,不论等级继承权。
理想首选尊品德,更靠卓越人勇敢。
尽善尽美有教养,身价百倍抵万千。

从事战争指战员，谋生手段不设限。
参与下等各工种，参与耕种下田间。
随时准备舞刀枪，依照法律赴前线。
驾轻就熟上战场，战争合法勇参战。

战争武器久磨炼，梭镖刀枪长矛剑。
尖锐长柄手执掌，刀剑前端弯刺尖。
斧头铁锤狼牙棒，钺钩戟杖藤木箭。
投掷石器皮绳索，火枪火铳射程远。

部分兵器非一般，基督教徒所贡献。　20
蛮人嗣事训练用，时刻用心演习练。
武器不断在更新，各显其能开生面。
乐此不疲善琢磨，能工巧匠受称赞。

军队全体指战员，轻型武器各自便。
众多士兵穿外套，式样时髦多旧残。
护胫护喉护臂腕，盔铠甲胄佩戴全。
熟皮硬革手工造，钢铁兵器难刺穿。

- 第一歌 -

武器单兵配一件,严求学会重操演。
玩枪弄棒自童年,操兵演练成自然。
技不压身长本领,力求完美手熟练。
弓箭射手可玩枪,狼牙大棒枪手玩。

训练操场列队练,全套阵容排齐全。
每队超过百余人,长枪箭手连成片。
违规被罚远处站,枪手在旁充军监。
枪手成排肩并肩,持枪对敌面对面。

进攻中队被冲散,演练进攻遭阻断。
适时求助则求助,能救援者施救援。
攻防位置有颠倒,进攻队形遂调换。
敌方队列若变动,警戒观察细心看。

战马病痛惊慌乱,无奈扎营沼泽边。
队伍一旦被击溃,畏影避迹躲危险。
卷土重来重安全,冒犯不能变捣乱。
虚设阵地造假象,阻挡我军至前沿。

方阵队形走在前,蛮兵蛮将优秀汉。
自尊狂妄藐天地,无所畏惧走极端。
矛头朝下拖地走,千姿百态多变换。
如遇胆大基督徒,勇敢向前与交战。

三四十人组成连,渴望重用受称赞。
倨傲英武开步走,伴随急促战鼓点。
披甲执锐齐亮相,五颜六色视觉鲜。
羽毛饰物缀全身,跑跑跳跳眼缭乱。

审时度势可控点,强化自己固营盘。
力求占据险要位,不管窘困急迫难。
突围冲出危急处,自卫解救脱危险。
及时撤到坚固地,队形变换时运转。

谋划停当选地点,粗壮树木种周边。
使用固定粗木桩,方队占据宽地面。
阻挡外部人入侵,投入战斗好周旋。
以逸待劳躲墙后,以少胜多善筹算。

- 第一歌 -

堡垒内部盖房间,习惯使用硬木板。　30
墙壁之间木桩固,条条板板楔嵌连。
竖起四座高岗楼,出头鸟儿堵枪眼。
枪眼炮眼布满墙,艺高胆大重安全。

广场四周近旁边,外围密布壕沟坎。
地理形势颇复杂,长短宽窄多变换。
偶有鲁莽小青年,尚需催马快加鞭。
诡计多端土著人,诱敌误入包围圈。

处处深坑陷阱圈,尖尖铁钉栽里面。
芦苇野草花掩遮,麻痹粗心被刺穿。
冒失跑步偶遇险,救助只能靠上天。
坠入陷坑被埋葬,铁刺穿心肝脏间。

遵循过去老习惯,协商契约当众宣。
发生特殊某事件,邀请客人设酒宴。
某位酋长新动议,头条新闻消息传。
快马派出报信人,知会酋长领主团。

- 第一卷 -

让其知晓事因缘,告其议题告时间。
兹事体大众人事,传递通知重时限。
至关重要非一般,不赀之损应避免。
莫当儿戏敷衍事,无人愿作壁上观。

酋长咸集即会面,重述主题众人谈。 35
通览赞同该提议,措施合理尽言欢。
询谋佥同成决定,求同存异成自然。
忠言逆耳利于行,多数意见总优先。

反面意见无人谈,崭新决定正式颁。
好人歹人均支持,倾听意外新观点。
一旦商讨某战事,满城风雨四处传。
喇叭鼓声震天响,讯息难免伴流言。

集思广益定期限,阐明决定诸条款。
三天之后获批准,众望所归不拖延。
自由坦诚已无阻,律令轻易莫推翻。
突发事件出预料,因势利导随机变。

- 第一歌 -

会议祥和氛围鲜，牢固堡垒饰花坛。
花团锦簇放异彩，争奇斗艳现田间。
微风飒飒增凉爽，树叶娑娑添浪漫。
徐徐穿越大草原，明澈小溪声潺潺。

横平竖直行成串，高大杨树枝茂繁。
栽种广场大路旁，承载大会欢庆典。
进入烦人午休时，躲避阳光享清闲。
尚能静听声漫漫，鸟鸣和谐歌款款。

目无法纪目无天，尊崇上帝亦徒然。
上帝先知万能神，赞美歌颂到永远。
假借结党泄私愤，事事如意不常见。
歌舞升平或灾难，谁人能掐会计算。

如果对外想开战，事先通知行仪典。
如若对方无回应，兴味虽浓战可免。
危言骇世免交涉，坏事不再久纠缠。
虚怀若谷能包容，勇敢名酋获称赞。

沿用巫师假戏演，借助自然神秘言。
察言观色托征兆，据此两招破疑团。
毒害愚蠢信男女，预测吉利知凶险。
预兆越多越放肆，引起怯懦心悚然。

确有巫师善授课，崇尚神圣重品德。
一贯爱听奉承话，吃斋节俭过生活。
巧舌如簧善辞藻，口无择言若悬河。
装疯卖傻会装相，恰如福音经书说。

生活规律求严格，无法无天少罪过。
知识渊博声誉好，精打细算为准则。
利剑长矛弓与箭，研精覃思多琢磨。
危言耸听恫吓人，征兆预测悲欢乐。

天时地利相呼应，星移斗转预兆生。
情绪激动生事端，敌意对抗起战争。
祸福相依平常事，勃然大怒气势汹。
暴戾放肆无耐心，江湖义气多友朋。

- 第一歌 -

不蓄胡须貌堂堂，发育成长健美壮。
粗大四肢身魁梧，胸部肥硕宽肩膀。
无拘无束人桀骜，胆大包天好逞强。
勤劳勇敢能吃苦，凄风苦雨度时光。

从未受制某国王，大逆不道性狂妄。
未有外族敢染指，践踏土地占域疆。
谁敢侵犯划界地，轻举妄动舞刀枪。
令人惧怕难驯服，藐视律令头高扬。

印加国王势力强，南极地区领头羊。
最高统帅喜征讨，亲自征服新族邦。
兴师动众伐智利，遣兵调将甚嚣张。
智利人民美名传，鲜血磨炼斗志昂。

高贵印加斗志昂，冲破旷野地蛮荒。
智利村民虽善征，遭受奴役凌辱尝。
颁布法令费周折，采用铁腕自恃强。
放荡妄为独断行，横征暴敛掠夺抢。

基地建立改形状，兵强马壮摆战场。　　50
寻求理想拓疆土，调动队伍征四方。
行军不足几英里，恍然大悟遇同行。
勇敢名誉同样享，阿拉乌戈崇刀枪。

毛利族人早知情，虚荣印加虚荣病。[7]
出师不利遭遇战，指挥失当兵乱营。
时乖运蹇命多舛，措手不及事发生。
旗幡狼藉抛满地，死伤无数嫡系兵。

毛利族群距离远，百里之外别有天。
兵多将广人狂暴，西班牙人临考验。
出乎意料得领教，民族凶残性强悍。
武器精劣区别大，优势差别均明显。

印加承认不乐观，不屈省份斗志坚。
沾沾自喜获小胜，战事伊始远未完。
谋略错误利微薄，掠夺土地非平安。
返回出发驻军地，喘息休整再开战。

- 第一歌 -

统领迭格做先遣,麾下千军富经验。[8]
凭借智慧受尊重,勇敢直率人和谦。
长驱直入进智利,基督信仰意志坚。
苦海无边路尽头,回头是岸原路返。

瓦帅谱写胜利篇,出师有名值纪念。[9]
统领征程可颂扬,大张挞伐挥利剑。
直至阿拉乌戈地,空前绝后耀峰巅。
高傲民族套桎梏,镇压自由播哀怜。

一把利剑一披风,精神振作志向明。
短期召集千人马,组成闪光团队兵。
凭借贪图精气神,占领智利右路攻。
决定终结此出路,遥不可及或丧命。

漫漫迢迢崎岖路,歧途饥渴寒冷苦。
信心坚定笃信恒,胸怀大志心劳碌。
时亨运泰前景妙,进入智利天眷顾。
多地举兵阻伤害,刀光剑影揭序幕。

集合人群进智利,几场恶战交火密。
不同时间不同点,目的值得人怀疑。
西班牙人人勇敢,以其勇敢壮膀臂。
天意武力继战事,占领大片新土地。

遭遇围攻六年整,险象环生人丧命。[10]
粗暴劣根少文明,克勤克俭奋力争。
蛮人粗糙烂兵器,面对西人心崇敬。[11]
罕见考验炼意志,厄境培养新生兵。

瓦帅远征开生面,野心开拓靠利剑。　　60
普罗马乌举武器,钢筋铁骨人好战。[12]
穿过毛利湍急河,到达名镇安达琏。
建立城市筑土墙,顺境过后迎祸端。

一场血腥战罕见,险些被逼悬崖前。
上帝救助洗耻辱,救助频频不间断。
任重道远路艰险,负债累累入账单。
埃纳维佑成俘虏,康城荣誉永蒙冤。[13]

- 第一歌 -

比奥比奥水道宽,流经彭城北侧边。[14]
尼维根腾河湍急,汇聚支流入海湾。
军队磨炼侬果敢,训练有素令如山。
越过小镇安达琏,阿拉乌戈肥沃田。

臣下无须多赘言,赘言多余惹人烦。
翻篇而过不多唱,跳过闲篇成习惯。
根据意愿与设想,奴化阿拉乌戈难。
尚需南征北伐战,此事暂且莫多谈。

动物求生积经验,猎手狡猾施诱骗。
怪诞诡异奇怪人,自天而下降人间。
风雨雷鸣造伤害,火药枪声震耳畔。
永恒神明也胆寒,刀光剑影似闪电。

西班牙人功非凡,自负不朽错误观。 65
执迷不悟鬼缠身,不幸未来映今天。
冷漠犹豫多疑虑,镇压印记处处见。
视如兄弟播信仰,阿拉乌戈顺从难。

051

放弃安全行路线,我方军队开前线。
阿拉乌戈已屈从,大好河山任踏践。
伟大族群人缄默,七座荣城建设完。[15]
圣地亚哥科金博,彭科湖城帝国垣。

旗开得胜笑开颜,名誉地位光灿灿。
招致高傲虚荣心,千里难容十条汉。
不堪回首忆往昔,七寸土地丧家犬。
骄横无理自膨胀,虚荣奢望贪无厌。

利益邪恶双增长,假手旁人血汗淌。
如狼似虎贪婪相,放荡不羁马脱缰。
法律权利正义感,原是瓦帅所向往。
轻漫慈悲对重罪,轻度案件重刑量。

西班牙人应思量,恶贯满盈无声望。
暴戾恣睢心虚荣,财运亨通追逐忙。
至高无上万能父,切断财源设路障。
自作自受套桎梏,十恶不赦杀人狂。

- 第一歌 -

阿拉乌戈崇自然,管理别人或被管。　70
眼看国家被推翻,该死外族挥舞剑。
自由一去不复返,平静生活遭苦难。
太平盛世成过去,除非举剑无他选。

先前警告待检验,究竟采取何手段。
我方两兵遭不幸,拷打杀害同一天。
有意隐瞒冒犯事,肆意妄为人大胆。
急不可待心躁动,聚众闹事造骚乱。

损失惨重出料想,瓦帅并未改规章。
沿用土著惩罚法,不施惩罚在田庄。
耻居人下众百姓,敲断枷锁庆解放。
陈规旧律应打破,第二诗歌听我唱。　72

- 第一卷 -

注释

1 陛下,即西班牙国王腓力二世(Felipe II, 亦译费利佩、菲利普1527—1598)。腓力二世的父亲是神圣罗马帝国皇帝查理五世(西班牙称卡洛斯一世),母亲为葡萄牙的伊莎贝尔。腓力二世曾担任哈布斯堡王朝的西班牙国王(1556—1598年在位)和葡萄牙国王(称腓力一世,1581—1598年在位)。腓力二世是有作为的伟大君主,他执政时期的西班牙国力繁荣昌盛。1557年,西班牙军队在圣金廷战役中击败了法国军队;腓力二世领导了对严重威胁欧洲的奥斯曼帝国的回击,在勒班陀战役中全歼了奥斯曼帝国舰队;腓力二世于1588年建立了历史上赫赫有名的无敌舰队。腓力二世有过四次婚姻,曾养育五男三女。

2 南海,中世纪欧洲列强对南美洲周边海域的统称。

3 里,此处指公里。

4 大洋,此处指后来的太平洋。

5 第一歌中第8、9、10、14、15首诗采用原诗的押韵方式,即AB、AB、AB、CC。此种译法的目的完全是为了模仿作者的押韵风格,表示对作者的尊重。后面第二、第三歌也有几首采用同样的译法。

6 此处的"爱神"原文诗句中为Venus,爱神维纳斯,简称爱神。阿蒙(Amón)神,最初可能是人类创造神话中的八个神祇之一,亦称民族神。埃及的神话中将阿蒙神作为多重崇拜对象:真理之主、万神之父、人类之创造者、众神之王、万物之主、生命之创造者……还有一种解释,认为阿蒙是象征不纯洁的爱情神。

7 毛利族(los promaucaes de Maule),智利中部的主要土著民族之一,地处卡恰波阿尔和毛利两河流域。毛利族分为三支族群:普罗马乌(los promaucaes)、古利奥(los curios)和考科内斯(los cauquienes)。毛利人性格坚韧好战,西班牙征服者把他们称为"野蛮的敌人"。

8 迭格·德·阿尔马格罗(Diego de Almagro, 1475—1538),西班牙征服美洲的

第一歌

先锋之一。1514年抵达巴拿马后立即招兵买马,于1530年抵达秘鲁并在北部建立特鲁希略城。自1533年起曾多次参加征服印加帝国的军事活动。后来又进军当时属于智利领土的的喀喀湖地区。自诩为智利的发现者。1535年,卡洛斯一世任命他为进军秘鲁南方的先锋并准备征服智利。1537年占领秘鲁南部的库斯科。1538年在一次和秘鲁首长国战斗中受伤被俘,被当地土著人杀死。

9 佩德罗·德·瓦尔迪维亚(Pedro de Valdivia, 1497—1553),西班牙征服者首领,西班牙在智利的第一任都督(1540—1547),圣地亚哥和康塞普西翁两城市的创建人。曾在驻意大利弗兰德的西班牙军中服役,1534年被派往南美洲,1540年率领150名西班牙人和与其结盟的1000名秘鲁印第安人远征智利。穿越智利北部沿海地区的阿塔卡马沙漠后,在智利河谷击败人数众多的印第安人,旗开得胜。1541年2月修建圣地亚哥城。1550年开始征服智利中部比奥比奥河以南地区,在河口建立康塞普西翁城。1553年在与阿拉乌戈地区印第安人作战中被俘虏并被处死。为方便行文,诗中经常将瓦尔迪维亚简称为"瓦帅"。

10 六年,指1550—1556年。作者埃尔西亚到达智利是1557年,时年24岁,此时瓦尔迪维亚已经死去三年多。

11 此处"西人"即指西班牙人。为行文方便,诗中经常将"西班牙人"简称为"西人"。

12 普罗马鸟,前文51首提到的毛利人的三大族群之一。

13 埃纳维佑(Ainaullo),当时彭科即康塞普西地区的酋长。

14 比奥比奥河(Río Biobío),智利第二大河流,发源于安第斯山脉的加耶图埃湖和伊卡尔马湖。向西北流经肥沃的中央谷地和海岸山脉唯一的横向大谷地,在康塞普西翁附近注入太平洋阿拉乌戈湾,全长386公里,流域面积2.3万平方公里。河中多沙洲。可供平底船通航130公里。河水主要用于灌溉。智利国土中部与南部的划分,一般以此河为界。

15 七座城市:科金博(Coquimbo)、康塞普西翁(Concepción,又称 Penco,彭科)、安科尔(Angol)、圣地亚哥(Santiago)、帝国城(la Imperial)、比亚里卡(Villarrica)和湖城(la ciudad del Lago)。因篇幅所限,此处只译出五个城池的名字。

第二歌

叙述阿拉乌戈各位酋长在推举军队统领上的分歧。老酋长科罗科罗提出推举办法。土著人用欺骗的办法进入图卡贝尔堡垒。土著人与西班牙人展开战斗。

世上多人活法累,全靠欺骗树权威。　01
命运之神伸援手,助其爬上高权位。
为是后来高举起,摔下倒地更狼狈。
灭顶之灾来临时,出乎意料事轮回。

居安本应善思危,积羽沉舟乐生悲。
风云突变从天降,白驹过隙快如飞。
跋扈放纵妄自大,时来运转人恣睢。
勿忘艰难崎岖路,物极必反是常规。

否极泰来得报偿,无人相悖愿逆向。
得不偿失经常事,新旧习惯不相让。
信任荣誉两需要,生活最终验灵光。
人人都曾被裁判,尽管内心有法章。

- 第二歌 -

福寿康宁终沦丧,仅剩痛苦徒悲伤。
本想好运会光顾,需等太阳不发光。
光轮停转无稽谈,匡谬正俗人吉祥。
好运确实可帮忙,仅凭命运无保障。

以史为鉴本诗唱,贻范古今做榜样。　05
财富名誉争荣耀,一切愿景可盼望。
胜利之日近咫尺,天空有时也无光。
天意昭彰循其道,好运纵逝换悲伤。

我方军兵心沮丧,昔日辉煌永难忘。
确有好事忘交代,少数家庭财运旺。
疏忽大意不经心,乐极生悲有迹象。
一时可失好声誉,千年努力才补偿。

印第安人上帝造,应视一家如同胞。
男女出生神观照,各自软肋各知晓。
承认无知处冥顽,遭逢贫困受煎熬。
醉心激昂憎恶恨,人被征服死难逃。

- 第一卷 -

无需争论再拖延,缮甲治兵待开战。
短时间内出决定,复仇形式尽完善。
开会商议定时日,悉数决定当众颁。
凶狠残酷性难移,令人恐惧令人寒。

酋长战场做垂范,亲率队伍赴前线。
无须组织大军团,颁布命令待出战。
无须赎罪做承诺,规定时间莫拖延。
军纪严明令如山,摧毁敌人鲜血溅。

众人之中几精英,载入青史垂其名。　　10
人虽野蛮未开化,并非无故获名声。
战果辉煌赢胜利,闻名遐迩人出众。
活者生活有信心,死者安息得善终。

图卡贝尔挂头名,按时抵达急先锋。
屠杀远征基督徒,仇恨基督手强硬。
麾下三千勇武士,视为国王从其令。
安科勇敢一青年,统率四千精英兵。[1]

- 第二歌 -

卡约古比人狂妄，绝非最后别家乡。
开赴阵地第三名，统领将兵摆战场。
拥有三千子弟兵，后随山地野兽帮。
米亚拉普一老帅，统率五千壮丁郎。

帕伊卡比同日到，三千士兵武艺高。
率领六千骁勇兵，雷茂雷茂领风骚。
急促统兵前后脚，马雷瓜诺瓜雷茂。[2]
争先恐后喜相逢，率领武士六千号。

艾力古拉风雷动，连明达夜马不停。
轩昂魁伟男子汉，身强力壮赢好评。
服从命令人来疯，统帅六千神勇兵。
科罗科罗称宿将，兵多将广麾下领。[3]

翁戈尔茂守信用，统帅四千武士勇。　　15
布楞加鞭催快马，率领六千子弟兵。
自豪炫耀林戈亚，兵过六千待听令。
骁勇挺拔逞凶悍，巨人身材体匀称。

- 第一卷 -

<u>贝特戈愣</u>峡谷名,隽拔酋长做首领。
土著领主天生制,地名由人任意定。
酷似自由威尼斯,历届统治地繁荣。
领地冠以酋长姓,时至今日闻其声。

<u>考波利坎</u>未成行,基督士兵阻路程。[4]
统率武士达六千,阿拉乌戈本地兵。
更有不失时机者,探问是否招劳工。
统领虽未到现场,比马侬根皆顺从。[5]

两彪人马肩并肩,来自图梅安达琏。
多路酋长齐上阵,名字冗长不细谈。
喜形于色庆相逢,欢聚一堂笑语欢。
欢欣雀跃谈集结,饮酒美食饕餮餐。

一醉方休达高潮,酒缸见底酒令噤。
大呼小叫喊酒话,酒酣耳热杂声噪。
迎面讲话听不清,知根知底知根苗。
此时走来大胆人,统帅领兵合称号。

– 第二歌 –

欢喜若狂声喧嚣,踢倒饭桌翻菜肴。　　20
吆五喝六抄兵器,树林深处挂枪刀。[6]
张牙舞爪露凶相,粗言粗语人狂躁。
酒足饭饱生热能,激起怒火心中烧。

图卡贝尔直言明,非他莫属任首领。
天下世人皆承认,若论勇敢属头名。
"勇敢善战谁人比,马上比试分雌雄。"
傲视群雄做补充:"有不服者道名姓。"

艾力古拉近前应:"非我莫属领雄兵。
头脑简单莫猖狂,需问长柄铁矛功。"
翁戈尔茂开言讲:"信心百倍努力争。
宽阔肩膀支柱撑,铁臂神勇我统领。"

林戈亚氏怒气狂:"提出此事谵妄梦。
大千世界我做主,手握权柄身轻松。"
安科蛮人话放肆:"平起平坐谁想争?
口出狂言耸听,脸上贴金成笑柄。"

- 第一卷 -

卡约古比发雷霆,挥舞牙棒示威风。
"看谁吞吃豹子胆,摆出理由敢辩争。
近前提出所奢望,谁任指挥握权柄。
有谁闯过我这关,尔等齐上我荣幸。"

雷茂雷茂声傲慢:"本人正想应挑战。　　25
我说更变比武法:此次比武用宝剑。
一人对付五六个,展示本领我夺冠。
不惧诸位齐上阵,不吹大话操胜券。"

布楞一旁侧耳听,火药气味愤怒应。
近前插话无阻拦,无人搅乱出杂声。
英雄虎胆谁料想,布楞也要统领兵?
此起彼伏声暴怒,棍棒长枪乱舞动。

图梅众酋高位尊,周围簇拥众蛮人。
拨开人群排阻拦,左推右揉心如焚。
所幸无人受伤害,怒气冲冲撼乾坤。
科罗科罗老酋长,举手进言人自信:

- 第二歌 -

"领地长老卫国雄:谋求统帅非我能。
众人抬举我领情,尽管我应力求争。
老迈年高人槁木,迈向天堂起步程。
爱民如子终身愿,良药苦口利于病。

光荣职务为何争?非要翻脸争雌雄。
焉能悖逆上天意,忘记曾经被战胜?
西班牙人灭顶灾,抚躬自问应反省。
压住义愤填膺火,对抗凶敌用战争。

为何暴怒如此狠,毫无意义至沉沦? 30
为何自家互相残,不去抵抗强暴君?
为何放任基督徒,兄弟阋墙刀枪拼?
既有死而后已心,为何沮丧无精神?

放回兵器息愤怒,杀向外敌朝胸脯。
握紧兵器面入侵,武士出征能伏虎。
勇猛果敢去参战,抛弃可耻重桎梏。
莫让祖国淌鲜血,鲜血流淌为救赎。

- 第一卷 -

本人赞赏气势傲,心系祖国我自豪。
勇气变味令我忧,怯懦统帅引邪道。
争论不休误大事,自毁祖国断根苗。
如此纷争无休止,割我咽喉命勾销。

身体瘦弱受煎熬,命运多舛难预料。
只求锋利一利剑,欲死不能终未倒。
性命攸关靠幸运,死神告我晚报到。
公众生死比天高,自我表白自明了。

勇敢刚毅人坚强,出生平等老天赏。
平等分配所有人,血统等级财产量。
精神尊严均非凡,世界军团勇担当。
恩赐赠品不求报,顺时而动理昭彰。

尔等俱有熊胆量,恳请尽快自解放。
全体自应听指挥,首要选出一队长。
队长必须过一关,巨大木桩肩上扛。
看谁成为最强将,运气均等无偏向。"

- 第二歌 -

众人侧耳敬意听，聆听老人肺腑情。
议事大厅静悄悄，偶尔听到不同声。
众口一词表赞成，绝好妙招无纷争。
出席酋长均同意，老者建议成一统。

一件要事需阐明，似乎细情未说清。
有一省份军力强，兵强马壮砥砺成。
严格条法政令通，目前尚缺一都领。
指挥大权落谁手，悬而未决存异同。

当地从未缺首领，议会选举做决定。
彭科酋长被俘虏，城池早被一扫平。
安乐家园变城堡，捕风捉影道不明。
据传饭中被投毒，终结职务丧性命。

一根木桩带上场，不敢判断其重量。
纹丝不动人胆怯，粗壮实心松木桩。
帕伊卡比不费力，谁敢否认强中强。
足足举起六小时，七个小时防受伤。

卡约古比快步前,勇敢自信非等闲。　40
放在宽宽肩膀上,五个小时身疲倦。
年轻小伙瓜雷茂,力气欠缺未过关。
安科高举粗木桩,三个时辰如耍玩。

布楞随后举半天,翁戈坚持超天半。[7]
莱博比亚四小时,受罪费力自难堪。
雷茂雷茂七时多,表演精彩未间断。
蹦蹦跳跳来回转,体力不支才终演。

艾力古拉心里美,经年扛木不知累。
未能坚持九小时,自认废物自惭愧。
图卡贝尔十四时,众口同声表敬佩。
察言观色林戈亚,嘈杂声中尊口贵。

斗篷滑落自肩膀,后背暴露恐怖相。
粗硬木桩高举起,重量落在右肩上。
轻盈小步踱来回,肩扛重量无阻挡。
太阳升落一天整,不知疲倦双肩扛。

– 第二歌 –

厌人夜幕又降临，太阳下山降月神。
月神出没天色明，空谷幽兰格外新。
重量压迫林戈亚，星去黎明又早晨。
直至太阳挂天空，重担终于落地稳。

围观群众所有人，目瞪口呆惊失魂。
谁敢相信大力士，沉重负担能耐忍。
气贯长虹排山海，统帅号令旌麾任。
理所当然总统领，当之无愧公正尊。

骄傲蛮人心高兴，鹤立鸡群成英雄。
考波利坎抵堡垒，无人比他更轻松。
天生左眼无视力，彩色眼睛石榴红。
冥昀亡见成眼疾，争强斗胜力无穷。

高大青年至贵尊，严肃庄重汉子身。
身体挺直势威猛，粗犷严整正义心。
身材高大阔胸膛，深谋远略睿智敏。
矫捷平和果断稳，足智多谋人谨慎。

45

身临其境心激动,众人可否皆欢迎。
所述总结无偏见,点面俱到诸情景。
阿波罗神隐身后,遁入大海无踪影。
激烈较量仍继续,直到东方又黎明。

激烈鏖战黑夜长,观众人群情激昂。
有人倾向林戈亚,考波利坎强中强。
有人坐山观虎斗,打赌输赢互不让。
面向东方耐心等,太阳马车迎朝阳。[8]

东方彩霞露曙光,彩云美化较斗场。　50
今年农田墒情好,悲惨人群劳作忙。
枯槁田野又复苏,逝去葱郁添彩装。
阳光清新峡谷绿,考波利坎欲较量。

傲睨自若人阳刚,抓起多结粗木桩。
好似玩耍花彩棍,横放强壮宽肩膀。
众人惊讶悄无声,羡慕体壮筋腱强。
面红耳赤林戈亚,胜利天平摆何方。

- 第二歌 -

精明壮汉动作轻,晴空万里光线明。
阳光驱散阴云影,精神抖擞待出征。
未见斗志稍虚弱,只怕光线暗淡朦。
星星渐渐闪光亮,勇汉未显疲倦容。

明月当空观节庆,节庆晦涩昏暗冷。
闲置农田花盛开,漆黑一片夜朦胧。
考波利坎未松懈,精力充沛力无穷。
动作娴熟精神爽,似乎无载一身轻。

两块公地高又高,提东娇妻早报到。[9]
金发披肩头上仰,新霜抖动山崖峭。
凋零草地花绽放,沉闷脸色堆微笑。
草褥映衬众笑脸,珍珠镶嵌彩石娆。

太阳神车跑西东,来自海上一路行。 55
瞥见阳光忙躲避,山峦倒影映水中。
青年努力撑沉重,不知疲倦左右冲。
彤云密布压头顶,敞车奔驰快如风。

- 第一卷 -

阴天转晴月露脸,万里长空天地宽。
浑浊慵懒脸微红,朦朦月色少光线。
愉悦比赛过半程,古怪较量结束难。
谁占鳌头难确定,输方常在北半边。

力壮青年重在肩,一动不动抗熬煎。
努力祛除身疲倦,越战越勇力增添。
阿波罗神随黎明,光芒万丈放射线。
考波利坎脸平静,堪比平时志更坚。

红红太阳出东方,背上负担离肩膀。
猛然跳跃脸变形,精神抖擞斗志昂。
现场村民同声赞,齐声呼喊声激扬:
"坚实臂膀强中强,卸下重担众人扛。"

新颖格斗已告终,仪式热烈众欢庆。
最高司令已推选,备受尊敬成统领。
尊崇从命似国王,众望所归赞扬声。
百里之外人震撼,声名远播世人惊。

- 第二歌 -

千人呆滞如木鸡,时至今日仍怀疑。　60
有人怀疑我所讲,诗歌编纂杜撰虚。
议会认为合情理,久经砥砺守规矩。
举贤任能选举事,不应头昏路偏离。

科罗科罗人老练,谨慎促使成功选。
倾轧分歧损失大,祖国遭难处风险。
考波利坎壮无边,忧国称职人勇敢。
身强力壮男子汉,励精图治寻觅难。

深谋远虑断此案,否则推举久拖延。
比赛似乎欠庄重,最终推选事圆满。
拖延无益防变更,颁布当选告一段。
转忧为喜意味深,大功告成达意愿。

议会庆典多欢笑,选举公道贺荣耀。
新选统领心悬胆,出谋划策动头脑。
任命军曹帕尔塔,动作敏捷真英豪。
武艺高强八十兵,排队整齐等训导。

精选武士八十兵，武艺精湛面目生。
中有两人名显赫，遵守命令善服从。
动作灵巧冲在前，不畏艰险当先锋。
卡耶瓜诺排第一，阿尔卡迪第二名。

三座城堡我占领，驻地安全暂安宁。　　65
城墙建造牢固宽，四周围绕河护城。
重兵把守卫堡垒，构筑工事御战争。
战马给养火药炮，城墙布满射击孔。

堡垒附近人发疯，庆祝节日正举行。
阿拉乌戈军兴奋，所向披靡无敌兵。
少说为佳观行动，挥舞利剑莫留情。
考波利坎细谋划，调兵遣将发号令。

有人提议即行动，包围邻近堡垒城。
有人主张派大队，进攻彭科直路行。[10]
多方妙计各有理，考波利坎予否定。
转身回到尖顶帐，招呼八十蛮子兵。

072

- 第二歌 -

为能顺利攻敌城,面授机宜化装行。
快速布置进阵地,火把利剑攻城用。
统领坐镇布战术:过道入口先占领。
嘱托提醒尽详细,安排妥当待命令。

坚固城郭连广场,严防蛮兵耍花枪。
除非内急去茅厕,西班牙人似雕像。
护佑入口柏洛娜,女性战神发怒狂。[11]
奉命唯谨土著兵,干草木柴肩上扛。

命令传话震耳聋,秉承意图原路行。　70
队伍之中设埋伏,纵列进攻按命令。
漫不经心掩欺诈,进攻城堡长矛冲。
隐蔽曲折向前走,偷越禁区攻敌城。

穿过浮桥过城墙,不幸人群表情悲。[12]
一瘸一拐疲惫样,畏缩胆怯面憔悴。
冲锋陷阵暴怒狂,抢夺武器显神威。
骄傲自信人蛮横,报仇雪恨面狰狞。

西班牙人遭袭击,死神降临近身旁。
急忙奔跑抄武器,怪异偷袭自天降。
胜利死亡已定局,头盔铠甲保安康。
抵抗病态复仇人,阿拉乌戈骁勇军。

互相攻击果敢猛,铁戈声声震天响。
厮杀刮起血雨风,战神从未如此狂。
人人希望能战胜,想方设法寻妙方。
利剑出击强有力,死亡临近无声息。

盛怒勇气互刺激,利器带血染杀气。
西班牙兵威逼紧,印第安人近墙体。
得寸进尺收失地,异教军队增兵力。
散阵投巢遭冲击,丢盔卸甲兵倒地。

基督教徒陷困境,恐惧羞愧心惶恐。
愤怒凶恶逞疯狂,握紧利剑在手中。
神色迷茫锐气在,冲向阿拉乌戈兵。
横冲直撞猛刺杀,稍一大意丢性命。

- 第二歌 -

西班牙兵士气盛,浩劫刮起腥雨风。
有勇无谋蛮子兵,大胆放肆代价重。
忙于招架无还手,丢失阵地遭严惩。
以牙还牙战术明,依城靠墙再冲锋。

塔卡瓜诺卡耶琯,快步紧急施救援。[13]
考波利坎军兵现,木已成舟时已晚。
希望破灭难挽回,城堡吊桥起杠杆。
桥边附近立誓言,釜底抽薪连锅端。

西班牙人一青年,过于恐惧心胆寒。
恐惧胜过英雄胆,不靠吊桥靠勇敢。
站在桥上高声喊:"勇敢青年冲向前!
一对三十肉搏战,粉身碎骨也心甘!"

猛兽下山步缓慢,吼叫奔向家畜圈。
远处脏乱小村庄,百姓稀疏居住散。
土著敌人听叫声,西班牙人怒吼喊。
过百军兵猛冲锋,一见猎物更贪婪。

不因众敌恐吓愁，我方军兵无惧怕。　　80
面对蛮人敌驰骤，义无反顾剑刺杀。
战事暂停激情休，暴怒缓和只喊话。
冲向敌军不迟疑，地上遗落几尸体。

双方遭遇地宽广，利剑锋芒砍四方。
队伍分开又聚合，尸体成堆横战场。
众寡悬殊非平等，坚甲利兵我军强。
快速打开小城门，友军支援同抵抗。

敌军冲向另一方，战场中间宽阔广。
血腥战神再出手，双方拼杀重开场。
刀光剑影激烈战，百名蛮军一人挡。
铁刃又闻血腥味，增援蛮军近身旁。

愤怒出击莫慌张，利刃交叉声铿锵。
尖锐利器频冲刺，处处能见重伤亡。
独眼巨人举铁锤，烈火铁砧闪金光。[14]
砥砺敲击切割烫，石破天惊震山岗。

- 第二歌 -

胜利在望属双方，人数悬殊不相当。
尽管我军士气旺，敌人众多实力强。
高傲蛮人失耐心，百人对一如饿狼。
动作疯狂似魔鬼，铲除城堡基督狂。

西班牙人东西逃，不堪忍受四处跑。
冲向堡垒各大门，阻挡蛮人进城堡。
提起吊桥钻闸洞，未雨绸缪早预料。
高处开枪放火炮，害怕敌人疯狂剿。

几乎满盘皆输掉，对方胜算损失少。
共同表决达共识，敌人威力出预料。
决定放弃鏖战地，正趁黑夜好出逃。
启程撤退灾难消，世界寂然静悄悄。

无奈上马弃营盘，大门四开吊桥翻。
骑上快马紧加鞭，冲击正面作战团。
人仰马翻受挫折，侥幸无人上西天。
抵达布楞才落脚，漆黑夜晚路平安。

85

- 第一卷 -

阿拉乌戈有事生,事情出在彭科城。
智利处处百花开,富矿产金质纯净。
瓦帅居住所在地,消息并非空穴风。
消息准确得证实,骚乱来自酋长厅。

总是有人好煽情,争取自由靠战争。
大煞风景曲走调,制造事端付行动。
曾经许诺不动武,挑起事端又进攻。
拒绝服从卡洛斯,厚颜无耻挺脖颈。[15]

瓦帅慵懒人悖晦,疑心懈怠不经心。　　90
康城军士扩一倍,自负狂妄多自信。
早该发现城已毁,粗心大意欠谨慎。
尚有士兵军辎重,六支小队两炮铳。

早和帝国协议定,答应派去武装兵。[16]
直奔图卡贝尔区,准时双方喜相逢。
一言为定达协议,约定成俗违者惩。
天涯海角如此行,今后不再有战争。

– 第二歌 –

放弃有利行军路，草率将士拐弯行。
陷入歧途贪心误，皆因蕴藏金矿井。
源源不断收税赋，丰富矿脉价连城。
野心勃勃求无厌，上帝掐断繁荣线。

出发不久即抵达，按照规定守时间。
诱人金矿利益大，如痴如醉美梦甜。
迅速离开暂作罢，何必当初离营盘。
至此结束第二唱，专就贪婪续诗章。　93

- 第一卷 -

注释

1 原书只此处出现"Ongol"一词,似为"Angol"之误。为表示统一,此处译为"安科",为"安科尔"的简称。
2 此处原文列举了三人名字,他们分别是:马雷瓜诺、莱博比亚和瓜雷茂。因篇幅所限,只译出两人名字。
3 科罗科罗(Colocolo, 1490—1565),智利土著马普切人。"科罗科罗"在当地土著语中意为"野猫",因此,该名更像是绰号而非正式名字。科罗科罗是一位睿智、聪明、动作灵敏的军事领袖,统率六千印第安武士。当拉乌塔罗和考波利坎两位军事领袖分别于1557和1558年牺牲后,马普切人推选科罗科罗为军事统领。智利人民因有他这样的英雄而骄傲,因此永远纪念他。今天,智利仍有一足球队用"科罗科罗"命名。
4 考波利坎(Caupolicán)在马普切语中意为"蓝色石英石"。考波利坎是一名威严、严肃、果断的军人。他出生时一只眼睛失明。这种独眼缺陷,给了他凶猛和让人敬而远之的外观。考波利坎曾多次参加抵抗西班牙征服者的战役,如阿拉乌戈战役、拉古尼亚战役、米亚拉普战役、卡涅特战役和安迪乌埃拉战役等。考波利坎不幸在安迪乌埃拉战役中被俘,后被西班牙雇佣的黑人刽子手杀害。
5 比马依根与下面的图梅、安达莲,均为智利中部山谷区域名。
6 阿拉乌戈土著兵士有把武器挂在树枝上的习惯。
7 翁戈,为翁格尔茂的简称。
8 太阳马车,据希腊神话,太阳神之子法厄同驾驭由四匹马拉的四轮马车追赶太阳神赫利俄斯。
9 提东(Titón),即提托诺斯。希腊神话中,提托诺斯是黎明女神的丈夫、特洛伊城的创建者之一。
10 彭科(Penco),山名。今天的康塞普西翁城建在此山附近,因此康塞普西翁城亦称彭科城。

- 第二歌 -

11 柏洛娜（Belona），罗马神话中的女战神，即希腊神话的厄尼俄。柏洛娜是战神玛尔斯的姐妹或妻子。

12 本歌第 71、72、73、80、90、92、93 首诗的译文采用原诗 AB、AB、AB、CC 的押韵格式。

13 卡耶瑄（Cayeguán）与前面 64 首中的卡耶瓜诺（Cayeguano）为同一人，是卡耶瓜诺的简称。

14 独眼巨人，指希腊神话中西西里岛的巨人库克罗普斯（Cíclopes）。巨人十分强壮，是一个很好的工匠，善于打造神兵利器、修建宏伟建筑物。

15 卡洛斯一世，又称查理五世（Charles V, 1500—1558），神圣罗马帝国哈布斯堡王朝皇帝（1520—1556 年在位）、尼德兰君主（1506—1555 年在位）、德意志国王（1519—1556 年在位）、西班牙哈布斯堡王朝首位国王，即卡洛斯一世（Carlos I, 1516—1556 年在位），16 世纪欧洲最强大的君王。即位前通称"奥地利的查理"。查理五世统治期间，为了扩大帝国的统治范围，先后和法国、土耳其奥斯曼帝国爆发战争，最终都以胜利告终，并且扩大了欧洲大陆的影响力，使得西班牙帝国在当时盛极一时。作为西班牙的国王，1518 年重用在葡萄牙一直受到冷遇的著名航海家麦哲伦，并且和他签订协议，资助麦哲伦环球航行。查理五世后多次派征服军队到南美洲，占领了智利和秘鲁两国，扩大了西班牙帝国的殖民地，使得西班牙帝国成为当时的"海上霸主"，奠定了其在欧洲大陆的地位。统治的领域包括西班牙王国（除西班牙本土外，还包括那不勒斯、撒丁岛、西西里岛和美洲殖民地）、奥地利、尼德兰、卢森堡、名义上的神圣罗马帝国，还有非洲的突尼斯、奥兰等，他的帝国被称为"日不落帝国"。1555 年在击溃新教诸侯的最后努力失败后，查理五世就开始淡出朝政。鉴于其领土太过广大分散，他将国土分由弟弟斐迪南一世与儿子腓力二世继承。查理五世 1558 年 9 月 21 日在西班牙去世。查理五世家庭的家庭成员——妻子：葡萄牙公主伊莎贝尔，1526 年结婚；子女：儿子腓力二世，他的王位继承人，享年 71 岁；长女玛利亚，嫁马克西米连二世，享年 74 岁；次女胡安娜（1535—1573），嫁葡萄牙太子若昂·曼努埃尔，终年 38 岁。

16 帝国，此处指印第安部落居住的帝国城，后来规模不断扩大，成为一座小型城市。

第三歌

瓦尔迪维亚之死

瓦尔迪维亚带领少量西班牙人和部分印第安友军前往图卡贝尔堡垒，以示惩罚。阿拉乌戈人在关隘对瓦尔迪维亚发动袭击，将其杀死。瓦尔迪维亚的部下领略了拉乌塔罗的战斗力和勇敢精神。

令人作呕罪恶狂，养虎遗患招祸殃。　　01
沆瀣一气臭味投，欲壑难填蛇吞象！
虎视眈眈公共产，肠胃膨胀似虎狼。
彻首彻尾性恶丑，贪得无厌丧天良！

- 第三歌 -

未见领主欲望胀,高枕无忧心欢畅。
未见农夫自可怜,摆脱痛苦低贱相。
知足常乐处常态,穷奢极欲非久长。
豪华奢侈旁人事,饱食暖衣求吉祥。

瓦帅可怜步兵相,状态不佳脾胃伤。
面对五万蛮人兵,贪财追利遇阻挡。
十二马克日金饷,军饷增加是正常。
鹰瞵虎视起战争,神灭形消在异邦。

土著蛮人悲苦穷,散居极域各活命。
劳动无序活计繁,赋税沉重忍欺凌。
裤带紧勒时断裂,寻求自由苦求生。
报复形式堪粗野,愿景寄托劳碌中。

一目了然见真情,劝慰病人少苦痛。　　05
不知所措步履艰,倒是说教获殊荣。
和平相处共安宁,侈谈战争灾难重!
要言妙道费口舌,远离祸殃远险境。

- 第一卷 -

任其咒骂多埋怨,人已安全抵港湾。
从此诸事上正路,畅通无阻事圆满!
如愿以偿心愉快,逢凶化吉人平安。
上帝训诫走正路,事半功倍莫兜圈。

瓦帅征战路艰难,刻苦行事命多舛。
未雨绸缪防厄运,愤怒慌乱均不见。
怀疑蛮人设陷阱,谨小慎微求安全。
派出数个侦察兵,至今不见人回还。

顾看约定过期限,侦察士兵未回返。
某人判断遇危险,某人判断遇阻拦。
某人提出耐心等,听天由命顺自然。
不必妄加多猜测,是死是活命由天。

勇敢士兵真英雄,无奈恐惧随后生。
美好前程美好命,疑窦猜测见罪行。
离此不远二哩远,认出两位好弟兄。
身首异处淋淋血,躯体瘫倒头僵硬。

- 第三歌 -

面对恐怖悚然惊,坚定信心生变更。　　10
焦躁不安人暴怒,报仇雪耻燃烧情。
重新燃起愤怒火,交头接耳咒骂声。
唯有瓦帅默不语,悲伤不已破寂静:

"一见此景吾心寒,价值理解堪悲观!
地球之上无耻事,损失惨重断旗幡。
信仰破碎征程乱,协议流产风吹散。
烦躁号角响耳畔,邪恶火焰复点燃。

部族动武造事端,我方损失非一般。
命运之神助我力,神灵指导我出剑。
付出牺牲流鲜血,补充养料肥农田。
我有时间有战马,树立信心将改观。

此事牢记在心间,忍辱负重路途远。
近期难能有胜仗,战场灭敌难加难。
对方高傲虚浮心,无法无天无顾惮。
不知所措心如焚,荣誉事业皆茫然。"

年少轻狂少经验，轻虑浅谋在青年。
疏忽大意成习惯，矫饰狂妄见弱点：
"敬请司令发号令，只需十人英雄胆。
孤立土著断后援，进军讨伐履平川。

未尝陷入窘态境，为争声誉曾驰骋。
往日功绩今尚在，缩手缩脚无尊荣。
面对危险挺起胸，追求光耀我随从。"
默不作声忍悲愤，瓦帅羞愧人动情。

瓦帅真正男子汉，帅气十足侃侃谈！
作为士兵无所畏，作为军官时为难。
机敏智慧对死神，如今被判死刑犯。
拱手无违让出命，面对死亡心也颤。

土著朋友来突然，双腿跪下大声喊：
"长官请听我讲话，请你不要越界线。
造反兵士逾两万，图卡贝尔地危险。
宁死不屈荣誉死，可耻活命失尊严。"

- 第三歌 -

骚乱瞬间即发生,蛮人朋友已说明。
谈及恐惧若木鸡,死亡来临难保命。
都督无畏称大将,黯然丧气心绪冷:
"为何犹豫人惊恐,未见敌人我乱营?"

军马受惊神不定,无须劝诫即启程。
随从人员心害怕,侍从卫队随身影。
山谷狭小空间窄,远见图卡贝尔城。
宽阔城墙高矗立,如今倒塌不成形。

瓦帅停步喊高声:"地球之上坚固城。　　20
自信民族西班牙,心虔志诚我建功。
背信敌人在对面,对面长矛成克星。
忠告各位众勇士,唯有战斗保性命。"

瓦帅讲话肺腑情,诸多道理未阐明。
全面包围自四方,密集方队如蜂拥。
挥舞宽刃铁长矛:"滚蛋之前留狗命。
骗子高手盗窃贼,欠债还钱天地经!"

瓦帅此时心镇定，力量命运定输赢。
冲向近处稀疏敌，未能阻挡敌冲锋。
博巴迪亚怒气冲，瓦帅责备令不听。
人数虽少气势汹，冲向马雷安德兵。

刁猾蛮人闯入营，遭遇我方少数兵。
待到冲锋发起时，打开大门迷西东。
进门未遇强抵抗，围追堵截全面攻。
方队张开又收缩，基督兵士葬其中。

饥肠辘辘鳄鱼兵，方阵鱼贯涌入城。
大声喧嚣如潮水，风浪大作起骚动。
谨慎张开血盆口，吞咽咬碎虾蟹兵。
凹凸颌骨频收缩，填满腹部贪婪洞。

无可奈何忙收兵，小小方阵杀人坑。
窄小空间被占领，基督将士难逃命。
阿拉乌戈兵发疯，吹响嘶哑号角声。
欢声雷动步齐整，全面封锁肆意行。

- 第三歌 -

马雷方阵嗜血兵,奋不顾身向前冲。[1]
瓦帅见其推进猛,不顾教训下命令:
收拢作战老将士,迎面杀敌猛进攻。
西班牙方仅十人,奔向死亡当先锋。

反攻蛮军欠慎重,心无惧怕全力冲。
仅仅十人去交手,无人刺刀见血红。
眼见一人滚下鞍,窒息死去了一生。
暴怒死亡大开膛,重伤躺地人不醒。

九名倒地均牺牲,英雄事迹应称颂。
体面自尊值赞扬,美名千古树碑铭。
壮志未酬身先死,粉身碎骨十英雄。
又听冲锋号声起,抵抗到底再冲锋。

西班牙人已认命,咬牙切齿举刀冲。
四支强劲小分队,穷追远处后退兵。
刺伤踩踏致死地,大腿胳臂头腾空。
蛮人对此不惊讶,打扫战场搬运工。

生死相依互不容，上帝饶恕牺牲兵。　30
两家军团互冒犯，死伤无数多丧命。
无人自愿退一步，战场独尊观罪行。
草坪洒满新鲜血，绿色草地染赤红。

杀人兵器冷无情，甲胄淬火颜色重。
鲜活五脏藏体内，肉搏流出热气腾。
头颅身体两分离，不朽灵魂获永生。
浴血奋战天地转，双目饱尝人狰狞。

敌兵冷酷铁铸成，浑身上下变血红。
进击永远人凶恶，战斗激烈人无情。
无人胆敢停片刻，安息疆场同死刑。
小心等候惊恐事，只求死前雪恨清。

死亡暴怒似发疯，我方力量怪异增。
耻辱伤亡均不顾，阿拉乌戈伤亡重。
溜之大吉逃活命，耳听西班牙必胜。
战无不胜天无情，标新立异改章程。

- 第三歌 -

瓦帅身边勤务兵,颇受怜爱倍受宠。
本为名酋一爱子,亲随瓦帅身边行。[2]
心系祖国人忠诚,躲避一旁观动静。
激励众人大声喊,晓之以理动以情。

"惧怕驱使欲盲动,何处归宿悲愤胸? 35
千年美誉靠修炼,前功尽弃未善终。
失利武装未遭辱,领主特权未变更。
胆小怕事自由人,诸位仍是人附庸。

高尚家族根苗正,玷污门第辱血统,
腐烂溃疡无灵药,奇耻大辱难洗净。
看清对方人疲软,萎靡不振心灰冷。
浑身血迹汗湿背,战马喘气吁吁声。

切勿辱没老传统,延续祖训依正宗。
高尚名称勿抛弃,告别耻辱求光荣。
砸烂重枷别奴役,挺起勇敢铁背胸。
不必展示壮臂膀,留待以后战时用。

本人讲话牢记清，盲目惊恐误事情，
祖国受难求解放，永垂青史刻碑铭。
伟大胜利莫拒绝，好运召唤获决胜。
站稳脚跟步轻盈，我为抵抗献生命。"

粗壮长矛坚韧硬，指向瓦帅主人胸。
伟大行动赋希望，劝说无效仍进攻。
冲向基督钢铁兵，犹如烙铁入水中。
恰似盛夏一雄鹿，扑向太阳寻水坑。

第一矛头似流星，第二枪刺肋骨缝。
宽厚枪头身笨重，带血铁矛穿透胸。
腾挪进退疾如风，穿透大腿另一兵。
坚实长矛半折断，断头刀刃伤口中。

长矛折断失作用，狼牙大棒攥手中。
地形狭窄战场宽，杀伤砍断倒地声。
成群鸟儿投罗网，整场战争堪典型。
闪转腾挪步轻盈，企图伤他徒劳功。

- 第三歌 -

未闻如此恐怖声，无人写书绘此情。
一方叙说我胜利，失败一方说我赢。
蛮人青年豹子胆，须用勇敢莽撞评。
暴力攻击基督徒，如此胜利徒手行！

遥想古代众精英，热爱祖国献生命。
斯凯沃拉科西奥，英雄功绩世代颂。[3]
惨烈战争做表率，宝剑出鞘铿锵声。
辛西那托诸英灵，甘死如饴作牺牲。[4]

名人因何世出名，事迹堪与蛮人同？
何种功绩何战役，消除疑惑正视听。
涉何危难履何险，求权若渴未动情？
追逐利益终不懈，欺辱怯懦算何能？

许多人士硕勋丰，视死如归人崇敬。
亦有不堪重击打，追逐名利图虚荣。
坚韧不拔苦争斗，至死听天由其命。
灰心丧气槁形人，信心脆弱存侥幸。

45

法条判决死命令，背叛祖国情不容。
束手无策对变化，终究只能被除名。
违抗命运悖天意，强迫意志不可行。
胜者何以尽疯狂，皆因败者弱无能。

武器狼藉四处横，胶葛战役非对等。
<u>考波利坎</u>返营地，聆听满意友好声。
亲兵属下随其后，羞愧灼热心不平：
青年一人在抵抗，多人躲闪不动容。

不可一世忘其形，一瓢冷水泼头顶。
偶尔误入歧途路，别人错认为陌生。
逃避争吵避危险，跟踪之人熟面孔。
尴尬脸红变愤恨，声色俱厉顾名声。

阿拉乌戈再折腾，永不言败再进攻。
挥舞武器战到底，誓死抗击外来兵。
交战双方刀剑迎，大地呻吟恐怖声。
敢用暴力与愤怒，甘洒热血永垂名。

– 第三歌 –

迭格打败一蛮兵,一刀刺出中前胸。[5] 50
考波利坎发警告,告其得意莫忘形。
狼牙铁棒斜刺出,本想直插入腹中。
不幸砸入钢盔内,脑浆崩裂棒殷红。

似有一兵脸变形,永远无人辨认清。
尽管武装到牙齿,血肉模糊凄惨景。
翁戈尔茂遇瓦帅,相互攻击互回敬。
举枪刺伤对方手,对方回击手扑空。

健壮瓦帅怒容颜,攻击对方手不软。
雷乌克东骁勇汉,正与别人肉搏战。
对手胡安雷诺索,一人对抗两青年。[6]
动作灵巧用智慧,势均力敌战犹酣。

战斗惨烈正进行,瓦帅立足战场中。
阿拉乌戈得救援,攻防双方拼死命。
厮杀伤亡闻血腥,双方均有增援兵。
呐喊杀声逐浪高,刀光剑影冒火星。

稍停片刻犹疑中，胜负难分谁输赢。
空气紧张起风暴，血流成河大地红。
都想索求光荣果，都想力拼对方命。
都想尽快置死地，都想轻取一刀成。

伊万体格孱赢赢，格斗训练名师领。[7] 55
瓜迪戈尔败下风，苦苦挣扎白费功。
胞弟布楞突现身，躲在暗处看不清。
匕首刺中要害处，死神来临人殒命。

安德烈斯难支撑，血液流尽活不成。
不幸混战蛮人间，力求牺牲换光荣。
胡安勇士伤势重，冲出密集武装兵。[8]
卧倒安德烈斯旁，几乎同死顺天命。

悬殊几无可比性，洗礼姓名不确定。
一彪人马无准数，其中一队六十兵。
命蹇时乖盼转运，疑虑重重心不宁。
邪恶有时成正义，公正事业非公正。

- 第三歌 -

两千蛮人朋友兵,瓦帅军队支柱撑。
张弓搭箭常训练,血花飞溅破坏重。
流血过多力消减,伴随死亡增新冢。
西班牙人未完败,奋力挣扎保性命。

诗歌唱西又唱东,展露瓦帅南北征。
剑拔弩张力拼杀,犹如战神纵驰骋。
瓦帅独自思谋久,下属应当分肩重。
确有下属懂其心,束手无策无行动。

浴血奋战躯体捐,血流漂杵兵减员。　60
蛮人气势堪猛烈,宗旨明确求实现。
参战将兵逐渐少,只剩十四战斗员。
傲气长存不言败,直至屈服钢刀剑。

瓦帅孑然身孤单,身旁牧师做陪伴。
弃甲曳兵兵将残,溃不成军军瘫痪。
"战斗至此可宽恕,另辟道路求生还。"
催马加鞭落荒逃,弥撒牧师后追赶。

- 第一卷 -

两只鬃毛黑野猪，躲避猎人蹿如鹿。
田野跟踪血脚印，贪婪猎户不停步。
爱尔兰种狩猎犬，紧随其后猛追逐。
存心不良腿轻快，冲向可怜基督徒。

弹雨枪林淋头顶，暴风骤雨冰雹冷。
惊慌失措忙逃窜，驻足痴望陷泥泞。
饿虎扑食蛮人追，狐奔鼠窜军司令。
牧师不久即死去，瓦帅被带议事厅。

见到瓦帅尚活命，考波利坎情激动。
胜者骄矜人傲慢，蛮人提问态度横。
囚俘瓦帅可怜状，谦恭祈求愿听命。
指天誓日求不死：归还土地换和平。

考波利坎心不静，瓦帅悔罪告饶命。
一位亲属酷无情，至尊至敬因高龄。
"败军之将不可信，浪费时间失警省？"
手指瓦帅宽头颅，柏木权杖应弃扔。

- 第三歌 -

重伤公牛吼不停，被绑木桩系粗绳。
惊恐人群围周边，众人围观心崇敬。
训练有素老屠夫，举起木棰千斤重。
砸向凹陷后脑处，微颤躺下人丧命。

白发老人果断行，俯下身体听心声。
左右两手抄尸体，好似铅块死沉重。
老人蛮力白费功，瓦帅长睡梦不醒。
进入梦乡身垂地，肉体微动寿命终。⁹

雷奥卡托蛮人名，考波利坎怒气生。
原想弥补亵渎罪，众怒难犯应尊重。
老人扬长离场地，事情终结未善终。
基督难过鬼门关，未来悲哀谁料定。

一彪人马三千兵，全军覆没两人生。
我军溃败不成军，藏身浓密草丛中。
战事惨烈告一段，鏖战结束暂消停。
浩瀚繁星满苍穹，谁见流星何踪影。

漆黑夜幕压头顶,疾如旋踵半空中。 70
圆圆大地宽无垠,阴阴黑幕遮天空。
胜利军团无顾忌,无所担忧弃刀兵。
围圈舞蹈排成行,庆祝胜利人沸腾。

阿拉乌戈军团兵,集体讨论新征程。
晨曦太阳刚升起,战场给养得补充。
缕缕行行重集结,熙熙攘攘大本营。
男女老少青壮年,载歌载舞庆战功。

禽鸟鸣叫迎天明,啁啁啾啾唱嘤嘤。
高大杨树种四周,集结广场人激动。
头破血流瘫地上,西班牙人体分崩。
树干树枝两分离,尸体遍野凄惨情。

圆形营地露峥嵘,风景秀丽草木青。
光荣胜利载史册,欢庆节日乘酒兴。
酒酣耳热壮胆量,西班牙方危机中。
根朽枝枯釜底鱼,作战只剩少数兵。

- 第三歌 -

意见一致协议成，加紧备战莫坐等。
浩荡人马即出发，城市无须多照应。
进攻突袭城攻下，残垣断壁人惊悚。
知荣守誉国重建，基督教徒应死净。

木已成舟难变更，结束残忍回正统。　　75
打道回府西班牙，组成强大军神圣。
回首国土曾沦丧，面对武力举刀兵。
伊比利亚大片地，曾被外族人耕种。

<u>考波利坎</u>日月明，功败垂成辟蹊径。
机敏智慧善谋划，选好路线径直行。
机不可失算时间，当机立断即行动。
节日尾声醉酩酊，当众讲话动真情：

"本人不如众精英，向往自由我憧憬。
我也不能保国家，攀登高位更是梦。
思所尽责该做事，不去冒险不逞能。
始终不渝奔目标，化险为夷求成功。

临事谨饬事紧要，意见合理众口调。
原则目标既确定，妻儿老小不能抛。
失而复得常有事，信誉土地享荣耀。
扬鞭催马手握缰，事不宜迟上正道。

瓦帅流孽全杀掉，摧毁坚固桥头堡。
报仇雪恨称心愿，所有城市传捷报。
暂予敌人开阔地，四面包围人难逃。
宜将奋勇追穷寇，返回再战代价高。

捷报频传我自豪，昂首阔步无干扰。　　80
游渡湖泊绕沼泽，密林山谷崎岖道。
阿拉乌戈摆战场，西班牙兵进碉堡。
各自为战守为攻，智勇双全比虎豹。

相互理解无价宝，涉危履险奔目标。
拭目以待好时机，不可或缺听高招。
真理权利自身保，无人自愿当保镖。
龟缩巢穴不寻衅，入户歼灭也绝妙。"

- 第三歌 -

专心致志贯注听,似乎将军在讲经。
众人首肯示理解,观其说法何所终。
现场听众心平静,统领回身向士兵。
胜败兵家乃常事,奇迹出现战斗中。

搂抱新兵示爱宠,握住右手表深情:
"阿拉乌戈男子汉,伸张本族扬名声!
国家暂时得拯救,远离暴君获新生。
胜利属于你一人,值得奖励永垂名。"

"一清二楚明晰清,(说完转向议事厅)
<u>拉乌塔罗</u>归众望,(勇敢青年被点名)[10]
本人定要与酬劳,只需授权待执行。
支付奖金远不够,任命军队副统领。

战争时势造英雄,劳苦功高正年轻。　85
当机立断莫犹豫,杀敌立功显本领。
敌人此来正适时,朋友多人已久等。
我占艾力古拉口,相机行事相时动。"

幸运青年获美名，将军亲热赐恩宠。
众人拥戴获赞同，有人讨嫌无痒痛。
<u>考波利坎</u>梳理发，按其习惯下命令。
额发梳成细长辫，佩戴证章按规定。

<u>拉乌塔罗</u>机敏勇，深谋远略清醒明。
平易近人性和蔼，身材高矮正适中。
慎重严毅神镇定，气贯长虹显威风。
四肢发达精力盛，膀大腰圆丘壑胸。

狂欢庆贺乐不停，游戏比赛按规定。
跳跃角逐新花样，夜间舞蹈篝火腾。
珠宝首饰珍稀品，罕见希腊各名城。
趣味游艺不间断，丰富多彩色纷呈。

跑来蛮人一青年，<u>考波利坎</u>身前站。
气喘吁吁脸苍白，浑身尘土浑身汗。
"尊敬先生快救命，阵地丢失兵冲散。
部队正遭敌伏击，伤亡惨重溃不堪。

- 第三歌 -

艾力古拉尸连片,杀来十四骑兵汉。　　90
全副武装精干兵,快马轻装冲在前。
两支小队遭袭击,长矛弓箭均折断。
灾祸临头出预料,跑步报信禀灾难。"

<u>考波利坎</u>色不变,确信灾难近眼前。
武装兵士如此少,此时躲避无时间。
凭依沉着老经验,命令新任指挥官。
带领骑兵即出发,刻不容缓派增援。

<u>拉乌塔罗</u>不畏难,处理军务善决断。
即刻派出增援兵,声誉鹊起士兵间。
战神擂鼓正呼唤,十万火急不拖延。
血腥战斗在进行,再唱十四英雄汉。

英雄美名遐迩传,手握利剑金光闪。
永垂不朽永传颂,凶猛利刃赢桂冠。
历史可为见证人,我唱本歌将唱完。
丰功伟绩冒昧唱,新歌尚需新灵感。　　93

- 第一卷 -

注释

1 马雷,即马雷安德的简称。
2 此人即为拉乌塔罗。拉乌塔罗被俘后曾当过瓦尔迪维亚的勤务兵。
3 斯凯沃拉(Scévola)和科西奥(Curcio)二人均为古罗马时代的英雄人物。传说斯凯沃拉把手臂伸入火盆,手臂被烧;科西奥骑马投湖,人马同时沉入湖底深渊。
4 卢西奥·金西奥·辛西那托(Lucio Quincio Cincinato,公元前519—前430),古罗马军事家和政治家。他被罗马史学界称为古罗马价值观和爱国主义精神的典范。此处作者还列举另外九名古罗马不同时期的著名人物,各自都有不同特点的伟大业绩:贺拉斯(Horacio),古罗马拉丁著名诗人和哲学家;雷奥尼达斯(Leonidas),斯巴达克国王;富里奥(Furio),古罗马城设计建设者之一;马尔塞罗(Marcelo),反对汉尼拔的罗马将军;富尔维奥(Fulvio),古罗马著名执行官;马尔科·塞尔吉奥(Marco Sergio),古罗马军事家;菲洛(Filón),古罗马平民出身的独裁统治者、军事家;登塔托(Dentato),罗马军事家,以骁勇善战著称;斯塞瓦(Sceva),恺撒手下的著名卫兵,在一次战斗中用他的盾牌挡住了敌人120支箭的射击。
5 迭格的全名为迭格·奥罗(Diego Oro)。据说迭格·奥罗是指名字相同的父子俩。此处是指父亲,此人在本歌的战役中死亡。第九歌儿子迭格·奥罗出现并死亡。本诗中提到的蛮兵名叫帕伊那瓜拉(Paynaguala)。
6 此处的胡安全名为胡安·德·拉马斯(Juan de Lamas)。诗中多次提到的胡安并非同一人,因此给出全名以示区别。雷诺索为雷伊诺索的简称。阿隆索·德·雷伊诺索(Alonso de Reinoso, 1518—1567),西班牙征服者。曾征战洪都拉斯、墨西哥和秘鲁。1551年同弗朗西斯科·德·比亚格兰一起前往智利。在智利多次参加过征服阿拉乌戈的战役。曾在加西亚·乌尔塔多·德·门多萨麾下担任骑兵总队长,还在智利担任过安科尔、卡涅特和康塞普西翁市市长。1567年逝世于智利。

- 第三歌 -

7 此处的伊万全名为胡安·德·古迭尔（Iuan de Gudiel）。
8 此处的胡安全名为胡安·德·拉斯·佩尼亚斯（Juan de las Peñas）。
9 根据《王室述评》的记载，1553年佩德罗·德·瓦尔迪维亚征服了印加的属地奇利（智利北部），此人在任智利都督期间十分冷酷残暴。当年年底当地土著阿拉乌戈人起兵造反，集结13,000名士兵向西班牙人发起进攻。瓦尔迪维亚接报后率领150名西班牙骑兵和数量不详的印第安随从前去镇压。战斗主要在一条狭长的山谷中进行，一开始印第安人毫无悬念地被一百多骑兵追赶得满山乱窜，惨遭失败。后来印第安人在拉乌塔罗的指挥下，组成十三个千人兵团两面夹击，把西班牙人团团围住。印第安人一拥而上，十几个人对付一名西班牙士兵，西班牙人几乎全军覆没。据说瓦尔迪维亚被俘后想求见曾经是他的扈从而今是阿拉乌戈军队指挥的拉乌塔罗，以为拉乌塔罗会网开一面。但是，拉乌塔罗来到他面前，只说了一句话："还留着这个祸害干什么?!"随后，瓦尔迪维亚就被杀死。
10 拉乌塔罗（Lautaro, 1534—1557），马普切语意为"敏捷山鹰"，智利土著民族著名酋长比央（Pillán）之子。在一次与西班牙征服者的战役中被俘，成为征服者领袖瓦尔迪维亚扈从，并学习了一些西班牙语。逃跑后加入抵抗西班牙征服者的阿拉乌戈军队，参与了杀死瓦尔迪维亚的战役。从此声名鹊起。拉乌塔罗曾组织一支超过万人的强大军队和西班牙征服者对抗，目标是将征服者驱逐出智利，赶回西班牙。后因种种原因未能成功。1557年4月27日，拉乌塔罗遭遇西班牙人的突然袭击，被长矛刺中后死亡，年仅23岁。

第四歌

西班牙士兵与阿拉乌戈人的战斗

十四名西班牙骑兵按约定前往图卡贝尔堡垒与瓦尔迪维亚会合。埋伏在周围的印第安人与他们遭遇。拉乌塔罗带领援兵赶到。七名西班牙人及同来的所有印第安友军阵亡,其余人则侥幸逃生。

> 正义锋利一把刀,除邪惩恶断其腰。　　01
> 阿拉乌戈再发难,纠合族群发狂飙。
> 惩罚不力如从恶,愤怒人群行大道。
> 溃疡伊始无良药,野蛮切割可治疗。

- 第四歌 -

恶习轻率坏作风，招灾惹祸事频生。
治疗痈疽免操刀，等同罪恶可纵容。
怜悯过当适其反，耗费精力丧德性。
无畏之人知轸恤，断指免失去臂痛。

大义凛然敬畏生，无须事事动刀兵。
审时度势重事理，分析后果论轻重。
方今形势已清晰，贪婪正在散嗅腥。
邪恶存在根深固，斩草除根莫留情。

匪夷所思难苟同，为何执意盲目动。
追求正义非人道，讲究信义成血腥。
有人伸出非法手，胡作非为无法绳。
皆因轻率图虚荣，臭名昭著留骂名。

人证物证事定性，猎奇翎毛记实情。　05
小题大做孕危险，本人不料陷其中。
唯有时间道真话，秉笔直书疑窦生。
高人自然有高见：一日无君生霸凌。[1]

书续上节谈正经,绠短汲深未阐明。
无效辛劳付东风,理性埋没荒漠中。
我方军人在征战,对方仍是疯狂兵。
名声荣耀均到手,值得书写记碑铭。

一目了然事分明,点石成金翎毛能。
恳求仔细阅诗章,内中多含造化功。
删繁就简语精髓,深入浅出构思精。
列举英勇众武士,理所当然值称颂。

佩尼亚洛萨内拉,科尔多瓦塞尔达。²
科尔特斯冈萨罗,维尔加拉加西亚。
卡塔涅达戈麦斯,桑乔尼诺马多纳。
最后一名罗伦索,匹马当先众人夸。

十四勇士精诚兵,跟随瓦帅北南征。
出发地点名帝国,不知瓦帅已丧命。
费力攀登布楞山,高处发现堡垒城。
一路撒满荆棘条,蛮族标识兵集中。

– 第四歌 –

耳闻当地有骚动，大呼小叫人沸腾。　　10
干扰写作无大碍，恐惧虽在心坚定。
东方曙光伴彩霞，有人面带喜悦情。
太阳阴影隐遁去，天朗气清荒山岭。

印第安人设陷阱，守株待兔兔入笼。
事先通知已提醒，擒捉无须听命令。
伪造人工小树林，掩盖稳妥等敌情。
一旦疏忽中奸计，我方受害敌庆幸。

走下山坡十四勇，翻山越岭弯路行。
蛮人此地设埋伏，观察敌情藏草丛。
勇士难辨真假树，忽闻蛮人号角声。
号角手鼓响连天，关隘大路全占领。

不提猎手多高兴，出乎所料兔进笼。
道路中间闹哄哄，群情激昂人沸腾。
误入邻近埋伏圈，猎物出现喊大声。
西班牙人不知情，一路扬鞭向前行。

111

- 第一卷 -

蛮人组队兵集中,犄角之势如筑城。
西班牙人无头蝇,躲闪腾跳乱窜兵。
兵士枪棒互碰撞,混战之中定输赢。
双方顽强在激战,两强相争勇者胜。

三队合并两队兵,包抄逃路如铁桶。
蛮人形成合围圈,难出重围逃活命。
十四勇士重聚集,冲破敌阵一条缝。
再杀回马原阵地,有人受伤伤势重。

两次突围死拼命,蛮人包围阻路程。
眼看围困见死神,一败如水已定性。
昔日城堡今荒凉,四面哀歌步难行。
印第安人人蜂拥,蜂拥冲杀杀无情。

艾力古拉羊肠道,蜿蜒歧路山坡绕。
一潭湖水映山影,山谷峭壁如刀削。
鞍马劳顿已数日,我方勇士冒险逃。
只有一人掉离队,顽强抵抗逞自豪。

- 第四歌 -

落荒密林崎岖道,爬下坎坷小山坳。
慌忙走来一蛮人,衣着面色变形貌。
心情忐忑正行走,掏出皱褶纸一条。
同日到此戈麦斯,瓦帅出事急禀报。[3]

送信之人哭丧貌,作战先锋有功劳。
瓦帅罹难心悲伤,惨痛细节具报告。
蛮人正在逞疯狂,城堡毁坏一团糟。
补救措施成泡影,选择右路走平道。

空旷高远多山坳,路径虽窄平坦道。　20
东北西面皆封锁,南面无路更糟糕。
漫山遍野蛮人兵,必死无疑路一条。
带状道路狭且长,洗礼士兵饥渴熬。

勇士身后蛮人到,平坦战地整饬好。
分散队伍又集中,两支队形一旗号。
十四勇士头清醒,再次突围理战袍。
打破队形重组对,堡垒周围自身保。

军乐噪声笛号角，杀声震天声轻貌。
暴怒蛮人乘血腥，抗击勇猛十四彪。
悲恸事件正发生，高傲喊杀似虎啸。
人声沸腾情高涨，雷声大震雨点小。

来者同胞脸变形，本人不敢道真情。
只见身边人不多："我们还有一百兵！"
一旁鼓噪冈萨罗，"上帝保佑！"仰天应：
"十四骑兵缺两人，十二天马享美名！"

战马跃跃向前冲，马鞍桥上稳坐定。
双脚踏蹬紧握缰，冲锋直向蛮人兵。
钢枪铮铮无敌手，矛头尖尖流血红。
祈祷上帝高喊叫，呼天唤地呻吟声。

如橡橾杆致死命，蛮人长矛显神通。 25
矛头锋利定命运，击败怒吼强劲风。
敌人兵器不足挡，不敌我方勇士猛。
我方勇士破一侧，致使敌阵出裂缝。

- 第四歌 -

战马倒地哀嘶鸣,躲避断矛自空中。
再次冲向野蛮人,亮剑高举闪天空。
机敏冲刺再拼杀,长柄矛头力无穷。
冲向高傲蛮族兵,双方阵地两分明。

一方不知被战胜,一方总说自己赢。
伤员有增无减少,倒地均为先头兵。
甲胄燃烧起火焰,出力准确刀枪碰。
高高上天暴怒气,传到地面听其声。

堂冈萨罗好逞强,科尔多瓦树榜样。
横冲直撞左右攻,对手回击气轩昂。
维尔加拉无他想,胜利死亡两茫茫。
过关斩将经考验,做人潇洒走一趟。

埃卡罗纳果敢勇,挥舞利剑快如风。[4]
大胆冒险人刚强,面前涌现蛮千兵。
曼里克斯时自责,遭受打击心不平。[5]
以半击倍牙还牙,厮杀击退骂连声。

科尔多瓦人出众,勇敢善战人年轻。　　30
阿拉乌戈血横流,一日寡妇增百名。
某妇复仇朝天吼,姐妹情深尽欢腾。
可怜女人成变数,变幻莫测时发生。

科尔特斯堂尼诺,制造灾难与战争。
莫兰三人不落后,蛮人肉体满地横。[6]
堂埃雷罗人非凡,击打杀戮均逞能。[7]
堂内雷达曾从教,左右杀敌两眼红。

似乎临死扒光腚,疯狂利剑剁肉松。
暴怒粗野举兵刃,岂管兵器有多重。
铁制盾牌难承受,身体麻木仍抗争。
听天由命怒火烧,视死如归何惧痛。

暴怒焦躁人发疯,敲打铁锤响叮咚。
多人加倍用力打,战马跪地绊腿疼。
盔甲凹凸形状变,条条崩裂见隙缝。
烂铁破铜满地滚,利剑铿锵冲云层。

- 第四歌 -

林氏酋长搏击凶,鞭策鼓励所率兵。[8]
高高冠毛重头盔,狼牙大棒力无穷。
科尔特斯苦挣扎,脑袋歪斜坠马镫。
战马身上人半死,伏鞍拍马逃活命。

脖颈歪斜半睡中,战马左右摇摆行。　　35
收起缰绳面羞愧,半死之人又苏醒。
回头寻找中伤人,一眼认出鬼灾星。
高大蛮人在行走,受伤勇士肩上横。

勇敢武士易认清,知难而进激励兵。
动作麻利敏捷快,挥舞狼牙棒轻盈。
犹如猎犬草中跑,扑向凶悍猪喉咙。
科尔特斯追蛮人,手持尖刀盾击胸。

刺破肋骨穿透胸,皮革胸甲尽失灵。
一招动作形式变,推动巨石改处境。
靴刺催马勉强过,科尔特斯神情定。
冲开密集一彪人,左挡右杀获成功。

堂戈麦斯拼杀勇,对手瓜贡正年轻。[9]
双方肉搏状胶着,势不两立命均等。
利剑刺伤野蛮兵,死神开门人殒命。
血流如注惊煞人,僵尸无血冷冰冰。

卡塔涅达恶战中,刺杀踏伤进攻猛。
右面发现纳尔波,利剑刺出声铮铮。
锁子甲衣失作用,两层皮甲难护胸。
凶狠矛头力欠佳,四肢无力神懵懂。

混战一团势凶猛,激愤勇气时刻增。　　40
血流成河不忍睹,敌我双方难分清。
乌烟瘴气天昏暗,地狱之神怒气冲。
一天之内多少事,恶魔发怒冷无情。

时间延续弦紧绷,犹如赌徒手颤动。
纵横交错衣甲飘,尸山血海肉体横。
太阳蹒跚西坠去,遍地狼藉凄凉风。
意志消沉人退缩,挣扎进击却不能。

- 第四歌 -

犹如二牛相搏斗,勇气力量渐止休。
激烈角斗不相让,旗鼓相当兽对兽。
双方慢慢退下阵,相觑面面脚步收。
滑稽可笑喘粗气,脚陷沙场顺风走。

两人顺势溜之乎,失血无力断气数。
利剑永不再逞凶,相对无言俩蒙羞。
止步不前定神情,不约而同停下手。
战斗双方两后退,一箭之遥善罢休。

两支队伍对面看,各自阵地各自占。
血水冒泡急喘气,命若悬丝呼吸难。
疲惫四肢近瘫软,口胸张开迎风贪。
暖风习习好呼吸,缓解阳光紫外线。

双方脏话骂不断,手脚暂停互冒犯。　45
话语刺激互叫阵,视死如归渡难关。
呐喊同时手拉弓,敌对双方镞镞箭。
呼吸困难力耗尽,尽情发泄狂怒怨。

- 第一卷 -

谁之膀力得和缓,突然放出一冷箭。
快速射出如闪电,箭声划破碧蓝天。
科尔多瓦侧身躲,怒吼箭镞镞走偏。
箭道改变奔莫兰,莫兰右眼鲜血染。

莫兰人好粗壮汉,不幸拔箭血粘连。[10]
冒死近前冈萨罗,心里难过慰莫兰。
莫兰高喊"真倒霉,浑身颤抖人瘫痪。
伤势惨重人孤单,取胜无望在敌前。"

催马向前心胆寒,不能驱马身疲倦。
面对数多众顽敌,一彪人马刚改编。
聪明机敏冈萨罗,加快脚步奔向前。
林戈亚人到面前,猛然回头仔细看。

炫耀欢悦雷声动,活动展开绿山顶。
拉乌塔罗率精兵,旌旗猎猎舞东风。
恰似远来饥饿豹,瞥见猎物呈兽性。
摇头摆尾大声吼,多毛脖颈摆不停。

– 第四歌 –

拉乌塔罗下坡迎，径直走向十四勇。　　50
曾想一人了此事，假如部下在兵营。
如今属下聚身边，重大功绩值庆幸。
十四尸体成碎片，四肢折断头裂崩。

四千活命众将兵，十四勇士等发送。
未见众多人恐惧，为求尊严做牺牲。
傲气十足凶恶人，该死该死喊高声。
林戈亚军情激动，大队人马侧面攻。

基督战马向前冲，教徒战场地不平。
攻击安逸蛮人兵，惊天动地逞凶猛。
脚慢手快仍冲锋，首次交战冷如冰。
尼诺手触白沙地，静脉血染沙土红。

刺伤穿过肉体横，伤及何处不知情。
有说杀手安科尔，雷乌克东更确定。
休管是谁出毒手，尼诺疆场已丧命。
半节矛头刺进肉，碎片嵌入肉体中。

曼里克斯尸滚动,拉乌塔罗脚边横。
另外十二僵尸体,乱枪刺死路当中。
翁戈尔茂快刀手,堂内雷达即送命。
科尔特斯伤情重,重伤倒地性命终。

堂加西亚倒地终,胸口溃烂夺其命。 55
图卡贝尔直刺肉,埃卡罗纳倒地横。
其他武士正赶路,有人看见路难行。
快速蹬踢马肋腹,马匹浑身血染红。

图卡贝尔好战争,面对敌手勇猛凶。
看见两人手触地,扑向敌人显威风。
堂戈麦斯无力战,抬腿踢踹举棒横。
挥舞狼牙棒对敌,力敌千钧重无穷。

或因谨慎或因凶,或因上天赐生命。
本来子弹瞄其头,圆圆马屁被射中。
击打力量如此大,堂戈麦斯伤势重。
疑似面团疑似蜡,粗壮腰部难挪动。

- 第四歌 -

堂戈麦斯靠边停，战马腿瘸重伤情。
忽而幸运天意助，忽而灾难降不幸。
堂马多纳同命运，浑身鲜血尘土蒙。
图卡贝尔下手狠，险被击倒人丧命。

骑士向右侧身倾，躲过对面蛮人兵。
双方相距四五步，不敢造次贸然行。
蛮人吼叫似响雷，胜过毒蛇豺狼凶。
亦如毒蝎蜇人肉，印第安人仇恨情。

意图判决均可变，处决胡安已决断。[11]　　60
狼牙大棒无耐心，堂马多纳受熬煎。
竭尽全力出重拳，不料快马路跑偏。
图卡贝尔射失手，铁质子弹泥土钻。

堂马多纳命将亡，此时雷茂到现场。[12]
手拿粗硬多节棍，弯曲粗臂发力强。
一棍定音决命运，铁制尖头帮其忙。
耀眼盔头未给力，脑浆迸裂流沙场。

- 第一卷 -

厚厚乌云压头上,浊浊空气暗无光。
黑暗可悲人惧怕,云遮太阳少光亮。
树木庄稼歪斜倒,北风呼啸势力强。
罕见狂风暴雨点,越下越密越疯狂。

熟练鼓点震天响,激发大炮逞疯狂。
晚来攻击迟早到,快速勇敢造创伤。
最后信号频传递,恐怖粗犷乐交响。
狂怒黑云汹涌来,洪水猛兽甚嚣张。

一片漆黑天颓丧,暴风骤雨造祸殃。
雷鸣电闪天怒吼,洪水巨石闪电光。
阿拉乌戈军集结,接踵而至兵激昂。
毛骨悚然狂风雨,恐怖迷漫心凄惶。

<u>堂戈麦斯</u>运气壮,天空阴霾帮其忙。　　65
一片漆黑夜昏暗,难得恩惠提前降。
等待蛮兵怒气消,惊惶失色钻草莽。
暴烈蛮人心嫉恨,贪婪我军血味香。

- 第四歌 -

阵阵旋风逞疯狂,避开灾难好隐藏。
钻入树林寻出路,此时意乱复心慌。
跌跌撞撞浑身血,汗流浃背烂泥汤。
我方官兵正盼望,发怒河水减流量。

迷失道路无方向,一匹战马嘶叫慌。
一位士兵静静走,喃喃细语自前方。
哆嗦战栗六兵勇,低声呼唤近身旁。
相互介绍是何人,来龙去脉叙端详。

惊恐万状辨认清,见过死神战兢兢。
惊心悲魂满腔痛,将死之人喜相逢。
精神平静互理解,遗憾无用心悲痛:
"本人已经病膏肓,不知能否保性命。"

话未说完钻树丛,选择小路心惊恐。
一条旧路少人走,已被蛮人改面容。
将有灾难即刻生,智利历史可查清。
要想看到能看到,要想知道不落空。

卡尔维特擅史乘,智利秘鲁用拉丁。[13]　70
学识渊博精而深,论著流芳久传名。
查理五世入诗歌,诗歌褒颂记光荣。
杰出军事男子汉,妙笔生花赞统领。

回头再说六兵勇,哀痛战友遇不幸。
痛惜未能伸援手,径直走向帝国城。
怒吼风暴肆虐狂,闪电腾空听雷声。
太阳露脸天气晴,布楞广场见光明。

一座城堡少人影,胡安曾经苦经营。[14]
静寂深夜忽发现,大量蛮人包围城。
所幸终于被击退,靠其智慧退敌兵。
未想费时写此战,不必件件叙详情。

六位勇士现身影,受到亲切热烈迎。
难得一见可敬友,格外高兴喜相逢。
悲哀忧伤脸变形,憔悴怜悯嘶哑声。
鲜血横流盔甲卸,兵刃带肉厮杀证。

- 第四歌 -

足足一天苦支撑，保卫战果决心定。
此时莫须多休息，诸多事情待完成。
躲进城堡成一统，少顷黑夜降此城。
营地恐惧未减轻，得知经过更惊恐。

恐惧冻结血冰冷，巨大惊恐压力重。　　75
瓦帅之死成灾难，其说不一各不同。
城堡处境情不妙，看法一致得肯定。
承认蛮兵斗志勇，一日变成荒漠城。

进军占领卡乌腾，带领胡安择路程。
天色漆黑夜朦胧，顺利远离敌阵营。
失败将兵在陆地，敌人猛扑压头顶。
毁坏城堡存储物，饮食辎重抢一空。

蛮人群众怀激情，冲向军队迎英雄。
鼓掌雷动荡山谷，一片欢呼笑语声。
宽阔草原庆胜利，歌声游艺色纷呈。
正好享受胜利日，假装疲惫骗敌兵。

统领众人表深情,讲话激动受欢迎。
亲切握紧武士手,<u>拉乌塔罗</u>副统领。
模范队伍交麾下,精干勇敢英雄兵。
武器优秀兵锤炼,攻守进退战术通。

<u>拉乌塔罗</u>故事多,搁置翎毛暂停歌。
本人先去彭科城,回头再来接续说。
正如前面曾断言,战争来临造灾祸。
流血死亡双胞胎,坦然面对无奈何。

信使敏捷快有名,悲伤丑恶传信灵。　　80
印第安人深夜至,彭科处境灾难重。
尽力提高微弱声,颠三倒四说不清。
<u>瓦帅</u>殒命人丧胆,叙述可悲现场景。

信使情报送真情,理解事件情节重。
老幼妇女俱到场,悲伤难过惋惜痛。
老天怒吼冲云霄,怜悯愤怒诉狂风。
新寡孤儿未嫁女,悲痛欲绝恸神灵。

- 第四歌 -

如花少女白皙净,拳打脚踢遭欺凌。
飘逸金色秀发美,长裙拖地婀娜风。
如雪胸脯粉脖颈,鲜血染红泪泉涌。
漫山遍野抛弃物,服装珠宝价贵重。

强健男子大声嚷,年富力强身体壮。
哀哀悲伤心难过,怏怏不悦欲断肠。
敲打武器敲辎重,叮当枪械响叮当。
战神嘶哑喇叭声,鼓噪众人上战场。

寒光宝剑剑雪亮,除锈胸铠铠放光。
细心编织旧锁甲,长矛重新磨锋芒。
架起大炮练瞄准,手擎旗帜迎风扬。
耀武扬威兵列队,占领所有战地场。

<u>比亚格兰</u>军魁首,魁首不愧众领头。[15]   85
运筹帷幄智慧多,深谋远虑第一流。
人品精明听派遣,曾任<u>瓦</u>帅好副手。
身经百战久锤炼,不共戴天大声吼。

129

听到女人喊叫声,喊声嘶哑划长空。
看到丈夫处逆境,田间劳作心不宁。
哭泣声声低呻吟,轻放树枝示送行。
双腿弯曲跪地上,悸动祈祷表深情。

金戈铁马备出征,蛮人挑衅又发兵。
闪闪发光重马具,远远十里看分明。
妇女爬上房屋顶,目送亲人眼睁睁。
千言万语祈平安,请求上帝赐恩宠。

乡邻告别似长龙,成群结队奔相送。
寻找阿拉乌戈军,扬鞭催马奔前冲。
左侧掠过马雷山,塔卡属民右侧行。
<u>塔卡瓜诺</u>称父名,山地海洋毗邻通。

穿过安全边界线,安达琏地多沙滩。
宽阔平原中间过,爬上山腰少传言。
高山脚下安达琏,<u>拉乌塔罗</u>设险关。
心怀恐惧进领地,极端暴怒已减缓。

- 第四歌 -

关口狭窄具风险，入口地处北边缘。　　90
须经一座悬崖山，山峰高耸刺破天。
山峰陡峭相毗邻，不远之处见平原。
安达琏镇地险要，领地界线沃土连。

斜坡山势司令选，适合战事便互联。
集结所有部队兵，山顶高处好视线。
山脚之下地平坦，一马平川难作战。
第一山峰留出路，敌人追赶费力难。

择地设营求万全，多着笔墨唱全面。
上山并非属下策，周围皆是峭壁岩。
西面濒临咆哮海，浪击悬崖山脚边。
山坡顶部最高点，一箭之遥即平川。

高高山峦戴皇冠，庞大敌人扎营盘。
山林寂静路人稀，不见防卫设阻拦。
翻过一处小山坳，友好部队驻旁边。
危险时刻人受阻，比亚格兰心茫然。

- 第一卷 -

犹如恺撒心不定,凝视河口脚步停。[16]
前思后虑危险性,定夺谋划大行动。
撒开缰绳催战马,"骰子掷出听天命!"
西班牙人劈新路,脱缰野马向前冲。

挥鞭催马向前行,胆大无畏一路通。　　95
崎岖山脉留身后,士兵上山满激情。
入口无阻平坦路,拉乌塔罗兵不动。
统领万名干练兵,艰苦磨剑等号令。

山坡周围等敌兵,听从命令才行动。
一步之遥看好戏,直等下达进攻令。
不可宽恕罪恶事,等待敌人现原形。
好像座座石雕像,纹丝不动不出声。

西班牙人欲望盛,实现胜利运亨通。
冲向来犯众敌兵,蛮人将士是灾星。
拉乌塔罗进岗位,美丽战争似节庆。
蛮人号角震天响,鼓角相随喊杀声。

- 第四歌 -

恳请陛下耐心听,长歌暂且停一停。
臣欲谱写新歌曲,正好歇憩祛懒慵。
拖沓扫兴非吾愿,微臣逐歌唱分明。
好战人群数量大,力求避免繁缛病。　　　98

- 第一卷 -

注释

1. 此处暗指作者本人险些被上司加西亚·乌尔塔多·德·门多萨判处死刑的事件。因为这是一件险死还生的事,作者在第三十六歌结尾时又再次提及。
2. 1553 年 12 月 14 日,在布楞战役结束后,胡安·戈麦斯·德·阿尔马格罗上尉收到了佩德罗·德·瓦尔迪维亚都督的一封信,要求他在图卡贝尔堡垒与其汇合。阿尔马格罗带领十三名骑兵一起前往。不料,不幸的消息传来:12 月 25 日,印第安人拉乌塔罗领导的军队伏击并杀死了瓦尔迪维亚和与他同行的四十人。阿尔马格罗上尉接近图卡贝尔附近时决定撤离。不幸的是,除阿尔马格罗侥幸逃脱外,其余十三名将士在撤离过程中全部战死。这十四人在西班牙征服史书上被称为"十四勇士"(catorce famas)。他们的名字是:胡安·莫兰·德拉·塞尔达、冈萨罗·埃尔南德斯、塞巴斯蒂安·马丁内斯·德·维尔加拉、马丁·德·佩尼亚洛萨、安德烈斯·埃尔南德斯·德·科尔多瓦、罗伦索·曼里克索、桑乔·埃卡罗纳、佩德罗·尼诺、加布里埃尔·马多纳、迭戈·加西亚·埃雷罗、安德烈斯·德·内拉、阿隆索·科尔特斯、格雷戈里奥·德·卡塔涅达、胡安·戈麦斯·德·阿尔马格罗。
3. 戈麦斯,即十四勇士领队胡安·戈麦斯·德·阿尔马格罗(Juan Gómez de Almagro, ?—1569),西班牙征服者。1534 年随其父首先抵达尼加拉瓜,1537 年父子二人一起前往秘鲁。1539 年底,在库斯科,他们加入了佩德罗·德·瓦尔迪维亚率领的征服智利的探险队,戈麦斯担任探险队营长。抵达智利后很长一段时间里,阿尔马格罗作为瓦尔迪维亚的左膀右臂东征西讨。1553 年 12 月 25 日,他与十三名骑兵按约定前去与瓦尔迪维亚汇合,不料佩德罗·德·瓦尔迪维亚在图卡尔战役中阵亡。此后,阿尔马格罗参加了多次与智利阿拉乌戈人的战役。在智利期间曾担任圣地亚哥、帝国城和布楞的市长。1569 年 1 月启程回国,途中因病在巴拿马去世。
4. 埃卡罗纳,即前面第 8 首诗中提到的桑乔,全名为桑乔·埃卡罗纳。

134

- 第四歌 -

5   曼里克斯,即前面第8首诗中提到的罗伦索,全名为罗伦索·曼里克斯。
6   莫兰,即前面第8首诗中提到的塞尔达;三人,原文列出三人的名字分别为:莫兰、阿尔马格罗和马多纳。
7   埃雷罗,即前面第8首诗中提到的加西亚,全名为:迭格·加西亚·埃雷罗。
8   林氏,即前文的林戈亚。
9   戈麦斯,即前文的胡安·戈麦斯·德·阿尔马格罗。
10 此句引用自罗马诗人卢卡诺《法萨利亚》第六卷,涉及《圣经》人物、勇敢者的代表斯塞瓦。
11 此处及后面几处胡安均指胡安·戈麦斯·德·阿尔马格罗。
12 雷茂,即雷茂雷茂的简称。
13 卡尔维特,全名胡安·克里斯托瓦·卡尔维特·德·埃斯特雷亚(Juan Cristobal Caalvete de Estrella, ?—1593),腓力二世当王子期间担任王子身边侍童的拉丁语老师,也是本书作者埃尔西亚的老师。
14 此处和第76首诗中的胡安指的仍是胡安·戈麦斯·德·阿尔马格罗,他曾在布楞地区当过市长。
15 比亚格兰,此处指弗朗西斯科·德·比亚格兰(Francisco de Villagrán, 1511—1563),西班牙征服者,曾三次任智利都督(1547—1549,1553—1557和1561—1563)。不幸他把天花带进智利。灾难的传染病在圣地亚哥和瓦尔帕莱索两个城市蔓延。因儿子夭折,比亚格兰精神和身体都受到沉重打击,于1563年7月22日去世。去世时把权力交给他的堂弟佩德罗·德·比亚格兰,请其担任临时都督。
16 河口,这里指卢比肯河。公元前49年,恺撒带领军队跨过意大利和高卢的天然边界卢比肯河,回到罗马与庞培将军作战。刚刚渡过河,恺撒就说"骰子已掷出",意思是说木已成舟,已无退路。后来人们把这种只能向前、没有退路的情况称为"越过卢比肯河"。

第五歌

印第安士兵

长诗第五歌,讲述筋疲力尽的西班牙人和阿拉乌戈人在安达琏山谷发生激烈战斗。<u>拉乌塔罗巧施计谋</u>,致使西班牙人死亡过半,随同的三千名印第安人无一生还。

上帝慈悲善心肠,罪有攸归得拖长。　01
跋扈专横未改正,反叛心理愈加强。
伤天害理无所谓,深知不得好下场。
前车之鉴尤为训,重蹈覆辙定遭殃。

- 第五歌 -

我军队伍气轩昂,身佩利剑行走忙。
瓦帅罹难未为戒,又走老路待伤亡。
重新踏上荆棘道,迟早结算新旧账。
拉乌塔罗刽子手,伙同部下设罗网。

比亚格兰抵现场,狭窄平地站路旁。
支好六门火药炮,左右前后排停当。
拉乌塔罗未下令,冷眼静观看对方。
部下占据好位置,减缓暴躁少狂妄。

鸣金开仗众欲望,上帝知其图谋想。
人满为患遮山坡,调动部队安排忙。
恐惧血液已凝固,人人心里孕凄惶。
四肢扭曲形态变,上天残酷热难挡。

怒火燃烧枪上膛,出发号角待吹响。　05
盼望战斗时机到,贻误战机关存亡。
首领发布开战令,阿拉乌戈为一方。
收敛暴怒从命令,掌控战局备抵抗。

- 第一卷 -

正当敌军近身旁,凶悍战马焦躁狂。
高傲嘶叫打响鼻,前蹄刨地当当响。
蛮人军队遵命令,前面即是敌战场。
战斗开始人嚎叫,纪律严明勿莽撞。

战局已定非寻常,渴望交战在双方。
<u>比亚格兰</u>细忖量,不露声色情激昂。
三队骑兵一排站,企图战争贪婪狂。
无须告诫看暗号,踏镫踢马奔战场。

双脚轻盈踏战场,蜂拥冲锋尘土扬。
嘶哑震颤恐怖声,大海感伤情凄惶。
回心转意野蛮人,怕听首领发令枪。[1]
伤亡惨重兵溃散,寸步难行人迷茫。

卡斯蒂亚节日风,芦秆游戏仿战争。[2]
一支分队已开拔,盾牌重新放前胸。
我方勇士坐鞍桥,径直骑到山坡顶。
后撤避开包围圈,不跳悬崖难逃生。

- 第五歌 -

撤退回转长路程,迂回避险凭侥幸。　　10
弓箭标枪重石块,劳身负重非轻松。
有人爱用长柄枪,盔胫甲胄颇顶用。
不宜进行肉搏战,悬崖峭壁遍山岭。

漫山遍野蛮人兵,<u>拉乌塔罗</u>身不动。
有人请求打前站,允许参战等命令。
操练长矛抄短棍,迎战我军待抗争。
三三两两成一组,喊喊叫叫呼应声。

互做手势身移动,大摇大摆向前行。
倜傥潇洒笔挺走,飒爽英姿德国兵。
步伐轻盈美男子,参加战斗决雌雄。
各路精英聚一起,利刃开路做先锋。

某人想当兵教官,承受命运经考验。
腾挪闪转显身手,最佳枪法趋完善。
快速进攻善隐蔽,长驱直入勇向前。
避实击虚拼杀敌,置敌死地招数鲜。

照方吃药不可行,潇洒不求架子功。
断其软肋致其命,身体脚步拼强硬。
暴跳如雷易冒险,怒火冲天非英雄。
有勇无谋空徒劳,对方合围出手重。

赛跑场上敏捷冲,古里奥曼称精英。　15
年轻英俊人勇敢,东征西战无惧容。
义愤填膺善投掷,挥舞长矛力无穷。
抛石无须用绞车,巨石抛出快如风。

我方七人被射穿,无人再喊报仇冤。
勇敢土著魔鬼相,机敏善战强壮汉。
侥幸躲开第八枪,比亚格兰跑向前。
怒气喊:"难道无人,惩罚蛮人倒霉蛋?"

眼睛紧盯迭格看,此人公认彪形男。[3]
右手挺举粗长矛,狂暴高喊逞威严。
精神抖擞高傲凶,晃动膀臂力无前。
脚蹬马刺刺战马,全身肌肉肉贴鞍。

- 第五歌 -

蜂拥出发大声喊,纵马撒欢紧加鞭。
冲向凶悍蛮武士,左瞧右看身旋转。
自我陶醉我方兵,过早撒缰招祸端。
双脚后跟踢快马,直抵敌人营盘前。

阿拉乌戈交恶战,密集长矛被打烂。
长矛利剑漫天飞,利刃锋利无阻拦。
恶毒图谋无阻挡,愤怒外人善周旋。
阿拉乌戈人轻盈,混战蛮兵破防线。

人群密集怀恨怨,奋力拼搏手不软。　　20
冲锋陷阵矛刺胸,苟延残喘保命难。
右手击打战马腰,光荣骁勇功伟岸。
武器丛中开险路,狭路相逢闯难关。

骑兵队伍冲在前,冲向蛮军大声喊。
敌人误认正面攻,侧攻撤向另一边。
凶猛攻击近十次,进攻不成未遂愿。
出剑时机欠准确,未有蛮人鲜血染。

- 第一卷 -

委顿战马体力软,拼杀几乎无胜算。
骑兵催马无功返,受伤骚扰自弓箭。
驰骋千里受挫折,天时地利不占先。
关口道路皆封闭,无精打采身疲倦。

快速火炮人惊恐,炮火猛烈炮声隆。
印第安人发进攻,激烈交战一扫平。
回响远近半空中,硝烟滚滚漫山岭。
似乎天崩地断裂,蒙吉贝洛喷发声。[4]

拉乌塔罗神算妙,拨开乌云内心笑。
雷鸣电闪自天降,大部人马顿时消。
雷乌克东人勇猛,正是可用武士彪。
对其下达进攻令,大声提醒准备好:

"忠实战友无敌汉,命运之神在呼唤。　　25
勇敢武士机会到,事业权力经考验。
拿长矛,向前冲。长矛刺进敌胸穿。
六亲不认杀敌人,刀刀见血红色染。

- 第五歌 -

兵器熟练握胜券,手握胜券凭勇敢。
手中利剑成美名,盖世无双永垂范。
战场局势掌中控,荣耀主宰不虚传。"
得意洋洋胜利军,志傲气盈冒险战。

掉队士兵无脸面,众目睽睽惹人眼。
胆怯之人成楷模,长矛无锋从未见。
不怕眼看战友死,十五二十尸不全。
不怕看到头体分,血肉横飞成碎片。

兵士心烦意不乱,莫名惧怕仍向前。
一只手臂如中弹,另外一只可挥剑。
不停快走至山坡,获得火器心坦然。
如见子弹频射出,野蛮狂怒会暂缓。

进攻形成包围圈,天上地上飞弹丸。
拙笔不停继续写,处处暴怒形象显。
喊声硝烟火药味,茫然费解世罕见。
无人有效能阻拦,盲人聚会凭路杆。

- 第一卷 -

清晰表达无时间，敌我面孔难分辨。　　30
描述面前目睹事，猛烈刺杀出利剑。
双方都想拔头筹，脑袋钢盔滚地转。
激战数量无法算，大腿躯体两处断。

有人护卫火药炮，勇猛进攻声咆哮。
有人专注战犹酣，互相残杀殊死刀。
我方一人对五十，优势不存半分毫。
时有单兵肉搏战，勇敢优势互抵消。

查理五世重荣耀，偃旗息鼓视遁逃。
尽管不遂战神愿，冲锋陷阵操胜刀。
处处愤怒处处血，恐惧暴怒冲云霄。
利剑再添新活力，冲坚毁锐忘苦劳。

暴烈怒火又燃烧，伤亡数量达高潮。
坚定从容仍如故，似乎刚吹冲锋号。
死亡惨烈拼生命，涉危履险如毫毛。
葱葱山坡绿草地，一片如注鲜血浇。

- 第五歌 -

比亚格兰领风骚,莫敢大意半分毫。
左右开弓斗顽敌,性命交关神态妙。
名副其实领兵将,身经百战求实效。
勇敢尚武好领兵,身先士卒当头炮。

血迹斑斑看窦豹,基督信徒杀人佼。　　35
战马驰骋怒气豪,左杀右砍挥长矛。
踏马镫,挺胸膛,顽强有余婪婪脑。
斩钉截铁快刀手,多次出击竟徒劳。

纵马冲破包围圈,卑鄙蛮人难纠缠。
刺怒傲气勇窦豹,保护手臂贴腹边。
穿透三层护胸甲,棉质护肩紧相连。
腹部多处受重伤,灵魂出窍血湖翻。

手举武器长矛杆,怒吼投向身后面。
愤怒兵刃舞翩跹,快速强力刺敌顽。
科尔比央正喘息,矛头擦过手臂间。
未及伤人钻土地,仅距蛮人半米远。

– 第一卷 –

比亚格兰手无剑,亲兵之中速闯关。
闯出血路尽全力,冲向人群混乱团。
阿吉雷拉不乐观,处境艰难人危险。
单独亲手杀数敌,蛮人武士倒一片。[5]

埃尔南多人勇敢,同姓战友称胡安。
堂马多纳老骑手,调转战马技熟练。
老将出马一顶俩,刺杀敌人出利剑。
巧妙用力重伤敌,力量明显不如前。

迭格两手无盾牌,横冲直闯惊魂散。　40
全靠力量刀锋利,肉体成泥走平川。
贝那口吃不善言,怒目切齿心坦然。
好似恺撒战庞培,阿喀琉斯怒吼战。[6]

雷伊诺索独自战,怒吼激励猛出剑。
血染兵刃人愤慨,重伤敌人左右砍。
一剑刺死帕尔塔,锋利剑穿肋骨间。
壮汉罗恩被刺伤,利剑抽回鲜血溅。

- 第五歌 -

卡塔涅达冈萨罗,贝尔纳尔潘多哈。[7]
一轮砍死敌数人,土地红色鲜血洒。
寸土必争不相让,双方伤员数增加。
出生入死基督徒,奇迹时代出奇葩。

印第安人正相反,恢复信心难上难。
多人倒霉命运差,精疲力竭血流干。
希望破灭人泄气,抵抗不能敌攻坚。
失去山区大片地,损失六个步兵连。

勇敢善战如从前,岂敢松懈应挑战。
西语未见软弱词,力挽狂澜操胜券。
战斗进行五时许,太阳西坠近傍晚。
取胜希望似不在,取胜信心成疑团。

蛮方力量量消减,作战气势势滞缓。　　45
恐惧表示人怕死,寻找退路避难关。
垂头丧气对厄运,伤口血液冰冷寒。
未到鸟散鱼溃时,重整部队再交战。

– 第一卷 –

<u>比亚格兰</u>气不凡,怒发冲冠对挑战。
英明司令善鉴戒,循循善诱肺腑言。
"诸位骑士莫服输,义无反顾荣誉先。
切勿泄气心恐惧,强敌令我口垂涎。

短兵相接肉搏战,敢叫对方失尊严。
骨软筋酥人盲动,堪比敌刃惹人烦。
各就各位站好岗,镇定沉着心不乱。
生命财产誉望归,日后令人刮目看。

关口重兵封锁严,一盘散沙向谁边?
耻辱沮丧知多少,被人收容多难堪!
胜者荣耀戴桂冠,败者耻辱失尊严。
远离羞辱顾脸面,保住生命远危难。"

广场未曾一指染,胜利希望在前面。
恐怖惧怕客观在,心荡神摇存危险。
"何如此地能避难?"<u>比亚格兰</u>高声喊。
胆颤心惊杀仇敌,死而无悔保尊严。

– 第五歌 –

含笑冒死保尊严,酷烈战事难判断。 50
忍辱含垢何如死,千夫所指做人难。
退避三舍属无奈,不便告知亲兵团。
权衡疼痛与污点,尊严与否待论辩。

此事蹊跷亦怡然,战马倒地神经乱。
有人绑缚判死刑,饮水忘掉思源泉。
有人大叫卸马鞍,人群混乱嘈杂喊。
欲知此事何结果,君等我唱下一篇。 51

- 第一卷 -

注 释

1 此处的首领指的是阿拉乌戈军队指挥拉乌塔罗。
2 卡斯蒂亚,通常称"卡斯蒂利亚"。本诗中根据行文需要,译作"卡斯蒂亚"或"卡斯蒂利亚"。
 芦秆游戏:16世纪西班牙流行的一种广场游戏。参加的人群用芦秆模拟长枪或长矛等各种武器模拟战争,互相追打。
3 此处迭格的全名为迭格·卡诺(Diego Cano)。
4 这里指蒙吉贝洛(Mongibello)火山,亦称埃特纳火山,是意大利三大活火山中最大的一座。
5 数敌,原文指四人,分别为:关乔、卡尼奥、皮略和提塔瓜诺。
6 此处提到三个历史人物:尤里乌斯·恺撒(Julio César,约公元前100—前44),罗马动乱年代的伟大人物;格涅乌斯·庞培(Gnaeus Pompeius,公元前106—前48),古罗马著名的军事家和政治家;阿喀琉斯(Aquiles),珀琉斯(Peleo)之子,希腊联军中最强大的英雄,杀死特洛伊主将赫克托尔,后来被帕里斯用箭射死,葬身特洛伊海。
7 此句中原文一共列出六人名字:贝尔纳尔、佩德罗·德·阿瓜约、卡塔涅达、鲁伊斯、冈萨罗·埃尔南德斯和潘多哈。因篇幅所限,此处仅译出四人名字。

第六歌

双方战斗继续，阿拉乌戈人对待战败者十分残酷。除了对妇女儿童稍有怜悯之外，所有战败者均遭刀击。

并非命中皆注定，并非天意无人情。　　01
果敢精神受挫折，奇耻大辱路途穷。
<u>比亚格兰</u>欲拼死，大势已去无所终。
另辟捷径崎岖路，亡羊补牢听天命。

士兵疾步向前行，一片嘈杂乱哄哄。
瞥见首领身伫立，交头接耳评论声。
十三勇士不顾命，面向前方拉缰绳。
戳破战马两胁腹，曾经叱咤万里行。

鼓足勇气写实情，走来一股小队兵。
打开对方一扇门，掀起一场小战争。
武力冲破敌兵营，可怜领兵尚懵懂。
无有外援孤零零，身处乱敌包围中。

当仁不让争头名，转瞬之间命运定。
吃人饿狼正饥渴，狼入羊群任横行。
饿狼嚎叫悲凄凄，野腔无调刺耳声。
村社猎犬闻风动，犬吠声声向外冲。

敌人聚集如蜂拥，比亚格兰可怜虫。　　05
死死被困乱军内，相互阻拦似飞蝇。
十三骁勇在拼命，东拼西杀天降兵。
红色鲜血流成河，漫山遍野尸首横。

比亚格兰受尊崇，部下勇猛向前冲。
尖兵利器刺敌人，新鲜血液染地红。
受伤勇士无人管，横躺竖卧面狰狞。
生死攸关听命运，肉体精神悄无声。

肉体成堆遍野横，血光之灾战场空。
尸体接踵堆成山，无地停放活魂灵。
比亚格兰梦未醒，各显其能麾下兵。
刀光剑影露杀机，扶其上阵再冲锋。

- 第六歌 -

死神未到仍苦撑,困兽犹斗欲逃生。
身下铺满厚木板,伤痕累累膏肓病。
梦中突然人苏醒,十三战友身边停。
忘记身处危险地,冲向刀枪剑戟中。

冒险越过敌阵营,不顾恐惧勇冲锋。
会同友军守卫战,粉碎蛮兵疯狂攻。
毒打辱骂血洗礼,如今遗迹享盛名。
阿拉乌戈世代传,战争灾难记史乘。

贝尔纳尔伤麦龙,勇士操刀显神通。　10
钢制头盔如纸糊,刀刀见骨奔前胸。
阿吉雷拉挥宝剑,瓜曼躺下呼吸停。
恐惧弥漫山路径,战马奔腾逞威风。

十四勇士再冲锋,身旁同一部队兵。
挤作一团慌张乱,眼见死亡恐惧生。
相顾失色士气丧,比亚格兰神不定。
下属阻断来时路,恢复元气祛惶恐。

对面敌方骁勇兵，惘然若失取全胜。
战马疲乏体无力，靴踢马刺无反应。
武士齐喊"向前冲！未到上天无路行。"
惊惶失措无所从，有人上路求活命。

酷似羊群在攀登，崎岖小路通顶峰。
猎人包围山羊群，猎枪子弹紧跟踪。
惊慌山羊合一起，冲破包围欲逃生。
羊群紧跟头羊走，我方士兵出绝境。

三五成群散兵勇，顺势山坡各求生。
惊愕失措落荒逃，孤注一掷赌斗篷。
尽管有人持利剑，尽管有人面坚定。
诺诺连身斗蛮人，水尽鹅飞弃友朋。

临难不顾先逃命，意志薄弱难自容。
战斗开始能支撑，预测结果难定性。
凭借英雄威武势，阻止蛮人怒吼疯。
天意残酷已注定，咎由自取违应承。

- 第六歌 -

抵抗毁坏杀无情，似乎命运各不同。
蛮人士气在消减，困难考验处处生。
好朋友，忙偷生，鱼惊鸟散人无踪。
多人想走同样路，何谈胆大是发疯。

悲歌当哭心疼痛，此情此景正相应。
悲惨嘤嘤耳边泣，无辜百姓携幼童。
失败之人不言败，亲眼目睹剑无情。
刺伤妇孺女帮佣，上天听到哀嚎声。

我军步兵不猥慵，后勤军士赶路程。
负重涉远无惧怕，轻描淡写身轻松。
颠三倒四路难行，射击失去准确性。
山体断裂须绕道，碎骨粉身自高峰。

千人尸体路边横，血色小溪吟悲鸣。
恬静田园听嚎叫，嘈杂声音冲天空。
呻吟不止悲号喊，高举双手祈求声。
无济于事求恩赐，蛮人冷酷无人性。

- 第一卷 -

狩猎蛮人脚不停,追亡逐北跑西东。　　20
无情杀害猛出手,亡命受阻可怜虫。
低声下气求友邦,见死不救人无情。
絮絮叨叨讲道理,债务利息一笔清。

顺情好话人愿听,强词夺理因怂恿。
无动于衷扬长去,扬长而去有隐情。
对待男性讲义气,对待女性讲尊重。
深厚友谊老密友,哭唤呻吟起作用。

我军不停继续行,小径大路血染红。
黯然神伤积悲愤,纵马撒缰忙逃命。
不顾少女呻吟喊,不顾朋友呼叫声。
痛苦不堪身疲顿,战马乏力难奔腾。

不听呼喊心冰冷,步量草地计路程。
眼见惨景无人道,多人难过心悲痛。
悲愤填膺燃怒火,又向蛮军发进攻。
分散跑向原战场,忐忑不安快步行。

- 第六歌 -

不惧死神决心定,留恋娇妻爱子情。
所幸蛮人军混乱,昂贵代价十倍重。
先锋兵士未回转,期望战事更透明。
勿把生命当儿戏,离开此地保性命。

重开格斗事新鲜,队伍乱阵来回转。　　25
拥挤不堪人挨人,矛对矛,剑碰剑。
西班牙人善恋战,蛮人队伍兵分散。
无序追赶不停留,摧枯拉朽造伤残。

乌鸟无序飞晴天,各自飞翔乱不堪。
同病相怜众战友,压力面前声抖颤。
梳理翅膀时收缩,守望相助下盘旋。
蛮人军队仿此法,嘈杂吵闹拥路边。

人群慌忙各处窜,爆土狼烟似骚乱。
拥挤不堪互谦让,钢剑碰撞寒光闪。
阿拉乌戈敏捷快,哪里有利哪里战。
握紧手中铁兵器,基督教徒被围歼。

蛮人数量成倍翻，武器伴奏骂声连。
我方士兵正减少，失魂落魄无救援。
谁都不肯下战场，破釜沉舟英勇汉。
几乎不见我方兵，债务未清尚差钱。

命运终究依老天，确保性命人安全。
冲锋向前无恐惧，武器愤怒杀戮残。
摔倒趴在土地上，伤亡惨重难计算。
人数差别增无减，精神可嘉人勇敢。

相互对抗刀兵见，不拒死亡人野蛮。
奋力抵抗顽强战，莫靠运气莫靠天。
众寡悬殊差别大，几无救援无恩典。
苟延残喘难关多，重新上路难上难。

等待似乎更茫然，先头士兵腿上弦。
有人习惯走老路，心惊胆颤人自安。
路上多人死非命，缺乏马匹见犹怜。
绿色草地染鲜血，地表颜色已改变。

- 第六歌 -

疲惫战马窒息喘，蛮人步行紧追赶。
主人战败身倒下，双臂摆动似表演。
基督步兵无颜面，只靠两腿步履艰。
鸭步鹅行不可能，心怀恐惧人迟缓。

疲劳步兵心坦然，磨磨蹭蹭后追赶。
乞哀告怜无人管，亲密友谊无从谈。
远走高飞骑兵连，求其帮助遭刀砍。
犹如对待可恨敌，曾经朋友拒搭讪。

空旷山谷声喧嚣，武器撞击听哀嚎。
我方勇士后勤兵，蛮人杀戮成片倒。
如此血腥实罕见，奇特粗鲁似解剖。
印第安人作孽多，两千五百殒命消。

有人伤重地上倒，刀刺腹部穿透腰。　35
有人脑浆崩裂流，有人至死不求饶。
有人身首分两处，有人眼睛被挖掉。
拼命逃命冒危险，如雨石块滚山坳。

– 第一卷 –

可怜柔弱美人娇，尊女重道脑后抛。
刀剑用力穿刺过，不顾求饶声嚎啕。
不管女人怀身孕，不讲人道腹部敲。
腹部疼痛难忍受，娇嫩胎儿腹中夭。

拼尽全力爬山腰，懒惰大意付辛劳。
别想轻松过难关，别想轻易性命保。
笨手笨脚留原地，何比别人拼命跑。
愤怒死神随后到，紧紧拥抱勿想逃。

直接上山路陡峭，爬到山顶累弯腰。
发现一座石墙立，难过关口木桩牢。
关口别无他出路，山峦周围无近道。
左侧大海波涛涌，右面悬崖壁直削。

粗大木桩面粗糙，石墙竖立临时造。
鳞次栉比艺术品，封闭关口堵小道。
印第安人正待命，胸前架枪墙体靠。
只为敬天不对人，满脸豪气满脸骄。

- 第六歌 -

西班牙人被围剿,凶途末路命难逃。　　40
突围死亡二选一,祈祷上帝宽恕饶。
石墙狭窄挡去路,战马前进易绊倒。
猛冲猛撞石头墙,蛮人全力防卫牢。

停滞不前在山坳,奋力突围受阻挠。
逃生之路未发现,<u>比亚格兰</u>及时到。
猛打猛冲不见效,撞头磕脑好心焦。
面无惧色对死亡,听天由命受煎熬。

一匹战马倒地伤,西班牙种马强壮。
宽阔后臀白马蹄,栗色快马神气扬。
奔跑战场快如飞,腾跃骁勇暴怒狂。
笼头柔软缰绳松,纵马驰骋知方向。

战马头部朝前方,勇士侧翼用力量。
动作猛烈冲向前,胸膛直撞石头墙。
冲锋向前凭感觉,哪像比赛习为常。
杀出血路顺利过,逃过一劫心凄惶。

- 第一卷 -

愤怒蛮人力阻挡,终竟未能抗疯狂。
双方宝剑乱挥舞,我方寻机冲破墙。
有人指引走右路,不知出路在何方。
不幸误入窄岔道,巨大石块挡中央。

左手指向正西方,两条岔路杂草荒。　　45
昔日曾经路好走,群鹿下山奔水塘。
如今道路遭破坏,百孔千疮草莽莽。
慌不择路跳山崖,高度百二十㖆长。[1]

地形变化属自然,或许因为地干旱。
或因天降倾盆雨,此处山脉被切断。
地处偏远人闭塞,听说打仗心胆寒。
盲目逃跑避死神,死神终归降身边。

心不在焉团团转,马不停蹄走向前。
第二压倒第一人,第二服软怕第三。
越聚越多人为患,血肉之躯成肉片。
转圈碰撞互激怒,打斗滚到谷底边。

162

- 第六歌 -

堤福俄斯先发难,抛出巨大沉重山。²
庞大身体稍颤动,震动各座众山峦。
气势磅礴怒吼声,殒身碎首人群惨。
可怜人群被误导,周围平地尸成片。

人群逃命聚路边,快速择路走平安。
无人再敢停脚步,停下无异人疯癫。
不愿慌忙做抉择,有人宁愿原地转。
骑马赶路头清醒,到达山脚才安全。

战马卸鞍留草原,主人成仙上西天。　50
此时马匹难易主,腹部松懈无马鞍。
轻捷战马神经乱,生死存亡抛一边。
骑手刚一触马镫,受惊马匹已逃窜。

马匹逃窜不偷闲,借机训练蹄趾端。
马不停蹄跟前面,拽紧缰绳难追赶。
斋戒祈祷似朝圣,彼此承诺发誓言。
有人只说觐教皇,祈求上帝救灾难。

- 第一卷 -

马匹聚集在草原，两耳耷拉血流干。
骑手吆喝无感觉，苟延残喘肋骨穿。
兄弟不听兄弟劝，惘然若失多遗憾。
无非提前走两步，你死我活两重天。

有人想起斗牛场，似觉猛牛在身旁。
凶悍公牛受折磨，躲过刺伤命延长。
痛苦窒息活不久，奔跑不能免死亡。
扬鞭催马紧追赶，追赶不必心发慌。

敌人屠杀狠心肠，继续追赶造孽障。
幸有好马可逃亡，远离狂怒避嚣张。
身疲倦者丢自身，弃标枪者挨标枪。
得胜之人心欢腾，以血解渴缓疯狂。

不幸人群后跟上，不见朋友帮其忙。
原来轻盈今缓慢，只有骑马人徜徉。
疲倦饥渴折磨人，上帝驰援避危亡。
遏止敌人猛进攻，第七诗歌继续唱。 55

- 第六歌 -

注 释

1 㖞,西班牙古代长度单位,1 㖞 =1.6718 米。西班牙语中"㖞"为"braza",也可译为臂长(一个人两臂伸开的总长度)。
2 堤福俄斯(Tifeo),希腊神话中的巨人,塔耳塔洛斯和该亚的儿子。他是巨人中最为强大者,曾战胜宙斯,把宙斯弄成碎块塞进山洞。宙斯复活后又把他压到山下。

第七歌

堂娜梅西娅

西班牙人筋疲力尽地到达康塞普西翁城。他们与敌人寡众悬殊,惨败康城。城中的老幼妇孺向圣地亚哥城撤退。描述康塞普西翁城遭受的抢掠、焚毁与破坏。

虚怀若谷坦荡胸,恐惧从未宿其中。　　01
恐惧死去失尊严,失去尊严传臭名。
危难时刻凭勇敢,如此品格理尊重。
谨言慎行非胆小,唯有勇敢能取胜。

- 第七歌 -

驱赶战马吆喝声,战马疲惫难听从。
恐惧驱使急促走,不动声色有苦衷。
手脚并用喘吁吁,脚底此时能生风。
气喘如牛众蛮兵,疯狂消失无行动。

南征北战疲劳兵,长途跋涉需放松。
过度紧张人沮丧,蛮人六哩追不停。
我方将兵遭驱赶,漆黑夜晚心惊恐。
比奥比奥河一端,流到此处不知名。

一条大船岸边停,粗链一根拴老松。
重伤人员坐上船,开进河道水中行。
其他将兵情绪稳,来船到前耐心等。
千回百折度艰险,终于抵达久盼城。

不难想象多糟糕,救死扶伤事潦草。　　05
有人面目已全非,有人伤重悲哀嚎。
有人遍体鳞伤痛,似乎来自地狱牢。
展示伤口不作声,睁开眼睛四下瞧。

无端恐惧身疲劳，事后才敢讲根苗。
多少村庄抛身后，悲痛欲绝悲惨叫。
神愁鬼哭悲声起，冰凉祸水头上浇。
万念俱灰心如焚，近邻房间回答道。

父亲丈夫已死掉，失去兄侄女儿娇。
发疯女人身麻木，扭曲酥手双肩抱。
哀哀呻吟诉苦痛，抗议声声只徒劳。
孩童搂抱母亲身，询问父亲何处找。

家家户户在喊叫，哭哭啼啼声嚎啕。
多人皆因战斗死，不少掉进半山腰。
姑娘寡妇诉哀怨，手足无措跪求饶。
祈求上帝降吉祥，赐给死者救赎药。

不眠之夜苦难熬，痛心泣血听鬼嚎。
天明之后转晴日，灾难旋踵排山倒。
暴怒人群已走近，血腥蛮兵再骚扰。
一手兵器一手火，西班牙人惧色焦。

- 第七歌 -

饶舌珐美高声叫,粗野愚蠢话语妙。[1]　　10
拉乌塔罗事缠身,敌人士气在减弱。
西班牙人心颤抖,鼓动珐美乱鼓噪。
抬举蛮兵捧上天,一盆冰水头上浇。

众口纷纭论逃跑,可悲城市无安保。
传说放弃持久战,战场抗敌陷泥淖。
低声细语街巷传,传说我方弃城逃。
确有议论道理在,证据不足值推敲。

两种情景细思量,恐惧热爱在田庄。
城市人少弃自卫,满目疮痍看伤亡。
田庄只交租赋税,自食其力远恐慌。
同心协力齐努力,万全之策灭灾障。

大部人群表愿望,舍业弃镇离家乡。
恐惧百姓尚不解,侧耳聆听噪声响。
突然变化人骚动,公众舆论不明朗。
哭声争吵再兴起,嚎叫震天蔽星光。

- 第一卷 -

有人回家大声嚷,蛮人武士动刀枪。
驱赶战马跨上鞍,勒紧肚带走轻装。
深闺姑娘哭嚎啕,手无寸铁无人帮。
东奔西跑迷方向,无依无靠喊亲娘。

恰如胆怯小羔羊,孤立无援寻爹娘。　　15
东跑西颠咩咩叫,躲躲闪闪无处藏。
竖起耳朵仔细听,失去信心窜四方。
娇羞处女哭声哀,呼喊双亲大声嚷。

哭泣痛苦呼喊嚷,不时有人拉长腔。
呻吟哀哀听不到,哽咽声声更凄凉。
<u>拉乌塔罗</u>身影现,自相惊扰心发慌。
大声喊叫快逃跑,遁灾避难近疯狂。

耳闻目睹心烦乱,悲叹哭嚎连成片。
小题大做乱纷纷,风声鹤唳恐惧添。
十室九空无保佑,妄谈财产继承权。
丝绸刺绣地毯床,藏匿金银如瓦片。

- 第七歌 -

情理难容听抱怨,皆因城市无人管。
有人喊"匪夷所思,一无所剩非我愿!"
老人寒心作回答:"寡廉鲜耻无心肝。
名声败坏西班牙!你等到底被谁骗?"

索然无味矫正篇,莫说老人絮叨言。
试看腿快逃跑人,我行我素一溜烟。
歌颂声誉正义事,值得书写可经年。
此时翎笔暂停写,空空如也思路断。

闻名遐迩美名扬,高贵勇敢女中强。   20
夫人堂娜梅西娅,贵胄出身敢担当。[2]
神情不安强坐起,弱体患病正卧床。
拿起利剑抄胸盾,挺身而出似无恙。

爬上山路慢登攀,面色悲伤回头看。
房屋土地留身后,听见母鸡嘎嘎唤。
猫咪喵喵声可怕,狗吠悲伤肝肠断。
燕子黄莺惶恐叫,哀歌啭啭声惨惨。[3]

171

尊贵夫人面惨淡，满脸悲伤惫不堪。
手提宝剑跟在后，半山腰上停留站。
留恋城郭高声喊："伟大民族多勇敢！
守土有责信念坚，锋刀利剑当即断！

那个堡垒何惊险，为何惧怕不向前？
那个山峦何威武，为何渴望不垂涎？
何谓骄傲何谓勇，为何不讲价值观？
情态猥琐何处去，为何无人跟后面？

多次无端遭非难，傲气焦躁心不安。
犹豫不决向前冲，谋划措施不周全。
对方人数成几倍，面对桎梏甘服软？
努力完成光辉业，死而不朽何其难！

诸位认真回头看，村庄根基尔等建。
农田肥沃禾苗壮，田赋捐税数可观。
丰富矿藏河渠道，排沙淘金见财源。
失群牛羊满山跑，寻找陌生牧人难。

- 第七歌 -

可怜动物也心寒，人间冷暖皆不见。
知情达理知悲伤，心灰意冷若寒蝉。
心如木石动真情，推诚相见心柔软。
恶人随风播谣言，我方声誉遭摧残。

恬静生活勿留恋，抛开尊严抛田产。
客居他乡心窘困，有人收留也可怜。
含垢忍辱事难堪，作客生活何时完。
尊严之人活尊严，加快死亡或悲叹！

回去！如此无尊严，朋友面前无脸面。
本人首当其冲去，冲向敌人刀丛间。
本人说出知心话，诸位见证在身边。
回去！回去！"口舌干，无人认为是忠言。

犹如父亲肺腑言，苦口婆心侃侃谈。
担心爱子遭非难，千言万语亦徒然。
死心塌地固执做，讲经遭遇众人嫌。
众人沉浸恐惧中，不愿苟同听高见。

保罗遇袭时蓦然,蛇妖太阳穴上转。[4]　30
飞舞自在步轻盈,同舟共济过难关。
尊贵夫人善言谈,不惧人恨遭白眼。
讲演内容左耳进,右耳出去风吹散。

无人听她一席谈,众人围其团团转。
女人赤脚踩泥泞,拖沓长裙走泥丸。
披星戴月马波乔,行程足费十二天。
拉乌塔罗人安逸,心急火燎我厌烦。

对其不应觑眼看,我方伤亡细盘算。
回船转舵提此人,此人曾留荒唐言。
缺乏纸张概括论,过程冗长定性难。
遣词造句凭回忆,笔饱墨酣写长篇。

删繁就芜求精练,尽我所能书续篇。
日常生活过去事,意到笔随不倚偏。
敬请诸位侧耳听,故事惊人听不厌。
猎奇快捷翎毛笔,概括蛮人历史传。

- 第七歌 -

追击停止暂休整,<u>比央</u>之子好心情。[5]
敌人与其距离远,恐吓不如震慑灵。
派去士兵侍统领,住宿山谷得照应。
塔卡玛维达峡谷,草料食物皆丰盈。

精明彪悍副统领,山谷田产可继承。　　35
偶遇<u>土著</u>基督徒,不杀让其保生命。
带回家中当俘虏,晓之以理动以情:
"收留一条可怜虫,实在不值我心疼。

既来打仗当士兵,享受武士光荣名。
能见战友死刀丛,为何躲避众女性?
倒像胆小弱女子,害怕利剑钢刃锋。
尽心尽力尽职责,为我服务听命令。"

虏兵勤快听命令,侍候贵妇心竭诚。
收拾客房做晚餐,身体困倦硬支撑。
四肢疲惫心高兴,上床似虾腰弯弓。
翻身两次日头出,倒在床上睡不醒。

如同死猪床上横,似乎在做千年梦。
直至太阳高升起,再次翻身眼惺忪。
穿上破衣即起床,知道早餐已现成。
勤快夫役均会说:美味佳肴不怕冷。

有人谈论当话柄,两天两夜睡梦中。
劳作用餐均忘记,夜间只听呼噜声。
饭菜好歹皆不管,只求夜里做好梦。
"一觉睡到大天亮,我真不怕睡不醒。

<u>拉乌塔罗</u>人机警,贵军到来他高兴。　　40
部队上下准备好,严格纪律奖惩明。
枕戈待旦防偷袭,直至太阳止旅程。
次日清晨太阳升,日复一日在军营。

某人位置有变动,有人替位得补充。
有人困乏迷糊觉,两矛合并架空中。
剪断引信白送死,理所当然受罚惩。
上面下达急命令,下面即刻按令行。

- 第七歌 -

听天由命当士兵,十四昼夜待命令。
长矛高枪磨锋利,尔等迟来值庆幸。
好梦疲劳破碎抛,全力以赴迎战争。
得知贵军至此地,多日困倦一扫空。"

整个山谷无动静,问其战场何情景。
"昨天深夜天亮前,山谷突然乱哄哄。
因何原因闹不清,其实我心如明镜。
彭科城里有动作,西班牙人要撤兵。"

此话听来是真情,得胜之师在调动。
西班牙人无佑护,脱离平民老百姓。
抢劫欲望心焦虑,刺激怂恿人放纵。
距离彭科七哩路,只用半天抵省城。

房屋周边人分散,星散站在道路边。
抢夺村镇情景同,四处衣物人不见。
刚一听到出发令,如同椋鸟遮满天。
敌人军队下村庄,冲向白色麦垛山。

45

- 第一卷 -

城市凄凉静谧寒,疯抢狼藉留一片。
暴怒蛮人互追赶,雷霆万钧奔下山。
多有贪心不足者,奔向富足家门前。
纷乱人群入家门,家家户户门未关。

家家户户串串串,角角落落看看看。
砸破坛罐撬抽屉,不被探棍所欺骗。
破坏地毯装饰物,豪华房间丝床垫。
抢劫情景亲眼见,无人抵抗无阻拦。

希腊富户应惊叹,特洛伊城成旅馆。
播种冷血播种火,毁坏最后一块砖。
歌唱愤怒仇恨怨,蛮人抢劫不收敛。
摧毁破坏糟蹋尽,邪恶目的正实现。

有人上下楼梯间,拿走衣物箱柜翻。
有人门窗都卸下,谁说布囊不值钱。
有人吵架不相让,争执小钱闹翻天。
塔楼房顶掀砖瓦,蛮人身上背重担。

- 第七歌 -

飞来飞去围蜂箱,殷勤快速酿蜜忙。　　50
天职酿蜜在蜜板,进出不与人商量。
勤奋飞舞花丛间,娇嫩鲜花出蜜浆。
可和人类相比较,手忙脚乱工作狂。

偷抢不足抵渴望,所抢家庭财不旺。
贪心诱使蛇吞象,更大猎物在前方。
贪心也算虚荣账,厌旧贪新狗熊相。
直至太阳落西方,鸠占鹊巢一扫光。

分赃不均互争抢,亲密朋友明算账。
每人分得一杯羹,领头窃贼多分赃。
谁身沉重谁拖拉,兄弟之间互提防。
互相谦让荡无存,能背多少尽力量。

冬天来临备贮粮,贮备能手蚂蚁忙。
来来往往掏粮囤,搬搬运运奔谷仓。
相互礼让不停步,空手让道背有粮。
阿拉乌戈在劳碌,进出往返掠夺抢。

179

收获大者丧天良，引着火把扔进房。
不等同伴出房门，不管房屋火中葬。
贪婪火苗燃烧起，暴怒之人性疯狂。
火海一片烧村镇，家家户户火焰旺。

火苗乱窜火势长，老天恐惧不吉祥。
黑烟滚滚烈火烧，烈火烧城城遭殃。
大地颤，火声吼，大火蔓延无阻挡。
华屋瓦砾房倒塌，一片灰烬天凄惶。

城市损毁失金镑，金矿储藏富八方。
物华天宝享天下，名存实亡景悲怆。
无数百姓哭嚎啕，有人却盼战火旺。
民生凋敝困苦生，有人却成发财狂。

十镑二十三十镑，一年收益上千两。
无人少于千金币，少则过千饱私囊。
瓦帅获益无法算，城市无恙保安康。
城市周围储矿藏，轻而易举采金矿。

- 第七歌 -

十万属民服役忙，服务城市无设防。
大量金银装腰包，初来只带嘴一张。
失道寡助是真理，放松剑柄无力量。
牲畜财产大富户，付之一炬看凄凉。

蛮人喊叫震天响，激昂慷慨自胸膛。
雕花屋顶宽住房，惊骇大火尽烧光。
众多人群心悲痛，撕心裂肺欲断肠。
悲叹呻吟受欺辱，烈焰面前顾存亡。

火势蔓延趋迟缓，烧焦物品冒青烟。　60
咒骂狂暴东北风，火势渐缓势微减。
房屋倒塌轰隆响，恐怖哀嚎回声传。
烟雾火光如闪电，升空威胁星星天。

怒吼火焰高过山，浓烟滚滚烧云端。
东北风神风雷动，株拔根连根朝天。
火神借助铁风箱，肮脏灰烬惊号寒。
风助火势火蔓延，片瓦无存无人烟。

未见尼禄开心颜,强大罗马天下瞻。[6]
块块卵石引燃火,唯见此人心快感。
莫大愉悦心欢喜,不比蛮人绝人寰。
眼看大火蔓延去,可悲城市吞噬完。

大火恐怖绝人寰,火炉爆炸雷声般。
黑烟滚滚冲云霄,乌云漫漫天空间。
无与伦比火凶残,一言蔽之要变天。
金碧辉煌高耸楼,古老庭院遭塌陷。

欣喜若狂至终点,凶恶蛮人报仇冤。
邪恶企图无休止,万物枯萎凋敝年。
大火熄灭如故事,信使慌忙递信传。
雷奥坎之子所派,下歌专唱信使函。[7]　　64

- 第七歌 -

注 释

1 珐美（Fama），古罗马神话人物，以制造谣言著名。希腊诗人赫希德（Hesiod，公元前750—前650之间）将她描绘成邪恶之人。
2 堂娜梅西娅（Doña Mencía de Nidos，1510—？），出生于西班牙卡塞雷斯（Cáceres）贵族家庭。兄妹五人均为西班牙征服者。梅西娅在智利服役期间对于保护康塞普西翁城郭不被破坏做出过贡献。今天西班牙和智利两国有关地方人民都把她看作英雄。
3 此处作者引用了一则希腊神话故事：色雷斯（Tracia）国王特雷奥（Tereo）看中了姐妹俩中的姐姐，企图强娶；迫于无奈，姐妹俩在逃跑中变成了燕子（Progne）和黄莺（Filomena）。为了向特雷奥报仇，她们设计让国王吃掉了自己的儿子。
4 保罗，此处指圣保罗（St.Paulo，约3—约68），早期基督教领袖之一，被天主教（大公教会）封为使徒。传教期间，保罗游历了小亚细亚、希腊、叙利亚和巴勒斯坦，为天主教早期的传播和发展做出了巨大贡献，成为天主教第一神学家。一次去罗马传教的路上，保罗被毒蛇咬伤，所幸无大碍。此句诗引用的就是这个故事。公元68年，保罗被捕，在罗马接受审判后被斩首处死。
5 比央之子，此处指拉乌塔罗。诗中多次用"比央之子"来指代拉乌塔罗。
6 尼禄·克劳狄乌斯·德鲁苏斯·日耳曼尼库斯（Nerón Claudius Drusus Germanicus，37—68），古罗马帝国皇帝，公元54—68年在位。后世对他的史料与创作相当多，但普遍对他的形象描述不佳。世人称之为"嗜血的尼禄"，是古罗马乃至欧洲历史上有名的残酷暴君。据有关历史材料记载，罗马大火从公元64年7月18日夜间开始共烧了5天，当时罗马帝国的君主是尼禄。关于这一场火灾的种种原因一直存在很大争议。根据塔西佗的记载，关于大火的起因，官方记载是意外失火，且起火后不久外出的皇帝尼禄便很快回到罗马城指挥灭火救灾。民间一直传闻大火是尼禄的阴谋。因为罗马大火之后，他建造了著名的华丽"金宫"（Domus Aurea）。所以很多人认为尼禄放火的原因是想扩建皇宫，但当时的罗马城满是平民搭建的小屋，拆迁成本太高，于是干脆放火烧掉。尼禄本想将火势控制在某个区域，但是当时正巧刮起强风，最后不幸烧掉了整个罗马城。

7　雷奥坎之子，即考波利坎。

第八歌

阿拉乌戈地区众酋长和领主在阿拉乌戈山谷召开全体大会。<u>图卡贝尔杀死普切卡克酋长</u>。<u>考波利坎</u>率大军逼近建在卡乌腾山谷中的帝国城。

  纯洁名誉遭诬陷，奇耻大辱记心间。 01
  忍辱含垢不声张，委曲求全苦果咽。
  逆来顺受求保全，唾面自干强欢颜。
  包羞忍耻心忐忑，千夫所指更难堪。

  即使我方能容忍，心存恐惧心怀恨。
  即使田产可顾全，合理要求成烟云。
  食不知味同嚼蜡，不会落户成俗民。
  低俗永远是低俗，劣根永远是劣根。

  基督教徒野蛮人，人数悬殊两支军。
  城市解围规复难，满目疮痍巨痛深。
  最终又要操白刃，多少无辜成冤魂。
  妇幼少女本无辜，引咎责躬理充分。

- 第一卷 -

无缘无故糟蹋人，应从事件寻原因。
上帝惩罚理应当，宗主权力过其甚。
附属本该受压迫，野蛮本身是敌人。
逐出土地掠财产，轻口薄舌说自尊。

话说彭城聚人群，大部多为老年人。[1]　05
残酷战争无用者，白色胡须额皱纹。
仅有少数青壮年，尚能抵抗面战神。
横祸飞灾自天降，命运之神常偏心。

谁能对付蛮兵群，<u>拉乌塔罗</u>人自信。
美好命运开新路，我方死伤他功勋。
莫与上天争高低，毁冠裂裳失自尊。
休想改变众蛮荒，疯魔勇敢狂妄人。

彭科城垣布乌云，狂怒火焰酿灰烬。
前歌唱过信使到，一位土著送信人。
<u>考波利坎</u>所派送，告知决意动兵刃。
著名战役入史册，一举成名胜利军。

186

- 第八歌 -

闲言少叙话直陈，统领命令即发军。
拉乌塔罗不怠慢，阿拉乌戈山谷进。
议事头领男人会，商议如何排兵阵。
膏腴谷地藏辎重，参谋议事具条陈。

拉乌塔罗听命令，营盘拔起赶路程。
大片土地留身后，须臾奔向山坳行。
军队到达骤然间，绕过海边喜相逢。
友军会面开玩笑，冒充敌人名与声。

一路行军到天明，蓦地降临友军中。　　10
兵士高声呼喊叫，高兴吵嚷起骚动。
嘘声跺脚人高兴，兵士嬉笑互嘲弄。
士兵之间不相识，放下武器相抱拥。

考波利坎双手迎，拉乌塔罗好弟兄。
拥抱馈赠礼相待，互送礼品话友情。
清水小溪河近旁，将兵相见心激动。
静听河水声潺潺，躬逢其盛举杯庆。

- 第一卷 -

时间流逝水流动,议事首领全集中。
协商日程议谋划,从始至终有内容。
确定时间定方案,再与多人协商定。
豪杰英雄男子汉,商议决定用战争。

统领着装人吃惊,酷似瓦帅倜傥形。
刺绣凸起金银线,绿色主调间紫红。
牢牢胸甲呈雄风,厚厚皮面露峥嵘。
闪亮头盔钢铁造,一颗宝石亮山峰。

各路长官众英雄,酷似欧式戎装行。
着装随意破衣衫,士兵群众似等同,
鞋袜上衣烂皮革,精神抖擞似精英。
如此低档破烂货,西班牙兵无人用。

衣冠楚楚得意情,济济一堂议事厅。
聚集议事大厅内,一百三十酋长影。
自然习惯排座次,佩带宝剑显威风。
高傲民族静心听,考波利坎讲话声:

- 第八歌 -

"义不容辞众弟兄,我军名声响铮铮。
无须再多讲道理,关键重点已说明。
即使打进西班牙,易如反掌逞雄风。
常胜国王卡洛斯,阿拉乌戈手下兵。²

西班牙兵头清醒,明白铁锤有多重。
无论战场或城堡,我军都能破其兵。
盔甲几乎不顶用,钢铁斧头断喉咙。
纵有铁质长矛枪,我军面前一棵葱。

诸位企盼明晰清,勇敢精神我认定。
厚厚城墙钢铁筑,彻底拆除用前胸。
信心十足冲向前,我随诸位打前锋。
一定战胜西班牙,征服世界军团兵。

名不虚传具神性,基督天主降天庭。
钢铁打造尖兵刃,我军劈开宽路行。
人种世系一扫平,莫管军队多神圣。
面对神圣强兵军,众志成城必得胜。

诸位强大武士兵，我之意图已透明。　　20
原来所谓好朋友，不久即将现原形。
认清他等是敌人，悄悄接近我兵营。"
结束讲话意图清，静静等待何反应。

目不转睛侧耳听，发现其中有蹊径。
<u>考波利坎</u>侃侃谈，声调高昂满激情。
回应讲话不失礼，气氛和谐表心声。
<u>拉乌塔罗</u>知谦让，<u>林戈亚</u>氏站起应：

"难得如此好心情，悲惨世界我活命。
勇敢精神面对敌，昂首挺胸能常胜。
荣荣思想闪荣光，愿做下属愿服从。
不想天地称大王，战争告终一百姓。

本人发誓做保证，时时处处当侍从。
保卫国土挺胸膛，风雨同舟顺逆境。
请你尽管放宽心，粉身碎骨心竭诚。
说话算话男子汉，驷马难追一言定。"

- 第八歌 -

贝特戈楞老英雄，恳求发言表心声。
和蔼可亲好人性，今日说话显生硬。
干瘪老人有棱角，一方沃土当首领。
表情严肃声如钟，智慧道理摆分明：

"队长完美男精英，请把我作排头兵。　　25
精心保住护心甲，斧头可破钢剑锋。
知情达理我高兴，打仗冲锋第一名。
西班牙人滚回去，我去西国打战争。

兴高采烈好心情，继承前辈老传统。
西班牙人等发配，欺人太甚压头顶。
身后之事无须讲，全凭天意安排定。
诚心诚意表意愿，愿听高见我赞同。"

酋长沉默等论评，图卡贝尔怒气冲。
疾言厉色起身讲，语气高傲冒昧声：
"本人不惧西班牙，男人该有男人勇。
势单力薄难取胜，依靠人道靠神明。

驱逐智利粉碎兵,一人不能胜战争。
我会将其早埋葬,深埋这片土地中。
大棒穷追逃跑者,从此世界除其名。
不会畏惧任何人,完成过去未完成。

伸出壮臂做保证,铁棒随我两年整。
纯铁制成上天送,劳苦功高账目清。
片瓦不留西班牙,本人斗志与日增。
踏平西国宽广地,求助上天伴我行。

不靠天意保性命,多处障碍面前横。　　30
命运时而会光顾,命好还需臂膀硬。
高楼堡垒虽坚固,大厦倾倒瓦解崩。
<u>图卡贝尔</u>操大业,一步之遥建奇功。"

<u>贝特戈楞</u>心血冷,怒火点燃起身应:
"高傲自大人狂妄!有勇无谋事难成!"
<u>考波利坎</u>莫逆友,深知老者冒失病。
简短捷说讲道理,邀请别人再发声。

- 第八歌 -

安格尔氏偕布楞,不甘示弱有话明。
翁戈尔茂未表态,心高气傲不出声。
思想睿智讲套路,纲目结合阐述清。
科罗科罗善兼听,声音洪亮表心情:

"年轻说话怒气盛,我等虽老未龙钟。
活在世上益处少,有益主意尚顶用。
黑烟爆炸眼未瞎,年轻曾经血奔腾。
年少轻狂可理解,老人行事遵准绳。

各位队长多立功,浅尝小胜勿虚荣。
高谈阔论傲气重,好像再无后人生。
心胸尚须多锤炼,虚浮之勇事不成。
切勿轻视征服者,何来低价卖性命。

两次小胜凭侥幸,两次皆因先冲锋。
五次战役败下风,未能战胜对方兵。
罕见对抗可为鉴,敌兵仅仅十四名。
聊以自慰应深省,失地复得丢名声。

- 第一卷 -

讲究战术头清醒，拯救祖国救百姓。
无须精力全投入，以少胜多损失轻。
<u>考波利坎</u>注意听，竭智尽忠做统领。
减缓愤慨多理智，智勇双全赢战争。

最佳教导合战情，战场布置三队兵。
不同时间不同点，进攻可恨卡乌腾。
村庄青年人数少，少遇抵抗可取胜。
无须长枪大火炮，瓦城一举即成功。[3]

痛心疾首在圣城，改变战术再进攻。[4]
随即攻入塞莱纳，不费吹灰地踏平。[5]
老天有眼助我力，道路正确功告成。"
智慧老人肺腑言，众人赞同无辩争。

某家酋长妖法精，人已朽衰老寿星。
<u>普切卡克</u>占星家，凭借智慧预测灵。
和蔼可亲面丑陋，发言忧伤难过情。
"<u>艾博那蒙</u>为佐证，老生常谈再申明：[6]

- 第八歌 -

自由解放短暂梦,尽情享受乐其中。　　40
一锤定音难更改,星星排位已确定。
命运围你伤痛转,正是天意呼唤声。
沉重镣铐境险恶,更少伤亡挽救命。

天象浑浊难预料,夜鸟惊慌飞不高。
无声低回天际静,千种不祥有征兆。
植物悲伤低声泣,颗粒无收地干燥。
星月太阳同呼应,征兆确凿劫难逃。

综观默察星高照,未能看到救命药。
猎户星座剑铮铮,无妄之灾大地消。[7]
木星似已退其位,血腥火星冲云霄。
预兆将来有战争,大地战火再燃烧。

死神暴怒无阻挡,高举右手凶杀相。
命运之友偏向我,和颜悦色另模样。
预测之神狂怒吼,浸入体内热血浆。[8]
脖颈僵硬弯曲爪,裹挟我等迷方向。"

- 第一卷 -

图卡贝尔性暴躁,聆听老人心烦恼。
"倒看是否能猜中,本人长矛不轻饶。"
劈头盖顶不留情,说完高举粗长矛。
不管天体如何转,不管猜测何预兆。

臂膀结实人自豪,挥舞膀臂气高傲。　　　45
肃穆会议暂且停,不详其因我心焦。
考波利坎惊慌状,稍停片刻人气恼。
"各位队长,让他死!"回转身躯怒吼叫。

众人厌恶大喊叫,话语放肆太狂傲。
暴躁蛮人失耐心,场地气氛乱糟糟。
会议设在高台上,强迫众人往下跳。
台上一百三十人,百人相继台下倒。

台上三十皆英豪,本篇故事众勇彪。
纹丝不动似雕像,观察场面莫急躁。
勿因某人患重病,众人一起发高烧。
高处高台纵身跳,跳高跳远亦徒劳。

- 第八歌 -

图卡贝尔披战袍,轻盈活像美洲豹。
面对可恶胆小鬼,胆大蛮人展英豪。
口哨呐喊奇怪战,石头棍棒箭梭镖。
人群紧跟在其后,堪比斗牛斗兽叫。

惯常熟练耍大刀,教头耍刀云中飘。
轻盈出奇强刺杀,左刺右砍面面到。
从容敏捷顾八方,强力打击娴熟巧。
图卡贝尔斗志豪,沉重大棒周身绕。

伤残瘫痪何足道,至此未到最后笑。　50
悲伤之人未逃命,狼牙棒打软蛋糕。
伤痕累累耗体能,折磨撕碎均见效。
枪林弹雨落头顶,暴风骤雨加冰雹。

蛮人流血不求饶,沉重兵器如魔爪。
膀臂脑袋齐晃动,高贵气质一日消。
蒙蒙细雨风中飘,脑浆迸裂魂出窍。
六亲不认一怪人,亲朋好友灾难遭。

- 第一卷 -

各种兵器护身宝,阿拉乌戈蛮自豪。
群起攻之齐冒犯,心怀惧怕功徒劳。
五体投地人尊重,袭击进攻狂骄傲。
多人肢解身瘫痪,面对狼牙身难保。

考波利坎未预料,疯狂怒火胸中烧。
曾想决定快收手,顾及身份更重要。
拉乌塔罗喜若狂,眼见一人战群枭。
面对众多野蛮人,自信不足心力焦。

面对统领讲礼貌,低眉下眼地上瞧。
"求你赐我一恩惠,如果意图属正道。
如有冒犯上级罪,图卡贝尔求恕饶。
战场表现我勇敢,一人可抵百勇彪。"

统领困惑不急躁,察言观色谁求饶。
解弦更张变主意,回答对方面堆笑:
"希望你能尽全力,冰释前嫌如旧交。"
带领队伍任指挥,以往争斗一笔销。

- 第八歌 -

拉乌塔罗往下跳,此时吹起撤退号。
伴随号角人后退,后退谁都不费劳。
考波利坎感遗憾,付出努力未见效。
面色狂野向队长,高声随意呐喊叫:

"好人队长勿烦恼,对待无赖有妙招。
我对粗人有私仇,我之威力须领教。"
"有人同你去抗争",拉乌塔罗回答道:
"无人对付你右手,大刀阔斧逗英豪。

你可随我去横刀,保证不会陷泥淖。"
图卡贝尔忙作答:"却步不前非胆小。
手中大棒开杀路,其他一切你遣调。
除非担心妻儿事,随你天涯走海角。"

两人到达裁判厅,一前一后紧跟踪。
拾阶而上前后脚,未见异常有变更。
精明统领不作声,一脸喜悦表亲情。
原来谈话已中断,拉乌塔罗续线绳:

– 第一卷 –

"常胜将军听分明,我军壮士骁勇兵。　　60
大喜过望未表露,可听摩拳擦掌声。
问心无愧侍统领,所作所为已证明。
感恩戴德示崇敬,虽死千次未尽忠。

助你强悍武士兵,收复土地好耕种。
打仗虽属分内事,丑恶堕落是战争。
本人不停表劝告,深知劝告记心中。
你之所想我理解,一切利益为公众。

偏听则暗兼听明,谨慎对待逆耳声。
科罗科罗人睿智,完美无缺善包容。
伟大主人勿踌躇,马到成功定取胜。
基督教徒未觉察,软弱无力笑脸迎。

一旦土地被踏平,马波乔地人震惊。
代表战神命令你,毁灭敌人行军令。[9]
我曾丈量每寸地,本人了解基督兵。
深谙敌方奸诈计,战略战术心肚明。

第八歌

只需五百子弟兵，大功即将能告成。
集合我方众将士，兵贵神速随我行。
说话算数当你面，所有酋长可作证。
城市亲自呈你手，外添基督百人命。"

傲气蛮人讲话停，七嘴八舌议论声。　　65
采取最佳好方案，各方意见成一统。
众人希望听新闻，一齐走近仲裁庭。
决定公布动员令，广而告之众人明。

众人半月此处停，欢欣鼓舞似节庆。
各种游戏伴欢乐，有人赌博行酒令。
发兵村镇梅西亚，兴高采烈整队形。
<u>雷茂雷茂</u>作断后，<u>考波利坎</u>当先锋。

帝国军队怒气冲，修筑牢固军兵营。
凶恶敌人称常胜，万死不辞献生命。
全能天父永不朽，另有命运安排定。
上帝惩罚时拖延，敬请陛下倾耳听。　　67

- 第一卷 -

注 释

1 彭城,即彭科城(Penco)。彭科原为山谷名,后在此地建起康塞普西翁城,故康塞普西翁城又称彭科城、彭城。
2 此处指西班牙国王卡洛斯一世,又称查理五世。
3 瓦城,即瓦尔迪维亚(Valdivia)城。该城由西班牙征服者统帅瓦尔迪维亚建于1552年。
4 圣城,即圣地亚哥城(Santiago)。圣地亚哥是由西班牙征服者佩德罗·德·瓦尔迪维亚于1541年2月建立,最初名为新埃斯特雷马杜拉的圣地亚哥(Santiago del Nuevo Extremadura),由圣雅各之名和瓦尔迪维亚的西班牙故乡埃斯特雷马杜拉结合而来,现为智利首都。
5 塞莱纳(La Serena),智利中北部城市,科金博区首府。始建于1544年。位于埃尔基河南岸沿海海湾地区,西南距外港科金博13公里。
6 艾博那蒙神(Eponamón),智利马普切人的战神和预测战争胜负的神祇。
7 此处作者借用猎户星座指希腊神话故事中的巨人猎户,传说他用金子铸成的剑在天空中闪闪发光。
8 预测之神,即艾博那蒙神。
9 战神,此处指艾博那蒙神。

第九歌

庞大的阿拉乌戈军队抵达距离帝国城仅三哩的地方。但他们的意图未得到神的允许，便返回原地。西班牙人返回彭科的据点，重建康塞普西翁城。阿拉乌戈人向西班牙人发起进攻。双方展开恶战。

如今奇迹世罕见，往昔年代不新鲜。　01
圣徒数量在减少，基督教义凭威权。
任何事件生恐惧，大惊小怪观自然。
人类怀疑造物主，信任掺杂悲情篇。

上帝总对病人怜，祝愿早日复康健。
如想扶持下等人，使其高大并非难。
打倒高傲狂暴者，自然法则实可鉴。
世间所有人与事，应循进程法自然。

上帝恩赐随处见，自然表达凭意愿。
自然法则为工具，万能上帝遵自然。
善男信女心纯净，亲身体会有应验。
眼见为实信不疑，吐胆倾心不食言。

- 第一卷 -

讲讲故事心黯然,本人反对造疑团。
只因怪异奇迹事,全部过程亲眼见。
尽管满腹狐疑事,问心无愧对上天。
实事求是继续唱,印第安人吐真言。

事件发生在今天,神圣律典在伸沿。　　05
上帝随时造奇迹,自然法则运用宽。
狂妄自大肆意行,神圣信仰下神坛。
野蛮习惯人盲目,笃信奇迹成自然。

阿拉乌戈将兵团,距离帝国三哩远。
考波利坎做决定,平地作战扎营盘。
手持武器进村镇,上帝惩罚时拖延。
忘恩村民无救药,悔不当初施悲怜。

帝国领地无供应,缺乏武器缺辎重。
人群龟缩聚城郭,老弱病残无抗争。
即使城墙未推倒,轻而易举可攻城。
劫数难逃可怜虫,眼前又见蛮人兵。

- 第九歌 -

战场地点要变更,听见出发号角鸣。
突然天昏地也暗,可悲奇事正发生。
乌云翻滚蔽天日,骚动谣言四处听。
逆天违理施暴力,四面八方怒吼风。

暴雨冰雹石块声,告别错乱黑云层。
雷电轰鸣寒光闪,惊天动地宇宙崩。
阵阵暴风骤雨来,龙争虎斗面狰狞。
尘土飞扬狂风起,旋风怒吼升天空。

恐惧折磨众将兵,心慌意乱无所终。　　10
混乱狂怒折磨人,胆颤心惊难形容。
<u>艾博那蒙</u>显身形,酷似一条凶猛龙。
卷曲尾巴口喷火,声嘶力竭耸人听。

警告众人快启程,西班牙人心惊恐。
任何一支军队到,轻而易举可破城。
城墙倒塌人殒命,刀枪大火肆意行。
劝说无效烟云散,置若罔闻耳旁风。

205

众人惶惑正发愣,无动于衷慢腾腾。
四面八方狂风起,狂风刮进藏身洞。
云朵蜷缩各归位,万里无云天放晴。
无畏胸中存惧怕,义愤填膺心不宁。

暴风散去天空晴,农田湿润笑盈盈。
晴空万里白云飘,一位美女飘空中。
明眸皓齿飘美发,光彩照人现奇形。
明亮太阳依身旁,日旁出现一颗星。

神圣面颊祛惊恐,美女下凡人震耸。
白发老人做陪伴,不知何方降神圣。
声音和蔼真优美:"迷茫人儿何去从?
乖乖回到家乡去,勿去帝国动刀兵。

上帝助力基督兵,赐予力量赐命令。
尔等忘恩不人道,造反捣乱拒服从。
以卵击石必粉碎,对方有刀拥权柄。"
说完离地升天去,飘向宇宙上天庭。

- 第九歌 -

阿拉乌戈眼有幸,眼见白发鬼精灵。
眼珠不动贪婪看,张口结舌呼吸停。
美女飘去无踪影,惊叹怪事人猛醒。
众人相互面对面,噤若寒蝉目圆瞪。

别无他想面无情,别无他求无所等。
走上阿拉乌戈路,正是仙女所提醒。
轻车熟路快如风,心急如焚走不停。
芒刺在背心烦恼,恐后争先跑步行。

信息确凿陛下听,微臣笃信讲实情。
那年四月二十三,正好逝去四年整。
刚才禀报奇迹事,军队将兵可证明。
一千五百五四年,年份准确臣保证。

正本清源得正名,蛮人后来有证明。
并非文过饰非事,资料不全难查证。
调查研究后人做,缺乏证据难澄清。
两年之内重复现,饥饿死亡多苦痛。

大海抑制水汽蒸,缺乏海水山无影。　20
炙热太阳花凋谢,火上浇油生战争。
贫瘠土地多龟裂,干旱持久地温升。
节衣缩食保吃喝,纳税不成心不宁。

阿拉乌戈鬼神惊,恶人恶事频发生。
传说有人吃人肉,惨无人道骇视听。
有人亲手杀父母,兄弟相食面狰狞。
母亲刚刚产一子,塞回肚里违人性。

长长山谷名布楞,祖辈耕种赖求生。
武器搁置人安宁,纯净苍穹少暴风。
此时此刻此地点,寒冷冬日常结冰。
安居乐业度时日,一触即发起战争。

人群聚散乱不堪,逃离战场寻家园。
野蛮训练已停止,云蒸霞蔚大地欢。
炽热太阳烧天蝎,冰冷白雪如项链。[1]
震动高耸众山峰,绿色新草冠山峦。

- 第九歌 -

耳听战神喧闹声,开动战车轰隆隆。
点燃战争愤怒火,阿拉乌戈蠢蠢动。
战鼓声声大地颤,铁马奋蹄欲奔腾。
右手抄起兵器响,左手拍打盾牌鸣。

武士狂怒心激动,抄起武器远闲情。　　25
遥远外人点战火,贪婪战事起纷争。
崭新武器比钢硬,如箭在弦事必行。
狼牙大棒棒头重,挥舞长柄柄生风。

蛮兵来回频走动,伴随兵器摩擦声。
贪婪人群心不宁,摩拳擦掌盼战争。
有人嗜酒醉醺醺,恶劣习惯古传承。
各路豪杰名酋长,多项决定意义重。

讨论国家大事情,众人协商做决定。
远来四名外地兵,步伐紧张面悲痛。
告知当地何情景,废城康塞普西翁。
基督教徒忙施工,兴师动众建新城。

- 第一卷 -

"诸位武士强壮兵,亲如一家众弟兄!
定要驱逐基督徒,同仇敌忾共抗争。
夺回抢去钱财物,所有欠账一笔清。
即使战果不理想,至少成功占三成。

尚能抵抗无回旋,指望贵方伸手援。
俯首听命知服从,饱受不幸多艰难。
暴力镇压要手段,多灾多苦不堪言。
死到临头气息短,急盼时来运气转。

阿拉乌戈地相连,链条相连环扣环。　30
守望相助传佳话,兄弟同心金可断。
生死与共情谊深,死中求活死尚远。
兵力尚未全瘫痪,敌人侧攻难上难。

贵方武力敌胆寒,紧急求助带信函。
盼望贵方早回复,迫在眉睫箭在弦。
同舟共济互支援,击败敌人过难关。
西班牙人士气盛,十万火急不容缓。"

- 第九歌 -

酋长一旦收回函,暂且不说乐翻天。
众人焦虑耐心等,悬心吊胆心不安。
好事多磨有羁绊,讨论回话谁先谈。
经过协商选代表,<u>考波利坎</u>代发言:

"理由充分我称赞,一清二楚全听见。
胆大包天基督徒,虚张声势善欺骗。
敌方胆敢再进犯,还敢发威敢挑战?
上次战事未结账,内心不服造事端。

诸位可以回头看,我方无疑会参战。
快马加鞭按命令,基督教徒寝难眠。
事情经过再清晰,我方了解不全面。
贵方适时可提醒,所有细节告知全。"

四人高兴启程还,携带答复原路返。　　35
快速回复其主人,心思梦盼眼瞪圆。
看到带回满意函,掩饰高兴与反叛。
忍垢偷生图侥幸,掩人耳目搞欺骗。

友邻来往亲切感，不便多想造疑团。
人得便宜可卖乖，骗取阿拉乌戈援。
双重契约唾手得，心怀鬼胎谋实现。
卑鄙阴暗守秘密，谋算见效心乐观。

我方军民被撕烂，信口开河我不安。
胜者王侯败者贼，世间俗话四处传。
幸运军队走前面，本人紧紧随后边。
不是机缘告知我，永远不会记忆全。

城市瘫痪无人烟，居民各自在逃难。
这段故事放最后，后面续歌也不晚。
请求回到原故事，那段命运以后谈。
圣地亚哥时间段，暂且不提壁上观。

撤退之后重整编，全力以赴齐动员。
众人投票达一致，决定彭城应重建。
劳民伤财重建事，人员缺乏少可怜。
本人不能表观点，或因害怕或因钱。

- 第九歌 -

彭城荒草连成片,原有人口少一半。　　40
房顶毁坏待加固,周围规模已缩减。
两大碉堡做掩护,碉堡前面平台连。
平台之上架大炮,实心炮弹射程远。

临近士兵假打扮,心狠毒辣装面善。
等待承诺得支援,不可告人耍滑奸。
施展诡诈非秘密,基督教徒常欺骗。
拉乌塔罗带队伍,早已翻过几道山。

布楞队伍陆续到,多路大军吹号角。[2]
阿拉乌戈无比勇,英姿飒爽胆气豪。
翁戈尔茂安科尔,马雷瓜诺响军号。
卡约古比林戈亚,浩浩荡荡举大刀。

男人武士各出众,全副武装迎战争。
声势浩大齐备战,另有二千虎狼兵。
人人佩戴重胸甲,沉重长矛铁铸成。
镔铁狼牙钢铁斧,兵刃安柄掷远程。

队伍整齐踏征程,行军朦朦黑夜中。
听从命令守纪律,<u>拉乌塔罗</u>训练功。
行军抵达晨星稀,枯萎农田绿生生。
口是心非有隐情,疑信参半谨慎行。

西班牙兵甚精明,蛮人朋友做雇佣。　　　45
深知敌人已抵近,毫不留情发进攻。
得晓其中藏秘密,个中奥妙心肚明。
磨刀霍霍备战斗,挖沟筑墙造兵营。

<u>胡安</u>曾做小头领,山地作战逞英雄。[3]
雷厉风行计谋多,精明强干谨言行。
恪尽职守善避险,动作敏捷骑士风。
随机应变顾大局,未雨绸缪备供应。

士兵威武精力盛,各就各位待出征。
命令九名老勇士,平坦陆地跑步行。
信心百倍走黑夜,到达蛮人军兵营。
隐蔽行动被发觉,忽听一片喊叫声。

- 第九歌 -

摇旗呐喊喧嚣声,战争来临人沸腾。
锣鼓喧天震耳聋,大地呻吟大地动。
机灵狡猾九勇士,穿过一座小山峰。
迂回前进走捷径,密探通知友军兵。

胡安人瘦斗志勇,精通战术人机灵。
关键时刻善用力,手使长矛火枪铳。
阿拉乌戈舞棍棒,谨慎小心左右迎。
利用轻盈小马队,无所畏惧迎敌兵。

次日上午太阳升,地平线上红彤彤。
金色太阳亮东方,云蒸霞蔚照天明。
胡安率领众勇士,装备精良离开城。
拉乌塔罗在何处,急速行军寻敌兵。

远远看见敌长城,双方距离半哩程。
我军翻过一座山,发现蛮军兵齐整。
耀眼武器铿光亮,太阳光下似透镜。
头盔装饰花翎羽,蓝绿黄白粉色红。

- 第一卷 -

谁见此景谁高兴，阿拉乌戈喊不停。
高高举起马缰绳，天空响彻吼杀声。
犹如千种乐器响，手舞足蹈傲气生。
靠近基督教徒兵，震天动地鬼神惊。

西班牙人立回应，运用可怕兵器声。
穿过山岗欲进攻，一马平川奔前行。
挥动长矛破敌营，赳赳武夫劳无功。
按兵不动等命令，蛮人遵纪崇严明。

站稳脚跟神情定，密集长矛杀气腾。
击溃敌兵多次攻，不因肉搏而休兵。
暂时撤退保实力，蛮军愤慨感光荣。
冒险冲锋告结束，脚下生风紧追踪。

压制对方猛烈攻，边做抵抗边冲锋。　　55
冲到桥前一窄路，拉乌塔罗处险境。
蛮人军队听命令，见机行事做调整。
进攻之地路狭窄，此时听见大炮声。

- 第九歌 -

拉乌塔罗算计精,躲过中午热蒸笼。
清晨凉风徐徐吹,人马喘气稍轻松。
重整队伍固阵地,已见我方侧面攻。
有利地形人集中,力争此战能取胜。

太阳升至半天空,阳光毒辣光集中。
周围一片蝉尖叫,声嘶力竭刺耳疼。
拉乌塔罗站起身,方形阵地链接封。
步调一致声震天,奔向我军坚固营。

勇猛轻蔑信心增,拉乌塔罗虎山行。
齐整士兵随其后,悠闲自得长矛挺。
长矛多节粗大壮,得心应手弯曲柄。
如臂使指操木棍,两端对接椭圆形。

笼中之鸟不耐烦,我方士兵出来转。
一排长矛串成排,一串火枪排成串。
战马成行长嘶鸣,凶相毕露寻事端。
如此表演易受伤,互相让路避灾难。

- 第一卷 -

心怀怨恨快步赶,运动部队赴前沿。　60
火枪喷火一片烟,烟火爆炸响连天。
弯弯弓弩射出箭,箭似流星穿心间。
带柄兵刃天上飞,强悍臂膀投掷远。

河流相遇水急湍,激流滚滚奔向前。
两股急流互不让,水量大者占优先。
两强相遇勇者胜,倚强凌弱不新鲜。
强力扑向我军团,蛮人洪流冲堤岸。

焉能忍受敌强悍,蛮军人数优先占。
蛮人拖带我军跑,犹如稻草大风卷。
溃不成军队伍散,混战围绕阵地转。
方形宽阔城墙内,寸土必争拉锯战。

龟缩堡垒失尊严,阵地狭窄快逃难。
无可奈何心气闷,几名士兵遭惩办。
选择宽路好窜逃,分散逃离趁混乱。
有人为此心不甘,企图守住入口战。

- 第九歌 -

生死存亡各盘算，贪生畏死活命观。
有人逃难有经验，毅然奔到海岸边。
铤而走险求活命，企图登上一条船。
满足恐惧无他想，赶紧调整顺风帆。

有人一次想了断，看见远处一只船。 65
毫不犹豫跳下海，死去闭眼别人间。
有人从来不游泳，下水迎接壮波澜。
劈波斩浪无惧怕，胆小之人也大胆。

有人力量得舒缓，优秀勇士自卫战。
一息尚存不言败，善始善终荣誉先。
决心已定心愤怒，活命绝望辱没感。
对方制造横祸殃，血流成渠造灾难。

人马兵器比例悬，拉乌塔罗占优先。
闯关杀死两士兵，命中注定在那天。
东砍西杀林戈亚，图卡贝尔堪勇敢。
如有天路架天梯，艺高胆大敢登攀。

219

– 第一卷 –

不走大门不走桥，放肆得意纵身跳。
轻盈越过护城河，须臾到达高城堡。
随从武士难跟随，进城只需一跳跃。
即使千人严把守，跳越城墙谁阻挠。

广场之上刚落脚，怒吼蛮人挥长矛。
粗硬长矛绕身转，敌人散开欲包抄。
钢铁甲胄全无用，坚硬头盔如瓜瓢。
不堪遭受重击打，脑袋砸瘪多陷凹。

有人身体近瘫痪，有人身体多伤残。　　70
有人脖颈贴前胸，有人腰椎肋骨断。
身体如同白蜡烛，软体鳞伤脊梁弯。
莫大危险需面对，不顾一切迎挑战。

奥尔迪斯遭杀砍，青年朵金遭刀斩。
眼见长矛刺进肉，乱刀乱枪送西天。
不清不楚谁亮剑，难分难解谁占先。
蛮人矛杆折两半，一双手臂同时断。

- 第九歌 -

包羞忍耻无脸面，遽然挂彩感觉慢。
击打过重手下垂，手指标枪难分辨。
受伤老虎止血腥，狮子受扰免心烦。
印第安人身肿胀，亵渎大地亵渎天。

站稳全凭两脚尖，脚尖立起高度添。
手臂灵活向后打，用力打出单手拳。
奥尔迪斯中长剑，胸甲头盔成烂片。
疼痛难忍人昏迷，双手按地神错乱。

蛮人报仇心不甘，骑在身上连环拳。
右手不能泄愤怒，直接击打用利剑。
一侧提起锁子甲，穿刺肋条至另端。
灵魂出窍魂永驻，无奈住进地狱间。

麻木右手已瘫痪，左手立即举起剑。　　75
受伤之前是巧手，首次交手即致残。
好像镰刀割谷草，刈割好手用右边。
图卡贝尔力无比，切断大腿脖颈腕。

拖尸走过人群边,义愤填膺报仇冤。
有人刺伤有虐待,密集长矛刺连连。
猎人投枪射狼父,四只狼仔齐出战。
似乎战争未到头,肉体倒地魂飞天。

雷乌克东不如前,力大无穷靠上天。
出击沉重置死地,精神勇气总占先。
本人乏力准确写,手腕疲倦手指酸。
握持翎毛心烦乱,避繁就简叙述完。

安科傲气人勇敢,挥舞大刀左右砍。
重伤迭格栽硬地,迭格二十正当年。[4]
胡安看见怒火燃,安科倒地面色惨。
举起愤怒宽刃刀,安科手臂被刺穿。

未见自卫回手剑,扑向敌人胸脯间。
插刀直接刺心脏,伤口大开血涟涟。
武士安科脸红润,如今蜡黄肉松软。
伤口致命臂脱臼,僵硬身体倒地瘫。

- 第九歌 -

马雷瓜诺正壮年,东杀西砍人枭悍。　　80
正遇安科举右手,竭力挥戈腰弓弯。
亲密朋友好堂兄,礼貌相待好伙伴:
"生活命运人平等,死亡谁都难避免。"

马雷瓜诺怒气冲,血管膨胀火燃胸。
实心木桩高举起,全力投出夺性命。
害怕重击人被毁,胡安清醒眼圆睁。
放纵战马奔向前,木桩插入土地中。

卡耶瓜诺在一边,布楞三人做陪伴。[5]
我方勇士被夹击,面不改色心不颤。
图梅五人伸援手,皮约尔克勇气添。[6]
雷茂雷茂马雷安,展示勇敢走极端。[7]

谣言不断四处传,天空凹陷声震天。
胜券本应握在手,蛮人宣布抢前面。
西班牙兵已溃散,落荒而走如席卷。
可怜之地遭不幸,血影刀光敌占先。

- 第一卷 -

胜利激奋将兵员，西班牙人正逃窜。
惶惶不安恐惧增，犹如斗牛被刺穿。
棍棒追赶折磨人，蛮人越战越勇敢。
噼噼啪啪爆炸声，追追杀杀伤病残。

胡安理智心地宽，鼓励多余惹人烦。　　85
混乱群众人涣散，广场狭窄逃命难。
有人落荒进深山，有人直奔小路边。
信仰阿特洛波斯，不会切断生命线。[8]

面对死亡求体面，苟且偷生失尊严。
山穷水尽疑无路，斗志减退强举剑。
偌大广场无飞鸟，魂飞魄丧尸体占。
可怜伤兵尚喘气，屈服死亡或遭砍。

横躺竖卧似瘫痪，比肩接踵人头攒。
有人浑身血涟涟，屈从死亡待血干。
众多尸体连成串，兵器狼藉烂铁片。
骑兵大队走在前，后面追赶颇费难。

- 第九歌 -

有人迷路走小径，小径难走多险情。
驱马提缰忙赶路，路程艰难唯惊恐。
谷地小溪乱山岗，蛮人军士恐吓声。
汗流浃背路难走，重伤死亡尸首横。

日夜兼程心惶恐，东倒西歪武装兵。
聚精会神往前看，宽阔大路径直通。
突然听到人嚎叫，得胜吼声似发疯。
丢盔弃甲四不像，辱没帝国强名声。

西班牙人在逃命，互相尾随仓皇行。　　90
望风而溃心愤怒，分道扬镳奔前程。
混乱不堪人沮丧，残兵败将恐慌病。
惊慌失措不择路，溃散谷地山村中。

骑马军士身轻松，众人心怀嫉妒情。
多年战友互不认，情随事迁各顾命。
莫提过去欠账事，莫提为财曾论争。
悬心吊胆乱如麻，此时贪婪无地容。

轻蔑昔日利益争,贪得无厌难为情。
丢弃重盔银锁甲,羞于启齿陷困境。
不必倒算承诺账,过去旧账一笔清。
伊卡洛斯爱双翼,飞越大海丧生命。[9]

胡安伴随战友行,三人一起赶路程。[10]
鼓励昏厥众人群,勇往直前勿放松。
开辟眼前尴尬路,马匹前行步轻盈。
马刺不停驱战马,难追土人跑路行。

远离大队可怜虫,犹如猎物遭虐惩。
膀大腰圆一勇夫,人称连科享大名。
骂骂咧咧喊大声,追追赶赶三人行。
人被驱赶田间走,步步艰难遭欺凌。

操操等等喊大声,似是而非听不懂。　　95
青年似在说土话,满嘴脏话不干净。
足足走出三哩路,挨打屁股肉红肿。
虎落平川被犬欺,卑鄙无耻骂不停。

- 第九歌 -

擎举兵器过头顶,动机形式讲不清。
一根粗糙山毛榉,堪比一根横梁重。
铜头自由能旋转,青年舞桩手轻松。
易如反掌轻拿放,犹如拐杖股掌中。

木桩粗长如此重,唯有用马可拉动。
不断用力抽战马,累趴马匹不偿命。
马匹如此受惩罚,非用马刺马难行。
斗牛场上不见棍,蛮人舞棍四面风。

似听友军将士兵,渐行渐远吵闹声。
忍辱负重路难走,持续冒犯受霸凌。
驱赶人走如牛马,亵渎民族辱人种。
三人慢慢懂土话,盲人瞎马跑西东。

东跑西颠乱折腾,蛮人灵巧走轻松。
恶魔兵器手里提,三人忍辱心负重。
一群蛮人傲慢行,急急匆匆赶路程。
三人继续朝前走,千斤木桩头上顶。

- 第一卷 -

多石山岗坡不平，走路松懈胆量生。　　100
跑步时节玩打赌，暴戾频频路难行。
强迫快跑十哩许，一条小河成救命。
河边小路通海岸，湿润海边路无影。

曾有蛮军在此停，只因连科强执症。
一意孤行恶作剧，不见蛮人队伍影。
争先恐后过渡口，疲惫不堪基督兵。
连科负担扛木桩，犹如大山压头顶。

笨重木桩湿地横，两臂围绕难抱动。
粗圆卵石水中投，山中回荡闷雷声。
山林仙女飞渡口，基督洗礼水丰盈。
美丽头顶飘金发，停步静观好风景。

烦人土著手不停，固执行事不留情。
石块口哨喊叫声，齐腰水里又捉弄。
胡安三人遭驱赶，马匹饮水救其命。
"来来过来快过来，让你哥仨过过风。"

- 第九歌 -

眼见<u>连科</u>傲气盛,盛气凌人频发横。
<u>胡安</u>说:"羞耻丢脸,一人管我三人行!
得意洋洋得胜相!我为国人挣骂名!
永远不再来此地,宁可去死不要命。"

来回抽拉马缰绳,二次穿过渡口同。　　105
自杀杀人二选一,疲乏马匹被刺痛。
蛮人旧病又复发,勃然大怒似发疯。
木桩把戏抛一边,禾苗摇摆左右动。

长途跋涉走沙滩,义愤填膺三壮汉。
无缘无故遭此罪,蛮人跑步走在先。
思前想后身疲倦,手拉缰绳走向前。
道路崎岖多危险,骄横蛮人又翻脸。

非要攀爬崎岖山,变换花样再刁难。
手中不要狼牙棒,抛掷皮质投石弹。
嘲笑吹哨玩石块,遭受摧残避冒犯。
魔鬼地势山陡峭,蛮人轻盈四处窜。

此时胡安要方便,憋尿多时不敢言。
跟随蛮人到处跑,千万别惹蛮人烦。
再次回到河渡口,重走老路直向前。
命运光顾心悲凉,时来运转虽多舛。

拉乌塔罗阵地远,继续赶路费时间。
西班牙人无路走,失群绵羊东西窜。
本人不必随其转,应该走到路前面。
抛下虽非容易事,曾经抛下并不难。

跟随蛮人到处转,蛮人好运乐陶然。　　110
顺其自然我迷茫,身随败兵倒霉蛋。
妄求自己掌命运,轻车熟路保平安。
习惯时间适合我,胜者万岁大声喊!

败兵窜逃成自然,高傲之人挺身站。
命运之神情不定,勿忘早晚被推翻。
赢利价值常折扣,有时必须还贷款。
本利翻滚多七倍,继续歌唱献新篇。　　111

- 第九歌 -

注释

1. 天蝎,此处指天蝎座。太阳经过天蝎宫的时间是每年的10月24日至11月21日,在南半球正好是春末夏初。
2. 这首诗中作者总共列举出阿拉乌戈勇士带领十八路军队的名字,各路指挥分别为:布楞、图梅、皮约尔克、安科尔、卡耶瓜诺、图卡贝尔、翁戈尔茂、雷茂雷茂、莱博比亚、卡纽曼戈、艾力古拉、马雷瓜诺、卡约古比、林戈亚、雷波曼德、奇尔卡诺、雷乌克东和马雷安德。
3. 此处的胡安指胡安·德·阿尔瓦拉多(Juan de Alvarado, 1527—1569),西班牙征服者。1546年抵达秘鲁,1550年抵达智利。在智利期间,曾协助佩德罗·德·瓦尔迪维亚开展征服活动。1562年担任康赛普西翁市市长及其他职务,1569在一次战役中阵亡。下文第50、78、81、85、93首诗中的胡安亦指此人。
4. 此处迭格全名为迭格·奥罗(Diego Oro)。
5. 此处的三人是指布楞、翁戈尔茂和奇尔卡诺。
6. 此处原诗中作者共列举八名阿拉乌戈武士,分别为:图梅、卡约比尔、皮约尔克、莱博比亚、卡纽曼戈、马雷安德、艾力古拉和雷茂雷茂。
7. 马雷安,为马雷安德的简称。
8. 阿特洛波斯,希腊神话中命运三女神之一。命运三女神是宙斯和正义女神忒弥斯的三个女儿:克罗托纺织生命之线,拉刻西斯负责决定生命之线的长短,阿特洛波斯负责切断生命之线。
9. 伊卡洛斯(Ícaro),希腊神话中飞向太阳的人。伊卡洛斯是代达罗斯的儿子。他和代达罗斯使用蜡和羽毛造的双翼逃离克里特岛,因飞得太高,双翼上的蜡被太阳融化而跌落水中丧生,被埋葬在一个海岛上。这座岛由此得名伊卡利亚。

10 此处的三人分别指：胡安·德·阿尔瓦拉多、埃尔南多·德·阿尔瓦拉多和伊巴拉。

第十歌

连科将卡耶瓜诺高高举起

得意洋洋的阿拉乌戈人欢庆胜利，举办大型庆典活动。本地人和外乡人等参加庆典。开展各种角斗和娱乐活动。

恩赐来自众神仙，普天救助施慈善。　　01
可怜女人变战神，精神脆弱意志坚。
攻击恐吓退敌人，女性堪比男子汉。
爬坡如同踏平地，履险如夷走山川。

谁见我军命倒悬,肉体挂在月牙尖。
功成名遂誉缠身,战绩卓著名圆满!
功亏一篑有谁见!谁见好运转悲怜。
不随战神惧血腥,胆怯如女性器官!

命中注定今转变,不避生死不怕天。
女人无非手捻线,随同男人左右转。
巧手胜任家务活,挥舞长矛猛如男。
天意驱使女人战,出乎意料致敌残。

众多妇女齐动员,等待命令藏深山。
待等战斗结束时,目睹敌军被灭歼。
喊声大震震天响,恐惧消除冲向前。
不知何来此勇气,死人身上抢刀剑。

混在喧闹人群间,沉醉胜利喜悦欢。　　05
谨小慎微成习惯,惧怕屠杀手绵软。
身上不觉负重担,跑路不觉乳房颤。
不顾身孕八个月,怀胎妇女跑在前。

- 第十歌 -

不幸姿势欠雅观，妊娠女人祈求天。
此时此刻上战场，重身负担行路难。
如今孕妇遭此罪，蛮人恶棍何难堪。
从此天下开先例，巾帼不让须眉男。

陪伴丈夫上前线，关键时刻心肠软。
眼见对方被打败，竟敢奋力去追赶。
检验降者多软弱，决定是否夺其剑。
置人死地办法多，女人残暴走极端。

跟踪我军不疲倦，直至攆逐才心甘。
任务完成回村庄，村庄已被洗劫完。
伤损轻微心淡然，走马观花邈草原。
战马自由无拘束，模仿主人步悠闲。

有人战斗有逃窜，有人逃兵后追赶。
有人逃跑却不能，有人装死装瘫痪。
告别战斗烦心事，胜利人群闹翻天。
直到太阳落西山，统领抵达携兵员。

互相激励互追赶，互相拥抱开心颜。　　10
抖擞精神尽全力，妒忌功名皱纹现。
胜者笑脸无掩饰，分享胜利你我间。
自卑心态不自然，何时好运降眼前。

庄重节日乐无边，<u>考波利坎</u>达心愿。
地处蛮人区政府，军人享有进出权。
欢天喜地庆胜利，不准百姓混其间。
游戏格斗土著舞，欢庆胜利乐几天。

游艺庆祝告一段，队伍奔向山谷边。
士兵节日成习惯，几乎全省共狂欢。
节日规定有期限，大张旗鼓奖勇敢。
得奖均为胜利者，胜者获奖戴花环。

节日盛名传遥远，快捷胜过邮递员。
短时间内受欢迎，本地外省皆举办。
参加人群在扩大，百姓武士军人团。
各处帐篷搭成片，林间谷地小河边。

- 第十歌 -

节日举办十四天，众多人群望续延。
悲伤阴影已排除，山野旧貌换新颜。
精力充沛青年军，喧闹声声笑语欢。
年轻热情新鲜血，比赛场上多奇观。

隆重庆典正狂欢，颁发勋章景可观。　　15
闪亮佩刀作装饰，银匠手艺工匠款。
奖品当地手工造，颁发对象武艺全。
抬出粗大长矛枪，看谁投掷距离远。

精制头盔银镶嵌，彩色羽毛饰周边。
金质围网绕一圈，多种色釉绘图案。
镶嵌贵重蓝宝石，奖励出色战斗员。
战场主持站起身，艰难较力至极端。

兴奋花斑一猎犬，项圈串串贝壳链。
贝壳尖部金属头，价值不菲超一般。
全副武装像士兵，敏捷爬上高旗杆。
几哩之外彩旗飘，越爬越高至顶端。

精神抖擞挎弓箭，金色箭壶挂侧面。
束扎精制宽腰带，排排纽扣宝石嵌。
配箭装饰暂不表，箭手瞄准看尖端。
恰如鹦鹉尖尖嘴，手艺精湛价不凡。

黝黑战马白尾毛，啃吃缰绳玩耍闹。
灵巧手臂应称赞，挥舞大棒娴熟巧。
考波利坎做评判，好手林立技艺高。
喇叭声声震耳聋，召唤挑战争锦标。

刚刚吹起喜庆号，奥罗贝约心焦躁。　　20
傲慢脱掉长披风，体魄健美逞英豪。
艺高胆大先谦让，尔后展示铁长矛。
瓜博五人等上阵，精神饱满志气高。[1]

六人并排向前跑，整齐高举六长矛。
长矛同时冲右侧，六人喊声如虎啸。
六杆长矛飒飒响，力量速度空中飘。
升空上天冲云霄，落地入土如刀削。

- 第十歌 -

皮约尔克第一抛,力量不足地上掉。
第二第三全失败,科力第四更糟糕。
最后第五超第四,竭尽全力不达标。
奥罗贝约气力壮,抛过九米人自豪。

再看六人举长矛,似比前六加力抛。
连跑带跳尽全力,丧气垂头白辛劳。
六人之后又六人,下场羞愧人嘲笑。
简单捷说尽量短,后来过百纯胡闹。

无人达到九米标,追赶奥罗成笑料。[2]
雷乌克东健壮汉,眼见较量无收效。
"本人从未输比赛,诸位睁大眼珠瞧。
欲知此臂何其壮,所到之处吉星照。"

说完立刻操长矛,高举长矛面笑傲。　　25
轻盈投掷用猛力,力大无比难赶超。
长矛腾空高飘起,犹如炮弹出重炮。
似如迅雷天上炸,风雷大作云层消。

- 第一卷 -

飞矛一十五米遥,远远超过标记号。
铁镞钻入硬土地,长长柄杆露地表。
震天动地声咆哮,人群混乱争观瞧。
聚精会神看长矛,称赞远掷武艺高。

有人用脚步丈量,检验长矛有多长。
赞不绝口投掷人,自己力量似增强。
有人给予高评价,给予胜者赞歌唱。
"雷乌雷乌"喊不停,伟大名声山谷荡。[3]

奥罗贝约心慌张,满脸怒火吵嚷嚷。
"本人还未输比赛,不能一投定短长。"
考波利坎掷权杖,及时灭火定斤两。
图卡贝尔先介入,其他人等也帮腔。

考波利坎法官相,不偏不倚细思量。
奥罗贝约出言快,软话好听不张扬。
事态未生大变化,众口一词属正当。
雷乌克东当头名,弯弯佩刀挎身上。

- 第十歌 -

激烈争执已收场,雷乌克东获悬赏。　30
奥罗贝约站一旁,出乎意料羞愧状。
智慧青年善掩饰,后会有期再逞强。
雷乌克东领任务,紧急考验需猛将。

奥罗贝约勇担当,自幼成长人豪放。
善解人意知错改,遇事勇敢不慌张。
曾经供职任公务,勤奋努力门第望。
其父马乌罗班德,图卡贝尔堂兄长。

气氛肃静天清朗,继续进入较量场。
卡耶瓜诺机敏灵,跃跃欲试比力量。
比赛场上另一端,朵金出场气轩昂。
动作轻盈力气壮,二虎相争比高强。

哨音吹响步法爽,英俊蛮人先亮相。
时而搂抱时分开,时而进攻时逞强。
闪转腾挪相挑衅,左右逢源善躲藏。
战战兢兢互提防,胜胜负负搂胸膛。

收缩身体互相让，揣度推测看力量。
激情愤怒火正旺，稍事喘息两疯狂。
双腿交织扭一起，互相羁绊身摇晃。
势均力敌无优势，白费力气心惶惶。

小心翼翼细考量，别腿用力找空当。
卡耶瓜诺扫堂腿，用手压住使力量。
及时巧推对方手，徒劳无功是朵金。
势均力敌无区别，躺卧对手腿脚旁。

须臾连科人亮相，远处地上抛衣裳。
露出强壮青筋腱，肌肉背膀硬如钢。
精神恍惚目光散，出场四人退缩状。
其中一人最勇敢，至今无人能抵挡。

摩拳擦掌逞豪强，搏斗挑战露锋芒。
提醒对手做准备，扑向对方气轩昂。
卡耶瓜诺正出场，英姿勃发站中央。
两位英雄面对面，企图偷袭胜对方。

- 第十歌 -

人群瞬间心彷徨,疑惑胜利属何方。
连科出手给信号,一锤定音柔克刚。
强壮臂膀重力击,卡耶瓜诺大嘴张。
不容喘气搂后腰,抱住不放左右晃。

平地高举扔一旁,犹如重物悬空放。
卡耶瓜诺脸苍白,全身瘫痪地上躺。
眼看对方被降服,稳操胜券连科狂。
遗憾允其自倒下,深深印迹沙滩上。

扛出场地无反应,放入男人布帐篷。　40
仰慕连科力过人,隆重祝贺欢呼声。
喧闹吵嚷忽停止,各自回到座椅中。
意气风发塔尔科,斗志昂扬展雄风。

久经考验数精英,四肢发达面狰狞。
角斗灵巧善兵刃,人虽高大动作轻。
分条析理说端详,仍属连科最英雄。
无冬论夏强锻炼,品格完美人出众。

塔尔科人动作轻，连科迟疑慢腾腾。
前者自信敏捷快，后者自信气力猛。
粗心大意塔尔科，连科持续跳蹿蹦。
轻快动作出意料，擒拿敌人手轻松。

所幸老虎谨慎行，眼见傲慢黑毛熊。
低头愚笨身慵懒，慢步移动响鼻声。
瞬间猛然突暴怒，扑向对方动作轻。
伸出利爪用力夹，压迫降服手抓疼。

连科抓住不放松，防止对方守转攻。
强力按住紧贴地，打断脊梁腰弯弓。
眼见黑熊始松手，看谁再敢来逞能。
回到场地暂小憩，展示力量逞威风。

无人胆大贸然行，敢与连科比输赢。　　45
漆黑夜幕即降临，格斗无奈暂时停。
次日凌晨天晴朗，农田喜迎太阳升。
交响乐器又响起，座位排满喜相逢。

- 第十歌 -

次日连科出帐篷,考波利坎做陪同。
同到男人较量场,高大乐器助喜兴。
连科声誉到处传,四面八方扬美名。
倜傥走进竞技场,比赛场地又欢腾。

连科站立二时长,无人踏进竞技场。
恰似士兵警卫岗,填补场地空荡荡。
雷乌克东见此景,连科勇敢无人挡。
终于等到最强人,进入广场头高昂。

人声嘈杂乱哄哄,百姓聚集喊叫声。
两人互相早认识,武艺精湛人勇猛。
雷乌克东不怠慢,迎战连科主动攻。
精神饱满步潇洒,朝气蓬勃气势汹。

容光焕发步轻盈,骁勇顽强人放松。
有时加快脚步走,有时收步脚立停。
耳听八方眼六路,提防欺骗中路行。
稍稍喘气收脚步,紧紧拥抱像粗绳。

两人紧抱胸贴胸,筋疲力尽耗竭空。 50
牢牢抱紧地上滚,互相攻击互抗争。
时用左腿别右腿,四腿纠缠如萝藤。
讲究用力讲技巧,发挥优势争上风。

互相缠绕怒吼声,竭尽用力互进攻。
抗争呻吟喘粗气,四肢扭曲体变形。
疲劳颤抖心不定,膝盖僵硬不能动。
绷紧神经无名恨,最终服从骨肉情。

大汗淋漓两人同,气喘吁吁呼气重。
动作暴躁全身热,胸内嘶嘶呼呼声。
胸中犹如燃烈火,比武看谁精力盛。
较量似乎又重启,保住头盔保光荣。

势均力敌无输赢,谁是狗熊难断定。
正是年轻气壮时,难分伯仲辨雌雄。
<u>连科</u>运气虽不佳,天意对他仍爱宠。
事与愿违险失利,价值荣誉无踪影。

- 第十歌 -

广场另侧藏一坑,大颗卵石嵌其中。
稳稳栽立深坑内,众人脚印地踏平。
疲惫<u>连科</u>未发觉,不幸武士脚踩空。
犹如斧头劈松木,犹如闷雷掀土层。

未见皮球如此蹦,向上弹起因地硬。　　55
不像苍鹰破长空,捕捉猎物身俯冲。
苍鹰滑翔属本能,<u>连科</u>愤怒向空中。
脚未着地腾空起,<u>雷乌克东</u>暴怒迎。

<u>安泰</u>恶斗到顶峰,<u>赫丘利斯</u>正逞能。[4]
大地母亲给力量,双倍力量振雄风。
英雄刚刚触大地,<u>连科</u>吼叫又重生。
命运将其重救起,否极泰来获光荣。

事情到此感疼痛,公众意见均认同。
胸中怒火燃烧旺,力量加大双倍增。
愤怒暴躁失耐烦,<u>雷乌克东</u>好运终。
正要起身欲抵抗,且听我唱新歌声。　　57

- 第一卷 -

注 释

1　五人包括：瓜博、雷波曼德、科力、皮约尔克、马雷安德。
2　奥罗，即奥罗贝约的简称。
3　雷乌，即雷乌克东的简称。
4　安泰和赫丘利均为希腊神话人物。安泰或安泰俄斯是大地母亲之子，他是个力大无比的巨人，但他的力量来源是大地母亲，所以他只要身体不离开大地，就会获得源源不绝的力量。后来，这个秘密被另外一大力神赫丘利（赫拉克勒斯）识破，就在一次两军的对阵当中，赫丘利用计将安泰举至半空中，让他脱离地面，顺势将其掐死，从而赢得了胜利。

第十一歌

　　长诗第十一歌，欢庆及娱乐活动宣告结束。拉乌塔罗向圣地亚哥城进发。在到达之前修建堡垒，扎下营盘并安顿军兵。西班牙人前来，双方又是一场恶战。

　　　　心脏几乎停跳动，发出信号微弱声。　　01
　　　　人在公众面前站，呈现伟岸倜傥形。
　　　　恢复体力展四肢，远离笨拙远伤痛。
　　　　覆车继轨不费难，步履艰难振雄风。

　　　　东倒西歪身沉重，连科挣扎始挪动。
　　　　怒气填胸胸冒火，精神力量量倍增。
　　　　甘拜下风成定局，计穷力竭岂能赢。
　　　　跌跌撞撞蹒跚起，歪歪咧咧立不正。

　　　　似乎疯狂趋平静，听到有人嘲弄声。
　　　　迟迟不下主席台，拉乌塔罗心不定。
　　　　接过统领指挥棒，用手分开二英雄。
　　　　热情洋溢欢呼起，以示礼貌表敬重。

- 第一卷 -

此时全场肃穆静,双方对抗暂叫停。
连科荣誉被替代,夺魁机会无踪影。
尚未最后做决定,广场人群也懵懂。
奥罗贝约脱口出:"胜利归我我已赢。"

众人狂叫乱哄哄,节外生枝耐心等。　　05
雷乌克东不急躁,不忘投掷标枪景。
跳过栏杆迎挑战,高大威猛自从容。
角斗场地站中央,肉体相碰互挑动。

耳听低语咕哝声,村民聚集热气腾。
雷乌克东遭妒忌,奥罗贝约心不平。
担心众人乱搅局,无人站出秉公正。
原来广场空荡荡,如今人多地无缝。

爱看热闹众百姓,倾向奥罗比例重。
羡慕偈傥身体壮,风度翩翩袒露胸。
头发卷曲自然美,面色红润正年轻。
奥罗不满二十岁,雷乌克东难抗争。

- 第十一歌 -

场上二人迥不同，力量对比不均衡。
一人腰圆膀宽大，锦瑟年华人持重。
一人四肢欠发达，稚嫩喜人尚年轻。
奥罗贝约获肯定，尽管议论有纷争。

各就各位傲气盛，号角吹响嗒嗒声。
暴躁烈马待出发，等待出发信号令。
犹如猎鹰河边站，观察白鹭远处等。
精力旺盛从容态，伺机展翅向前冲。

英俊奥罗待前冲，蠢蠢欲动骄气横。　10
似乎动作延迟慢，似有障碍在发生。
拖延时间感漫长，尽量满足其夙兴。
雷乌克东遭冲击，即刻招架还手重。

吵闹停止人肃静，现场观众不作声。
两位武士手牵手，广场中间决雌雄。
恰似猎犬遇猛兽，咬牙切齿撕喉咙。
张嘴咬人怒吼叫，眼睛充血脖颈硬。

- 第一卷 -

两位武士默无声,不等号角不等令。
激励勇气添怨恨,趋步向前寸土争。
瞬间相似固执性,竭尽全力自把控。
四只手臂拧一起,四腿纠缠如缆绳。

姿势相同力不同,左右前后闪转腾。
纹丝不动钉地上,稳如磐石站立定。
身体立定脚印深,泥土踩出道道坑。
膝盖顶住膝盖骨,肋骨骨头挤压声。

果敢狡诈鬼精灵,各使招数尽其能。
肌肉紧张出奇力,深知对方气旺盛。
两人打斗在田间,不知谁胜一筹赢。
伺机进攻转圈走,不约而同倒地声。

忽然倒地如尸挺,忽然起立武士型。　　15
动作轻盈引瞩目,光顾眨眼未看清。
此时难断胜与负,此时难分雌与雄。
<u>雷乌克东</u>跪平地,<u>奥罗贝约</u>一手撑。

- 第十一歌 -

角斗主持尽职能,拉开双方近身评。
评说角斗论得失,点点滴滴分析清。
双方拥趸人拥入,七嘴八舌议论争。
甲方果敢得荣耀,乙方胜利应赞颂。

拉乌塔罗坐观景,图卡贝尔左陪同。
铁棒在手立广场,见证角斗全过程。
冒昧讲话诸位听:"奖品应归我堂兄。
如果有人持异议,向其解释所不懂。

奥罗贝约获珍宝,只等本人投他票。
堂兄请你往前站,其他挑战我撑腰。"
雷乌克东头高昂,"跟我别耍老一套。
傲慢无用莫胡搅,等你多时我心焦。"

"跟我较劲勿取巧,游戏开始等着瞧。"
雷乌克东暴怒道:"你与堂兄俩草包。"
考波利坎未表态,此时到场有蹊跷。
混乱之中离座椅,最高权威事亲操。

- 第一卷 -

肇事二人均知晓,考波利坎已来到。　　20
争吵不休被压制,各自台阶各寻找。
图卡贝尔舞长矛,不想节外生枝条。
魔鬼暴怒破沉默,号召全体披战袍。

一切恳求均徒劳,考波利坎定音调。
奥罗贝约戴头盔,炫奇争胜百里挑。
广场自由格斗地,雷乌克东轻飘飘。
本场较量已决定,其中一人性命抛。

考波利坎正心焦,狂怒愤慨窘困躁。
"将来我会尊重你,言信行果我自保。"
图卡贝尔回应道:"绝不言弃争荣耀。
话有不当多谅解,心悦诚服你领导。

对你尊敬重礼貌,正当要求你关照。
心胸坦荡勇担当,正大光明胆气豪。
事实证明无道理,歪曲正义你失道。
愿你职权为大众,我之权利不可少。"

- 第十一歌 -

考波利坎心烦扰,走向战友脸倨傲。
科罗科罗人老练,提心吊胆善诱导。
不忘礼数表异议:"忘乎所以权威抛。
忘记所有人性命,只知举手示权枭。

举止唐突无格调,事情一切皆乱套。　　25
图卡贝尔任疯狂,任其亲属瞎鼓噪。
处理此事需理智,百姓鲜血莫白抛。
评价奥罗应公正,对其敌手应公道。

非要流血施粗暴,风险过大无必要。
既然决定不更改,命运迎合你霸道。
年轻好胜脾气大,随意惩罚任操刀。
统领力量已折扣,最终权威轻如毛。

失去良将两把刀,开疆拓土称双骄。
狂暴民族地分散,你之大名可驱妖。
如今对其欠尊重,应记沙场立功劳。
危险时刻挺身出,浴血奋战逞英豪。"

- 第一卷 -

考波利坎铭刻牢,衷心劝告见解高。
老人面前息愤怒:"听从劝告权力交。"
面前一条光明路,智慧老人出妙招。
雷乌克东谢劝告,两位堂兄听教导。

意见分歧情灼焦,老人劝说见奇效。
本来世上无难事,谨慎机智归老到。
如此分歧在缩小,众望所归决事妙。
头盔事件得处理,奥罗应得如所料。

贵重头盔精致造,奥罗贝约壮士豪。　30
皮革甲胄装饰美,镶嵌黄金品位高。
雷乌克东重整装,众人夸奖欢呼叫。
不约而同坐桌旁,袍泽之谊人称道。

吃罢午餐人轻松,收拾散乱桌椅凳。
欢欣鼓舞乐庆欢,舞蹈合唱宗传统。
人群聚集来四方,青年男女齐欢腾。
较量暂告一段落,军机要事需启动。

- 第十一歌 -

黑天降临地朦胧，夜幕笼罩世界同。
地球之上男子汉，古老广场人集中。
商议战争诸事宜，献计献策筹划明。
忍饥挨饿度日月，自赎还需做牺牲。

众星捧月副统领，拉乌塔罗好心情。
多人亲切紧握手，伟大形象似英雄。
获取信任获荣誉，阿拉乌戈意见同。
曾经自吹捅破天，相信誓言能得逞。

强壮青年五百兵，众望所归随统领。
异口同声齐夸奖，英俊自豪年纪轻。
仍有多人想加入，请求抱怨闹哄哄。
拒之门外不合理，人数外加一百名。

拉乌塔罗所带兵，鱼龙混杂欠纯净。
邪恶放荡暴乱狂，胡作非为已成性。
十恶不赦人霸道，杀人越货贪婪病。
凶杀残忍嗜血人，盗贼土匪搬运工。

- 第一卷 -

乌合之众赶路程,穿过毛利地和平。
恶性事件出预料,放火烧杀施暴行。
未遇抵抗踏平地,强迫服从所颁令。
武器衣食帮佣工,沿途酋长均供应。

路过城镇鬼神惊,蛮人破坏一扫空。
房屋财产遭毁坏,逃离家园人惊恐。
怙恶不悛奸淫抢,暴力至极无止境。
年龄婚否全不顾,无恶不作如战争。

掠夺财产未尽兴,此事我军可证明。
离乡背井土著人,进城制造新悲情。
谣言四起人喧嚣,好战呼声热度生。
有人袖手壁上观,莫衷一是心不宁。

众说笃定人发疯,一群散漫游勇兵。
计算人数不算多,翻天覆地胡折腾。
毁坏宏伟大城市,远离家乡肆意行。
彭科城内逃离人,破坏大于喊叫声。

- 第十一歌 -

有人愿意走捷径，精力充沛人年轻。　　40
有人晕头转方向，冒险小路图侥幸。
人随大流莫快走，聪明选择自调整。
同舟共济一条心，紧追慢赶结伴行。

勤奋头领善带兵，官兵关系重真诚。
人员计划心有数，冲锋任务安排定。
捍卫名誉应合理，杀向蛮族土著兵。
两名信使跨快马，携带消息递军情。

确实未料有军情，长话短说即启程。
艰苦四天急行军，清晨抵近敌兵营。
好戏开场即结束，土著蛮人已破城。
小心谨慎手脚快，跟随信使折回行。

信使疲劳返回程，传递军事确切情。
损兵折将多伤亡，蛮人军士虎狼兵。
浑身血迹重伤员，先头一兵已丧命。
战场混乱几失控，拉乌塔罗是元凶。

说是筑墙防进攻,蛮人在此扎兵营。
无数人群聚墙后,皆为精选强干兵。
日日均可发给养,集中大量军辎重。
情况属实得确认,敌人很快攻进城。

有人怀疑报虚情,道听途说谵妄病。 45
有人确信无疑问,惊慌失措血凝冰。
有人狂热挺胸膛,大声吼叫听天命。
有人室闷出大汗,拉乌塔罗仍从容。

比亚格兰正生病,体弱岂能再出征。
慷慨人群赠厚礼,祈祷上帝赐恩宠。
寄托希望于堂弟,接其职务当首领。
名副其实出色兵,堂佩德罗称其名。[1]

佩德罗带兵赶路,拉乌塔罗发邀请。
职务冒失离正谱,日夜兼程代价重。
快速赶路快速到,弯曲亮河岸边停。
行军绕路兜大圈,到达海边靠右行。

- 第十一歌 -

半哩之处路边停,前面即到蛮人营。
位置最佳地势好,夜幕降临观星星。
风吹草动传言快,巡逻士兵齐围拢。
原委不明乱喊叫:"拿起武器!有敌情!"

拉乌塔罗已知情,我军临近已报警。
先行确认来者谁,姓名人数诸一清。
安之若素人泰然,欢迎客人表尊重。
摆弄身边几匹马,放开一匹任其性。

拉乌塔罗喊高声:"不应知晓我姓名。　　50
已知你军遭重创,无法修复此伤痛。
此事对我不稀奇,本人来此任务重。
应知与谁决胜负,战马带我踏征程。"

十匹战马立战功,混战之中助我胜。
好马好鞍好衔辔,呼唤几声懂人性。
红棕烈马震天下,冲向敌人暴躁生。
寻踪觅迹凭气味,此时好马生激情。

- 第一卷 -

抵达喧闹怒气中,甲胄铮铮火力猛。
肃穆人群起立迎,欢呼跳跃不安静。
骚乱情绪尚可控,嘲笑戏弄乱哄哄。
时见动物有此举,大呼小叫兵器声。

黑夜难过睡不成,枕戈待命天黎明。
精神抖擞细筹划,胜利死亡听天命。
高高兴兴离营舍,杀向蛮人必取胜。
此次行动贪心大,立竿见影剑无情。

<u>拉乌塔罗</u>颁命令,寸步不离堡垒城。
反叛之举同重罪,当机立断判死刑。
恐惧消除变勇敢,乘敌之隙好立功。
绝对服从勒战马,未接命令不许动。

墙体后面藏蛮兵,屏气凝神等命令。
盼望战斗即打响,等待我军进笼中。
无须阵地白刃战,轻盈战马跑队形。
只需坚强臂力壮,刚毅果敢堡垒城。

55

- 第十一歌 -

命令下达始进攻，攻入广场向前冲。
受伤蛮人来回跑，有人误入我阵营。
有人逃出又返回，基督教徒人懵懂。
占据围墙大门口，封闭战场我得逞。

蛮人施计兵不动，等待我方先进攻。
提高嗓门大声喊，我方露头即欢迎。
傲气十足声震天，胆大倨傲气凌风。
挥动长矛粗壮杆，铁质狼牙舞纵横。

斗牛出场欲逞能，斗士越近越冲动。
观众口哨议论声，公牛好看险环生。
磨砺铁器能伤人，巧妙挑逗舞剑锋。
阿拉乌戈此心态，倚墙戏弄基督兵。

无动于衷我将兵，似乎猎物不丰盈。
步步为营朝前走，坚固广场将踏平。
高声嚎叫："无所谓，铁锤长矛麻秆同。
死有余辜无救药，无耻之徒得报应。"

- 第一卷 -

军队抵达近距离,各个角落均熟悉。　　60
明目张胆走大道,沟壕堡垒遭袭击。
光荣出征见成效,远离蛮人主城邑。
成功占据各要道,欢呼庆祝赞胜利。

暂时小胜勿过喜,先遣蛮人未转移。
狭小空间暂栖身,残敌可能夺失地。
人群集结多无恙,缺少补给获应急。
不合时宜打手势,逃跑士兵待招回。

好似母马跑在前,闻见马驹跟后面。
不时回头照顾看,马驹嘶叫觉孤单。
放慢脚步竖耳听,随时听从主人唤。
原地抬蹄蹬泥土,等待呼叫返回还。

如此蛮人在逃窜,心怀恐惧装坦然。
加快脚步朝前走,喜闻熟悉信号传。
挥舞软弱无力剑,杀向我军尚勇敢。
重现暴怒恐怖相,大地恐惧也抖颤。

- 第十一歌 -

微风徐徐海面静,巨浪不改原路径。
怒吼强劲滚滚浪,瞬间合唱刺耳声。
搅动深海泥沙层,混浊漩涡乱翻腾。
惊涛骇浪似怒吼,风暴交响任纵横。

我军处境似相同,前进未按规矩行。
云谲波诡多变幻,胜利高兴心惶恐。
脚步未停继续走,下令原路返回程。
边走边战士气壮,幸亏人数占上风。

犹如丰沛河出名,堤坝围栏常酥松。
汹涌激流荆棘路,根深大树顿时倾。
放纵河水怒吼叫,横冲直撞似狂风。
坚硬巨石可吞没,暴怒洪水毁无情。

暴戾恣睢性质同,蛮人对我杀无情。
愤怒洪流壮观景,万马奔腾一扫平。
大声喊叫驱牲灵,封闭广场砍杀声。
顺延平地寻出路,担心此地丧性命。

步伐零乱迤逦行，我军分散入口拥。
天空朦朦爆炸云，冲出围栏稍轻松。
双方将兵混一起，人群拥挤路不通。
乘间伺隙行杀戮，手脚并用尽所能。

未见护栏深陷阱，未见周围凹土坑。
未见柴木堆成垛，未见成捆棕榈藤。
未能阻止轻骑兵，复仇铁器仍威风。
人马好似随风飘，安全坠地山岳动。

西班牙人在逃生，广场拱让蛮兵勇。　　70
好运处处伴蛮人，快步流星紧跟踪。
我方士兵惧死神，落荒而逃求活命。
时而勉强回马枪，阻止愤怒强悍兵。

跑出一段长路程，干旱沙漠人躁疯。
拉乌塔罗未追赶，后悔不迭暴怒生。
战场形势似不妙，此时响起号角声。
前面士兵已听到，闻声停步止前行。

- 第十一歌 -

失去耐心怒气生，谁都不敢看首领。
孤身躲在帐篷内，又下一道新命令。
即使我军又返回，即使千次袭击攻。
无人大胆敢违抗，不能一步出掩坑。

议事厅内召集兵，首领脸色带怒容：
"我军不幸被欺骗，人数太少难取胜。
我想拆除高城墙，高墙雄伟已无用。
工事坚固易防守，疯狂战神敌惊恐。

恐惧压制疯狂情，意志薄弱强求生。
桀骜不驯被压迫，暴力横行变仆佣。
荣誉失败双救赎，此时堡垒尚可用。
奋斗运气如唇齿，并驾齐驱同步行。

现在撤离即行动，伪装惧怕弃兵营。
西班牙人未料到，荣誉战场唾手成。
败兴而归敌知返，知难而退我取胜。
轻而易举回巢穴，身旁近邻坚固城。"

75

- 第一卷 -

拉乌塔罗话刚停,西班牙兵露身影。
明目张胆回马枪,再试身手逞威风。
蛮人难掩兴奋情,喜从天降敌军兵。
手舞足蹈喜若狂,笑逐颜开欢呼声。

基督教徒靠近城,狭路相逢决雌雄。
此时蛮人正撤退,让出道路让逃生。
举棒挺矛两蛮人,身体紧靠墙体撑。
鼓足勇气果敢战,挑衅我军战斗兵。

有人奔向大门冲,开战猛烈互逞能。
有人猫入墙后藏,利用盾牌护头顶。
有人寻找空旷处,上蹿下跳欲进攻。
我方士兵进掩体,蛮人沿墙左右动。

西班牙兵显神勇,盾牌护身坚厚硬。
枪林弹雨奋力战,锋利长矛快如风。
毛利河水水湍急,密集出拳拳击重。
喊杀声声有节奏,诚惶诚恐听鼓声。

- 第十一歌 -

大门正面进攻猛,围绕城墙混战兵。　　80
成群结队速移动,临危不惧无惊恐。
迎头痛击快出手,骚扰敌人各逞能。
恐怖怒吼力坚挺,盾牌胸甲似无用。

我军后退撤军兵,边退边打听枪声。
反复拉锯十余次,无耻疯狂心驱动。
奋力抵抗凭运气,两败俱伤凄惨景。
流血过多乏无力,铁刃兵器尽染红。

悲愤勇气义填膺,伤亡残暴与时增。
我军士气势高昂,越是高昂越无情。
无所畏惧不怕死,勇猛强悍无用功。
伤势不重勉强走,几处鲜血流不停。

伤亡惨重我军兵,蛮人将士也惊恐。
剑矛弓箭重石块,如雨倾盆降天空。
疯狂刚毅土著军,发动三次总进攻。
急不可耐蛮兵士,摩拳切齿牙根疼。

- 第一卷 -

疾风骤雨从未停,愤怒情绪人发疯。
冻结石块分量重,伴随狂风破屋顶。
蛮人狠毒心如铁,心怀羞愧频频动。
长矛投枪抛石器,敲击枪盾头盔声。

疲于奔命基督兵,不堪忍受击打重。　　85
试图无奈后撤退,广场封锁劳无功。
战场摧毁面缩小,命运天意糟透顶。
打道回府原路归,压抑怒火返回程。

露宿山脚待天明,无奈勉强可扎营。
敌人已进宿营地,无人后面紧追踪。
拉乌塔罗人严谨,表面镇静心不宁。
本人疲惫声嘶哑,休憩恢复新歌听。　　86

- 第十一歌 -

注 释

1 堂佩德罗,即佩德罗·德·比亚格兰(Pedro de Villagrán, 1513—1577),西班牙军人,曾参加对智利的征服,1563—1565年任智利省都督,1577年因病于利马去世。与弗朗西斯科·德·比亚格兰是堂兄弟。

第十二歌

拉乌塔罗躲在堡垒中,不想继续戏弄西班牙人取胜。马尔科·贝阿兹提出建议,堂佩德罗据此预见危险的处境,拔营撤退。卡涅特侯爵来到秘鲁国王城。

道德高尚验证难,保守秘密冒风险。　01
保密本身非易事,可否利用须反观。
祸从口出吞苦果,恶语伤人坏习惯。
利比亚式大屠杀,丢掉性命因失言。[1]

文字记载或眼见,古往今来非稀罕。
残忍破坏造不幸,严惩不贷罪恶犯。
祸国殃民造灾难,生灵涂炭国不安。
轻率之事难忍受,守口如瓶孕危险。

可用恶癖甚少见,病民蛊国造灾难。
胸无城府难操控,天机泄漏自难堪。
破坏粉碎成事实,势穷力竭蜡炬残。
主人朋友可出卖,复仇分裂战火燃。

- 第十二歌 -

拉乌塔罗计多端,不向士兵讲根源。
禁止兵现开阔地,乘胜追击须静观。
西班牙人离战场,落花流水正逃窜。
潜形匿迹暴怒相,反戈一击夺城关。

拉乌塔罗貌非凡,深谋远虑人老练。　　05
推断早晚得理解,精明强干众人瞻。
向我起兵待时机,足智多谋操胜券。
离开堡垒别村落,三哩之外扎营盘。

我方军队善周旋,按兵不动装勇敢。
蛮人军队未出现,士兵踪影全不见。
两个士兵胆子大,悄悄抵达堡垒边。
有人喊话高墙后:"保证人身无危险。"

指名道姓直呼喊,其中一人被召唤。
一人挺身抢在前,显出自己人大胆。
听话听音熟悉人,西班牙兵近壕堑。
拉乌塔罗名声响,曾称兄弟密无间。

– 第一卷 –

身披胸甲光耀眼，装饰闪亮镶金片。
右手一把重长矛，铁质包头刀锋尖。
矛尖宽硬红颜色，枪柄一半鲜血染。
高高钢盔铿光亮，光线凹凸千处闪。

马尔科斯到身边，双方对话不费难。
拉乌塔罗先开言："见你害怕肝胆颤。
不知所措心茫然，何况生人作陪伴。
休想让我变主意，千万莫惹我心烦。

嚣张气焰孕阴险，企图独霸全球占？　　　10
福祸掌控在我手，和平战争可自选。
阿拉乌戈声价高，群情激愤刺破天。
声音宏大惧世界，摧枯拉朽敌丧胆。

维护本国所有权，贵国军力不占先。
胆怯禽鸟也知道，护巢面对吼狮脸。
广袤多石荒漠地，休想建造大宫殿。
贵国也曾遭屈辱，外敌野蛮更凶残。

- 第十二歌 -

疯狂勇敢何勇敢,踩人肩膀自立站。
不管诡计多狡诈,莫想损人利己贪。
铤而走险非骁勇,恶贯满盈自作践。
鲜血正从伤口流,绿草已被鲜血染。

继续追赶腿不软,不管路程多遥远。
我可追至西班牙,议会面前发誓言。
苟延残喘莫挣扎,唯命是听避灾难。
你方放弃堕落路,本人誓言可推翻。

按照协议执行办,三十美女应贡献。
白色棕色皮肤美,十五二十年龄段。
其后女郎西班牙,三十绿氅似绸毡。
另添三十紫袍衫,针脚细密金线嵌。

十二战马壮骠悍,好鞍好辔饰物全。　15
温顺轻盈暴烈狂,操纵缰绳听使唤。
六只善跑猎兔犬,狩猎期间需加餐。
除非无故遭骚扰,绝不扰民招厌烦。"

– 第一卷 –

西班牙兵听其然,讲述内容记心间。
道理清晰表赞同,忐忑不安无对言。
马尔科斯不耐烦:"出口傲气欠和谦。
拉乌塔罗老刁民!你将付出昂贵钱。

疯狂冒犯需付钱,权当我方收贡捐。
抽筋扒骨受折磨,阿拉乌戈孝服穿。"
"一听而过耳旁风,为此不与你争辩。
空说不如刀枪见,力量果敢说话算。

信口开河谁人管,有人为你保安全。
为所欲为你随意,我将执行我誓言。
现在谈谈愉快事,你刚到时气和缓。
本来要向你示威,豪华马队到身边。

为你回程路平安,骑马离去更保险。
强加意见理不端,待客讲究礼貌全。"
隔墙招呼其下属,命令六名小青年。
每人骑上一匹马,陪同客人信步还。

- 第十二歌 -

骑马陪同六青年,经过两座小桥边。　20
身宽体胖脸彩绘,手持长矛举侧面。
头戴黑帽非洲范,深色服装镶花边。
斗篷下垂过臀部,袖口卷起到肘弯。

昂首阔步走面前,围绕客人绕两圈。
基督青年被触动,淡定自若面泰然。
趾高气扬嗓门大,众人谅解免争辩。
人多势众聚墙内,话语语调趋和缓:

"费尽心机皆枉然,以卵击石无稽谈。
田地草人吓唬鸟,虚张声势空挥拳。
不惧优势吹大话,一对六人敢挑战。
大兵压境整六千,压轴好戏在眼前。"

"大难临头出狂言,苟延残喘夸夸谈。
挑战即在你眼前,几种较量任尔选。
方式方法自决定,地点兵器随你便。
拳打抓挠可嘴咬,兵器用否我不管。"

- 第一卷 -

西班牙人顾脸面:"本人此时重尊严。
两两相对决雌雄,历来拒绝多人战。
一人与我肉搏战,进入战场看新鲜。
坐言起行勿反驳,任何挑战无从谈。"

意见分歧不开颜,仍有他事要商谈。　　25
双方谈话时间到,两人告别蛮军团。
上路之后听呼唤,声音熟悉身回转。
拉乌塔罗在高喊:"有件事情忘记谈。

本人旗下处境难,后勤供应少支援。
各类食物均匮乏,不善管理令不严。
贵方定有多余粮,仗义疏财气宇轩。
提供多少我付钱,贵方声誉四处传。

名望族群老习惯,杰出老兵依法典。
借助敌方财源供,以此灭敌用利剑。
烦请注意听我讲,理解此举应称赞。
依靠强大征服军,我军胜利你供餐。

- 第十二歌 -

称之胜利感愧惭,你方气势至极端。
英雄无用武之地,忍饥挨饿情悲惨。
不屈不挠壮膀臂,体力削弱不如愿。
如此生活实艰难,表面强大实瘫痪。"

他之企图端倪现,真实要求须隐瞒。
为讨我方同情心,诡计多端搞欺骗。
妄图略施小计谋,如此狡猾得遮掩。
预想目的一达到,欺骗筹谋诡盘算。

马尔科斯心感动:"本人承诺不变更。　30
所摆道理均理解,尽力而为去办成。"
说完此话即告辞,提缰催马上路行。
两位战友齐上路,返回我军驻扎营。

堂佩德罗已知情,双方对话听分明。
粮草之事可考虑,怀疑惶惑心尊敬。
敏锐热情需谨慎,疑窦丛生神不定。
深知个中玄机在,惹祸招灾也可能。

- 第一卷 -

解决措施急匆匆,众人心里懵懂懂。
妥善处理危机事,未吹号角走向城。
狡猾诡计令惊奇,不知我方何反应。
本人只能说诡异,金蝉脱壳堪新颖。

晨光熹微天曚昽,蛮人不久便知情。
来去匆匆不知因,五里云雾何象征。
一天结束知答案,空间狭小不可能。
基督教徒遭杀戮,无人反抗举长缨。

发生地点山谷中,地势低洼不平整。
渠水淙淙从此过,沟渠完成靠人工。
水渠修成遭破坏,湖泊堰塞自然成。
低处土地被淹没,坑洼不平多水坑。

一旦水渠被毁冲,一片汪洋水势汹。
彪悍战马难通过,道路阻塞怨泥泞。
屯兵此处必被俘,成群肥鸟入笼中。
<u>拉乌塔罗</u>巧布置,计谋实现功告成。

- 第十二歌 -

出师不利悲情生,无奈当日勉强行。
阿拉乌戈笔直路,行走一队步兵营。
冥思苦想费心思,千头万绪涌心胸。
慰藉谅解无踪影,渴望寻求合理性。

"何颜面对此情景,应对罪过做反省?
曾想不再增肩负,为何如此心沉重?
此时为何多自责,造茧自缚路难行?
难道因我曾誓言,南极北极能占领?

带领众多精将兵,面对外强力不从。
月亮经天圆三次,我方战场近溃崩。
从天蝎到水瓶座,太阳之子战车动。
我军不幸遭重创,损失士兵过百名。

视死如归我忠诚,面对耻辱愧疚情。
手臂无力举长矛,懦弱心脏烦恼增。
报仇雪恨光荣事,面对敌人心坚定。
曾经惧敌军力强,本人软弱怯无能。

– 第一卷 –

想入地狱求永恒,(但求今年不丧命) 40
外人统治出智利,哪怕大地血染红。
寒冬凛冽夏热浪,不会熄灭战火绳。
深邃黑暗王国内,西班牙语不通行。"

庄重发出宣誓声,视死如归了此生。
龙潭虎穴履平地,马革裹尸疆场中。
拉乌塔罗求理解,忍辱含垢能负重。
知难而进无阻拦,死而无悔换光荣。

似乎身体感懒慵,疼痛难忍如绞刑。
强大屈辱折磨苦,神志不清近致命。
拉乌塔罗未气馁,三天过后获重生。
求乞厄运瞬间去,移住临海一草棚。

附近周围多动静,山下伊塔河水盈。
河水蜿蜒山阴间,宽阔湍流孕险情。
树林激发人兴奋,微风徐徐温柔情。
挑逗娇嫩小花朵,白色蓝色紫黄红。

- 第十二歌 -

距离彭科七哩程,土地肥沃愉心情。
物华天宝可贵地,生灵涂炭撑战争。
距离东面集团近,背靠山峦几座峰。
流水汹涌伊塔河,奉献咸海波涛涌。

西班牙兵好逞能,丧尽天良播臭名。　　45
命运轮回转方向,转向领地一边倾。
方圆仅仅廿二哩,编制相当类县城。
黎民百姓诚信高,整个民族人敬重。

远征军人曾称雄,丢盔卸甲丧名声。
如今可怜胆小鬼,无奈暴跳犯天庭。
诡谲人民似强大,胆战心惊去远征。
遐迩邻邦土著人,甘拜下风愿服从。

领地之花花永红,河套地区物丰盛。
有人喜欢花迟开,花开花落由时令。
光阴似箭快如梭,勇敢蛮人又聚拢。
出战前夕细思忖,简短道理说分明:

- 第一卷 -

"众所周知要出征，别无选择奔前行。
诸位愿望我看到，抗敌取胜第一宗。
深信不疑在各位，胜利握在你手中。
本人决不退一步，坚定不移定成功。

凡事不能凭冲动，困难重重任务重。
光靠努力无措施，力量有限岂能行？
有限力量规划好，安排管理靠聪明。
累卵倒悬危急后，轻车熟路功告成。

颠沛流离心沉重，多少信心无踪影。　　50
有勇无谋靠猛冲，如何面对残暴兵。
疯狂胆怯过失错，好汉勿提当年勇。
勇敢还须从命令，蔑视命令同发疯。

伟大策划与行动，巨大努力均落空。
熟视无睹目光浅，盲人瞎马乱服从。
皆因暴躁人冲动，时间时局未掌控。
灭顶之灾西班牙，咎由自取命注定。

- 第十二歌 -

保存实力心坚定,尚须忍受一时痛。
奋不顾身尽全力,任何敌人难逃命。
躲在城里苟且生,人被包围不知情。
时间死亡命运定,勿与上天去抗争。

诸位听我敲警钟,务必自我能掌控。
大义凛然抗顽敌,时间一到听号声。
绝对服从无条件,进攻绝对听命令。
冒失行动违抗命,杀一儆百树典型。

重蹈覆辙绝不能,勇气不足治军松。
始终不渝心忠诚,励精图治振雄风。
或者鲜血洒战场,或者倒在血泊中。
如饥似渴学猛兽,饥不择食仿饿鹰。"

拉乌塔罗话暂停,鼓角相随听号声。
重振旗鼓投战斗,加快步伐踏征程。
面前一条小海湾,马塔基多右路行。
路上遇见一蛮人,告知前面村庄名。

- 第一卷 -

蛮人发誓话肯定，马普切人早知情。[2]
风言风语传消息，此刻间谍在探听。
又说粮草充足事，又说城里有供应。
未雨绸缪备物资，机械装配军辎重。

拉乌塔罗得验证，隐瞒意图不作声。
表面假装心恐惧，身边少量兵随行。
厉兵秣马积粮草，山谷筑垒屯将兵。
智慧领兵心谨慎，信心百倍再出征。

兵贵神速入安营，准备战斗布军兵。
瞬间此地成堡垒，壕沟高墙包围城。
人群慕名齐聚拢，实现贪婪窃取梦。
本人跑步经此地，似乎我方人沸腾。

得知城内沸腾声，拉乌塔罗怒气冲。
手持武器奔敌营，带领一队众精英。
头脑清醒心胆怯，惶惑冲向基督兵。
血液冻结因恐惧，怒火中烧人冲动。

- 第十二歌 -

年迈老兵值称颂,抄起武器逞英雄。　60
老当益壮排隐患,残缺阵地修完整。
三十青年胆气豪,老谋深算一首领。
更有几位蛮人友,一同发现敌身影。

比亚格兰不驻营,营地百姓乱哄哄。
进发帝国不顺利,阿拉乌戈路难行。
带领新兵往回走,蛮人附近有驻兵。
处处木垛干柴捆,何处露宿待天明。

清新曙光迎黎明,比亚格兰待出征。
横穿一处小山包,偶遇当地一百姓。
蛮人告知新消息,附近村庄有军情。
刚从村里行窃归,大事小情心肚明。

比亚格兰获军情,野蛮敌人做决定。
敌人何时能抵达,时辰一到会弄清。
不宜扩大惊恐面,满城风雨人骚动。
敌方尚未准备好,枕戈寝甲我军兵。

– 第一卷 –

比亚格兰询详情,胜利与否凭掩坑。
印第安人笑答道:对方谋略已确定。
仅从坚固地点看,后背掩护不透风。
崎岖山路捷径多,易于防守易进攻。

"本人已经做决定,你在前面做带领。　　65
顺势高山开新路,我想冒险发进攻。
拉乌塔罗摆战场,正趁黑夜带路行。
付出劳动得酬金,欺骗让你葬火坑。"

蛮人发誓心镇定:"好趁黑夜我带领。
一言为定请放心,道路艰险保证行。
拉乌塔罗不便评,朋友对他摸不清。
无须带领所有人,杀人要命千百种。"

不因恐吓人惶恐,统领面前武士风。
看到蛮人无所畏,真心实意人忠诚。
对付涌来众村民,派出机敏侦察兵。
随机应变探消息,探听情报知真情。

- 第十二歌 -

次日两人又相逢，行走路线蛮人领。
漆黑夜晚摸黑路，频踢猛刺催马行。
后面故事接续讲，蛮人任务已完成。
旧语新知耐心听，新人新事新战争。

天南地北侃侃谈，并非所有亲眼见。
疑神疑鬼属自然，耳闻难免有片面。
双方均为我楷模，一丝不苟照本宣。
众人褒奖或商榷，共枝别干心坦然。

所叙故事权威篇，鲜血成河流一片。　　70
强迫自己继续写，下面历史尽全面。
身临其境在战场，作为证人亲眼见。
避免盲目头脑热，不漏细节我求全。

蛮荒土地人迹罕，天荒地老无人烟。
不见有人动利器，不见有人受伤残。
少见多怪自解脱，如醉如痴刮目看。
头昏脑涨乱如麻，流连忘记手中剑。

- 第一卷 -

理想激情写诗篇,天资可怜笔墨浅。
胆大骁勇未泯灭,不想蹉跎度时间。
智慧时常激励我,无人自负持偏见。
头脑简单人愚笨,深知自己欠修炼。

才疏学浅虽明显,耳闻目睹吐真言。
技巧依赖事确凿,实事求是经考验。
秉笔直书成嗜好,请求陛下赐恩典。
文以载道做尝试,探赜索隐供赏鉴。

脸上胡须未长全,信笔涂鸦实冒犯。
臣下祈求获首肯,少不更事缺历练。
企盼陛下展卷阅,成事在天人自勉。
有志之人事竟成,错误难免望包涵。

阿拉乌戈放一边,故事重要后面谈。　75
无奈倒叙秘鲁事,尽管地理甚遥远。
为使理解更方便,本该叙述话提前。
长话短说一句话,<u>拉乌塔罗</u>正发难。

- 第十二歌 -

<u>堂卡涅特</u>久闻名,就职秘鲁国王城。[3]
<u>查理五世</u>所派遣,维护法律定准绳。
德高望重一侯爵,前任总督有两名。
有人胆敢造事端,一经审理判死刑。

新到总督已闻听,狂热邪恶霸道行。
骚乱不断心不古,心怀叵测表忠诚。
冒犯侮辱或背叛,无耻行径时得逞。
叛军尚未腐烂臭,死亡也会起骚动。

胆大心细计谋精,尽量避免动刀兵。
此时正值敏感期,使用武力行不通。
仁慈宽厚多爱抚,亲密友好搂脖颈。
对待邪恶出重拳,动用武装用法绳。

事物发展循规程,消灭一切害人虫。
剥夺所有司法权,囊括领域地方城。
有关人士能理解,循规蹈矩重言行。
畏惧上帝怕国王,各负其责按职称。

分配合理获赞同,群众一片欢呼声。　80
重罪之人盼奖励,徇情枉法旧章程。
侯爵对此已知情,区别对待赏罚明。
严惩不贷有罪者,改过自新获减刑。

有人常常图侥幸,待时推移掩骂名。
明目张胆新罪犯,公开曝光施罚惩。
许多村庄多犯罪,多人同时死非命。
更有权杖在手者,施用暴政行专横。

死者归天获赎免,本人无须再责谴。
曾为陛下服劳役,关键时刻知收敛。
知错必改重做人,慈悲为怀赐恩宽。
陛下有权予判决,决定救助或惩办。

本人无权发指令,无心热衷争名声。
莫名其妙心恐惧,侯爵企图施专政。
疏于管理多混乱,惩罚得当我赞成。
暴力行为难定性,不难想象蕴险情。

- 第十二歌 -

罪责周知谁担承,逐出秘鲁因罪名。
彰明较著受侮辱,考验耐性何功能。
引以为戒求恬静,惧怕探究意识层。
利剑出鞘豪气在,正义怒吼总发声。

金戈铁马强将兵,出色尽职在战争。　85
热烈盼望得酬劳,合情合理五洲同。
疑心得奖同耻辱,罪当其罪驱出境。
酬金交付国王手,国王强大君主风。

人群狐疑心悬空,驱逐之事不知情。
正义与否不理解,只得沉默心惊恐。
恐惧疯狂与暴力,无人出面探究竟。
耳闻目睹街头议,难以忍受嘈杂声。

恐惧沉默意朦胧,人群流动面惊恐。
不明原因无人问,提问似乎成罪名。
相视无语心里明,聪明人群肩互耸。
只怕会吃眼前亏,胆小怕事人常情。

事件重大颇敏感,少有合理正面谈。
沸沸扬扬闹翻天,幸灾乐祸拍手赞。
侯爵自危在秘鲁,傲慢恐惧多反叛。
伸张正义步稳健,指日而待有期盼。

秘鲁将其带口嚼,别想脱缰自逍遥。
野心勃勃成泡影,自得其乐在穴巢。
骚动奢望乱如麻,抛掉非分自身保。
披灾蒙祸不长久,久经历练人老到。

意料之外怡悦情,三万比索年薪俸。　　90
修心养性能自控,危若朝露保性命。
慷慨侯爵散白银,善举入册世有名。
励精图治不自弃,堕落之人受严刑。

典型事例树典型,发生错误少发生。
高楼大厦平地起,地基岂在沙滩中?
基础不牢难想象,祸起泥层大厦倾。
老鼠过街人喊打,躲避传染远疾病。

- 第十二歌 -

欲盖弥彰后果重,愚蠢无知冒昧行。
无视危险步伐乱,人走前面脚疼肿。
有人坐收渔翁利,朋友助力无须请。
甘洒热血求自赎,有罪宝剑应洗净。

本欲时间是虚空,叛徒肩膀做支撑。
空穴来风必有因,大风乱吹听杂声。
只听国王在讲话,不见杂音灌耳中。
洋洋盈耳声如钟,挤压骨骼出裂缝。

好运来临好心情,五味杂陈兴致浓。
索然无味多猜疑,谨小慎微可怜虫。
饮恨吞吃死亡果,人心叵测难判定。
原来悠闲无忧虑,如今累卵临危命。

拒从国王还债令,屈服军队少数兵。
讨好国王尽心力,胆战心惊慎言行。
亲密朋友来身边,长矛直对肋骨胸。
命若悬丝旦夕事,千把利剑悬头顶。

- 第一卷 -

风声鹤唳心惊恐，否定任何隐私情。
有人抬手他抬臂，疑神疑鬼要其命。
瞥见绳索想上吊，灰心丧气槁木形。
顶撞国王惹是非，陪伴暴君倒安生。

死去方知万事空，人死升天不复生。
墓园高冢随处见，寿终正寝树碑铭。
家族门第遭败落，名字辱没豪门庭。
人生有命天注定，国王王子坐宫廷。

步履维艰蹒跚行，故事继续歌不停。
盲人瞎马履冰渊，荆棘载途无所从。
战神怒吼声可怕，催我摸索寻捷径。
满怀信心坚持唱，祛除劳累稍轻松。　98

- 第十二歌 -

注 释

1. 利比亚屠杀（Líbico homicidas），在历史事件中，多指没有充分理由的屠杀。这个词在古代的一些诗歌中出现过，似乎与利比亚关系不大。如在中世纪史诗意大利诗人卢多维科 1516 年出版的《疯狂的罗兰》（*Orlando furioso*）的第八歌中也曾出现过该词。在解释利比亚屠杀时，有许多事件列入其中，如众所周知的《圣经》中的葡萄园主事件，而在《圣经》中替耶稣扛十字架的古利奈人西门就是利比亚人。有研究者认为，在此诗中出现利比亚屠杀令人匪夷所思。
2. 马普切人（los mapochós），智利土著种族。至今仍有许多马普切人生活在智利中部和南部。
3. 堂卡涅特，此处指第二代卡涅特侯爵安德烈斯·乌尔塔多·德·门多萨。1556 年 6 月 29 日抵达秘鲁国王城。1556—1560 年期间担任第三任秘鲁总督、利马州长、军队总统领和皇家法庭总法官。在任期间提倡尊重权威，对西班牙在南美的殖民统治做出巨大贡献。但是，卡涅特侯爵在任期间，与皇家法庭的其他高级官员产生过多重矛盾，曾被诬陷有卖国和贪污行为。于是，侯爵在国王那里失宠。不久就被派往智利，无异于被放逐。后因身体原因又回到利马，1560 年 9 月在利马病逝。他的前两任总督分别为：布拉斯科·努涅兹·德·维拉（Blasco Núñez de Vela, 1495—1546）和安东尼奥·德·门多萨（Antonio de Mendoza, 1490—1552）。

第十三歌

拉乌塔罗与恋人瓜科尔丹生离死别

卡涅特侯爵在秘鲁受罚。智利方面的信使前来求援。因其要求必要且合理,派出海陆两路援兵。本歌结尾时,弗朗西斯科·德·比亚格兰在印第安人引领下,袭击拉乌塔罗部队。

此事按说称侥幸,身处险境终逃生。　　01
含冤负屈避灾难,险被栽赃成元凶。
改弦更张正当时,为其祈祷运亨通。
化险为夷谢上帝,从此谨小慎微行。

- 第十三歌 -

诸多事情幻想成，奇思妙想有回应。
超然物外造激情，胆大妄为守为攻。
铤而走险入歧途，盲人瞎马无所终。
夫人沉溺驯花鹿，玩物丧志落平庸。

怂恿侯爵扬名声，欲在秘鲁树专横，
表面助其站住脚，包藏祸心灭威风。
心术不正怀叵测，先行献媚后索命。
笑里藏刀不义剑，叛逆国王叛友朋。

煽动不睦挑战争，欺世惑众已成风。
阿谀奉承抬上楼，荆棘塞途路不平。
心怀鬼胎藏祸水，怙恶不悛豺狼性。
骚乱内战皆如此，地球遭殃害众生。

昏天黑地人不幸，胆大侯爵谨慎行。　05
严刑峻法治骚乱，济世救人获同情。
借用国王顺风船，大发慈悲表宽容。
改过自新走正路，洗心涤虑投光明。

- 第一卷 -

胆大包天骇人听，秘鲁未有类似情。
酷刑不能树典型，凶猛人民拒顺从。
正是耀武扬威时，震耳欲聋蛮人声。
阿拉乌戈声誉好，遐迩闻名遍多省。

海上陆地多军情，我方失利伤亡重。
阿拉乌戈势煊赫，重大战役蛮人胜。
兵临城下多告急，一片哭喊呼救声。
难说战事何状态，任何事情可发生。

吉罗尼莫做先锋，职务任命已确定。[1]
称道几省大人物，赫赫有名得尊重。
精神饱满人骁勇，饱经风霜受敬崇。
不再为其书历史，史册记载有其名。

虽未参加名战争，驰骋疆场功出众。
曾随陛下赴英国，陛下亲信贴身行。
履职智利任都督，国王派遣赐恩宠。
命运多舛多坎坷，不幸夭折半路中。

- 第十三歌 -

柔肠寸断听哭声,五内俱焚心悲恸。　　10
权力土地两丢失,各自领地各为政。
明争暗斗火浇油,觊觎统领失统领。
不可能事已发生,尸体无头魂永恒。

使者来自智利省,请求增援搬救兵。
<u>吉罗尼莫</u>天堂去,美好前景成泡影。
脸色悲伤心难过,在场众人心悲痛。
<u>乌尔塔多</u>抵现场,以示安慰节哀情。²

"爽直侯爵人宽容,我方要求已表明。
蛮人潜在力量大,智利处境多危情。
急需援救增兵力,救焚拯溺恩泽重。
代表国王提请求,尽快答应尽可能。

爱子请求须答应,侯爵恩德天伦情。
久负盛名积功德,我方灾难消弭终。
如愿以偿得意归,顺理成章乐事成。
老言古语含义深,绵羊不会母狮生。

- 第一卷 -

<u>堂加西亚</u>正行动,缺少兵员缺辎重。[3]
所幸请到好向导,调动步骑两兵种。
此时无须多少钱,享受关爱士气盛。
或因冒昧惹生气,或你犹怀舐犊情。"

侯爵即刻相机动,正当要求即应承。　　15
愉快接受此要求,要求合理事可行。
子嗣田庄众家眷,亲友一片颂扬声。
多想踏上那片土,操练武器投战争。

各显其能共死生,风雨同舟心精诚。
也有不能奉献者,无能为力避回应。
也有老者变年轻,返老还童心冲动。
心情沉重血液凝,临危不惧自从容。

阿拉乌戈众兵勇,手持武器心忠诚。
重振雄风显身手,令人敬畏南极风。
朝气蓬勃青年军,重整旗鼓悲伤中。
辽阔土地被践踏,浩劫灾难刀光影。

- 第十三歌 -

钝锈武器久不用，点缀墙壁失功能。
懒散休闲臂无力，焉能担起千斤重。
情绪低落兵松散，焉能面对危难情。
慌乱惶恐人迟钝，斗志消失难自撑。

久经沙场兵器硬，暴君鲜血磨砺成。
强壮膀臂力无比，刺杀搏斗致死命。
沥血披心驱恐惧，无所畏惧显威风。
折磨他人声恐怖，自鸣得意获馈赠。

思前想后吾肯定，绝无外因灭激情。　20
耿耿于怀一件事，无人铭刻在心中。
老生常谈运气事，尔等总是笑盈盈。
命运虚幻多变化，福祸无常相互生。

西班牙人挑战争，舞刀弄剑霸道凶。
本人疑否冒凶险，大片土地强占领。
武装力量虽强大，最终能否胜战争。
不堪回首过去事，尸骨遍野战地横。

- 第一卷 -

不可一世狂热病，疯狂勇气动刀兵。
西班牙人可悲处，武备精良征服梦。
阿拉乌戈战必败，势均力敌我方胜。
勇敢焉能挡去路，桀骜碉堡均无用！

自从基多起征程，兵强马壮投战争。
三镇过后比乌拉，会聚武装精将兵。[4]
阿雷基帕几大镇，山区人马上万名。
兵强马壮库斯科，天兵天将如潮涌。[5]

地动山摇海浪汹，电闪雷鸣轰隆声。
群情激昂人沸腾，高音喇叭战鼓声。
震慑自由反叛人，威胁反叛护卫兵。
使用大口重型炮，领地处处炮声隆。

马具护裆辎重声，豪气士兵在进攻。　　25
耀眼装束花样鲜，崭新华贵穿戴精。
旌旗蔽日标志明，大街小巷迎清风。
裁缝壮工齐到场，锁扣刺绣手工棚。

- 第十三歌 -

人群聚集伴士兵,吵闹不堪嘈杂声。
忙忙碌碌铁工匠,叮叮当当悦耳声。
武器制造噌噌响,响声一片震耳聋。
骁勇激情膘悍马,嘶叫不停蹄乱蹬。

奔走人群脸铁青,又闻战争喧嚣声。
一切军械备停当,走出一位军首领。
重任在肩担使命,穿过沙漠高山岭。[6]
荒漠海滨无人烟,蛮人尸骸遍地横。

主力部队急匆匆,战场遗迹享誉名。
行军紧急不停顿,冲破大海喧嚣声。
东方天穹蒙蒙亮,惊涛骇浪渐平静。
耀武扬威军容整,午后离开国王城。

效忠陛下我随行,不辱使命自始终。
曾在英国尽义务,宝剑随身尽效忠。
离开陛下来此地,阿拉乌戈罪孽重。
无耻之尤乌合众,拒绝王冠拒顺从。

- 第一卷 -

陛下恩准我出征，跟随都督踏征程。[7]　30
离开伦敦坐船行，塔波加岛他丧命。
鞠躬尽瘁尽职守，命运多舛风雨中。
按时抵达目的地，会合精悍武士兵。

不忘一队朋友兵，同舟共济重友情。
久经考验经风雨，神甫法官众军警。
神职人员敬神圣，方济各会雇佣兵。
避开战争免受辱，别处土地传圣经。

不同职业不同种，离开利马荣耀兵。
海岸呈现百花园，桌上摆满肴馔羹。
气味芬芳葡萄酒，各路队伍喜相逢。
横躺竖卧绿草地，美味佳馐饱腹中。

胃口大开乐其中，有人导游观海景。
绿色花束装饰物，几只小船泊水停。
享受高大乐器声，知心朋友道珍重。
钻进几只轻型船，齐力摇橹搏浪冲。

- 第十三歌 -

快船离岸渐远行,留下痛苦嫉妒情。
亲友站在沙滩上,依依不舍告别声。
快艇接近大帆船,跳上帆船启航程。
船长驾驶技艺高,调转船帆利用风。

条幅旗幡标记清,十条帆船饰隆重。　　35
清风吹动三桅船,风平浪缓海安静。
长枪短炮响不停,岛屿困惑渐加重。
南风尽吹左舷索,船朝西南方向行。

乘风破浪逆水行,白色泡沫滚翻腾。
抗拒怒吼南来风,全力前进踏征程。
西南风大颠簸船,渐渐远离高山岭。
帆船转过瓜尔科,东北方向雾朦胧。

艰难险阻终顺风,抵达钦查船并行。
船航远海在其后,纳斯卡港止航程。[8]
抗争南风风浪汹,惊涛骇浪大不同。
船体颠簸晃左右,风大浪高难抗衡。

307

- 第一卷 -

秘鲁并非权无限，三哩之外两重天。
平原地区刚初夏，山区冬季雨绵绵。
乌云蔽日平原地，阳光灿烂融雪山。
夏天景象甚可观，山上雪水灌良田。

此地南风统治天，南风吹来乌云散。
自行其是大海洋，其他一概听使唤。
阿塔卡马沙漠带，狂风肆虐无阻拦。
无人从此回秘鲁，自然法则难改变。

搏斗南风颇艰难，泡沫浪花阻航船。　　40
强风助力船前进，乘风破浪推向前。
包铁船头直立起，金属甲板浪花溅。
西班牙人近蛮区，本人快马扬皮鞭。

比亚格兰陆地行，本人随从赶路程。[9]
穿行崎岖山地路，山岭云绕难辨清。
近前汇报战争事，察言观色看表情。
边听汇报边询问，拉乌塔罗何动静。

308

- 第十三歌 -

集结队伍子弟兵,按兵不动在军营。
壕沟干柴木棒堆,补充辎重补充兵。
内中也有外省人,投奔聚拢皆慕名。
药物食品诸物资,天时地利占上风。

一条山路外界通,路边站满巡逻兵。
几乎难见其他路,几乎难见老百姓。
此时蛮人正睡觉,<u>瓜科尔丹</u>搂怀中。
<u>拉乌塔罗</u>坠爱河,相恋爱人紧抱拥。

赤身裸体难为情,脱掉战袍一身轻。
黑夜天意成全人,同床共枕美事成。
闭上眼睛做噩梦,醒来面赤心沉重。
美人气喘脸颊红,直截了当问究竟。

"亲爱恋人勿受惊,刚才醒前做噩梦。　　45
高傲敌兵压头顶,穷凶极恶逞威风。
双手猛烈压胸部,无法翻身无法动。
愤怒伤心齐爆发,噩梦结束猛惊醒。"

- 第一卷 -

美人心乱诉心声:"我也同样做噩梦,
担心不幸从天降,为你不幸哭出声!
不堪设想遭大难,命运之神总留情。
未到无路可走时,虽多荆棘路难行。

本人失态心惊恐,婚床激情人发憷。
尽心竭力自掌控,与你别离心苦痛。
无法忍受遭打击,再遭打击难支撑。
肉体不倒冰冷地,死去倒地我替顶。"

<u>拉乌塔罗</u>表深情,双手搂紧粉脖颈。
白嫩胸脯洒泪水,炽热爱心做回应:
"不必自扰信征兆,不必慌乱心惊恐。
我之愉悦你眼见,臂膀供你做甜梦。

见你与我想象同,并非我已陷困境。
爱情创伤折磨我,多端寡要疑惧重。
爱人要我活下去,谁有力量要我命?
身家性命在你手,造化弄人非全能。

310

- 第十三歌 -

阿拉乌戈谁复兴？如今正在丢名声。　　50
桀骜不驯高贵身，而今桎梏套脖颈。
亲自砸烂重枷锁，摧毁外人暴君政。
本人姓名震四方，何须动枪动刀兵。

相依为命心真诚，置之死地而后生。
只想对你表衷心，不想只是做美梦。
本人已经成癖好，越是艰险越抗争。
不惧卷入险恶地，克敌制胜我光荣。"

心神不定听哭声，紧搂脖颈偎怀中。
慈悲可怜映眼神，热烈亲吻心相通。
"给你自由自在身，意愿纯正表爱情。
老天在上可作证，甜蜜爱人心真诚。

我对磨难表同情，分享对我苦恋痛。
忠诚不会风吹走，声泪俱下心激动。
愉悦之情难言表，心有灵犀一点通。
赶快披挂上战场，森严壁垒布将兵。"

- 第一卷 -

"姑娘挚爱心通灵,本人深深表尊敬。
<u>拉乌塔罗</u>话无力,机敏强势可怜情。
为了人民得救赎,是否拙舌已讲明?
信而有证我放心,害怕人死听哭声!"

<u>瓜科尔丹</u>神不定:"本人已表肺腑情。　　55
如果你强我不幸,你强于我有何用?
心里疑虑既消除,对你深爱我忠诚。
宝剑陪你去远方,剑不离身伴你行。

天意命运难抗争,荆天棘地有陷坑。
我将面临一灾难,你将看到我溃崩。
死神面前哭声恸,奄奄一息命将终。
不觉大难已临头,进退两难心不宁。"

潸然泪下情激动,赏视美人心同情。
<u>拉乌塔罗</u>无奈何,不能放弃伉俪行。
心乱如麻拙笔颤,美好爱情应称颂。
姑娘犹豫心恐惧,想要前行却不能。　　57

- 第十三歌 -

注释

1. 吉罗尼莫·德·阿尔德雷特（Jerónimo de Alderete y Mercado, 1518—1566），西班牙征服者。1535年随同卡涅特总督来到秘鲁。1555年3月西班牙国王任命吉罗尼莫接替瓦尔迪维亚的职务任智利都督。到达智利不久不幸染上黄热病，于1556年38岁时死在塔波加岛。在此之前此人曾参与对巴拉圭和玻利维亚的征服。

2. 即加西亚·乌尔塔多·德·门多萨（García Hurtado de Mendoza y Manrique, 1535—1609），第四代卡涅特侯爵（IV Marqués de Cañete），第二代卡涅特侯爵安德烈斯·乌尔塔多·德·门多萨之子。14岁进入王官服务，并在那里习武。后曾在意大利、法国为查理五世作战。在英国伦敦时，他的父亲被任命为秘鲁总督，他也随之到达美洲。1557年21岁时任智利的第八任都督（1557—1561）。作为智利都督他曾组建一支特殊军队（本诗作者埃尔西亚就在这支军队中服役）。该军队由500名西班牙人和4000名印第安人组成，1557年打败土著首领考波利坎。后来加西亚接替父亲职务，任秘鲁的第八任总督（1590—1596）。之后回到西班牙，1609年病逝。

3. 堂加西亚，即上文的加西亚·乌尔塔多·德·门多萨。

4. 比乌拉（Piura），秘鲁西北部城市，建于1532年，为西班牙殖民者在秘鲁建立的第一座城市。城市建筑多为西班牙风格，是秘鲁西北部棉花、稻米和甘蔗的交易中心。原诗提到，自基多启程前后经过10座城镇，分别为：洛哈、比乌拉、哈恩、特鲁希略、瓜努科、瓜曼加、阿雷基帕、拉帕斯、库斯科和查尔卡斯。

5. 库斯科（Cuzco），印加帝国首府。库斯科城是古印加文化的摇篮。传说远古时代，古代印第安人民在这里披荆斩棘，缔造家园，感动了太阳神。太阳神赠给他们一柄金斧。公元1200年前后，国王曼科·卡帕克遵循太阳神的指示，从的喀喀湖迁来此处，建成雄伟华丽的库斯科城，并以这里为中心，建立了庞大的印加帝国（印加语意为"太阳的子孙"），创造了印加文化。在

- 第一卷 -

　　帕恰库蒂·尤潘基和图帕克·尤潘基统治下，印加首都库斯科处于繁盛时期。1533 年皮萨罗率领的西班牙殖民者入侵，外加多次地震，使库斯科受到严重破坏。

6　此处的沙漠是指阿塔卡马沙漠（Desierto de Atacama），南美洲西海岸中部的沙漠地区，在安第斯山脉和太平洋之间南北绵延约 1000 千米，总面积约为 18.13 万平方千米，主体位于智利境内，也有部分位于秘鲁、玻利维亚和阿根廷。

7　作者埃尔西亚此次美洲之行是跟随新任智利都督吉罗尼莫去的。吉罗尼莫不幸于 1556 年 4 月在巴拿马的塔波加岛去世。埃尔西亚继续航程，于 1557 年抵达秘鲁，住在秘鲁总督安德烈斯·乌尔塔多·德·门多萨的官邸，并于同年到达智利。

8　纳斯卡（Nasca），位于秘鲁伊卡省东南部，是太平洋近旁的小港口，因纳斯卡地画之谜而闻名于世。

9　比亚格兰，即第二任智利都督弗朗西斯科·德·比亚格兰。

第十四歌

弗朗西斯科·德·比亚格兰夜袭敌营,对方毫无觉察。拂晓时分发生遭遇战,第一次短兵相接,拉乌塔罗阵亡。描述双方展开的血战。

妄言诳谈弄舌锋,冒犯女人大不敬。　01
蛮族姑娘无他求,只求证明爱纯净。
热情奔放动真情,视为堕落非公平。
入情入理泪泉涌,牵肠挂肚情悲痛。

纵有保证人真诚,未得安慰心灰冷。
纵有堡垒护城壕,疑虑重重神不宁。
爱情越深越惧怕,崩塌倒地大厦倾。
命运终于有归宿,生死与共情谊重。

心心相印两钟情,心潮澎湃血沸腾。
谈情说爱表心意,甜蜜毒药味道浓。
横躺竖卧在砖地,劳顿士兵休息中。
多名哨兵在巡逻,大衣遮住山背影。

- 第一卷 -

比亚格兰脚未停,静静穿过崇山岭。
费力即使不讨好,劳苦功高心安宁。
军官士兵抵要塞,繁星闪烁挂天空。
暂歇守候待明天,东方发白天气清。

鬼使神差悄悄行,夜深人静黑洞洞。　　05
哨兵虽能辨谣言,时而麻痹时铁定。
战马沉默避嘶鸣,风险临头凭灵性。
牲灵临危有预感,人却疏忽不顾命。

天空灰暗雾蒙蒙,期盼拂晓天放晴。
哨兵躲藏大墙后,耐心等待迎黎明。
庆幸占有好阵地,后退喘息好休整。
士兵沉闷不出声,醉生梦死酣睡中。

黎明降临天空晴,弥漫大雾渐升空。
不愿承受晨曦光,躲到西方无踪影。
向日葵花总抬头,转脸朝向红霞迎。[1]
星星躲在阴影后,阿波罗神红彤彤。

- 第十四歌 -

西班牙兵及时动,步步靠近敌兵营。
蛮人几乎未发觉,面对厄运似哑聋。
放松警惕睡大觉,无情死神欲夺命。
越和死神距离近,自我感觉越朦胧。

我军无须再久等,成熟时机袭敌营。
犹如春日响惊雷,恐怖吼叫喊杀声。
乱而有序猛烈攻,堡垒之内人惊恐。
寂静堡垒入梦乡,人人酣睡危险中。

作恶之人心不宁,天下无地可安生。　10
贪婪成性难自保,命运好坏心惶恐。
听而不闻嘈杂声,惩罚临头方觉醒。
抄起武器各自卫,各自相谋各自行。

蛮人惊醒睡梦中,跳起迎敌若惊鸿。
危险突袭从天降,东倒西歪茅屋蓬。
不及穿上护身甲,横眉怒目挺起胸。
精神抖擞敏捷快,冲向掩墙迎敌兵。

- 第一卷 -

蠢蠢欲动噩梦醒,醒后变得更凶猛。
有人拉弓举火绳,有人举剑出奇锋。
有人举起粗手杖,有人空手也敢冲。
手无寸铁看究竟,拳打脚踢咬人疼。

<u>拉乌塔罗</u>心镇定,安慰爱人动真情。
<u>瓜科尔丹</u>失信心,劝说鼓励嗔怪声。
不顾劝告脸铁青,更大悲剧正发生。
号角战鼓咚咚响,击碎温柔爱情梦。

犹如富家可怜虫,只顾家产不顾命。
夜间一旦有盗贼,动作轻盈驱灾星。
犹如母亲猛起身,听见爱子哭闹声。
担惊受怕豺狼袭,<u>拉乌塔罗</u>此时同。

披肩裹臂一瞬间,裸露身体裸露剑。　15
高傲武士跑门外,不及披挂事突然。
背信弃义命运变!命运残忍设难关。
多年幸福画句号,灰飞烟灭风吹散。

- 第十四歌 -

四百友军来身边,尽锐出战旋风般。
援军救助基督徒,聚拢进攻用彩箭。
手疾眼快至极端,无数箭羽飞向前。
拉乌塔罗出帐篷,一支快箭射胸间。

恶毒利箭射左边,坚硬镞头奔心肝。
直穿心脏无偏差,胸膛开裂血涟涟。
致命箭头留心脏,伟大心胸一箭穿。
光荣陨灭死非命,死得其所人非凡。

尖锐箭镞令胆寒,尸体躺卧沙场边。
伤情严重血如注,黑色液体喷如泉。
脸面苍白无血色,怒气冲冲闭双眼。
不朽灵魂得解脱,发指眦裂入阴间。

战壕堡垒我军占,无人阻挡无人拦。
多面进攻占阵地,冲进广场力无前。
蛮人力减施无技,丢盔卸甲命悲惨。
战斗趋势多艰险,暴怒血腥肉搏战。

听到外乡蛮人声，<u>拉乌塔罗</u>招募兵。　　20
突然遭袭心惶恐，正趁嘈杂快行动。
双方肉搏拼命战，惊慌失措尚清醒。
察言观色看动静，屏声静气避刀锋。

犹如鹿群有灵性，警觉狡猾猎人声。
竖耳静听头高昂，头朝远方观动静。
熟悉雌鹿低声叫，猎狗猎人均悲痛。
成群结队择路跑，歧路亡羊躲险情。

低贱可恶好逞强，厄运来临不绝望。
选择陌生荆棘路，放弃堡垒走落荒。
人群慌乱四处跑，死到临头选逃亡。
西班牙兵勇士剑，为所欲为杀人狂。

不乏无畏兵坚强，不使军团陷泥塘。
运用古代斗争法，盾牌护身护胸膛。
削铁如泥快刃刀，挥舞娴熟明晃晃。
左手使剑技老到，右手操刀更疯狂。

- 第十四歌 -

科尔比央未晕眩,手臂利剑戳地面。
义愤填膺炽热心,刺向敌人剑走偏。
等到宝剑重在手,握紧右手出铁拳。
蔑敌投矛自远处,左手报仇力不软。

密亚波尔身木然,长矛正从胁腹穿。　　25
头部侧面被劈开,矛头幸未穿胸间。
血液冒泡流如注,半截矛头露外边。
伤口咧开如小洞,暴跳如雷勇气添。

狼牙铁棒双手攥,怒气冲天手熟练。
埋怨悲惨遭厄运,暴戾恣睢逞凶残。
死不瞑目满脸恨,勉强站立铸铁汉。
密亚波尔人已死,肉体铁矛共长眠。

人死非命大路边,疯狂远去气息断。
我方一兵已倒地,身重轻飘软绵绵。
晃晃悠悠勉强起,脸向凶手面对面。
尸体倒地魂飞散,死灰复燃活人般。

曝尸荒野人悲惨,虽死犹生魂不散。
死去活来勇气在,血肉躯体仍进犯。
一息尚存苦挣扎,毅力坚定心不甘。
蛮人已死面如铁,面对世人冷酷脸。

此时迭格手拿剑,比科尔脸血滴溅。 [2]
有力双手身后垂,胸部钻出一洞眼。
土著蛮兵人已死,肉体倒地死人脸。
躯体掉进污水沟,告别灵魂上西天。

埃尔南多出重剑,塔尔科人倒地瘫。 [3]　30
身体一侧受重伤,瓜科尔多面朝天。
西班牙人刚清醒,瞬间之前头晕眩。
直接冲向壮蛮兵,利剑刺入心脏间。

比亚格兰剑老练,剑刺蛮人鲜血溅。
杀伤踩踏折磨人,四面出击左右砍。
一剑致命尼科死,瞬间丧命眼珠翻。
再刺重剑伤波罗,砍断右臂血涟涟。

322

- 第十四歌 -

久经沙场钢铁剑,肉体被刺裸露软。
轻而易举巧用力,身首异处一瞬间。
一剑砍出接二三,剑剑砍杀紧相连。
恰似滚滚浪花卷,置人死地尽开颜。

人群密集互阻拦,不留缝隙让利剑。
多数死者已倒地,死后位置又被占。
互相拥挤打嘴仗,站立人群叠罗汉。
有人巧妙出利器,剑剑刺入肉体间。

怒挥刀剑气非凡,击打致命魂飞散。
不死之人刻印迹,身上伤痕留永远。
手臂下垂低呻吟,不同伤口不同残。
有人遭受铁器伤,皮开肉绽遭皮鞭。

铁中铿锵皮肉绽,弯刀杀人不眨眼。
犹如铁匠砸铁砧,犹如烙铁熨衣板。
叮叮当当声耸听,勇士作战混一团。
有人骨肉被折断,有人甲胄多塌陷。

- 第一卷 -

胡安稳坐鞍桥上,瓜尔孔多身遭殃。
长矛刺进左乳头,矛杆重击右心房。
蛮人脸色黄如腊,晕倒近旁碉堡墙。
灵肉受伤人瘫痪,猝然倒卧硬土壤。

哥哥连科瘫地上,肉体倒地面蜡黄。
血液凝固人惊呆,剧痛难忍知觉丧。
尔后苏醒面朝天,咒骂背信人暴狂。
扑向胡安怒气生,高举多节手拐杖。[4]

波恩弓箭快难挡,箭头射马额头上。
脖颈竖立蹄抬起,缰绳马刺不帮忙。
双臂夹住马头部,马蹄踢蹬腰部晃。
勇士胡安顺天意,离开马鞍坐草场。

刚刚坐定草地上,身上猛落狼牙棒。
声音巨大力量重,犹如闪电地震荡。
西班牙人头昏厥,蛮人棒打狠疯狂。
脑浆迸裂头两半,魂不附体目无光。

- 第十四歌 -

兄弟死亡记心上，报仇雪恨怨未央。　　40
怨入骨髓再逞强，迭格卡诺遭重伤。
手中缰绳已脱落，胡须飘落在胸膛。
身体僵硬肉冰凉，战马驮尸跑慌忙。

怒不可遏更疯狂，连科挥舞狼牙棒。
有人残废有瘫痪，双手搂马免伤亡。
有人惶恐躲马后，离开马鞍心慌张。
龙腾虎跃无端怒，东杀西砍霸一方。

身体多处血流淌，血肉模糊走战场。
四肢无力仍喊叫，出手不凡气轩昂。
左右轻盈身跳跃，甲胄头盔凹凸状。
头骨塌陷脑浆流，神经断裂体鳞伤。

响声一片震四方，剑矛碰撞喊声狂。
场面失控秩序乱，蜂扇蚁集聚战场。
英俊青年手执刀，长宽刀刃明晃晃。
站在蛮人刀丛中，舞刀弄棒甚嚣张。

- 第一卷 -

彪悍青年战争狂，激动疯魔欲逞强。
怒气满面灰尘垢，血汗混杂人荒唐。
伟大战神血腥相，暴怒战火烧脸上。
击打火神厚盾牌，右手挥矛闪金光。

熟练掌控快如风，大刀绕身似腾空。　　45
科隆已成刀下鬼，一刀两断体分崩。
一刀波恩送地狱，拉乌科人紧随同。
不见有人能抵挡，大卸八块人无形。

安德雷阿享名声，彪形大汉魁梧型。
出身东部贫寒家，热那亚城再向东。
四肢发达人罕见，身体强壮机敏灵。
宽刃大刀舞八方，挨刀之人俱丧命。

瓜迪戈尔人丧命，拦腰两段沙场中。
基拉古拉遭不幸，右腿砍断一刀功。
连续出刀左右砍，广场尸体遍野横。
长刀从来不饶人，积骸叠罗一层层。

- 第十四歌 -

科尔卡肩中刀锋,脑袋落地身僵硬。
自上而下劈两半,意国大兵杀茂楞。
长矛斧头狼牙棒,蛮族人民齐抗争。
身体多处遭斧砍,伤痕累累伤情重。

凶恶母熊被追踪,猎人随行不放松。
受伤怒火冒三丈,多节标枪碎片横。
发飙狂怒情暴躁,摆脱狭路死胡同。
受伤猎狗多遗憾,留有余地让母熊。

安德雷阿命运同,蛮人包围如铁桶。　　50
四面受敌情势危,以剑开路路畅通。
杀声喊声肉搏声,越来越多人聚拢。
连科上下浑身血,此时正从侧面攻。

两只猎犬被围攻,一群柴狗狂吠声。
背毛竖立毛挺直,相互起哄示癫疯。
两位彪汉情相似,兵器举起无人性。
战斗残酷互伤害,下歌分解继续听。　　51

- 第一卷 -

注 释

1 此处引用了一则神话故事：仙女克里西耶是河流海洋之神俄刻阿诺斯与沧海女神忒堤斯之女。克里西耶痴迷热恋阿波罗，直至把自己变成向日葵花，永远热恋太阳，永远笑对太阳。
2 此处迭格为迭格·卡诺（Diego Cano）。此人在前面多次出现。
3 埃尔南多，即埃尔南多·德·阿尔瓦拉多。
4 此处胡安指前面的比亚格兰——胡安·德·比亚格兰。

第十五歌

连科劈杀西班牙士兵安德雷阿

长诗第十五歌,第一卷最后一歌。战斗结束,阿拉乌戈人全部阵亡,但无一人投降。讲述来自秘鲁的几艘船只抵达智利,在毛利河与康塞普西翁港之间遭遇大风暴。

何种美事无爱情?有诗无爱能尽兴? 01
谁见静脉光扩张,无爱能有子孙生?
如果相爱无缘分,何异同床做异梦。
甜言蜜语多呵护,如无真爱同画饼。

- 第一卷 -

人说爱情粗糙型,堪与树皮比坚硬。
完美任何精细事,智慧比兴相映生。
但丁与彼特拉克,睿智敏感源爱情。[1]
滔滔不绝文思敏,如无大爱嚼蜡同。

崇尚美德赤裸情,不拘一格重真诚。
为何敢冒大不韪,粗糙兵刃所怂恿。
披肝沥胆意图正,细线可编粗大绳。
我已剪断恐惧结,胆大妄为写英雄。

确想搁笔暂时停,诗文过长劳神经。
秉笔直书尊真实,常常纠缠细节情。
不写风花雪月事,翎毛折断不发声。
长篇大论不自省,美味佳肴不厌精。

说我谨言重慎行,犹在田园采花丛。　05
也许胃口又大开,众口难调是实情。
能做别人所做事,杜撰千种我也行。
此时我已难自拔,一诺千金必应承。

- 第十五歌 -

伦巴尔多蛮人兵,激烈战斗正进行。[2]
难分难解肉搏战,高举棒剑舞空中。
意大利人鱼鳞甲,印第安人一身轻。
肆无忌惮对轻盈,两强相争勇者胜。

意大利人健壮兵,挥舞长矛千斤重。
盾牌上下左右舞,下身不慎被击中。
重重盾牌折两半,头重脚轻人失衡。
咬牙切齿看地面,月明星稀看天空。

高举膀臂下垂重,意人压住蛮人兵。
双管齐下同时用,此人一贯神智清。
连科不会失时机,猞猁花豹互相争。
健步如飞出右手,幸亏大刀砍虚空。

蛮兵轻巧人机灵,铁棒沉重力无穷。
安德雷阿躲一劫,一块巨石裂分崩。
势不两立互纠缠,担心连科遇险情。
猝不及防刀落下,战斗结束人丧命。

动作娴熟神镇定,兵器闪烁力神勇。　　10
闪转腾挪快如风,灵巧轻盈功到顶。
击打准确正火候,不让敌人躲刀锋。
双臂举刀上下舞,欲伤对方却不能。

千刀虚晃在空中,安德雷阿人骁勇。
粗壮蛮人身裸露,面对意国武装兵。
左手紧握右边手,挥动宝剑快刀锋。
举剑劈向野蛮人,试图两断夺其命。

蛮人健壮动作灵,劈下牙棒宇宙锋。
身体一旁忙躲闪,正遇宝剑挡强攻。
手臂击打落空处,力大无穷白用功。
此时宝剑难支撑,半块盾牌挡前胸。

狼牙铁棒显神通,机敏蛮人挡进攻。
肉体无间相拥抱,鱼鳞盔甲护前胸。
安德雷阿神志清,此刻正好硬碰硬。
坚硬手臂抓对方,欲把对方举空中。

- 第十五歌 -

赫拉安泰争雌雄,古为今用对蛮兵。[3]
意兵并无好运气,企图破灭未成功。
连科顺势搂其腰,用力远处地抛扔。
碰到一片死尸堆,死尸压人更无情。

安德雷阿羞愧疯,男子大汉陷困境。　　15
两腿稳稳地上站,恢复尊严拼命撑。
试以气势压连科,举起对手抛空中。
垂死挣扎尽全力,身体承受新沉重。

胆大青年兴此风,参加角斗激烈争。
连科牙咬绳一根,连接四人手中绳。
四人分别用力拽,连科将其拖地行。
重量都在牙齿上,双手后背人轻松。

轻而易举人轻松,发现身旁一大桶。
盛满清水二百三,单只臂肘能支撑。[4]
木桶不歪水不洒,远水近渴渴减轻。
轻拿轻放撂地面,犹如陶罐擎手中。

333

常见渡河人惊恐，河水湍急水量丰。
河水奔腾水流急，水流发怒巨石冲。
划动船桨尽全力，船只强行则不能。
鱼鳞甲胄护前胸，毅然决然跳水中。

咬住口中粗绒绳，怒发冲冠气填膺。
双脚双臂齐动作，冲破水道照直行。
乘风破浪船开动，水流强劲向船冲。
船只靠岸得救助，无奇不有说不清。

<u>连科</u>追赶似盲从，并非力量不适应。　　20
蛮人愤怒火正旺，晃晃悠悠迤逦行。
追逐不成回头路，羞愧反促力量增。
两人放松前迈步，拿起武器再进攻。

残酷争斗再相逢，似乎休息一天整。
忽而向下忽向上，你来我往无畏兵。
<u>连科</u>装备不像兵，好在敏捷动作灵。
欲罢不能撑战斗，努力抵抗寸土争。

- 第十五歌 -

突然出手快如风，侧面猛击基督兵。
整个身体受折磨，打击力量颇沉重。
一剑二剑连三剑，四剑重重往下冲。
<u>安德雷阿</u>巧躲闪，剑头刺中蛮人胸。

膀臂力大剑刺中，剑刺一侧伤势重。
侥幸蛮人运气好，剑伤虽重未夺命。
蛮人身体像中毒，勇气十足不顶用。
面对强敌人渺小，手执铁锤挣扎冲。

半块盾牌举空中，意大利人奋力迎。
心有余而力不足，尽管伤情恢复中。
野蛮解数用头撞，头盔犹如灌铅重。
恰似坚实硬面团，头部塌陷出凹坑。

接连进击无用功，意大利人心不定。　25
头昏脑涨全空白，犹豫不决身斜倾。
两耳同时流鲜血，血流如注头裂崩。
恰似小溪血涌流，站立吃力人飘空。

335

- 第一卷 -

恢复记忆又重生,浑身流血流不停。
心急火燎怒冲天,蛮人倒地处危境。
手脚收回敏捷快,再用力气借刀重。
刀声铿锵穿云霄,山谷震荡听回声。

<u>连科</u>似觉剑落声,心急如焚怒气生。
悍然举起狼牙棒,毫不犹豫猛力迎。
棒柄击打已足够,钢筋铁臂逞英雄。
硕大锤头向下砸,砸向脑袋声铮铮。

骇人打击险象生,红色喷泉喷血腥。
<u>连科</u>预料身将倒,惊恐万状眼蒙眬。
意大利人未罢手,心情冲动不平静。
再次出击用锐器,使出力量尽其能。

毫不掩饰站对面,<u>连科</u>被刺心慌乱。
浑身上下被刺伤,两手下垂人重残。
平直剑刺可致命,蛮人倒地身软瘫。
剑刃刺击重伤人,几处肢体已折断。

- 第十五歌 -

听见声音回头看,致命倒地声音惨。　　30
武士连科已倒地,似乎魂命归西天。
情谊尚在债未还,杀人剑是征服剑。
图卡贝尔在彭城,挥舞宝剑报仇冤。

安德雷阿命更惨,剑伤深重不乐观。
剑入骨髓无救药,胸甲一侧被刺穿。
双刃宝剑做掩护,眼见劈刺来面前。
只能招架暂抵挡,未能还手报仇冤。

抓住对方不纠缠,伤口撒盐人可怜。
旱地拔葱高举起,四脚着地背朝天。
角逐即将要结束,宝剑被夺命攸关。
本想侧面冲出去,暴怒战神血涟涟。

冤家路窄择路难,同病相怜共结伴。
一方横走一向前,一方偏斜一拐弯。
旁边多人战犹酣,手脚骨折臂错环。
胳膊脑袋空中滚,丧命人数难计算。

337

- 第一卷 -

拉萨尔特紧攥拳，怒形于色人坦然。
剑伤胸部塔尔昆，怒气面对迪塔瑄。
头部开瓢无保护，蛮人疯狂发冲冠。
未死之前受刀伤，煞心费力上马鞍。

诺帕肋骨被刺穿，隆戈瓦尔赴黄泉。 35
堂戈麦斯侧出剑，蛮人鲜血遍体染。
卸甲膛开加尔沃，科尔卡人被打翻。
将死蛮人面难看，奄奄一息魂飞散。

加夫列尔不偷闲，辛格二人倒身边。 5
趾高气扬各处走，钻进蛮人兵器间。
铮铮铁器互碰撞，名字声音识别难。
惊弓之鸟乱逃窜，闻风丧胆飞上天。

横眉立目怒气添，人群聚集乱不堪。
谁也不能多占地，站立而死难乎难。
有人被刺有自残，地方狭窄马刀砍。
死人拥挤人不倒，依偎活人抱一团。

338

- 第十五歌 -

高傲怒吼逞勇敢,出击坚定人彪悍。
未能逐项去描写,何必再现翎毛端。
无人惧怕死来临,顾影自怜后悔难。
众人心里如明镜,败兵求生更难堪。

失去信心活命难,胜利希望成妄念。
死不足惜拖时间,至死也要报仇冤。
拼死拼活不后退,胸膛不惧长矛穿。
果敢向前迈一步,制止敌人再进犯。

各处尸体连成片,未及倒地已罹难。　40
伤痕累累血不止,血迹斑斑岂忍看。
有人剑伤在两侧,挺胸抬头面朝天。
一片丹心仍跳动,肝脑涂地也情愿。

肝肠寸断互纠缠,不杀仇敌心不甘。
鳞伤遍体急促喘,打开内脏又遮掩。
活命与否画问号,逃生大门在哪边?
即使大门同时开,乏力缺血逃命难。

- 第一卷 -

八成蛮人倒地瘫,宁死不降地狱炼。
<u>加夫列尔</u>四下看,受伤士兵连成片。
派出手下两土著,传话受降保平安。
委曲求全套桎梏,愿施慈悲避祸端。

西班牙兵暂收敛,放下利剑路边站。
两位信使带口信,告知谈判诸条件。
阿拉乌戈闻听后,声誉扫地羞愧惭。
大义凛然做回答,拒绝条件拒谈判。

仰天长叹大声喊,宁死不屈留遗言。
索命死神同呼唤:"耻辱求生滚旁边!"
高声呼喊算回答,血腥战争告一段。
挺起脊梁再站起,重整旗鼓迎新战。

风雨同舟肩碰肩,有人跪姿仍作战。　　45
残废双腿无力气,体力不支站立难。
有人挥舞手中刀,有人躺地身躯弯。
竭尽全力杀敌人,敌我腿脚互羁绊。

- 第十五歌 -

活人四肢多不全,誓死抵抗自信添。
人被打倒泥血中,暴怒疯狂人马翻。
曾经见过湖中鱼,活鱼死尽水枯干。
枯鱼涸辙可怜相,蹦跳死亡肚翻转。

苏拉尼禄罪滔天,嗜血成性难赦免。[6]
如今眼见血成河,本人心寒不成眠。
濯发洗身活人血,引以为乐耻无颜。
苏拉独裁刽子手,罗马尼禄野兽面。

拒绝投降眼望天,尸横遍野片连片。
生命几乎至尽头,冤屈死去留遗憾。
逃出广场包围圈,西班牙兵多伤残。
蛮人死伤更悲观,肉体兵刃堆成山。

未见蛮人能立站,未见臂膀能挥剑。
马琳快要死临头,企望闯过鬼门关。
惶惶不安怨时乖,刀俎余生命更惨。
机敏左手受重伤,土墙后面避危险。

昔日可听窸窣声，如今平原悄悄静。　　50
死神来临空寂寂，愤怒魔爪索其命。
离开土墙细观察，有否土著人走动。
等待别人施援手，脓肿溃疡折磨痛。

身临其境广场中，众多战友伤亡重。
死神将其改面貌，令人景仰令人敬。
羞愧难当表愤怒，宝剑道白对心胸：
"唯有本剑可见证，见证死亡见友情。

胆小如鼠匹夫勇，轻易一剑被刺中。
犹豫不决无目标，失去良机逃无影。
战战兢兢远离我，欲求永生不可能。
可耻死亡一懦夫，利剑未到魂失踪。

身染鲜血为国荣，国家与我共死生。
坚硬剑锋永向前，尽其伤臂不能动。
本剑排名非先锋，保卫祖国心忠诚。
偶尔倒霉身折断，皆因手臂失功能。

- 第十五歌 -

不计酬劳不计功,本剑拼命尽所能。
忍辱负重满足谁,为己为国为远征?
高尚声望多人享,其中有人不相称。
遇到敌人猥琐相,逃之夭夭保活命。

给你力量祛惊恐,望而却步误军情。　　55
如今后悔俱往矣,追悔莫及顶何用?"
到此为止劝诫停,毫不犹豫伸脖颈。
迅速冲向锋利剑,一命呜呼生命终。

愤怒战神止发疯,利剑休息杀戮停。
本人回头续前段,走出船舱继续行。
迎向强劲南来风,海神掀起波涛涌。
逆水行舟航行难,乘风破浪直航程。

穿过诸岛续航程,桑家垭岛绝人踪。
船靠右手向西方,多处岛屿无名称。
经过左面查乌勒,阿里卡地艰难行。[7]
科比亚波山谷地,智利土地露形影。

343

大风尽吹风任性,远离旋涡凹凸洞。
迅猛激烈狂风吼,穿越大海逞威风。
暴风冒犯佛洛王,切断镇压毁训令。[8]
唯恐世界不毁灭,羁押风暴高山峰。

不因此举暴怒减,躲在洞内心不甘。
利用风雷寻出口,凹凸洞口封闭严。
坚硬地面始晃动,地震来临地壳颤。
人畜房屋倒一片,山摇地动地塌陷。

白天渐长雨水减,相对欧洲正相反。　　60
春分太阳稍倾斜,摩羯星座近可观。
多艘舰船争流走,驶向南方意象鲜。
借助北风推船帆,科金博港临海湾。[9]

盼望已久踩沙滩,步伐坚实离舰船。
千难万险茫茫海,长途跋涉抛后面。
驱马奔向塞莱纳,距离海港两哩远。
马匹精壮辔饰美,信马由缰坐骑颠。

- 第十五歌 -

全体将兵住客栈,接待亲切心温暖。
心满意足获救助,漂洋过海路艰险。
甜食点心好供应,船上贮备几耗完。
武器缺乏应补充,长途航行需增添。

人马安顿四处看,土地贫瘠无人烟。
千辛万苦路难行,饥饿劳累身疲倦。
命运时刻临考验,总算距城路不远。
月余航行人放纵,马匹习性随改变。

上岸之后不等船,一路坎坷待修缮。
靠右直走附近海,吸取教训选航线。
经过利瓜基洛达,继续赶路再向前。
航船暂停马波乔,彭科古迹未及看。

双子座边太阳现,带给人类新时间。
夏至冬至光刺眼,北部地区另有天。
中午时刻多阴影,地球南部地遥远。
微风徐徐享自由,南方反常风弥坚。

- 第一卷 -

我方将兵无畏兵,面对肆无忌惮风。
横行霸道刮不停,恣意妄为性专横。
旧船时而往后退,表面高兴心惊恐。
拉起铁锚即启航,帆朝西北继续行。

大海慷慨天气清,长风清新利航行。
万里无云晴朗天,预测连续几天晴。
六天航行天宁静,好运从来不稳定。
乌云密布风向变,倒海翻江天欲倾。

朔风呼啸逞威风,强劲风速尽乘兴。
突然大海风浪静,眼前万仞高山岭。
西班牙人无名火,归因海水波涛汹。
较量继续在陆地,战争远远未告终。

上船之后才弄清,原是武装旗舰艇。
面对狂风暴雨天,无人指挥迤逦行。
是谁干出丢脸事,如此自信说不清。
众人心里怀惧怕,本人不想隐真情。

- 第十五歌 -

气势磅礴袭船风,雷霆万钧大地动。　　70
扯下船上最高帆,桅杆几乎弯成弓。
此时天色灰蒙蒙,船长说话用高声:
"船舷碎片快滚蛋!混蛋大风压头顶!"

咆哮大海强劲风,喊叫祈祷吵闹声。
此时夜幕正降临,彤云密布天黑洞。
电闪雷鸣满苍穹,船长催促喊不停。
悲哀和声悦耳畔,世界原貌再显形。

收帆收帆喊叫声,声嘶力竭有人应:
"升起前桅收大帆!"船板碎片满天星。
跳水游泳寻绳索,狼狈不堪自逃命。
狂风怒吼不停止,不见索具能救生。

大海咆哮天光明,暴躁狂风吼叫声。
一根水柱刺破天,水声呼啸云霄中。
一侧冲出大帆船,淹没良久水中行。
众人吞下恐惧果,波涛汹涌夺人命。

上帝安排命运程,应像鲸鱼海上行。
用其狂暴宽嘴巴,乘风破浪万里程。
宽阔平坦鲸鱼背,广袤水域自由泳。
大海推船出海面,甲板海水淌不停。

狂怒朔风风力猛,惊天骇浪浪涛涌。
坚结桅杆咖啡色,中帆倒弯船头倾。
众人声嘶力竭嚎,收起船帆信心增。
桅杆下垂似弯弓,索箍滑轮均失灵。

风神慈悲怜悯情,怜悯我军软弱兵。
南风风力趋减缓,似乎可以捧手中。
走出船舱细察看,发觉西面吹来风。
舱口大开锁链断,大海咆哮听吼声。

暴风猛烈吹不停,吹散天上厚云层。
投入波涛汹涌海,黑夜笼罩黑旋风。
烟波浩渺才减缓,北风呼啸怒吼声。
劈波斩浪续航程,大海发怒骤发疯。

- 第十五歌 -

疾风骤雨来势猛,冰雹凑曲表欢迎。
击打船舷一侧面,高耸中帆坠海中。
罕见风急逐浪高,收帆未成天不等。
船长面对海岸风,希望落空天无情。

航船海风相映成,船骸暴露龙骨型。
雨水落在高山上,海水下面黑洞洞。
急风暴雨齐来袭,发怒海浪破门楹。
冲破舱口船桅杆,高处桅檣断索绳。

人群之中听吼声,弥天大祸压头顶。　　80
眼睛盯住好船长,指挥失灵心悲痛。
搁浅停航有人喊,所有船桨划水停!
地窖寻找厚木板,救命解急用逃生。

恐惧倍增人沸腾,跳海靠岸喊不停。
收帆收帆有人叫,别收一帮糊涂虫!
"找工具,斧头斧头,桅杆破船要人命!"
惊慌失措心烦乱,人群迷茫避险境。

- 第一卷 -

粗纺缆绳摩擦声,舒缓暂停索命风。
巨浪吼叫暴如雷,巨石面上浪花生。
幽暗迷雾正侵袭,乌云密布满天空。
拍打粗糙巨石群,白色浪花卷空中。

一路航行一路风,蜿蜒海岸岩礁重。
退潮景致实可观,海水泥沙混沸腾。
绞索吹断舱进水,帆布松懈帆桁横。
破灭希望成碎片,如磐风雨不留情。 83

- 第十五歌 -

注释

1. 此处原文共列举了四位诗人：但丁（Dante Alighieri, 1265—1321），意大利诗人，代表作《神曲》；卢多维科·阿里奥斯多（Ludovico Ariosto, 1474—1535），意大利诗人，代表作《疯狂的罗兰》；弗朗西斯科·彼特拉克（Francesco Petrarca, 1304—1374），意大利诗人，代表作《非洲》；马可·阿纽·卢卡诺（Marco Aneu Lucano, 39—65），罗马诗人，代表作《法萨利亚》（Farsalia）。因篇幅所限，此处只译出两位诗人的名字。
2. 伦巴尔多人，此处指意大利人。伦巴尔多人原为北欧人，属日耳曼人种，居住在多瑙河流域。公元568年曾经征服意大利并在那里建立伦巴尔多王国，公元774年被法国征服。本诗中，诗人把来自意大利热那亚的安德雷阿称作伦巴尔多人，有时也称为意大利人。
3. 此处是作者第二次引用安泰与赫拉克勒斯的故事。为行文方便，将安泰俄斯简称为"安泰"，将"赫拉克勒斯"简称为"赫拉"。
4. 此处原文说一个大桶可盛水20阿罗巴。阿罗巴为重量单位，1阿罗巴等于11.5公斤或25磅。据此换算得出，一个大桶大约能盛水230公斤。
5. 这里原文列举了三个人物，其中加夫列尔（加夫列尔·德·比亚格兰）是西班牙士兵，辛格二人（辛格和皮约尔克）是阿拉乌戈士兵。
6. 苏拉（Lucius Cornelius Sulla Felix，公元前138—前78），罗马帝国最高执行官和独裁者。在其独裁统治期间曾进行大规模的清洗运动。
7. 阿里卡（Arica），智利太平洋沿岸最北部的港口城市，位于阿塔卡马沙漠北缘，距秘鲁边境仅20公里，气候温和干燥，几乎终年无雨。
8. 佛洛（Eolo），即希腊神话中的风神埃俄罗斯。这位风神有多个儿子，曾把一个儿子喂狗。其残忍可见一斑。
9. 科金博（Coquimbo），智利中北部城市，始建于1850年。背山临海，是个优良的避风港。

阿拉乌戈人

下册

La Araucana

〔西〕阿隆索·德·埃尔西亚·伊·苏尼卡 著

段继承 译

商务印书馆
The Commercial Press

阿隆索·德·埃尔西亚·伊·苏尼卡
Alonso de Ercilla y Zúñiga
(1533-1594)

第二卷

勇敢青年走在前,藐视大地藐视天。
身体四肢巨人胎,挥动长矛舞翩跹。
风流倜傥动作美,粗长扎枪开花团。
东遮西掩挥左右,刺向敌人胸膛间。

献 辞

——敬献给神圣的天主教国王陛下

臣不揣冒昧，以臣之第二卷拙作呈禀国王陛下并以供吾侪今日所处世界所断审。凡此一切皆为吾之行为免出偏差，臣下呈现在陛下面前只是一份不足挂齿之拙作。臣唯恳求陛下能对此部诗作给以过目。所呈作品未得到陛下之赏识和接受吾之意愿不会满足之。如此诗得到陛下之恩庇与护佑，此当为外部之责难可施加一些……祈愿神圣天主教国王及其臣民安康。

亲吻陛下双手

    臣阿隆索·德·埃尔西亚·伊·苏尼卡
    1578 年 6 月 15 日，马德里

序 言

——致敬读者

我已经承诺继续讲完这个故事。但是继续写下去并非轻而易举之事。此时此刻，我的心情仍然十分沉重。虽然续写第二卷并未显出我多么吃力的样子。还会有读过那本已经出版的书的读者认为把我拥有的粗糙和少有变化的素材经过加工至少应该可以写出两本书。其实，从始至终我所叙述的故事都不是一件事。我会规约我自己，我必须本着故事的严格真实性继续写下去。我必须沿着这条如此崎岖荒芜的路走下去。但我认为应该不存在非要不厌其烦坚持走自己的路不可。我为此一直担心，我千百次地想把不同的故事混在一起来写。但最后还是不想改变我坚持创作的初衷和风格。

我尽量减少疏谬。当然，坦白地说，本来书里确实还有不少错误。我还是把我们国王的伟大功绩即他亲自指挥和进入法国圣金廷的战役写了进去。这是我赋予本书的最高原则。几乎就在同一天，智利的阿拉乌戈人正在进攻康塞普西翁城堡。也几乎是在同时，堂胡安·德·奥地利[1]在勒班陀战役中取得重大胜利。实事求是地说，把这两件伟大的事件和那种看来不足挂齿的事件混为一谈，当时我确实有点胆战心惊。

但是，阿拉乌戈人的抗争精神确实更值得大书而特书。他们经历了30年艰苦卓绝的斗争，从未放下他们手中的武器。他们并不求一味地固守大城市和留恋自己的财产，他们甚至烧毁了自己的家园和财产，目的是不能留给敌人享用。他们只是用鲜血保卫他们那一片干旱贫瘠的土地（我们的西班牙士兵也用鲜血滋润了那片土地），保卫那些未开垦的布满石块的土地。他们永远保持自己的决心和毅力，他们给作家留下丰富多彩的写作素材。这些素材始终具有坚实的目的性和完整性，可以为作家提供长期写作的可能。我留下了很多类似的素材，甚至愿意给那些要从事写作的人提供很重要的写作素材，我的素材是为了提供给那些能够用得上的人，如果有人愿意接受，我乐意奉献给所有人。

阿隆索·德·埃尔西亚·伊·苏尼卡

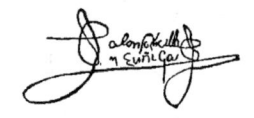

---

[1] 胡安·德·奥地利（Juan de Austria, 1547—1578），查理五世的私生子。1571年在勒班陀战役中任盟军战舰总指挥。

第十六歌

　　风暴过去。西班牙人进入康塞普西翁港和塔卡瓜诺岛。印第安人在翁戈尔茂山谷召开全体酋长会议。<u>贝特戈楞</u>和<u>图卡贝尔</u>之间出现分歧。最后达成一致意见。

　　本人疾呼世人听，击碎惶恐遗憾情。　　01
　　效果力量成一体，天旋地转止其动。
　　呼天号地吾挣扎，荣誉伴随号角声。
　　全球黩武滥用兵，武装暴怒酿战争。

　　神圣天主赐恩宠，恩宠助我灵感生。
　　危机四伏不曾见，圣主福祚救我命。
　　美好愿景在何处，陛下施恩听歌声。
　　请听澎湃大海洋，舒缓疯狂波涛涌。

　　陛下回首看舰艇，挽救舰艇躲暴风。
　　如此说法更得当，陛下意志能掌控。
　　茫茫大海性狂妄，违抗天条岂可容。
　　飞沙走石掀地面，惊涛骇浪接天空。

- 第二卷 -

我乘破船继续行，理想港湾抛锚停。
尽管天意欲制止，大海执意招狂风。
阻挡航船前行路，延迟抵达变航程。
老生常谈争不休，出豕败御何谈胜。

四大因素阻航程，船体陈旧何抗争。　　05
超出临界承受力，上下颠簸迤逦行。
左摇右晃难驾驭，忽南忽北忽西东。
争论不休尽全力，面对骚乱均惶恐。

顶风破浪续航行，破烂航船勇抗衡。
海水险些淹一侧，波澜澎湃浪涛汹。
屈服狂风屈服海，无力搏斗船失控。
竖直巨石高耸立，只听惊涛拍岸声。

面对死亡听哀鸣，凄惨喊叫渐失声。
酷烈西风又刮起，远离巨石远离风。
船长海员众人群，乱成一团似发疯。
"快滚蛋拉起船帆！"有人解索解缆绳。

- 第十六歌 -

两者争吵互冒犯,心烦意乱相阻拦。
有人大喊忏悔诚,祈求上帝求赦免。
告别远方生身母,有人许愿有还愿。
喋喋不休恐惧事,期期祈求绝望喊。

严酷上天严酷面,万劫不复地塌陷。
风雨骤起起海上,高傲巨浪浪滔天。
上帝万能权无限,何必淹没一小船。
怨风怨天怨大海,肆意妄为至极端。

莫提大海肆虐风,阿米克拉霹雳崩。[1]　　10
木质疏松武装船,顶风破浪能支撑。
尤利西斯军舰艇,特洛伊城未逃生。[2]
声势浩荡风怒吼,未能激起海翻腾。

增强信心神镇定,栗栗危惧可致命。
死神形象堪可怕,谈虎色变人惊恐。
众人屈服从命运,补救无望面悲痛。
天意渐远难违背,上蹿下跳无所终。

大海发怒孰能胜,旋风骤雨狂吼声。
绞索粗绳多折断,船体偏斜舟帆横。
瞬间灾祸从天降,前樯帆角去无踪。
一条缆绳已衰朽,锁定船锚齿轮松。

木桩底部未拴牢,连根拔起顺地倒。
狂风来回晃动船,损坏殆尽一团糟。
上帝不忘诸臣民,时而恩惠延迟到。
第一斜桅得固定,弯曲齿轮固铁锚。

此时船帆已拴牢,控制帆船走直道。
无视海浪强劲风,抢风掌舵快起锚。
心情好转面带笑,恢复信心恐惧抛。
悲喜交加滂沱泪,艰难时日受煎熬。

喜从天降人高兴,恐惧疑虑无踪影。　15
处境困难无救助,险情消除心镇定。
同病相怜悔罪人,泪流满面祈天诚。
虔诚祷告献祭品,感谢上帝赐恩宠。

- 第十六歌 -

大海咆哮吼叫声,大风呼啸做回应。
撞击船体声声响,百倍努力均无功。
全凭膪力命运好,拖泥带水迤逦行。
高高白色巨浪翻,惊涛骇浪接天穹。

愁云惨雾聚天空,雾散云消因狂风。
东方出现马蹄云,塔卡南岛始现形。
阿拉乌戈理想地,三灾八难厄运终。
彭科石标已显露,顺利抵港忘忧情。

小岛安全海港静,阻挡北来狂怒风。
波涛浩荡澎湃涌,岛屿一侧浪翻腾。
长长海湾似马尾,蓝蓝海水如天镜。
船舶休息好停靠,暖衣热屋人轻松。

破坏严重船失控,山岭脚下暂靠停。
结实铁爪抓牢地,绳索铁锚再固定。
刚刚收起高船帆,声声战鼓听刀兵。
阵阵声响耳欲聋,神伤意乱弦紧绷。

岛上驻有一兵营，身强力壮好战兵。　　20
士兵见到船一只，好运来临财源生。
战争战争高声喊，抄起武器似发疯。
警报响起集结快，慌乱结队海边冲。

崎岖陡坡在半山，队伍气势实可观。
有备而来我将兵，精神抖擞对危险。
敏捷快速抄兵器，久经考验浑身胆。
折磨考验无所畏，何惧危难与大战。

喘息休整志更坚，急忙跑向小战船。
远离陆地远海滩，小船似乎已搁浅。
帆船四周水域宽，两只木筏靠两边。
跳上小船人拥挤，船小人多挤不堪。

去伪存真非杜撰，沙里淘金历史篇。
时写某种怪异事，征兆占卜属奇谈。
时写天象剧烈变，孤陋寡闻也难免。
时有涉猎谈世界，不拘一格协奏弹。

- 第十六歌 -

夕阳西下风平静,西班牙人陆地行。
天空划过一闪电,又见雾幔火焰腾。
犹如蜥蜴地上爬,一颗彗星闪天空。
大海咆哮地颤动,听见地球呻吟声。

凝冻恐惧如刀锋,惊恐无力胆怯生。　　25
阴险计划将破灭,未来邪恶与日增。
计谋运用老一套,可悲奇迹不可能。
预示会有重伤亡,持久压力威胁命。

心惊胆颤岂敢等,放下武器人屈从。
军队士兵鸟兽散,各自逃生各保命。
原有巢穴无护佑,老弱妇孺冷饭羹。
顺沿秘密曲折路,乘坐木筏共逃生。

西班牙人跑西东,住房无人茅棚空。
四处一片空荡荡,残羹剩饭招苍蝇。
逃命人群互提醒,歇脚休憩小路径。
路过山洞杂草丛,寻找当地老百姓。

– 第二卷 –

可怜数名老百姓，东躲西藏逃不成。
土著村落被突袭，村民未显多惊恐。
亲切友好诚相待，凉鞋扎带衣物送。[3]
心平气和说好话，护送回家人安生。

让其理解我初衷，何种任务必完成。
反叛人们受洗礼，传播宗教救赎命。
昔日非法持武器，辜恩背义心不忠。
原来蔑视圣礼事，如今守法表心诚。

并非心想事能成，基督律令难推行。　　30
务必放弃旧信念，<u>查理五世</u>必服从。
诸多事物可改变，投其所好获成功。
慨然允诺排疑虑，政通人和路畅通。

运用手段应合情，软硬兼施并执行。
首务扳倒势力派，群众乖乖愿服从。
百姓同时变聪明，宫殿帐篷能分清。
历来枪打出头鸟，谁烤湿麦谁头疼。

- 第十六歌 -

夜幕漆黑悚惧恐,覆盖海陆自天空。
黑色布幔裹世界,夜色苍茫昏晦暝。
本人几无藏身地,大风无意倒帐篷。
似乎要有新动作,小岛根基有晃动。

晴天蹒跚慢腾腾,万里无云天地静。
天晴气朗露笑容,地面潮湿热气蒸。
集体行动劳作忙,此时天无三日晴。
齐心协力付辛苦,抵御酷冷过严冬。

有人正拆烂屋顶,久无人居茅草棚。
运来板材长芦苇,搭建新屋繁忙景。
立起树桩好原木,固定木柱挖深坑。
成排茅屋搭盖好,数日之内村成型。

又闻禽鸟鸣叫声,此时此景见文明。
地处偏远人稀少,鸣鸟搭窝也费功。
杂草羽毛小树枝,来来往往叮不停。
人烟稀少不毛地,人鸟各自有宿营。

- 第二卷 -

全体将兵宿营棚,地面潮湿满泥泞。
手工劳作人忙碌,防御凶恶苦严冬。
准备所需各兵器,忽听惊人轰鸣声。
粗壮大管炮声响,海洋陆地齐震动。

渺无人烟蛮荒景,闻所未闻大炮声。
狮子老虎灰羊驼,东奔西跑因受惊。
海豚海螺花蝾螈,深藏洞穴听动静。
激流水源被阻塞,浑浊流水不畅通。

阿拉乌戈炮声隆,人心诧异心惊恐。
引颈受戮不屈服,脖颈耿直挺前胸。
西班牙人远道来,战鼓号角响不停。
河岸沿海道路旁,旌旗蔽日战云浓。

<u>翁戈尔茂</u>众精英,十六酋长聚义厅。
选出杰出领兵人,区域左右扬其名。
各方神圣聚会商,如何交战谋在胸。
时间地点均决定,酋长一致达赞同。

- 第十六歌 -

连科应召入军营,彪悍英勇勇出名。　　**40**
先前曾经头昏厥,混进马塔死人坑。⁴
等待后来神志醒,侥幸逃脱保性命。
流血过多人命硬,面对死神拼命争。

考波利坎坐当中,倾耳注目看群众。
情绪稳定默不语,心里有话不出声。
上身偏斜面镇静,声调严肃心沉重。
打破沉寂表意见,赫然而怒动真情:

"匹夫有责应尽忠,诸位表现分外清。
机不可失莫错过,流芳百世永留名。
时至运来好景到,东方部族降光明。
千军万马出师战,战斗将在一日赢。

敌人付出血与命,诸位宝剑将永生。
古老律令遭破坏,修复完美再执行。
古老王国传后代,不可侵犯至神圣。
世人平等依法规,千门万户享福星。

痴心妄想似发疯,厚颜无耻征服兵。
侵犯土地筑堡垒,排兵布阵旌旗升。
横行霸道骄无理,杀一儆百树典型。
悬悬而望如扑影,尚欠打击欠戒警。

一锤定音做决定,我想诸位都赞成。
突然袭击敌兵营,兵贵神速且可行。
不会有人提异议,竭尽全力去拼命。
愤怒兵器握在手,正义力量胜专横。"

结束讲话等反应,贝特戈楞人冷静。
久经沙场一老兵,老调重弹分量重。
"诸位将领我保证,抛洒鲜血我头名。
田夫野老身僵硬,血气方勇胸沸腾。

闻听消息心不宁,犹豫再三我发声。
敌人即将来侵犯,兵多将广气势汹。
战胜敌人非易事,大敌当前靠抗争。
麻痹大意付代价,灾难危险定发生。

- 第十六歌 -

对方占有好地形,天然屏障守能攻。
龟缩大海巨石间,排兵布阵任纵横。
随机应变灵活动,近听交头接耳声。
听其言后观其行,切莫当成耳旁风。

对方尚无大动静,我应集结优势兵。
快速备战排兵阵,严阵以待等进攻。
举棋不定走中路,预防不测事发生。
拦截封堵开阔地,手到擒来可取胜……"

说话到此未补充,图卡贝尔怒气冲: 50
"站立说话不腰疼,光说不做事无成。
知难而退缩手脚,国家危机灾难重。
单刀杀入进敌营,一鼓作气我全能。

为何泄气说不行,兵强马壮已验证。
双手投掷长矛枪,臂膀利剑善操弄。
不乏有人心动摇,好汉莫谈当年勇。
屈身辱志走下坡,岂能容忍毁誉名?

但要本人臂膀硬，有权发言议会厅。
贝特戈楞随意讲，武器有权定输赢。
谁要企图另辟径，穿我肋骨我放行。
多说无用看狼牙，铁棒说话谁都懂。

讲话倘若获认定，豪气胆量是彪炳。
无情战场见分晓，本人表现可证明。
众目昭彰眼光亮，谨小慎微恐惧生。
不应以命去冒险，空谈误事路不通。"

贝特戈楞做回应："所说道理行不通。
老迈年高仍能战，惩罚狂傲惩发疯。
皮革武装锁子甲，长矛利剑随你用。
机不可失时不来，壮臂总比道理硬。"

谁能描绘冷淡脸，图卡贝尔顶破天！　　55
火眼金睛冒烈焰，不肯屈尊看地面。
"毕竟思想境界高，会逢其适我之愿。
以我荣誉你年龄，奉陪到底做陪伴。"

- 第十六歌 -

老人作答:"莫纠缠！不靠外力单个练。
所有血管血流干，从未感到手臂软。
平白无故给你脸。"侄子连科旁插言:
"如果老人你愿意，我替我叔应挑战。"

"我很高兴你应战，你我交手在十点。"
奥罗贝约跳起身:"连科应和我挑战。"
连科回答脸凶险:"当然欣赏你勇敢。
威胁无用战场见，等你表兄命玩完。"

图卡贝尔:"我首先，首先惩罚你混蛋。
手下败将做俘虏，让你奥罗肢体残。
滚蛋滚蛋靠边站！本人不想再拖延。
武器时间属于我，倒看最后谁难堪。"

连科叔侄齐发言，武器在手理不偏。
站立不敢选中间，几位酋长几座山。
酋长求其快闭嘴，威胁挑衅放一边。
宣布听天由命运，最后结局应圆满。

考波利坎不耐烦，图卡贝尔爱占先。　　60
无论何时常有理，蛮横无理难纠缠。
劝其态度应和缓，时间机会均有限。
软硬兼施办法多，压住愤怒灭火焰。

二人态度渐和缓，当即结束口水战。
愣愣磕磕站一旁，战战兢兢面对面。
叔侄二人整军装，从此争论告一段。
科罗科罗心宽慰，约好会后单独谈。

"慷慨酋长我斗胆，言归正传要事谈。
丰富经验积多年，未来事情需谋算。
虽有力量潜能在，切勿操戈自相残。
暴虐屠刀占优势，利剑无情喉咙穿。

往昔教训作明鉴，有人跌跤我心寒。
命运不定左右摆，搅乱人心天塌陷。
一座大厦始倾斜，须臾倒塌向地面。
一部机器底座软，自身重量自压散。

- 第十六歌 -

真诚表达抒己见,已有许多征兆显。
整座大厦地基软,不无担心将塌陷。
道理运用在战争,平时缺乏苦训练。
自身终将遭毁坏,狂妄傲慢生邪念。

拉乌塔罗牺牲惨,旗倒三面失尊严。　　65
军队溃败人倒地,风吹日晒野兽餐。
意见分歧力分散,出现众多外军团。
武装内部出变故,祸起萧墙自相残。

麻痹大意士气减,自由消亡国遭难。
兵强马壮势力大,对面敌人占优先。
心病本无药可治,拒绝吃药更可怜。
野蛮热情实可憎,固执己见拒规劝。

为何追求凶暴残,热血力量渐缩减。
兄弟阋墙动刀枪,为何倒壮敌人胆?
为何如此盛怒狂,坚固团结成碎片。
正义武装正义事,何以颠倒是非断?

何等疯狂何种怨,自相残杀欲何干?
阿拉乌戈伟大国,辱国丧师何尊严?
为何正义被扼杀,声名狼藉无脸面?
诡异法律成统治,沉重桎梏何时断?

自己回身自己看,身体倾斜悬崖边。
悬崖勒马快止步,一切伤残均可免。
按兵不动敌难受,野蛮征服心不甘。
为何急躁不耐烦,不听警告不听劝?

精神不振身疲倦,知难而退自作践。　　70
敌人即在我眼前,为何自残动利剑?
束身就缚非我愿,坐以待毙心不甘。
挺起胸膛迎敌寇,岂能听命命归天。

我之努力成劳怨,乘时乘势我责谴。
你等曾经有贡献,整个世界称典范。
收起愤怒止内战,公共利益位当先。
愚蠢行为毁情谊,四肢百骸体魄健。

- 第十六歌 -

德高望重人称颂,理应信任受尊敬。
请看本人两鬓霜,做事为天也为公。
争论不休应停止,争取时间备战争。
直到敌人气焰灭,共同事业得保证。

盼望你等谨慎行,条条大路会畅通。
无须再多讲道理,理解道理力量增。
多余道理误大事,煮熟鸽子飞空中。
收敛抑制心所思,积极备战待进攻。

将兵分组四面攻,海湾位置处当中。
计划进展受阻拦,束手无策死胡同。
调兵遣将细筹划,敌人举止堪慎重。
打仗不是猜谜语,听其言也观其行。

路线正确即执行,敌人意图应探清。
一旦发现有破绽,竭尽全力消灭净。
一言为定莫更改,运送武器运辎重。
决定胜负靠武力,对方也会垂死争。

- 第二卷 -

真正男人听号召,决定胜负靠引导。
真正意图巧伪装,假以和平作旗号。
外表装出心脆弱,一败涂地如冰消。
土地埋藏富金矿,贪婪大鱼诱饵咬。

如果采取这一招,使其离开坚固岛。
假装无事稳对方,致其死地计谋妙。
遵从命运开新路,若无其事静悄悄。
一当踏上坚实地,大举歼灭莫轻饶。"

智慧老人出高招,反应不一唱反调。
胆小怕事心里说,老人主意危险小。
雷茂雷茂等五人,人更谨慎善思考。[5]
走近老人表亲热,少数服从多数好。

立刻派人入敌巢,密亚乌戈志气豪。
智勇双全嗅觉灵,经验丰富口才好。
善于伪装外表像,诚实较量争荣耀。
意图打算记在心,地点人数熟记牢。

- 第十六歌 -

谨记酋长谆谆教，掐算时间有诀窍。　　80
钻进长型独木舟，一刻不误即上道。
摇橹划桨快如飞，到我营地暗自笑。
未遇阻挠自由行，带队奇袭配合妙。

我方三舰港湾靠，凉风徐徐吹海岛。
武器人员生活品，战场补给必需要。
人头攒动声嘈杂，战车辚辚马萧萧。
<u>密亚乌戈</u>机敏巧，犹豫片刻停下脚。

动作隐蔽出预料，小心翼翼穿喧闹。
双眼警觉四处看，武器如山士气豪。
执行任务难度高，谈何容易事蹊跷。
海上陆地无缝隙，将兵物资刀剑炮。

<u>堂加西亚</u>到营篷，本人混在人群中。
施以简单举手礼，问候部下带笑容。
本欲说话声抬高，实在疲劳音不清。
未能使用原声调，无奈结束此歌声。　　83

- 第二卷 -

注 释

1 阿米克拉（Amiclas），一个胆小怕事而没有勇气的船夫。荷马、但丁和卢卡诺的著作中都曾提到过这位船夫的名字。阿米克拉也是一座希腊古城的名字。
2 尤利西斯（Ulises），又称奥德修斯（Odysseus）或俄底修斯，古希腊史诗《伊利亚特》和《奥德赛》中的重要人物。尤利西斯是伊卡的国王。希腊联军围攻特洛伊十年期间，尤利西斯英勇善战，足智多谋，屡建奇功。他献木马计，里应外合攻破特洛伊。在率领同伴从特洛伊回国途中，因刺瞎独目巨人波吕斐摩斯，得罪了海神波塞冬，从而屡遭波塞冬的阻挠，历尽各种艰辛、危难。他战胜魔女基尔克，克服海妖塞壬美妙歌声的诱惑，穿过海怪斯库拉和卡吕布狄斯的居住地，摆脱神女卡吕普索的七年挽留，最后于第十年侥幸一人回到故土伊塔卡，同儿子特勒马科斯一起，杀死纠缠他妻子珀涅罗珀、挥霍他的家财的求婚者，合家团圆。
3 此处作者埃尔西亚有意使用秘鲁土著语言克丘阿语中的两个词汇 jota 和 llauto，这两个词在西班牙语的对应词应该是 ojota（一种凉鞋）和 cinta de la frente（额头的绑带）。
4 马塔，马塔基多河的简称。
5 此处原文列举了五人名字，分别为：布楞、林戈亚、塔卡瓜诺、雷茂雷茂和艾力古拉。

第十七歌

女战神柏洛娜和作者埃尔西亚梦中相见

委派密亚乌戈执行侦察任务。西班牙人离开岛屿,在彭科山地修建堡垒。阿拉乌戈人来袭。讲述同时在法国发生的圣金廷战役。

兼听则明勿偏信,是敌是友须追问。　　01
谨言慎行善其事,有备无患顾自身。
洗耳恭听事明理,真真假假难辨认。
蛛丝马迹可判断,判断发现善恶心。

尔愚失慎头发昏,趁虚而入假亲近。
不厌其烦言如饴,掩盖欺骗包祸心。
是非曲直利益损,看清靶心目标准。
话中有话需斟酌,不忙推断做结论。

机关算尽计谋深,并非无缝可插针。
花言巧语怀鬼胎,听话之人须谨慎。
说话要听弦外音,沉默并非永是金。
世上确实多难事,难辨沉默或愚人。

头领掌控须全面,掌控要点是关键。
对方计谋与现状,意图理由与打算:
理智克制或惧怕,重大行动或拖延;
车殆马烦或警戒,犹豫不决或果断。

蛮人议会反复谈,了解敌人何谋算。　　05
<u>密亚乌戈</u>做侦察,风度偶傥善言谈。
善于扮演两面派,知情达理礼貌全。
耳听八方眼六路,故意吼叫大声喊:

- 第十七歌 -

"好运队长众将官,我为和平被派遣。
阿拉乌戈信任我,议会给我话语权。
并非胆小怕事端,不予谈判设条件。
面对无耻较量事,缺少补给渡难关。

贵方应该听言传,阿拉乌戈称典范。
维护外来新观念,掌控一切保安全。
贵方所来已知晓,传播基督为指南。
慎言慎行守纪律,来到此地教义宣。

阿拉乌戈求平安,诸位亲身有证验。
贵方声誉四处传,如雷贯耳众口赞。
我来贵方表诚意,诸位明眼可判断。
安常处顺爱和平,领地酋长心所愿。

贤明议会不虚传,贵军耳闻可了然。
智慧协议有根据,原则合法理完善。
接受和平表心愿,依法抗争不藏奸。
众多百姓身价轻,无辜人民讲勤俭。

- 第二卷 -

不辱诚信发誓言,贵军乐意表友善。　　10
我军欣然愿接纳,自由意志两期盼。
披坚执锐准备好,荣辱与共断硝烟。
我方百姓无他求,减少损害少熬煎。

<u>查理国王</u>已残喘,作为朋友仍敬羡。
拒绝奴役仍服从,我方意愿待细谈。
贵方执意用暴力,父债子还当美餐。
试看我方锋利剑,自己胸膛自刺穿。

平等相待和平谈,为你国王升旗幡。
卸甲休兵不再战,双手迎接两言欢。
看见和煦天一片,和平持久吉祥年。
过去一去不复返,天下太平无动乱。"

晓之以理示观点,动之以情口气暖。
笑里藏刀孕险恶,内中微妙难发现。
蛮人实力在削弱,我方兴奋心更贪。
正是倚强凌弱时,诱人财富在眼前。

- 第十七歌 -

堂加西亚听其言，热情接待心喜欢。
依言感谢做回答，和平使者做贡献。
代表国王表谢意，美好意愿礼貌全。
和容悦色无冒犯，劳苦功高应称赞。

即刻唤出两随员，心情愉悦赏物件。　　15
五颜六色衣裳多，上衣绸带小长衫。
长短服装铜奖章，奖赏统领下属员。
却之不恭觉惭愧，话语得当顾体面。

领受友好面和善，诚心感谢礼数全。
友好道别获允许，回到原来所乘船。
密亚乌戈想周全，夜幕降临返回还。
回抵领地受欢迎，优秀团队共联欢。

完成派遣细盘算，酋长任务各分摊。
准备分散众人群，各回领地保平安。
悄无声息巧隐蔽，所藏武器重见天。
全队将兵齐动员，审时度势备争战。

我方怀疑心不安，观察两月无事端。
无情风雨罪受尽，面对严酷冷冬天
时间难过受煎熬，想知对方何打算。
决定离开小海岛，转移营地回地面。

百卅花季青少年，选到战场受训练。
皆为勤劳勇敢男，身强力壮精挑选。
佩带武器携工具，秘密组建后备连。
本人有幸在其中，顺从命运寻机缘。

海湾附近一小山，拔地凸起大海边。　　20
根深蒂固建堡垒，宽深壕沟当护栏。
坚实矗立避伤害，小股部队驻里面。
一旦骑兵来到此，再选新地建营盘。

陆地驻扎得伸延，蛮人意图蕴危险。
秘密运动各兵器，假装友好两副脸。
一旦对方有动静，突然袭击形势变。
士气不振锐气减，短暂和平变心寒。

- 第十七歌 -

想象岂能替判断,阿拉乌戈性傲慢。
达成一致定路线,枕戈待旦随时战。
兵贵神速出预料,百卅青年值称赞。
上陆之后无援助,保佑全靠夜黑天。

此时此地天时短,处女星座拉长天。
季节变换又轮回,黑夜时间将缩短。
黎明之前露晨曦,天上仍有星光闪。
小山晒出平山顶,人头攒动冒炊烟。

手拿锄镐长木杆,深挖沟壕立标杆。
多人制作弯曲刀,斧头锯条钩刀镰。
砍断粗壮大树干,树立地上土墙连。
柴堆连接麦秆垛,筑起护墙似幕幔。

提罗劳工名城建,远非如此拼命干。[1]   25
热心殷勤多努力,忙忙碌碌四处转。
恺撒速度赶不及,迪拉契奥奇迹传。[2]
分进合击包围圈,劲敌小儿警觉晚。

- 第二卷 -

一座城池山上建,如同山峦戴王冠。
周围宽阔深沟壑,驻扎八个战斗班。
效忠国王称胜力,阿拉乌戈升旗幡。
某处领地被占据,跟随父亲避灾难。

奇特事情从未见,未见如此骁勇汉。
议论纷纷经常事,胆大胆小多褒贬。
傲气十足蛮领地,百三十兵两天占。
莫说不算奇迹事,万险千艰过难关。

我军收缩在全线,护卫堡垒顾安全。
地处高山怕火药,道路轻易被切断。
宽阔围墙似布幔,井然有序布兵员。
精诚团结力量大,命运护佑心泰然。

珐美鼓噪烟雾漫,阿拉乌戈街巷谈。
口口相告风过耳,基督军队在减员。
普通百姓心恐惧,谣言四起弥漫天。
真真假假常有事,是是非非千里传。

- 第十七歌 -

耳边听见喊叫声,不共戴天驱灾星。　　30
协议约定抛脑后,辎重武器聚将兵。
磨刀霍霍做准备,信誓旦旦全无用。
急不可耐心躁动,袭击我军血火攻。

塔卡瓜诺集结兵,两哩之外我驻营。
青年格拉科拉诺,勇敢善战多才能。
"考波利坎好主人!我之行动应肯定。
袭击敌人在明天,定把旗帜插山峰。

我向主人做保证,诸位赞成我行动。
只需这杆老长矛,深深插入敌膛胸。
首先捣毁军火库,八零七落散西东。
困难重重爬山路,障碍多多阻我行。"

众多蛮人侧耳听,天上星星亮晶晶。
带领得力小分队,正趁黑夜快出征。
宽阔悬崖隐蔽身,山脚之下步伐停。
悄悄等待规定时,此时正好天黎明。

长长黑夜心不静，安能休息一分钟。
时感危险时焦虑，续写诗歌续笔耕。
想入非非我失眠，辗转反侧多幻梦。
反复琢磨诗情节，见诸笔端绘情景。

万籁俱寂悄无声，将兵正在睡梦中。
原想继续往下写，某件事情骤然生。
时局变化思路断，突发事件让人懵。
试图振作眼不睁，翎毛落地一激灵。

本想埋怨不可能，瞬息万变头发蒙。
疼痛难忍似有病，放弃努力身放松。
可怕事情已过去，恢复原来人本性。
痛苦烦恼折磨去，似乎久病又重生。

呼吸吃力脸色青，释放渴望心清静。
塌陷两目趋恶化，似遭毁坏眼合拢。
四肢无力人放松，此时只盼做好梦。
身体恢复趋常态，最高贵处虫蠕动。

- 第十七歌 -

刚刚入睡做甜梦，散架身体稍轻松。
又听外面雷神响，似像大地在颤动。
高傲表情面暴怒，一位女人映眼中。
身体硕大人修长，<u>柏洛娜</u>神现身形。

从腰到头戎装形，从脚到腰长裙影。
鳞片锁甲闪亮光，手臂盾牌宽剑擎。
右手挥动长刃剑，英姿飒爽杀气腾。
巾帼英雄怒火燃，满脸怒气腮颊红。

"请别害怕小弟兄，踔厉风发自信增。　40
幸运降临在头上，福慧双修好运行。
夙夜不懈勿偷懒，满怀信心开阔胸。
自出机杼辟蹊径，自由天地任驰骋。

奋笔疾书我赞成，灵心慧性有才能。
武器残忍染血腥，切勿下笔神失控。
著书立说心忠诚，劳作辛苦我感动。
今天带你去一地，游目骋怀气恢宏。

肥沃土地百花盛，写诗素材颇丰盈。
历经几次大战役，战场激发人血性。
欲得贵妇与爱情，诗歌充满甜蜜痛。
目标远大心美丽，青春暮年享终生。"

紧跟其后心崇敬，看她走回原路程。
大步流星快步走，本人后面随其行。
左右穿梭熟悉路，两座大山狭路逢。
别无长物大片地，亦无雨林草木丛。

忽见田园美观景，巧夺天工相映成。
民熙物阜大地美，巧捷万端令人惊。
树木蔬菜混其间，百合玫瑰白中红。
柑橘海棠紫罗兰，茉莉牡丹长寿藤。

清澈泉水声淙淙，沁人心脾响咚咚。
暖暖微风轻掠过，绿草鲜花笑盈盈。
彩色鸟儿空中飞，繁茂枝头叫喳喳。
啾啾歌声声悦耳，嘤嘤甜美美乐声。

- 第十七歌 -

四处合鸣鸟声声，无数仙女玉婷婷。
部分仙女在嬉戏，部分仙女飘花丛。
部分仙女低吟唱，歌唱风雅甜蜜情。
手弹吉他七弦琴，酷似农林诸神灵。

此景天造地设成，游戏消遣乐无穷。
狩猎女神戴安娜，从东到西做陪同。
野猪牲畜横穿过，野兔蹦跳性骄纵。
几只山羊携羊羔，草丛花间跳蹦蹦。

挂彩小鹿匍匐行，穿过平地过丘陵。
有人驱赶野猪群，善跑猎狗紧跟踪。
有人追捕热恋鸟，有人轰赶高飞鹰。
捕捉水中白苍鹭，追杀獐鹿正发情。

一座山丘孤零零，鹤立鸡群山峦中。
形状酷似金字塔，只身独立呈圆形。
不知所措神不定，柏洛娜神情激动。
本人站立山顶上，心神不定惊呆蒙。

393

- 第二卷 -

短暂停留一瞬间,岂敢抬头向上看。　　50
前后左右看悬崖,脸色恐惧心胆寒。
和煦微风发慈悲,呼吸香味心里甜。
高耸入云山顶上,绿草香花戴皇冠。

高耸入云谁人攀,轻盈游隼飞高端。
此时似乎无惧怕,俯冲眼见白云天。
往下再看更开眼,宽阔大地球形圆。
无知蛮人少知识,不见洪荒天际边。

柏洛娜神在山端:"于你时间确短暂。
兑现承诺我无憾,再多逗留我不敢。
你看军队蠢蠢动,浓烈火药冒硝烟。
军事要塞坚固造,弗兰德斯法国间。[3]

查理五世三军强,多国敌人民族亡。
战无不胜杰出君,北极南极践踏光。
命运助其得胜利,相信野心达愿望。
放弃帝国授职权,幸运时机志高扬。

- 第十七歌 -

神圣虔诚与渴望,统治多国逞疯狂。
统治陆地焉满足,野心勃勃无人挡。
回首往事望上天,肩上重量难担当。
重担寄托子肩上,放弃王国不称王。[4]

王子看到有盼望,常胜将军退后堂。　55
梦寐以求求不得,好大喜功美名扬。
谨本详始谋计划,多国军队联合忙。
恒心打垮法军团,妄自尊大言语狂。

圣金廷城在前方,彻底摧毁已无望。[5]
要塞广场攻不下,腓力国王近疯狂。
海军上将在军中,指挥若定军纪强。[6]
军中人物久闻名,攻击防守称悍将。

排兵布阵分三方,三国方阵将兵强。
卡塞雷斯右翼军,腓力旗幡高飘扬。[7]
梅加伯爵胡利安,纳瓦雷特左翼将。[8]
三国配合迎敌人,西比德国军猖狂。

395

- 第二卷 -

亲临战场观景况,刀光剑影人嚣张。
腓力将兵挥利剑,免用云梯爬城墙。
暴戾袭击景惨烈,法军堡垒遭重创。
回天乏术大局定,无力抵抗丢广场。

现在离开古战场,各国军队走一趟。
激情四射血沸腾,了解每颗热心房。
你可从此仔细看,不同民族奇异装。
个人命运皆不同,各得其所各担当。"

身旁女神怒气冲,两人慌忙离山峰。　60
下山滑坡不择路,犹如法军圣金廷。
拨火助燃火正旺,再和战神聚合拢。
走在多国军队间,义愤填入肝肠中。

残忍军队暴怒冲,听到信号再冲锋。
冲向倒塌护卫墙,接二连三爆炸声。
谁之语汇如此丰,能把经历描述清。
尽管素材量不足,继续唱歌尽所能。　61

- 第十七歌 -

注 释

1 提罗人（los tirios），古代腓尼基人。本诗前四句引用了维吉尔《埃涅阿斯纪》里关于迦太基女王黛朵建立城堡的诗句。

2 迪拉契奥（Dirrachio），公元前 627 年建筑的一座城市，后来成为兵家必争之地。公元前 48 年 1 月 4 日罗马帝国的恺撒和庞培发生一场大战。恺撒带领 15,000 名骑兵和庞培率领的 45,000 骑兵展开一场激战。恺撒在城市周围迅速建立一系列城堡，庞培久攻不下，最终恺撒战胜庞培。迪拉契奥因此出名。庞培的妻子胡莉娅是恺撒的女儿，故其最后一句说"劲敌女婿警觉晚"。

3 弗兰德斯（Flandes），西欧的历史地名，泛指位于西欧低地西南部、北海沿岸的古代尼德兰南部地区，包括今比利时的东弗兰德省和西弗兰德省、法国的加来海峡省和诺尔省、荷兰的泽兰省。

4 此处指 1556 年查理五世将西班牙王位让位给腓力二世。

5 圣金廷，即指圣金廷战役。1556 年 1 月腓力二世接替查理五世统治西班牙，几个月后，新国王不得不面对一个新的战争场景：在意大利君主制领土上与教皇保罗四世对抗。教皇得到了法国国王亨利二世的支持，后者在与教皇的联盟中看到了恢复与西班牙战争的可能性。因此，高卢国王在入侵那不勒斯王国的吉萨公爵的指挥下向意大利派遣了一支强大的军队。于是，法国和西班牙于 1557 年 8 月 10 日在圣金廷发生冲突。腓力二世任命年仅 29 岁的表弟兼好友萨沃伊公国大公曼努埃尔·弗里贝托（Manuel Filiberto, 15281—580）为作战总司令。西班牙部队由 12,000 名骑兵和 30,000 名步兵组成。法国总指挥是安妮·德·蒙莫朗西（Ana de Montmorency, 1493—1567），军队只有 60,000 名士兵。此次战役以西班牙大胜法国告终。法国军队伤亡约 25,000 人，西班牙方面伤亡不足 1000 人。作者埃尔西亚此时提起圣金廷战役，除了要讨好国王腓力二世，还是因为正好在这个日子里，他在智利要塞康塞普西翁，遭到阿拉乌戈人袭击。

6 海军上将，此处指法国贵族、海军上将加斯帕德·科利尼（Gaspar de Coligny,

1519—1572)。在法国宗教战争中,他是一位纪律严明的胡格诺派领袖,也是法国国王查理九世的亲密朋友和顾问。

7　阿隆索·德·卡塞雷斯·伊雷特斯(Alonso de Cáceres y Retes,生卒不详),西班牙著名军事家。在圣金廷战役中是西班牙军队的右翼统帅。

8　胡利安,此处指胡利安·罗梅罗(Julián Romero de Ibarrola, 1518—1577),西班牙军事家。曾多次参加西班牙的对外战争。在圣金廷的战役中他任中路军总指挥。1558年回国时腓力二世授予他圣地亚哥勋章。纳瓦雷特,即阿隆索·德·纳瓦雷特(Alonso de Navarrete, 1500—?),圣金廷战役中的著名西班牙军人。

第十八歌

国王腓力二世下令进攻法国圣金廷并获胜。阿拉乌戈人进攻西班牙人的堡垒。

一意孤行我斗胆，无视陛下君尊严。　　01
率尔成章不知趣，心高气傲格调浅。
托物比兴天地宽，笔走龙蛇热血燃。
即使素材如此多，可行缩略或推翻。

不揣冒昧人冥顽，谬误连篇任评判。
自以为是亲眼见，平淡无奇应改变。
当差行走我情愿，将功补过达至善。
以勤补拙赖推敲，否则闭嘴莫发言。

陛下恩赐臣斗胆，贸然自负人厚颜。
此事确实臣祈求，杜绝愚陋志高远。
倘若陛下赐恩典，无人敢搭顺风船。
以臣嘶哑胆怯声，斗胆叙述大事变。

- 第二卷 -

确信陛下赐海涵,所述确是理性言。
祈望陛下屈尊听,宠爱有加得夸赞。
惨烈战场已展开,还是回到前一篇。
三面进攻势恢宏,排炮发威声震天。

飞速快跑分两边,进攻防守两重天。
全面撕烂肆践踏,挺胸举剑在征战。
抵达倒塌城墙下,四面八方刀枪剑。
双方士兵面对面,军心武力互试探。

法军作战堪勇敢,御敌武器多而全。
勇猛抵抗来犯敌,敌人凶恶血腥残。
西班牙人虽猛烈,遭遇抵抗路截断。
心惊胆颤拼命战,成功突围最难关。

眼看进入攻坚战,对抗残酷困惑难。
打击伤亡怪异死,敌人顽抗堪典范。
头颅脖颈被劈开,血肉横飞成碎片。
胸甲头盔成饰物,因遇钢铁锋利剑。

- 第十八歌 -

偌大广场被攻占,四面八方奋勇战。
叮当声声铁匠铺,锻造马具盔甲剑。
胆颤心惊重炮群,炸弹手雷投掷远。
炸药沥青树脂铅,松油硫磺处处燃。

枪林弹雨战犹酣,箭矢如蝗飞满天。
石块木板头上飞,城墙屋顶争夺战。
猖獗怒吼喊不停,激烈杀伤互摧残。
双方兵士相扭打,血火暴怒燃一片。

有人无畏防御战,将兵自信左右斩。　　10
有人胆颤保活命,盼望战友来救援。
有人善战不怕死,以死报仇无悔怨。
出生入死捐躯体,敌人进攻遇阻拦。

不屈不挠疯狂战,犹如洪水自高山。
洪水如遇有阻拦,汹涌水流积水潭。
犹如疾风如暴雨,咆哮开路寻生还。
粉碎打破抵抗兵,暴跳如雷灭敌顽。

401

- 第二卷 -

法国军队似鼠窜，抵抗无果兵溃散。
天意助力腓力王，法军兵败倒如山。[1]
无能为力挽狂澜，怒气全消军情变。
卡塞雷斯冲向前，杀向残暴敌军团。

海军上将未就范，继续抵抗拼命战。
狼奔豕突无计施，无法面对怒吼脸。
伙同下属成俘虏，败给得胜猛兽团。
顺从天意认失败，从此终生留遗憾。

纳瓦雷特骁勇战，进攻猛烈从左面。[2]
法国军兵非对手，西国纯粹铁血连。
不顾战神怒吼声，法军奋力挽狂澜。
杀戮撕碎人野蛮，垂死挣扎占地盘。

安达劳特防御战，不幸被俘中子弹。[3]   15
袭击来自第三方，堂罗梅罗胡利安。
应给天意让开路，运气好坏有悬念。
援手伸向腓力王，完胜法国平生愿。

- 第十八歌 -

不寒而栗心胆颤,瘦弱之人无笑脸。
埋怨空气埋怨天,唉声叹气高声喊。
武器抛扔土地上,死败涂地生机选。
弃甲曳兵鸟兽散,放弃广场保命还。

惶惶不安兵四散,胜者心情别一番。
双臂高举刀剑悬,胜利避免血水染。
惨烈战役已停止,血腥怒气转贪婪。
大地网兜装欲望,参战军人恶习惯。

有人敲打铁门栓,敲破牢固铁锁环。
有人撞击用铁镐,撞烂门窗进房间。
到处砸砍卸门框,破坏殆尽狼藉乱。
犄角旮旯搜索遍,上蹿下跳四处翻。

愤怒火焰处处燃,几处街区乱不堪。
东奔西跑寻出路,大呼小叫喧嚣喊。
进进出出掠夺忙,来来往往无阻拦。
拖拉背袋身负重,家具燃烧冒火焰。

得胜之军怒气豪,身体灵活忙手脚。　　20
贪婪垂涎四处溅,开门破窗挖坑刨。
巧取豪夺动作快,地毯衣物皮箱包。
财物轻重非重要,大小不论钱多少。

不见吵闹无求饶,遥远上天全知晓。
欲壑难填无控制,孤女寡母被骚扰。
女人几无抵抗力,扑向无辜破贞操。
哪里抵抗最强烈,哪里准能获利高。

姑娘少女满街跑,寻求好运未歇脚。
风华正茂美面庞,运拙时乖命糟糕。
可怜修女破常规,冲出幽居违律条。
惊慌失措面呆滞,东躲西藏望风逃。

<u>腓力</u>信教堪虔诚,统治多国世闻名。
规规矩矩守妇道,家家户户祈祷声。
朋友约定不见面,招灾揽祸心不宁。
身背劫获所得物,各得其所圆梦成。

- 第十八歌 -

走投无路众女性，心惊胆颤躲西东。
撤退妇女安全地，国王颁布有命令。
惨烈战争护女人，确保女人不受惊。
即使家中被洗劫，保护贞操保名声。

残暴士兵人发疯，身为教徒听命令。　　25
训练有素懂节制，举措得当知轻重。
鱼龙混杂秩序乱，互不相让摩擦生。
城市摧毁满疮痍，熊熊火苗腾天空。

火势越来越凶猛，密集火苗爆金星。
北风助力火苗冲，大火疯狂烧天空。
可怜人群算万幸，不死哀嚎呻吟声。
泪流满面抬望眼，人在昏迷挣扎中。

到处一片哀嚎声，徒然无用响天空。
可怜恐惧法国人，拼命挣扎仍前冲。
心怀羞愧用武力，如此丧命目不瞑。
力竭精疲人无语，身体烧焦火海中。

405

腓力国王宽厚情，刀枪入库停战争。
快刀乱麻显智慧，愤怒大火熄灭终。
进攻结束罢抵抗，圣金廷城战役停。
法国钥匙握在手，巴黎开门路畅通。

夕阳西下西斜行，南半地球晚霞红。
心情高兴回头看，一切发生我歌中。
女人讲话近身旁，雪白衣服一精灵。
绝非等闲无背景，外表靓丽肃起敬。

"如果我讲是实情，一部箴言书纯正。　　30
抱诚守真困难事，绝非杜撰虚幻成。
应是天父下命令，神圣宝座显神灵。
至高无上掌天下，天意运气定死生。

西法两国夙怨盛，怒火点燃起战争。
曾有协定和争斗，双方意愿求和平。
多项措施皆实用，有利西法互尊重。
萨沃伊国属地事，一旦归还曲奏终。[4]

406

- 第十八歌 -

为了和平得稳定,为了维系兄弟情。
<u>亨利二世</u>示友好,<u>腓力公主</u>联姻成。[5]
残酷死亡早来到,所说婚事未善终。[6]
至高上天定一切,法则命令称神圣。

法国堕落乱象生,篡改天主教法令。
拒绝服从合法王,亵渎圣器动刀兵。
放荡生活做诱饵,邪恶力量占上风。
异教分子组军队,反对国王反教宗。

横行霸道罪恶生,王国几乎近溃崩。
<u>查理九世</u>不忠兵,缩头缩脑显无能。[7]
亵渎神明事普遍,雄伟教堂遭辱凌。
不敬上帝蔑圣事,丑恶灾难难数清。

国王陛下知天命,预见未来伤亡重。　35
阻止患病西班牙,鸷狠狼戾血雨腥。
邪恶瘟疫得治愈,敌人军兵无动静。
风横雨狂向东方,派去佩诺海军兵。[8]

407

- 第二卷 -

首次发兵未成功,不甘失败再出征。
二次出征损失大,佩诺彻底被占领。
平和放弃此征程,周围又来摩尔兵。
正值冬季难停泊,撤回无敌众舰艇。⁹

匈牙利国两殿下,即将造访西班牙。
查理之女腓力妹,殿下母亲玛利亚。¹⁰
王宫成员气凌人,富贵荣华权势大。
埃内斯托鲁道夫,名副其实亲哥俩。¹¹

完成使命显才华,风华正茂志气大。
年龄增长品德优,德容兼备世人夸。
人才辈出多闪光,冠名男爵人奇葩。¹²
历来将门出虎子,养育有方帝王家。

等到来年事变更,基督教会势力升。
威胁异教海军兵,无奈航行抢西风。
设备精良人众多,船舰颠簸不时停。
终于抵达马耳他,二十海里绕圈行。

- 第十八歌 -

骑士军团在其中,参加此次远航行。[13]　　**40**
几位外国名船长,自愿救助不惜命。
全力投入伸援手,傲气冲天善抗衡。
自我防卫自陶醉,造作奇迹造可能。

波涛击船左右倾,陆地海上势汹涌。
圣泰尔莫遭重创,九次遭受强浪风。[14]
洗礼百姓有动静,危险事件常发生。
土国海军泊港口,两处入口可直通。

事件发生已肯定,危险困难纵横生。
精疲力竭人气馁,希望破灭均落空。
驿站墙壕被夷平,此时抱憾伤亡重
伟大事件无穷尽,值得一写铸永恒。

人类努力时落空,武力胜过人劳动。
城墙已倒沟填平,所有希望一场梦。
野蛮血腥非人道,刀枪挥舞在头顶。
尽人皆知周围事,腓力胆怯也心惊。

409

排兵布阵讲效能,兵不在多品质精。
运气诚信为向导,土耳其国违天命。
马耳他国忧转喜,敌人撤退暂安宁。
疲顿船帆又迎风,遭受巨创受罚惩。

年后强军又行动,索利马诺亲率领。[15] 45
陆地攻击罗马皇,奥古斯都称其名。[16]
快速占领帕诺亚,特拉西尔右面攻。[17]
不久攻下达尔玛,克拉科夫省边境。[18]

堡垒坚固西格城,四周时间被围攻。[19]
孤立无援难防守,凶恶苏丹强占领。[20]
战斗惨烈世闻名,生死存亡瞬间梦。
死不瞑目站立死,生命结束获永生。

弗兰德斯另情景,上帝慈悲解缚绳。
骚乱起义祸事多,邪恶过失异教疯。
阴谋对抗腓力王,形形色色邪恶生。
情随事迁多变幻,后果难料疑惑重。

- 第十八歌 -

自由解放意图明,格拉纳达国昌盛。
国王宣誓登宝座,摩尔起义拒服从。
如此骚动大不敬,原则规定不认同。
高贵血统变微贱,巨大损失代价重。

诡秘青年参战争,形象卑微着呢绒。
熬心费力保皇裔,毕竟名门帝胄种。
天意护佑得承诺,好运突降享名声。
<u>查理五世</u>私生子,隐蔽多年成大名。

此人伪装低调行,直至其父人驾薨。 50
本是合法承袭人,荣登王位终是命。
全体臣民皆拥戴,善于冒险彪悍勇。
名字暂称<u>堂胡安</u>,多言多嘴我不能。

摩尔生事起骚动,年轻国王动刀兵。
要塞破坏被占领,退至深山老林中。
深山老林地狭窄,转战陆地多丘陵。
转移不同省份内,处处荆棘野葛生。

411

- 第二卷 -

一场战争刚告停,德国贵妇做陪同。
公主安娜做王后,远嫁腓力婚配成。[21]
结婚大礼难媲美,婚庆堪称千秋铭。
地点塞戈维亚城,卡斯蒂利亚王宫。[22]

两位王子好名声,皇帝之父退迩称。
匈国任命鲁道夫,侯国王座第一名。
路过伦巴尔多市,抵达热那亚名城。
顺延美丽多瑙河,维也纳城船舶停。

兵荒马乱祸频生,久拖不止渐消停。
战争狂怒起变化,似乎倾向趋平静。
荒蛮地区仍不宁,不断挑衅造纷争。
土国武装非人道,威尼斯城被围攻。

塞浦路斯岛面宽,发泄暴怒受阻拦。　　55
一支舰队被抽调,航行宝岛去支援。
粗野利剑显强力,大片土地被霸占。
进入法玛古斯多,天花乱坠施欺骗。[23]

412

- 第十八歌 -

占领军兵人傲慢，舰队海员获增援。
航线直向意大利，实现狂妄细谋算。
藐视世上所有人，胆大妄为蔑苍天。
气焰熏天施暴力，罪恶罪责是家传。

最高天主施威权，怜悯贵国派舰船。
战事平淡少功绩，欠人血债终将还。
皆因一次悲叹声，追加处罚实可怜。
沉重打击受惩治，摧毁野心灭傲岸。

苦难深重不堪言，基督教徒罪难免。
面对背信弃义人，高举强大铁臂腕。
神灵启示组联盟，聚集力量成军团。
强大天主教国王，罗马教皇元老院。

众人宠爱元帅选，联军元帅花季年。
不识幼年何面目，人群之中显可怜。
本人拒绝此观点，风物长宜放眼看。
天意寿命胜运气，不久你会亲眼见。

欲知故事接续篇，未来发生更罕见。　　60
伟大事件称稀偏，历史载籍少浏览。
似一小溪潺潺流，细腰鲈鱼翕忽间。
河边有只牧羊犬，温顺绵羊站犬边。

谨慎小心跟身边，瞬间奔向大草原。
草原旁边崎岖路，晦暗雨林入眼帘。
胆小麋鹿忙躲避，雨林深处茂密寒。
岩石下面石垒坑，一处小屋藏里面。

人迹罕至路不见，此地几乎无人烟。
曾为著名武士兵，德尊望重一老汉。
大名费东懂法术，独来独往人寡欢。
知晓无数怪异事，预知未来具法眼。

奇异故事千千万，故事素材万万千。
言之有根传播广，到此为止在今天。
祝你大作继续写，勿失良机达心愿。
诸如凡几说到此，听完你会写续篇。

- 第十八歌 -

暴怒战神造凶残,握紧翎毛莫手软。
描写内容尽惨烈,混杂逸闻趣事篇。
请你现在回头看,贵国贵妇美女脸。
美丽善良我羡慕,全球爱情会点燃。

你应珍惜我所言,惇信明义重自辩。　　65
如履薄冰千万险,改弦易辙及时转。
切莫等吃后悔药,自助他助均枉然。
出尔反尔常有事,莫要看我请闭眼。"

眼前一幕如梦幻,瞬间消逝人不见。
她之劝导已足够,绝好胃口又复燃。
无须多想以后事,遵循劝告走向前。
猛然睁眼回头看,似乎天堂在前面。

肥沃泥土土味鲜,庄稼树木笑开颜。
广阔天穹无限美,百花齐放大地间。
清凉湾溪水潺潺,穿过清鲜绿草原。
争奇斗艳色怡人,一幅天然彩画卷。

415

- 第二卷 -

美丽姑娘胜花鲜,西班牙国百花园。
灿烂太阳照大地,漫天星斗月高悬。
闪烁星辰挂天空,依托遍地香花环。
置身其间千般景,蝴蝶花结褐色瓣。

纷至沓来潇洒男,心生爱慕求婵娟。
怜香惜玉表诚心,坠入爱河情缠绵。
有人许下千般愿,有人炫耀巨财产。
洋洋得意乐其中,沾沾自喜傲自满。

怪异怒气心慌乱,虚幻气氛扰心烦。
匆忙走下高山顶,走向欢乐美田园。
假如记忆未欺骗,女性导游走右边。
女人惊恐情惶惑,本人深感在冒险。

脚踏实地路边站,贪婪神色我眼馋。
掩盖粗鲁欠检点,凝眸眼神心霸占。
欲火浓烈融冰块,热血沸腾充血管。
离经叛道心凝固,似有爱欲在纠缠。

- 第十八歌 -

欲望将我心霸占,书写歌唱爱情篇。
改变风格无济事,不忘编纂血腥战。
兴趣贪婪传消息,堡垒美女仍记惦。
好运聚焦她一人,名字写在嫩脚腕。

年轻貌美妙龄年,亭亭玉立人静恬。
似乎倾身将我看,莺俦燕侣心相连。
我欲知道其姓名,五体投地美天仙。
芳名堂娜玛利亚,巴桑家族一姝媛。[24]

还想与她深入谈,声音低沉似无言。
突然骚乱雷声怒,蛮人武器似和弦。
"快快快快拿武器!"甜梦醒来听人喊。
叫声喊声乐器声,声声嘈杂震破天。

睡眼惺忪心烦乱,跑向隔壁武器间。
站在一处心警觉,站稳脚跟人悬胆。
愤怒吼声听大叫,山坡一侧听呼喊。
联翩而至如浪涌,东方黎明红霞染。

四面八方杀声喊,喊声大作为壮胆。
隐约可见众将兵,惧怕战神心胆寒。
人群来自各方向,本人劳累不愿看。
心情紧张继续唱,战争惨烈人肠断。　　76

- 第十八歌 -

注释

1 腓力王,即西班牙国王腓力二世。
2 在圣金廷战役中西班牙军队由四路军队组成:右路军统领阿隆索·德·卡塞雷斯,中路军统领是胡利安·罗梅罗,左路军统领是阿隆索·德·纳瓦雷特,右路军骑兵统领是伯爵艾格蒙特(Conde de Egmont, 1522—1568)。此次战役的总指挥是腓力二世的亲外甥、萨沃伊公国的公爵曼努埃尔·弗里贝托。
3 安达劳特(Andalot),圣金廷战役的法国指挥官。支援一支受围困的部队时不幸中弹被俘。
4 萨沃伊公国,1416—1713年期间曾经存在于西欧的独立公国,由萨沃伊家族统治,领土包括今日意大利西北部和法国东南部的部分地区。1720年萨沃伊王朝第一位西西里国王成为了第一代撒丁国王。可惜权倾一时的萨沃伊王朝并没有能延续撒丁王国时期辉煌,反而更像是转瞬即逝的流星,急速陨落。第二代国王翁贝尔托一世(Umberto I)于1900年被刺杀。随后继位的国王维托里奥·埃马努埃莱三世(Vittorio Emanuele III)在"二战"期间纵容墨索里尼的纳粹行为,被指控为法西斯的帮凶。1946年,迫于压力他退位给儿子翁贝尔托二世(Umberto II),但这位可怜的末代国王仅仅在位了35天就被意大利全民公投废除了君主制。从此萨沃伊公国不复存在。
5 亨利二世(Henri II, 1519—1559),1547年加冕为法国国王。1553年与凯瑟琳·德·美第奇(1519—1589)结婚,育有10个子女。
6 1559年,腓力二世与法国国王亨利二世的女儿伊莎贝尔·德·瓦卢瓦公主(Isabel de Valois, 1546—1568)结婚,生有两个女儿:伊莎贝尔·克拉拉·欧亨尼亚(Isabel Clara Eugenia, 1566—1633)和卡塔琳娜·米卡艾拉(Catalina Micaela1, 1567—1597)。二女儿卡塔琳娜·米卡艾拉1585年18岁嫁给法国属国萨沃伊公国大公的儿子卡洛斯·曼努埃尔(Carlos Manuel, 1562—1630)。诗中提到的联姻就是指这段婚姻。
7 查理九世(Charles IX),原名查理·马克西米连(Charles Maximilien, 1550—

419

– 第二卷 –

1574），法国瓦卢瓦王朝国王（1560—1574年在位）。

8　佩诺（Peñón），地处直布罗陀海峡地域，1713年4月在荷兰签订的《乌得勒支和约》将西班牙的直布罗陀（包括佩诺）割让给英国。

9　此处指无敌舰队。为了争夺海上霸权，西班牙和英国于1588年8月在英吉利海峡进行了一场举世瞩目、激烈壮观的大海战。这次海战，西班牙实力强大，战船威力巨大，且兵力达30,000余人，号称"最幸运的无敌舰队"。而当时英国军队规模不大，整个舰队的作战人员也只有9000人。两军众寡悬殊，西班牙明显占据绝对优势。然而，出人意料的是，英国借助先进的火炮和有利的天气使这场海战的结局以西班牙惨遭毁灭性的失败而告终，"无敌舰队"几乎全军覆没。1703年，英国将原属西班牙统治的该地区攻占，并在1713年4月英国和法国在荷兰签订的《乌得勒支和约》将直布罗陀永久性地从西班牙手中划走。从此以后西班牙帝国急剧衰落，"海上霸主"地位被英国取而代之。

10　玛利亚（1528—1603），查理五世的长女，嫁与德国马克西米连二世，1552年为西班牙摄政女王，1564年为德国皇后，1603年死于马德里。

11　埃内斯托和鲁道夫为玛利亚与马克西米连二世的儿子。鲁道夫，即后来哈布斯堡王朝的神圣罗马帝国皇帝（1576—1608年在位）、匈牙利国王鲁道夫二世（Rudolf II, 1552—1612）。鲁道夫兴趣爱好广泛，喜欢骑马、装修钟表、收集珍宝、收藏艺术品等，沉迷于占星术和炼金术。埃内斯托（Ernesto, 1553—1612），于1594年担任荷兰总督。

12　此处男爵是指亚当·冯·迪特里希斯坦男爵（Baron Adam von Dietrichstein, 1527—1590），德国著名外交家。

13　骑士军团，指由信奉基督教的骑士精英组成的军团，效忠于罗马教宗教皇的领导，参与国际范围的军事行动。当时骑士军团的大师是法国贵族胡安·帕里斯斯托·德拉·瓦莱特（Juan Parissto de la Valette, 1495—1568）。在1565年的马耳他大围攻中指挥抵抗奥斯曼帝国的行动，在罗得岛与土耳其人进行了杰出的斗争。

14　圣泰尔莫（San Telmo），在马耳他首都瓦莱塔的北端，在西贝拉斯半岛（Sciberras），矗立着雄伟的圣泰尔莫要塞。这个要塞见证了马耳他历史上重要事件的发生。统治马耳他的阿拉贡人在大港和马尔萨姆塞特港之间建造了一座防御

- 第十八歌 -

    塔。1533年,圣约翰骑士利用它建造了圣泰尔莫要塞,以保护自己免受邻国的攻击。

15 索利马诺(Solimano, 1494—1566),土耳其帝国苏丹,曾征服比利时、匈牙利和北非阿尔及利亚等多个国家。索利马诺苏丹还是伊斯兰界著名诗人,其父是尤素福·索利马诺。

16 奥古斯都,即恺撒·奥古斯都(Cesar Augusto,公元前63—公元14),号称古罗马第一位也是执政最长的皇帝。

17 特拉西尔,中世纪欧洲名城,位于今罗马尼亚境内。

18 帕诺亚、克拉科夫和达尔玛,均为古代欧洲地名,分别处在今天的东欧、中欧、罗马尼亚和匈牙利一带。

19 西格(Szigeth, Siguet),匈牙利城市。

20 此处苏丹是指土耳其苏丹索利马诺。1566年9月索利马诺在西格去世。

21 安娜,指阿斯图里亚的公主安娜(1549—1580),腓力二世的第四任妻子,也是腓力的外甥女。1570年1月与腓力二世订婚。1570年5月在捷克的布拉格城堡举行婚礼仪式。同年11月在西班牙的塞戈维亚大教堂举行婚礼弥撒。两人的婚姻持续了10年,育有5个子女。1580年,安娜生育最后一个女儿后因病去世。

22 1504年,卡斯蒂利亚女王伊莎贝尔一世病逝。由于她与阿拉贡国王费尔南多所生的儿子均不幸夭折,便由其女胡安娜("疯女胡安娜",Juana la Lorca, 1479—1555)继承卡斯蒂利亚王位。神圣罗马帝国皇帝马克西米连一世的儿子菲利普(即卡斯蒂利亚的腓力一世)以胡安娜王夫的身份和费尔南多一起监国。1516年,费尔南多病逝后,胡安娜和腓力一世的儿子、西班牙王子兼奥地利大公查理(即卡洛斯)以特拉斯塔马拉家族的外孙资格继承西班牙(卡斯蒂利亚和阿拉贡)王位,是为卡洛斯一世,又称查理五世。

23 法玛古斯多,塞浦路斯东部著名城市,中世纪属土耳其管辖。

24 堂娜玛利亚·德·巴桑(Doña María de Bazán),与作者埃尔西亚妻子的姓名完全吻合,应是埃尔西亚有意为之。堂娜玛利亚·德·巴桑为名门之后,1570年与埃尔西亚结婚。女方陪嫁为800万马拉维迪(maravidi)古银币,轰动一时。

第十九歌

叙述阿拉乌戈人袭击在彭科堡垒中的西班牙人。<u>格拉克拉诺攻城战役</u>。船上留守的海员与士兵在海上与敌人展开激战。

美丽姑娘莫埋怨，夸赞美女少时间。　　01
我之诗歌意肤浅，不比温柔爱情篇。
兵荒马乱无暇顾，爱情作家千千万。
作家写作夜继日，素材广泛涉面宽。

远离风月我遗憾，就此题材另盘算。
野心勃勃走新路，我应完成我所欠。
如今清词丽句少，心有完美好心愿。
尽心竭力宗勤恳，缺乏文采请包涵。

西班牙人常抱怨，有理有据重客观。
必须加快诗写作，无暇他顾唱全面。
蛮人军队折磨人，瞬间形成包围圈。
恐怖威胁高声吼，下面歌声能听见。

- 第十九歌 -

山峰高耸入云端,三支军队集结完。
集结完毕等号令,此地适合扎营盘。
壕沟围墙防袭击,信号发出准备战。
挥动武器迎敌人,无暇顾忌死亡线。

格拉克兰好青年,张狂忘形发誓言。[1]　05
全身装饰花羽毛,挥舞长矛粗柄杆。
一马当先冲在前,冲破炮火越硝烟。
进入枪林弹雨中,兵力大炮侧增援。

但到用武适合点,挺举长矛怒冲天。
猛然跳起过战壕,站稳脚跟挺矛杆。
利用矛杆向上爬,爬上城墙吼叫喊。
面对兵器色不变,枪矛弓弩长短剑。

发狂斗牛未中剑,暴怒撞破铁护栏。
密集兵刃人拥挤,左右开弓喊杀砍。
骁勇蛮兵性果敢,心怀恐惧冒凶险。
冲破对方防卫线,爬上墙垛继续战。

423

- 第二卷 -

遍地武器似围栏,秉笔直书非我愿。
拳打脚踢嘴巴咬,欲占阵地独自战。
不避刀枪剑刺伤,巧妙抵挡善躲闪。
单枪匹马挺胸膛,直面疯狂众狼犬。

刀剑丛中独立站,旁若无人凭诺言。
奋不顾身无恐惧,甘死如饴心不颤。
生死存亡逞骁勇,伤痕累累遭磨难。
冒冒失失苦挣扎,岌岌危危悬一线。

急于求成狂傲间,冲入铁甲鲜血溅。
口吐白沫似狂犬,哪里凶险哪里战。
宁死不屈心无悔,卑飞敛翼不避险。
摧毁身边千百剑,剑剑指向胸膛间。

匹马单枪孤身战,虎胆英雄心也颤。
并非失去自信心,希望渺茫命倒悬。
短兵相接互交手,握钩伸铁长矛杆。
利用矛杆空白处,跳向沟壕避凶险。

10

- 第十九歌 -

命运之神多变幻,救命恩人知疲倦。
失足一步进石堆,灵巧手臂已不见。
石块淹至太阳穴,众多石头压顶端。
祸从天降人慌乱,犹如身悬瀑布间。

尤利西斯善射箭,胆怯白鸽飞云端。
弓箭镞头离弓弦,怒气穿过翅膀间。
卷曲身体仍盘旋。恰似圆球落地面。
受伤青年已暴尸,落入深坑赴黄泉。

三十六处重伤惨,可怜肉体被刺穿。
最后一击中额头,精疲力竭身瘫软。
蛮人长矛做贡献,战争胜利赢时间。
长矛掉进深壕沟,一节矛头露外边。

皮诺守信好青年,许诺战斗共结伴。　15
岂敢造次用力跳,身体冲向壕沟沿。
眼见朋友倒在地,高举长矛护旁边。
挺矛抵挡救战友,坚定双脚地上站。

- 第二卷 -

有勇无谋动作慢,违反天意好运远。
脚下缓慢欠灵活,终于未过鬼门关。
欲想快速逃性命,手臂遭到重刀砍。
亲密战友同命运,美好前途均改变。

几乎仅走四步远,身中两颗重子弹。
利剑猛刺穿胸过,两处同时被剑穿。
魂飞天外人惊恐,一名战友施救援。
幸亏长矛方向变,绝处逢生避凶险。

号角齐鸣人呐喊,粗大长矛举上肩。
愤怒火焰遍地燃,封锁壕沟聚沟边。
部队强行做调整,卸载辎重弯弓箭。
众多人群聚一起,遮天淹地人泛滥。

正在此时马丁现,西班牙人如此唤。[2]
远看长矛远飞去,格拉克兰命归天。
可赞羞愧怒火烧,争回名誉理应先。
人从窄门穿堂过,手无寸铁去参战。

426

- 第十九歌 -

勇敢青年走在前，藐视大地藐视天。　　20
身体四肢巨人胎，挥动长矛舞翩跹。
风流倜傥动作美，粗长扎枪开花团。
东遮西掩挥左右，刺向敌人胸膛间。

踢出钉鞋脸凶残，瞬时蹿出六步远。
西班牙人迷方向，人在死神手里攥。
精神抖擞心意足，幸运双脚力量添。
本想用手握长矛，徒劳无功非如愿。

土著青年动作灵，离开土地跳轻盈。
挥舞粗大尖长矛，当机立断决雌雄。
西班牙人不怠慢，竭尽全力抓矛柄。
无所顾忌大声喊，封住喉咙胸触胸。

敏捷快速再进攻，携带匕首隐蔽行。
刺向肋骨五六刀，桀骜胸膛多肉洞。
临死蛮人浑身血，宁死不屈心忠诚。
巨型身躯倒凉地，魂灵血液祭晴空。

西班牙兵战勇猛,敌人倒地定输赢。
抄起长矛信心足,趾高气扬奔门厅。
熟悉朋友热烈迎,一片欢呼问候声。
心情激动迎战友,鼓掌喊叫齐欢腾。

广场周围喊杀声,攻城略地又进攻。
生死攸关命已定,子弹炮火来势汹。
尸体堆上站活人,活人猛然跳空中。
正好成为靶心点,不明靶标分外明。

树枝掩护自逃命,匆忙跳下深沟坑。
有人自认身轻盈,铤而走险身腾空。
落在后面已无望,伸出双手喊救命。
前面几人靠侥幸,跳进深坑人群中。

死伤无数悲惨生,火枪胸墙显神通。
有人鱼跃倒地上,人满为患沟填平。
蛮人杀敌逞威风,回想后怕人惊恐。
冲进敌兵最多处,频频出剑不扑空。

- 第十九歌 -

继续战斗显英勇，猛烈进攻又冲锋。
小股士兵更勇敢，借助长矛攀墙登。
野蛮怒吼付行动，城墙处处有险情。
墙体粗糙难爬行，徒手搏击去抗争。

我方士兵城墙拥，迎击推挡辱骂声。
矛刺枪戳射子弹，击退粉碎敌强攻。
少数蛮人得教训，仰攻困难暂时停。
进攻受挫被激怒，前仆后继再冲锋。

前赴后继人发疯，荣誉惧怕相映成。　30
突击将兵数量增，野蛮出击怒气生。
冲破防御抵抗线，凹凸盾牌暴露明。
逼迫我军无地容，再有好运不可能。

城墙之上一精英，<u>图卡贝尔</u>气势汹。
挥舞一杆多节棍，闪亮盔甲飞飙风。
利比亚国卷毛狮，冲开胆小无耻兵。
发疯密集小分队，清除障碍继续冲。

高傲将领逞凶猛,城墙几乎被踏平。
搏击前面抵抗兵,蛮人自己互相碰。
已无强势赫奕声,一气呵成已不能。
非凡骁勇一武士,图卡贝尔真英雄。

纵有长矛制造精,岂能抵抗蛮兵勇。
纵有壮臂坚硬胸,岂能阻挡怒吼疯。
纵有利器强兵将,刺杀击打难抗衡。
不屈不挠蛮彪悍,凶猛冲向我方兵。

增强兵力危难中,沉重棰棒围英雄。
有人阻截有人挡,阵地喊叫声连声。
沉重打击勇抵挡,躲过兵器躲敌情。
左右纵横杀伤人,他之冒险我损兵。

突然发现西路兵,贝特戈楞在进攻。　35
不顾我方兵力壮,制高点上他掌控。
满腔怒火正燃烧,火焰蔓延在胸中。
怒火中烧人疯狂,青春活力士气盛。

- 第十九歌 -

意想不到事发生,狂野流弹划天空。
伤其肩部伤其头,光明一天成逆境。
第二炮弹出炮膛,弹道射程一样同。
<u>瓜比克尔</u>当场死,其余三人均毙命。³

船上人群已久等,忽听慌乱喊叫声。
上船不顾着武装,抄起甲盾护前胸。
快步流星登舰船,有人跳水自救命。
千呼万唤喊亲友,无人等待同伴行。

游泳划桨悲痛行,烦人大海阻航程。
到达岸边见沙滩,全体一致站立定。
遵从纪律守秩序,一班整齐队伍成。
行进之中救朋友,穿过敌人刀丛兵。

双腿尚在海水中,远处听见嘈杂声。
对面开过一队兵,人在喊杀马嘶鸣。
步伐迅速敏捷快,勇敢青年<u>费尼东</u>。
一心想走最前面,爱出风头属头名。

我军有序逞英勇,目的明确继续攻。　　40
猛攻对面来犯敌,侥幸未有重伤情。
迎头痛击费尼东,争先恐后互逞能。
青年胡琏动作快,手握利剑盾护胸。

胡琏首先袭击冲,毫发无损费尼东。
出其不意轻盈跳,一根木桩砸力重。
胡琏举起护胸甲,双手高举击头顶。
头昏眼花人懵懂,犹如巨石自高峰。

宽大胸甲砸头顶,击打猛烈力沉重。
背运青年身体重,两手抱头心惶恐。
动作冒失尽全力,起死回生人苏醒。
成功躲避敌袭击,狼牙铁棒来势凶。

陆地拖人非轻松,巨大身躯铅块重。
眼前蛮兵在挣扎,胡琏仍想夺其命。
手脚并用人机灵,一把利剑刺穿胸。
拔出带血锋利剑,穿透颌骨露肉洞。

- 第十九歌 -

蛮兵昏厥不清醒，伸出双臂无表情。
<u>胡琏</u>试图变方法，拔出匕首看反应。
用力适中动作快，三次刺入蛮人胸。
将其放倒身僵硬，手脚拧成一股绳。

气氛紧张人惶恐，此时众人心冰冷。　　45
东奔西走表关切，三五成群看究竟。
人声嘈杂乱一团，敲击兵器心躁动。
仰天长叹人愤怒，低头看地心沉重。

城墙之上另情景，义愤填膺人沸腾。
战斗正处胶着状，胜利失败难判定。
断裂盔甲空中飘，染满热血魂魄惊。
护城河沟流小溪，尸体漂浮水流中。

广场各处多英雄，互相争斗为功名。
活人压住死去人，死人利用倒地兵。
<u>堂加西亚</u>将兵中，冲锋陷阵人英勇。[4]
愤怒野蛮施暴力，奋力抵抗增激情。

乌尔塔多从左面，六名战友并肩战。[5]
其中一名称西蒙，葡萄牙籍好青年。
短兵相接创奇迹，众勇迎敌脸对脸。
强力抗击众蛮兵，纯粹力量英勇剑。

苏亚雷斯从右面，安东尼奥做同伴。[6]
帕尔多里贝罗斯，科尔多瓦挺向前。
爬上堡垒最高处，杀伤敌人勇果敢。
阿拉乌戈众兵将，守卫城墙靠兵团。

双方激烈近体战，勇士名单连成串。[7]　　50
加尔尼克苏尼卡，古铁雷斯古斯曼。
埃尔南多奥班多，英勇事迹待编纂。
尽量摆脱敌骚扰，神经紧张记不全。

惨杀伤亡造祸患，蛮兵残忍稍减缓。
步步紧逼面对面，强压怒火鸟兽散。
创伤惨重出意料，放弃疯狂改意愿。
图卡贝尔在堡垒，杀气腾腾逞凶悍。

第十九歌

头脑清醒战犹酣，疯狂残暴势不减。
处处一片怒吼声，死伤相枕世罕见。
<u>迭格</u>二人被打倒，<u>梅西</u>二人腿折断。[8]
我已歌唱长时间，诗歌暂停唱凶残。　　　52

- 第二卷 -

注 释

1. 格拉克兰,为格拉克拉诺的简称。
2. 马丁,全名马丁·德·艾尔维拉(Martín de Elvira)。
3. 1557年8月25日,西班牙征服者在智利南方比奥比奥河流附近的圣路易斯与阿拉乌戈人发生战役,西班牙史书称为"圣路易斯堡垒战役",战斗十分惨烈。图卡贝尔所率领的智利阿拉乌戈土著军对抗西班牙远征军。西班牙方面的首领是加西亚·乌尔塔多·德·门多萨。在此次战役中,阿拉乌戈土著将兵多人牺牲,其中包括瓜比克尔等几名副统领。此句中出现的另外三人名字是苏尔克、隆戈米亚和莱博比亚。
4. 此处堂加西亚是指加西亚·乌尔塔多·德·门多萨。
5. 此处的乌尔塔多指的是菲利普·乌尔塔多。此处后一句原诗列出六位征服者的名字,分别为:菲利普·乌尔塔多、弗朗西斯科·德·安迪亚、埃斯皮诺萨、西蒙·佩雷拉、阿隆索·帕切戈和奥尔蒂戈萨。
6. 此处原诗列出八位征服者的名字,分别为:苏亚雷斯、卡里略、安东尼奥·德·卡布雷拉、阿里亚斯·帕尔多、里贝罗斯、拉萨尔特、科尔多瓦和阿吉雷拉。
7. 此处原诗列出十三位征服者的名字,分别为:胡安·德·托雷斯、加尔尼克、坎波弗里奥、古斯曼、埃尔南多、古铁雷斯、苏尼卡、隆基略、里拉、奥索里奥、瓦卡和奥班多。因篇幅所限,只译出个别人名。
8. 此处原诗列出四位征服者的名字,分别为:迭格·佩雷斯、萨尔达亚、梅西和布斯塔曼特。

第二十歌

埃尔西亚邂逅特瓜尔丹

阿拉乌戈人伤亡惨重而撤退。图卡贝尔遭受攻击,重伤而逃。特瓜尔丹向阿隆索·德·埃尔西亚讲述她奇异而又令人同情的经历。

　　切勿轻易许诺言,须看能力与财产。　　01
　　轻诺寡信人轻率,迟早后悔时空鉴。
　　一诺千金讲信用,出尔反尔应避免。
　　析律贰端不可取,对敌承诺勿推翻。

运用法律求完善，执法包含慈悲怜。
承诺只是空纸片，其实一条未兑现。
盲目信任愚蠢事，空中楼阁纯欺骗。
楼阁倒地知教训，期望越大越凄惨。

本人深知写作难，谨小慎微求全面。
说话尽量留余地，实现拙作初衷愿。
题材枯燥乏无味，搜肠刮肚学识浅。
力求完善竭全力，土块榨汁有谁见。

荆棘塞途向谁怨，嘶哑号角鼓喧天。
本应采撷几枝花，去到花丛去花园。
写作征战两不误，奇谈怪论爱情篇。
无所顾忌跑步走，求得赞赏我夙愿。

描写战争写灾难，血火对抗剑对剑。
荒谬愤怒狂吼声，仇恨暴虐恐惧感。
敌意哀怨恶毒狠，死亡破坏凶虐残。
战神自己也厌烦，吾思枯竭难续篇。

- 第二十歌 -

忍苦耐劳步履难,逼迫自己达心愿。
俯首帖耳求陛下,听我叙述勿心烦。
傲慢蛮兵人大胆,无地自容心遗憾。
愤怒匆忙自天降,奋笔疾书翎毛尖。

残暴野兽牢笼关,惊惶失措走盘桓。
开辟崎岖血腥路,重大伤亡处处见。
藐视一切勇向前,五雷轰顶敢冒犯。
有人能够升天堂,有人能见三头犬。[1]

身受重伤人孤单,所率部队兵溃散。
凶残兵器造祸殃,力不从心英雄胆。
躲避一处暗窥视,悬崖笔直一条线。
两侧无墙可依助,山高耸立无从攀。[2]

恨不此时长翅膀,比在迷宫有盼望。
人从天上往下飞,依靠翅膀更得当。
试看强壮轻盈否,冒死下跳也无妨。
骁勇蛮人猛跳下,模仿猞豹跳山岗。

- 第二卷 -

未等猞豹出山岗,枪林弹雨落身上。　　10
蛮人思谋未中弹,实际射击从下方。
弹痕累累无处躲,四面八方布罗网。
身不由己欲倒下,寸步难行遍体伤。

倒地躺卧受重伤,盲目跳跃欠自量。
愤恨怒火在燃烧,恐怖心理何其狂。
总想回到那场戏,报仇雪恨再出场。
纯属异想天开事,山路切断不通畅。

无头苍蝇盲目闯,试探命运何状况。
避重就轻非可能,勇气愤怒均加强。
漫无边际到处走,四面堡垒无处藏。
恰如饥饿吃人狼,身边包围一群羊。

终见意图已无望,子弹如雨难提防。
退到一旁见平原,孤军奋战吼疯狂。
犹如猎隼立山峦,瞄见灰鹳过水塘。
高傲苍鹰天上飞,傲睨自若怒翱翔。

- 第二十歌 -

图卡贝尔人刚雄,担心意图无果终。
走到另外一军营,感受激战血雨腥。
士兵失信不忠诚,损兵折将人无能。
偃旗息鼓齐后退,顺势山坡撒士兵。

不因此事变初衷,勇敢蛮兵脚未停。　　15
带领一队果敢兵,压倒敌人凶猛攻。
敌人恐惧多溜走,东杀西砍刀从容。
刺伤打倒众敌人,畅通无阻续前行。

有人瘫倒有伤痛,有人呻吟有怨声。
让路之人躲一边,倒下之人心惶恐。
武装军队如蚁群,掠过街道宽阔城。
雷霆之怒发冲冠,拨开云雾刺天空。

图卡贝尔开路行,步步冲向基督兵。
靠近友军紧随兵,举步维艰面从容。
准确有序合情理,夏天能见鹤腾空。
群鹤落地一片黑,规行矩步勿违令。

我方只剩少数兵，背向蛮兵大步行。
集结出发不显少，队伍整齐少而精。
稳步前进互跟随，争取战斗获全胜。
猛然回身四下望，担心蛮人设伏兵。

袭击不断两军争，直至太阳悬头顶。
距离落山时尚早，及时夺路向东行。
此时似乎少危险，义无反顾赶路程。
正好利用月黑天，毫不费力走轻松。

护城壕沟扫干净，片刻不休忙不停。　　20
各处御敌设障碍，搭建桥梁宽横型。
不利地形修整好，严防死守为取胜。
壁垒森严备战斗，抵挡疯狂蛮人兵。

黑夜掩护赶路程，光天化日路难行。
全体将士知谨慎，抵达地点按指定。
站岗哨兵布置好，准点值班均服从。
紧靠堡垒一斜坡，都盼夜班第一名。[3]

- 第二十歌 -

忙忙碌碌事不断,枕戈待旦十五天。
情绪烦乱多噩梦,折磨精神近瘫软。
锻炼身体壮力气,到处散步到处转。
几乎一刻毋停歇,腿脚笨拙难使唤。

莫谈佳肴营养全,莫谈美酒皆垂涎。
莫谈喘息按习惯,本人夜里多梦魇。
压缩面包黑霉味,供应缺乏每顿饭。
饮用雨水混杂味,维持生活日渐难。

日常口粮多有变,两磅大麦量有限。
野草饭菜难下咽,缺少饮水更缺盐。
夜夜睡觉破木板,地板湿滑踩泥潭。
枕戈寝甲等命令,翎笔长矛互轮换。

生活不爽多厌烦,噩梦袭来少睡眠。
重任在肩持沉默,一歌一歌诗句连。
不远一处斜坡下,尸体苍白连成片。
我方火枪吐火苗,灭顶之灾炮群欢。

时间流逝渐缓慢,耳闻目睹肝胆颤。
不时听到有声响,声响来自尸堆团。
瞬间感觉异样声,忽然听见人长叹。
回头重新侧耳听,无意信步死尸间。

长长黑夜处处暗,看清物体颇费难。
应该完成应做事,倒看命运何终点。
轻轻移向低吟处,低头弯腰灰暗间。
死人中间有人动,黑影蠕动入眼帘。

眼见黑影心胆寒,心理恐惧魂飞散。
手握长剑盾贴胸,祈祷上帝欲刺剑。
黑影站立挺直身,声音胆怯卑躬怜。
"恳请主人施恩典,身为女眷未冒犯。

罕见厄运与苦痛,不该对你求同情。
你等血腥暴虐剑,超越天条越法绳。
如此功绩获殊荣,除非上天颁敕令。
你对女人可用剑,寡妇悲哀遭不幸。"

- 第二十歌 -

"只是求你表同情,不管是福或不幸。　　30
纯真爱情是信仰,终究你会表人性。
请你允我随尸体,丈夫已死无陪同。
有人拒绝公正事,邪恶终究不公正。

请勿阻止人虔诚,野蛮战争应允同。
不择手段至极端,不折不扣暴君行。
允我认尸慰心灵,不管暴虐何深重。
我已痛苦至极限,生不如死怒填膺。

无论伤害有多重,拥有莫如两手空。
自我了结唯一路,亲密朋友多丧命。
残酷上天无恩惠,只求同葬一墓中。
不离不弃夫之愿,我之幽魂紧跟踪。"

句句诉求心凄恸,巨大苦痛不欲生。
心怀疑虑情茫然,只怕受骗心不宁。
防人之心不可无,必要怀疑人清醒。
怀疑假扮女间谍,暗地刺探我军情。

-第二卷-

吾心烦乱疑窦生,天黑面目看不清。
稍显惧怕心宁静,肯定有话要说明。
并非丈夫人不忠,寻找丈夫说真情。
冲锋陷阵伤情重,剑刺要害终送命。

同情女人心沉重,操守贞节意图明。　　35
走出阴影回首看,坐定之后心安定。
情绪稳定心压抑,请求女人诉苦衷。
从头至尾叙详细,聆听发泄吾安宁。

"命运不济倒霉种,至死不会得心静。
可怕激情无救药,灾难深重得报应。
悲愤填膺不可忍,向你诉说祸患命。
痛苦不堪心沉重,借助你手自送终。

特瓜尔丹命不幸,厄运酋长女儿名。
美丽吸引众青年,痴心恋爱自由风。
好运悻悻离开我,怨我桀骜太任性。
乐到极端生悲伤,大祸临头死不瞑。

- 第二十歌 -

求婚青年肩接踵，傲睨自若不动情。
家父生气人扫兴，求我择婿好乘龙。
我行我素自轻率，父亲强求只恭听。
心绪如麻欲逃避，敲打冷铁钢不成。

皆因矫情话生硬，坚定意图未变更。
竟然提出新条件，致使求婚终落空。
舞会游艺如节庆，企望改变我初衷。
绞尽脑汁意多端，操办求婚传视听。

商定婚期不容等，女儿做主饰矫情。　40
一了百了全不见！想法荒谬不可行。
靠近村庄一条河，瓜雷波河水澈清。
灌溉丰饶农田地，流入伊塔改名称。

欺骗把戏受严惩，逼我出席吉祥庆。
显然于我是伤害，轻而易举计谋成。
整整齐齐一长廊，树枝装饰搭天棚。
一条破路成通途，和煦阳光笑脸迎。

走过几处拱门形,井井有条事隆重。
自然人工难分清,哪是自然哪人工。
清澈河水潺潺流,树林摇曳借微风。
动静结合成一体,悦心赏目好心情。

几乎刚刚人坐定,一支乐队助喜庆。
周围立起宽围栏,困惑乡亲人放松。
各就各位排排坐,格斗开始按规定。
乡亲好友静观等,人群犹在画卷中。

靓丽青年齐集中,所来目的为竞争。
身份不同装束异,哗众取宠庸俗风。
无人断定谁胜败,无人断定谁输赢。
东张西望显风流,尽情娱乐身轻松。

本人不停走西东,观看对手谁得胜。
忽而上树细观瞧,爱看热闹自天生。
忽而河边草地走,各色卵石数不清。
自由放任无所谓,唯恐爱情遭不幸。

- 第二十歌 -

忽然闻听吵闹声,常常发生游戏中。
吵闹来自一团体,故意起哄乱折腾。
欲想弄清发生事,忙向身边细打听。
为何旁边人喧哗,有人劝我装哑聋。

'难道夫人没看清,马雷瓜诺帅年轻。
格斗激烈显身手,撂倒一片四座惊?
盼望获得您肯定,等您花环送手中。
眉飞色舞人傲慢,勇敢杰出各显能。'

英俊少年衣冠整,绿色衣服配肉红。
一蹴而就立大地,荣获名誉顺理成。
村庄百姓获消息,重大新闻人震惊。
欢声雷动受欢迎,风华正茂赞扬声。

马雷瓜诺人实诚,还想再去较量争。
力量能力不对等,本来对手占下风。
尽管青年得意喊,感觉良好自认赢。
衡量整体诸条件,快报评论予否定。

双方要求予否定,裁判有理弗认同。　　50
不能允许再较量,任何方式行不通。
即使双方均同意,所提建议不通融。
除非现场你允许,否则一切等于零。

此时我想做更正,人群来势似蜂拥。
我到现场稍平静,争吵声音暂时停。
得胜青年高声喊,谦卑有礼话真诚。
'我向夫人乞恩惠,受之有愧我领情。

外乡之人不值宠,随便由您任发送。
身为终身奴才身,死活都为您效命。
我于对手有冒犯,本人献丑算表征。
企望夫人允再战,<u>马雷瓜诺</u>败下风。

如果他想再逞能,我想让他圆好梦。
同意首先他出场,缩短比赛按规程。
请求现场有您在,荣耀逼人我能赢。
绝对权力在您手,请您宣布开赛令。'

- 第二十歌 -

说完礼貌一鞠躬,眼睛看我等回应。
专心致志听他讲,目不转睛注意听。
本人给他许可证,祝福旗开他得胜。
'尽我所能帮助你,祝你舒畅好心情。'

举止大度人年轻,两人与我别匆匆。　　55
再到广场正中央,人群沸腾喊高声。
保护人是同一人,太阳西下远田埂。
各就各位等比赛,手舞足蹈示雄风。

激烈扭打相抱拥,拉开距离眼圆睁。
闪转腾挪互使绊,左撞右缠人悬空。
上蹿下跳均得手,相顾失色胸靠胸。
紧紧拥抱喘粗气,气短心虚闷喉咙。

垂死挣扎听吼声,耳闻目睹怪事惊。
外乡青年稍放松,气急败坏诡计生。
高举对方尖叫喊,背后偷袭猛力冲。
马雷瓜诺受重创,粉身碎骨人丧命。

451

- 第二卷 -

许多群众近围观,裁判领其到面前。
双膝跪在我脚下,应该奖赏理当然。
是否命中注定事,解释不清难断言。
浑身哆嗦激情燃,燃遍全身骨松软。

六神不安心混乱,事出有因人鲜见。
短暂时刻无所措,众人面前我难堪。
恢复常态能自控,胜者无愧有体面。
低头倒向我裙边,抚景生情戴花环。

此时本人低头看,难以为情人羞赧。　　60
青年提出多想法,倾耳注目听周全。
听完讲话心喜欢,面目一新笑开颜。
悲喜交集五味陈,迈出一步近向前。

心急火燎事新鲜,自由力量敢反叛。
诚服心悦自肝胆,理直气壮随心愿。
本人回忆当时景,冷却心胸又复燃。
恐惧消逝抬双眼,羞惭难当渐舒缓。

- 第二十歌 -

一反常态羞愧颜,压抑心情得嬗变。
目成心许情脉脉,创伤毒性在减缓。
屏气凝神未斜视,祸福相生互关联。
事态难说何处去,眼神心灵送温暖。

此刻青年生灵感,参加赛跑按习惯。
跑出大约一英里,按照规定限路线。
已向胜者做承诺,奖励翡翠绿指环。
硕大指环精制作,自己亲手造灾难。

超过四十男青年,争先恐后勇夺冠。
全神贯注各就位,注意脚前起跑线。
谁想号令如此快,出发齐整排长串。
当仁不让争分秒,大片脚印留沙滩。

格莱比诺外乡男,名字普通貌一般。　65
快风飕飕抛身后,怒气冲冲跑在前。
长途奔跑抵终点,第一触碰红色线。
谢天谢地谢亲友,乡亲百姓满笑脸。

- 第二卷 -

隆重祝贺人围观,众人拥他广场边。
身边簇拥众人群,要求我送贵指环。
本人忐忑难掩饰,众人眼睛盯我看。
为难胆怯心慌乱,赠送指环称心愿。

'夫人允许我高攀,请您接受我贪恋。
看似贫困身下贱,伟大爱心我奉献。
精神力量最伟大,富贵荣华人光鲜。
天大障碍可逾越,不屈不挠过难关。'

我懂礼貌顾体面,(礼貌女人尽完善)
请你收下我指环,赠你指环赠心愿。
周围乡亲围一圈,给我佩戴彩花冠。
众人抬我下座椅,前呼后拥回家园。

不因孱弱有反感,还应满足众心愿。
三周时间受煎熬,伤心热恋同增添。
我将服从父安排,操心费力礼周全。
我会绕弯巧妙讲,先从父命后我愿。

- 第二十歌 -

青年听后把我劝，作为夫君成家眷。　　70
讲话得体人和善，言听计从合我愿。
<u>格莱比诺</u>称其名，认同出身人彪悍。
纯真谨慎人诚恳，品德性格值美赞。

家父平静呈笑颜，和蔼可亲顺我言。
吻我前额侃侃谈，随心所欲你自便。
态度谨慎心诚恳，相信选择合你愿。
<u>格莱比诺</u>有教养，值得尊重做靠山。

有此父令和己愿，愿望荣誉两兑现。
虚荣对抗一场空，瞬间消失众青年。
不幸可悲婚姻事，靡然乡风撑脸面。
今日正好一月整，何时熬到苦转甜！

昨日看到命运转，惧怕消除意志坚。
死亡血腥今日见，地上死尸连成片。
如此惨烈我无语，上天如何能偿还？
事已至此无补救，罪恶滔天谁裁鉴？

― 第二卷 ―

故事经过我讲完,婚后生活美而甜。
短暂自由享荣耀,后来结局苦难言。
记录故事你负责,残酷创伤成永远。
应予痛苦以补偿,允我埋葬我夫男。

不说猛禽也凶残,可悲猎物撕碎片。　　75
不说豺狼凶猎犬,胃口大开贪无厌。
铁石心肠人不耻,维护正义应发言。
利剑重拳两手硬,死亡埋葬同悲惨。"

夫人故事刚讲完,哭声悲恸震山川。
焦虑痛苦动心弦,对其忧伤生同感。
给予安全远不够,请求夫人发誓言:
非到万不得已时,休要以死做祭奠。

窒息忧伤心烦乱,盼想西蒙在身边。[4]
起码暂时先替岗,莫说值班到时间。
听到故事会心惊,可能他已闻其言。
一定帮我去劝慰,共同助她渡难关。

- 第二十歌 -

故事动人感动天，海上星辰天上悬。
南十星座报时辰，南方西南自行转。[5]
黑夜来临天寂静，劝解生效我心安。
夫人悲伤稍减缓，将其带到我营盘。

营盘戒备非森严，已婚妇女可陪伴。
黑夜大幕已拉起，等待希望新一天。
此时诸位身疲惫，众人休息我续篇。
确实需要缓缓气，暂停写歌等明天。　　[79]

- 第二卷 -

注 释

1　三头犬,即希腊神话中的地狱看门犬刻耳柏洛斯。此犬形象特殊,长有三个脑袋,嘴角滴毒涎,下身长着一条龙尾,头上和背上的毛盘缠着多条毒蛇。
2　此处原诗使用了西班牙古代长度单位呣,又称臂长。诗中标出 20 个寻(臂长),共计 33.4 米。"耸立"一词可用"廿臂"来代替。
3　当时西班牙士兵夜班站岗分三班:第一班晚 8:00—晚 11:00,第二班晚 12:00—凌晨 2:00,第三班凌晨 3:00—凌晨 5:00。
4　西蒙,此处指西蒙·佩雷拉。
5　南十字星是南天星座之一,只能在北回归线以南看得到。它的位置在正南方,位于半人马座与苍蝇座之间的银河,很好辨认。在北半球一般依靠北斗星及北极星来判断正北方向,而在南半球,就需要依靠南十字星座来判断正南方向。

第二十一歌

特瓜尔丹在丈夫的尸体前痛不欲生

特瓜尔丹找到丈夫的尸体，失声痛哭，之后将其尸身带回家乡。西班牙人骑马从圣地亚哥城和帝国城出发，走陆路抵达彭科城。考波利坎显示己方强大的军事力量。

    何人爱情受熬煎，能比如此虔诚篇？ 01
    今日我为诸位唱，美丽姑娘遭磨难。
    赞其名誉与伟大，本人声嘶力竭喊。
    啧啧称美播遐迩，口口相传至永远。

- 第二卷 -

停止使用诽谤言,尖酸刻薄语刁钻。
冒犯高尚贵夫人,如今似已成习惯。
何曾见到反其道,眼前实例做典范。
恶意混淆多责难,无耻惩罚设羁绊。

名誉显赫难登攀,多少贵妇遭祸端。
黛朵 卢克雷蒂娅,维吉尔氏栽赃陷。[1]
珀涅罗珀 卡米拉,以血为夫洗床单。
福尔维娅 胡迪克,受害名字连成串。

众多烈女品格端,特瓜尔丹列其间。
虽无突出功绩事,悲切爱情值赞叹。
平凡事迹公允论,故事闪光人耀眼。
名字值得传歌颂,神圣不朽至尊远。

狐疑不决面前站,顾及名誉顾脸面。　05
稍许恩惠即满足,盼望命运待好转。
一旦曙光照身上,好梦连连味道甜。
本人疲倦四肢软,焦虑折磨又一天。

- 第二十一歌 -

心神不定四处转，悲伤哭泣情感坚。
夙夜匪懈心沉重，身背罪责苦熬煎。
竭力安慰表同情，救困扶危心坦然。
派出护卫送亡夫，离开营盘保安全。

撕心裂肺哭声喊，伸出双臂求上天。
印第安人唤魂灵，乞求本人护身边。
谨慎行事四处寻，死人堆里尸体见。
尸体冰凉浑身血，一颗子弹前胸穿。

<u>特瓜尔丹</u>跪尸前，脸色憔悴脸形变。
捶胸顿足表愤怒，扑向亲人头晕眩。
伤心眼泪如泉涌，抚尸痛哭泪洗面。
亲吻嘴唇亲伤口，似乎丈夫活人间。

"悲伤不幸实可怜！你说我该怎么办？
强迫婚姻悖我意，为何结果变灾难？
为何怯弱吞苦果，诸多苦果如何咽？
不仁不义何时止？如今寻死似登天。"

悲愤欲绝至极端,僵硬双手抚颈边。　　10
束手无策人无奈,涕泪交零肝肠断。
差慰人意尽规劝,收效甚微心不安。
万念俱灰欲寻死,发疯勇闯鬼门关。

寻死之心稍减缓,多亏本人耐心劝。
连声诺诺做保证,按照家族习俗办。
佃户起立举门板,冰凉尸体轻放慢。
尸体抬在众肩膀,多位仆役站两边。

双方战争告一段,几无挑衅少冒犯。
走近附近一座山,多位战友陪身边。
等到转向别阵地,行军右拐变路线。
告别遭难可怜女,获益匪浅助诗篇。

回到驻地未生变,一周之内少得闲。
重建破坏殆尽地,壕沟城墙修复完。
时时聚力再备战,夜夜枕戈待明天。
养精蓄锐等命令,贪名逐利欲垂涎。

- 第二十一歌 -

我军面临新挑战,马普切兵先发难。
厉兵秣马备辎重,千匹战马箭两万。
严寒冬季雨水多,沼泽泥泞河流湍。
战备运输多困难,无奈延搁许多天。

正好一日上午天,土著抵营口信传。 15
"可怕武士又侵犯,快跑离死已不远!
阿拉乌戈人强悍,厄运来临降身边。
破旧城墙失作用,无处逃命可避险。"

类似消息中午传,山区酋长亲口谈。
确认当地实力强,不可小觑低眉看。
组织健全人干练,战争武器备齐全。
桥梁通道大木板,齐心协力绸缪战。

我方斗志未瘫痪,反倒希望仗提前。
士气不佳心不散,越是危险越勇敢。
缮甲治兵有条理,迅速备战莫迟缓。
万事俱备耐心等,千百生命头倒悬。

传达消息自眼线,准确无误有来源。
伏击来自三方面,第四方面趁黑天。
越是失去自信时,越是靠人不靠仙。
一座高山山顶上,我军一彪将兵现。

欣喜难表用语言,人声鼎沸笑语喧。
井井有条炫耀动,怒吼战神雷声喊。
幡旗猎猎迎风飘,花花绿绿排成串。
战马响鼻嘶鸣叫,战鼓军号震破天。

将兵庆幸喜相逢,谈论军务谈友情。　　20
整齐排队骑步兵,进入阵地按指定。
五花八门军帐篷,狭窄田野建军营。
熙熙攘攘喧闹声,恰似搭建一座城。

事出有因报军情,蛮人附近集结兵。
谨慎修改原战表,目标变更均变更。
<u>科罗科罗</u>人机敏,相悖意见愿倾听。
探究原则论方法,达成一致即行动。

- 第二十一歌 -

纷纷意见有论争，振振有词各不同。
决定虽有强迫性，形式不同必执行。
战场庄严人气旺，各显其能凭聪明。
西班牙兵已抵达，声名鹊起与日增。

我军士气颇旺盛，民族价值达顶峰。
对面敌人正懈怠，深入敌营走捷径。
试图利用狂热病，兵贵神速用刀兵。
大张挞伐建伟业，未雨绸缪分轻重。

尽快调配军辎重，长期战斗缺补充。
吵吵闹闹不相让，嘀嘀咕咕鸣不平。
各显其能争名声，要求尽快均分送。
均衡分配五大份，各方期待未落空。

长期盼望好心情，首日劳作人高兴。　25
来自帝国大部队，整装待发骑步兵。
岗位分配按地块，不管抗议与骚动。
辎重运输杂役工，武备食物足供应。

沸沸扬扬铿锵声，武器辎重众士兵。
准备军需各物品，弹药粮秣早补充。
一切执行统一令，部队地点分军营。
军用口令须记牢，按照旗帜兵集中。

<u>考波利坎</u>不轻松，天时不利谨慎行。
分配制度按原则，凭靠运气凭技能。
艰苦训练学战术，考试成绩评定兵。
养兵千日备战事，用兵一时争取胜。

<u>皮约尔克</u>戎装行，身先士卒武艺精。
手执一柄钢手杖，武器虽重动作轻。
酋长站在最前列，投掷标枪手轻盈。
将兵齐整排成行，横竖十三方阵形。

紧接视察压阵兵，<u>雷乌克东</u>是统领。
排列密集弓箭手，无数箭镞怪状形。
<u>连科</u>带领部下到，步伐坚稳人镇定。
飒爽英姿气高傲，粗长大斧握手中。

- 第二十一歌 -

图克马拉粗壮形,金刚怒目气冲冲。　30
未穿惯常盔甲装,身披猛虎皮斗篷。
突出吓人血盆口,铜头铁额面狰狞。
两排皓齿齐整整,锐利光滑亮晶晶。

部下随同如蚁蜂,一色粗野农民兵。
兵如门牙齐刷刷,身披兽皮亮莹莹。
塔卡玛维达兵过,增援部队具特征。
统领威风人自负,卡纽塔罗正年轻。

比克尔多叔侄兵,米亚雷茂花季龄。
五色斑斓饰兵器,成群结队众兵勇。
部族居住河两岸,尼维根腾是河名。
滔滔滚滚湍濑流,比奥比奥水量丰。

马雷安德人威风,身带弯刀宽盾行。
年轻自负性高傲,人高马大面凶横。
雷波曼德表兄随,裸露肩膀扛刀锋。
兄弟二人属同宗,周围全副戎装兵。

雷茂雷茂露行踪，手执长矛分量重。
行走小队做前锋，众人注目露峥嵘。
紧跟其后瓜雷茂，胯下海马鬃毛挺。
父亲曾经做海员，为救母亲早丧命。

传说杜撰难分清，某日母亲游海泳。
不慎远去离海岸，一只海马近身攻。
怪兽发出吼叫声，女人被掠心受惊。
母亲消失父悲痛，鲤鱼打挺跳海中。

爱情激励人勇猛，青年扑向大鱼精。
鱼形身体渐渐长，裹胁青年毋放松。
狡猾游近海岸边，海上妖怪善游泳。
推动青年向前进，怪物反向破浪行。

自由跳跃猛进攻，坚硬尾巴横扫凶。
庞大身躯弯曲动，攻击青年砸头顶。
青年此时尚清醒，挥动武器近体迎。
双方展开激烈战，太阳凝视海镇静。

- 第二十一歌 -

勇敢蛮兵快轻盈,力量巨大灵敏型。
铁质大棒迎头击,伤及妖魔前额重。
超凡入圣属蛮人,较量结束逞凶猛。
身长足有近八米,巨大海马身僵硬。

颂古论今写英雄,一挥而就落墨成。
巧用坚硬海兽毛,做成盔甲亮铮铮。
不幸殒命瓜科尔,炫铠传辈出精英。
深山幽谷聚人气,金矿畜牧富康宁。

再说另外一精英,家乡土地临海景。 40
塔卡瓜诺手粗大,右手举锤灯草轻。
高高羽饰傲气浓,部下紧随其后影。
胸部斜插彩羽毛,蓝色白色橙色红。

接踵其后图梅行,布艾尔切属同宗。
尖尖武器配长柄,粗粗长柄圆柱形。
土著民族善用剑,信仰常变宅常动。
力气虽大无事事,智力低下近孩童。

安达琏人现身影，带领训练有素兵。
身披定制锁子甲，硕大粗壮矛舞动。
奥罗贝约人少年，气冲霄汉贯长虹。
远来一彪青年军，翁戈尔茂率出征。

艾力古拉紧跟从，全身戎装气势汹。
威风凛凛军年轻，虎视眈眈威力猛。
亚乌戈人脸赭红，强壮有力集团兵。
埃纳维佑人卓越，亚乌戈军副首领。

卡约古比具英勇，人品成熟气旺盛。
统领久经沙场军，步伐稳健饰隆重。
后面紧跟名布楞，走路摇摆欠稳定。
率领英姿一小队，训练艰苦过硬兵。

林戈亚氏巨人形，花色羽毛冠头顶。
牢固肩甲闪金光，头盔花翎分外明。
自信满满走在前，神采奕奕兵统领。
佩伊卡维任队长，带领彪悍众兵勇。

- 第二十一歌 -

场景似在演出厅,卡纽曼戈面悲情。
杰出老父已仙逝,代父尽职任将领。
左右面颊涂两色,前后队伍黑白兵。
士兵稳步迈前行,鼓角走调沙哑声。

后者露面称俊英,图卡贝尔军首领。
宽形金盔见方格,盔檐闪光亮晶晶。
膀大腰圆形粗犷,脚踏实地步稳重。
背后紧跟众亲兵,骄傲自负人骁勇。

考波利坎称英雄,统领阿拉乌戈兵。
愤怒战神火点燃,短粗权杖握手中。
麾下将领多精英,马雷瓜诺人骁勇。
拉姆贝乔七酋长,科罗科罗最出名。[2]

七路部族将兵勇,多支队伍喜相逢。
彭孔伊达卡乌腾,色彩缤纷幡旗旌。
尼维根腾敦科人,十路人马杂牌兵。[3]
众多武士聚一起,本族外族忧患共。

471

海洋激浪波涛涌，暴怒将兵戎装行。　　50
地动山摇声震天，接踵而至难辨清。
石破天惊翻江海，尘土飞扬地震动。
几处旋风升天空，云山雾罩灰蒙蒙。

我方战场景似同，正如前面我歌声。
堂加西亚排头走，带领出发强悍兵。
众多勇士面带笑，似有迹象好运生。
热血沸腾心胸阔，动之以情道理明：

"勇敢骑士侧耳听，只需本能智谋勇。
率领各位去南极，越过热带南方征。
热带雨林路遥远，靠近上天到顶峰。
阿波罗神未曾到，上帝从来未允应。

如此辛劳苦出征，众擎天主旗幡升。
西班牙人施统治，多数外族已屈从。
昂首挺胸向前进，冲向真正野蛮兵。
征服此地远不够，必将世界地踏平。

- 第二十一歌 -

扩大战事续远征,奋斗不止达初衷。
一事无成应惭愧,曾经荣誉徒虚名。
未竟事业需努力,疯狂敌人战场凶。
荣华富贵必得到,同心协力定成功。

我所要求俱阐明,胜败常事勿虚惊。　　55
即使狂人敢冒犯,无须偷袭扰敌兵。
如果对方杀回马,御敌似像对友朋。
战斗避免丢性命,保住性命少牺牲。

心明眼亮道理通,征战目标永记清。
愤怒莫要越界限,亵渎权利人无能。
理性如无控制力,暴怒过度恣意行。
惩罚失当遭报应,证明敌方事业正。

煞费苦心解说清,无须赘述再提醒。
讲话至此惹烦扰,烦扰各位愤怒情。
消灭敌人做先锋,冲破障碍毁帐篷。
同心合力奔目标,好运呼唤我必胜!"

- 第二卷 -

各队勇士快速动,英勇杀敌呐喊声。
冲向岸边沙滩地,河水比奥冲积成。
轻舟快艇奔前行,穿过大河继续冲。
军兵方队进阵地,越过禁区越险境。

续写诗篇勤笔耕,矢志不移砥砺行。
力倦神疲需休息,振作精神赶路程。
声嘶力竭身困顿,悬河泻水夺臣命。
披坚执锐臣努力,取悦陛下另歌声。　59

- 第二十一歌 -

注 释

1. 此处原诗列举了多位历史上曾遭受诬陷的贵夫人，她们美丽动人，雍容华贵，地位显赫，但人身不幸遭受侵犯，多以自杀结束生命。一些文学作品对她们进行了歪曲描写，极大地损害了她们的声誉。尤以黛朵（Dido）、卢克雷蒂娅、珀涅罗珀最为著名。卢克雷蒂娅（Lucrecia）为古罗马时期的历史人物，其夫名为格拉迪诺。不幸被罗马国王儿子塞斯多·塔尔基诺强奸，后自杀身亡。珀涅罗珀（Penélope）是荷马史诗《奥德赛》中奥德赛的妻子。奥德赛因为特洛伊战争20年没有回家。珀涅罗珀一直在等奥德赛。为保住自己的贞操，她白天织布，夜里把白天织的布全部毁掉，第二天继续织布，永远没有完结。奥德赛回家后杀掉所有那些所谓求婚的男人。黛朵的生平事迹请参见本诗第32歌的介绍。另外，本诗原文还列举了十一名贞洁女的名字，简单介绍如下：胡迪克（Judic），《圣经》中的女英雄，为保卫自己的城市割下侵略者奥洛菲尔内斯的头；卡米拉（Camila），传说中的狩猎女英雄；伊波（Hippo），希腊女青年，操守贞洁的典范，被敌人海军俘获并被强奸后投海自尽；杜西亚（Tucia），罗马时代的贞烈贤达女人，曾受到不公正对待；比尔赫尼亚（Virginia），古罗马时代女英雄，为救其父而死；福尔维娅（Fulvia），因曾有三段婚姻而被污蔑为放荡的女人；克罗艾莉亚（Cloelia），罗马时代女英雄，曾被掠为人质，伺机自己游泳逃出监牢；玻尔西亚（Porcia），公元前1世纪的罗马烈性女子，得知丈夫死去，她立即吞食热煤球自杀；苏尔比西亚（Sulpicia），虔诚祭祀并雕塑罗马女神维纳斯；阿尔塞斯特斯（Alcestes），古希腊忒萨利亚国王妻子，为救丈夫而献出生命；科尔内里亚（Cornelia），罗马时代伟大母亲形象。上述这些贞女中，好几位的名字都曾出现在薄伽丘的《十日谈》中，如苏尔比西亚和玻尔西亚等。
2. 此处原诗列出七名酋长的名字，分别为：库尔科、马雷瓜诺、米罗、特琯、拉姆贝乔、瓜母柯罗和科罗科罗。
3. 此处原诗列出十个部族名称，分别为：普利马依根、敦科、雷诺根隆、彭孔、卡乌艮、伊达、毛莱、尼维根腾、布艾尔切和卡乌滕。

第二十二歌

被砍去双手的加瓦利诺

西班牙人进入阿拉乌戈人的领地，双方展开恶战。<u>连科</u>的人品经受考验。印第安勇士加瓦利诺被剁去双手。

　　强逼爱情无真诚，吾之焦虑你何用？　　01
　　切齿赢愤吾夙诺，非要折磨吾不成？
　　谨小慎微胸无愧，心中渐渐怒火生。
　　怒火缓慢在燃烧，烧进血管骨骼中。

- 第二十二歌 -

虚伪意图难顺应，描述战神写血腥。
细微记忆多不当，逼吾疲于拼性命。
休想阻扰原思路，无人随声附和同。
容吾躲进某角落，任尔折磨造伤痛。

卑鄙怯懦讲战争，涉及众多男精英。
准确说明个中理，本人无地可自容。
身处刀剑荆棘丛，惊慌失措无所宗。
梦断魂销还说梦，痛苦沉重赘苦痛。

请听恐怖号角声，野蛮敌人又进攻。
诸多杂事未及顾，本人即刻踏征程。
双方交战正胶着，需要智谋心虔诚。
左右为难对变故，岂有时间赋闲情。

目前并非无所宗，本已投入鏖战中。　05
吾应完成所应承，纵使希望成泡影。
别无选择百归一，何须绕圈寻捷径。
痴心续写遵初衷，秉笔直书贵天成。

477

- 第二卷 -

歌接上篇赶路程,我方阵地布齐整。
短时拥有开阔地,远离蛮区远惶恐。
高高太阳西坠去,依山傍水水源丰。
舒适地形视野宽,第一要务须扎营。

几乎适遇扎军营,平地临海心安宁。
喊声大作起四方,拿起武器提缰绳
熙来攘往人拥挤,严守纪律从命令。
兵士跑向各旗帜,整装待发威武兵。

我方派出侦察兵,一路平坦跑不停。
敌人队伍聚峰巅,安达琏山高峰顶。
已见士兵穿插过,左手阻拦兵马行。
"稍等稍等勿着急!倒看有谁豁出命。"

陡坡掩护我兵勇,部队隐蔽按队形。
精神抖擞士气壮,数量优于蛮人兵。
暴怒蛮兵气魄大,刻不容缓始进攻。
迫使对方后撤退,骑兵无须等命令。

- 第二十二歌 -

部分收缩变队形,陆续回身观敌情。　10
败兵攻击胜利兵,发起进攻更凶猛。
暴怒发疯挣扎战,迫不得已原路行。
争道夺路压挤死,皆因有人未从令。

印第安人急匆匆,暴怒增长心不宁。
浑身肮脏扬尘土,互相追赶随队形。
吾军比肩接踵走,本人恐惧情沉重。
踢马腹部用脚镫,脱缰战马难掌控。

驱赶战马声不停,脚踢手拍吆喝声。
蛮人步行紧追赶,强逼吾军下马行。
两军相遇互争斗,两败俱伤狮子熊。
盛怒野狗声猖猖,狗穴狗道被占领。

劈头盖脸怒吼风,黑色暴雨雷电鸣。
道路战场尘飞扬,风暴雨骤洗天空。
宽阔地面旋风起,狂魔卷物抛西东。
高大树木连根拔,石破天惊大地动。

- 第二卷 -

狂风吼叫一扫净,野蛮怒吼似发疯。
筋疲力尽吾军兵,抵抗乏力显无能。
荣誉丢失感耻辱,若无其事装镇静。
人潮人涌赶到场,身上脸上伤情重。

惨遭虐待常发生,天意运气非万能。　　15
暴怒人群似狂犬,败者无权求同情。
蛮人嚎叫赛虎狼,高山深谷听回声。
轻风吹走伤心事,时有消息传军营。

部分地区吹西风,风驰电掣呼啸声。
雷蒙带来众兵士,事先业已情报通。[1]
疯狂人群呼喊叫,掀起一片鬼嚎声。
暴怒敌人又进攻,陶醉血腥胜利中。

一处堡垒坚固城,多处豁口墙倒倾。
几经浩劫遭破坏,战斗之余刚修整。
破处可供人通过,远处墙体飞天空。
多人受伤步履难,战马踩伤伤不轻。

- 第二十二歌 -

激烈战斗刚发生，拙笔书写记录成。
记述惨烈战役事，长矛利剑拼刀兵。
尽管菲才学识浅，记叙事件吾能行。
几处战事值喝彩，诸多场景可称颂。

林戈亚氏傲气冲，率领第一小队兵。
满脸横肉狂怒相，大步流星脚生风。
瞬间抡出粗长矛，脚踏实地步坚定。
坚兵利器显威力，堂佩雷斯刀伤重。[2]

长长矛头右侧穿，尖尖锐铁造伤残。　　20
穿过双层棉背心，细密锁甲全刺断。
宽锋矛头沾鲜血，穿透后背露矛端。
肉体颜色生病变，僵直身体傍马鞍。

图卡贝尔抵路边，脚底铁掌近磨穿。
精神抖擞举狼牙，奥索里奥倒霉蛋。
适时展示健壮体，舞枪弄棒花样翻。
粗手大力落身上，四肢骨骼散不全。

- 第二卷 -

卡塞雷斯后露面,遭受重击倒地瘫。
骁勇善战人大胆,手握盾牌出利剑。
一人抵抗数敌兵,单枪匹马苦鏖战。
面对敌人一骁勇,凶神恶煞皆胆寒。

浑身是胆抵抗难,一人难同多人战。
混乱不堪听嚎叫,周围一片人骚乱。
此时此刻情况变,五十骑兵驰骋援。
雷伊诺索及时到,侧面冲破包围圈。

拼命抵抗战犹酣,长矛如林前进难。
冲开一队密集兵,十名蛮兵倒地瘫。
卡塞雷斯被搀起,众人聚拢欠安全。
反复砍杀远死神,暴怒未消勉强战。

不顾死活不避险,堂米兰达堂胡安。[3] 25
堂米格尔洛佩斯,肩负重担撑全团。
胜败兵家常有事,科尔多瓦遭重残。
堂乌约阿堂马丁,七名勇士记心间。

482

- 第二十二歌 -

阿拉乌戈军善战,吾军鲜血供饮餐。
西班牙人调动乱,重新回到出发点。
躲闪不及追兵到,如同炸弹响身边。
寸步难行难挪动,转身回马面对面。

前进不时受阻拦,雷蒙等人返身转。
遭受重伤多罹难,惨重失败在上演。
尘土飞扬似乌云,勇士掩埋土里面。
战争规律需遵循,硝烟弥漫我军团。

阿拉乌戈兵凶残,冲入我军刀兵间。
内部混乱趋和缓,收敛怒恨步放缓。
队伍重整兵收缩,兵士减员另组团。
集合右边山脚下,附近湖泊水面宽。

我方尖兵先发难,集结武装指战员。
迅速抵达面对面,重兵冲锋敌人间。
我军撤出泥淖地,近身肉搏剑对剑。
力量勇气受考验,本人镇定挺立站。

未闻德军如此战,敌我对峙脸对脸。 30
交手肉搏世罕见,遭受打击无间断。
接踵而至队队兵,拥挤狭窄黑泥潭。
互相挤压叠罗汉,后退一步难加难。

深深湖水没腰间,双方扭打互纠缠。
有人似乎装从容,身体越动越深陷。
有人试探碰运气,抓牢近邻敌人肩。
嘴咬敌人泥糊眼,求胜高招造新鲜。

遭受伤痛怒火燃,怒焰依旧命难算。
不露声色无迹象,优势几乎不占先。
敌方力量在改观,占领湖区操胜券。
血流成河岂忍看,湖水浑浊血色染。

<u>连科</u>怒火早点燃,视微远眺眼茫然。
我方战场在眼前,直接送其到阴间。
一脸怒气挺胸膛,后退接近深泥潭。
全力抵抗面前敌,威胁对方大声喊:

- 第二十二歌 -

"下贱人群快应战,诡计阴谋可实现。
穷追不舍迫害我,吾让尔等死无还。
连续作战勿歇息,西班牙国快完蛋。
食肉喝血解仇恨,解渴解饿能解馋。"

威胁大地威胁天,英雄身陷溚泥潭。　　35
狼牙大棒开血花,兵勇吓倒身瘫软。
说话声音显陌生,对其疯狂少论谈。
个别士兵识连科,见面挥手喊少见。

群起攻之击胡安,此人反水早叛变。
脑袋一锤被敲碎,近旁奇卡身折断。
一锤直砸苏尼卡,一样凶残对第三。
犹如铁杵铸湿地,胸部尚陷烂泥滩。

硝烟弹雨弥漫天,昂首挺胸迎灾难。
晴朗天气变浑浊,呼啸子弹落四边。
暴怒蛮兵善恋战,凶狠毒辣出重拳。
泥淖已至没腰深,如墙人群似护栏。

485

多鬃野猪伤情重,退至狭窄烂泥汀。
有人追捕跟踪紧,一群猎狗包围攻。
嘶哑咆哮大声喊,左右迂回刀纵横。
厮杀挤压伤敌人,如雨弹丸落头顶。

连科吃力挺身迎,怒火燃烧疯狂病。
全身布满汗血泥,只身站在泥淖中。
轮换双手挡阳光,拼尽全力抗敌兵。
枪林弹雨淋四方,似有暴雨自天空。

军队分散听命令,持续顽强激烈攻。
我方士兵聚平地,撤退收缩待休整。
连科孤身苦挣扎,独自抵挡众敌兵。
越陷越深沼泽地,周围皆是烂泥汀。

战果不佳受伤重,敌人众多难抗争。
部队快速集结动,四面八方围攻中。
一条草丛隐蔽路,崎岖山道护其命。
尽早及时撤退走,拯救自己救亲兵。

- 第二十二歌 -

"诸位战友注意听,避免耗力无用功。
我方保留所剩血,善贾而沽慢慢等。
我军无奈后撤退,撤出害人烂泥坑。
敌人处境同样难,顺水推舟会遵从。"

连科说话愿听从,迫不得已手脚停。
选择狭窄近路径,伴同鼓角相随声。
道路出口多堵塞,追随我军无可能。
仍有士兵水里泡,等待救援等救命。

暴怒蛮兵山坡行,总算逃出烂泥泞。
连科浑身血泥水,隐蔽垫后护亲兵。
犹如发情一公牛,一群母牛紧跟踪。
东张西望缓慢走,高视阔步奔前行。

我方战场布阵明,避开敌人避交锋。
一名蛮人被捉拿,远离战友远兵营。
不知何故成俘虏,严惩不贷树典型。
附近地区多刁民,剁去双手按命令。

- 第二卷 -

一根树枝悬空中,挂住右手能看清。
用力一刀手剁掉,伸出左手何怕疼。
被剁左手掉一旁,坦然自若壮士风。
鄙夷不屑冷笑声,高仰头部挺脖颈。

"我请你等割喉咙,常喝鲜血你供应。
誓死不屈无畏惧,你等威胁顶屁用。
遗憾杀敌不够多,本人快刀不够硬。
身后众多大部队,善于用剑杀敌兵。

如果你等想立功,暂时无须要我命。
我死不由你们定,想让我活我不应。
我会得意离人世,我死让你心不宁。
我死给你造苦恼,我会羞辱害人精。"

固执自信话滔滔,临死辱骂吼声叫。
越加狂怒越固执,血染大地彪汉倒。
倒在自身血泊里,希望生命到终了。
暴跳如雷咬自己,躯干流血自牙咬。

- 第二十二歌 -

青年顽强怒火烧,怒火使人心烦扰。　　50
见一役工下山坡,身扛蛮兵付辛劳。
似像食肉山野兽,眼见猎物性暴躁。
此时此人人躁急,背到驿站站地抛。

四脚捆绑绳缠绕,横躺湿地受煎熬。
使用沾血粗棍棒,眼睛鼻子两处敲。
四脚朝天口大张,想咬自己不能咬。
如不及时施救助,即使救助伤难好。

烦人蛮兵人桀骜,身体伫立大声叫:
"我有力量多流血,冒犯基督我自豪。
必死无疑命难逃,方法无耻未预料。
失去双手无所谓,仍会报仇除霸道。

恶贯满盈舞魔爪,新仇旧恨等恶报。
伤天害理施暴虐,坏事做绝非人道。
无需多久援兵到,就知一命值多少。"
魂飞魄散随风飘,余下事情我不表。

昔日故事难忘掉,蛮兵名字我记牢。
气吞山河大无畏,<u>加瓦利诺</u>胆气豪。[4]
鞍马劳顿蜿蜒路,声嘶心竭气力消。
允吾务必喘口气,无声无息人枯槁。   54

- 第二十二歌 -

注　释

1　此处的雷蒙全名为胡安·雷蒙（Juan Remón）。
2　堂佩雷斯，全名为埃尔南·佩雷斯（Hernán Pérez）。
3　此处原诗列举了十六位征服者的名字，分别是：米兰达、堂胡安（胡安·胡弗雷）、堂米格尔、彼得·阿文达纽、乌约阿、马丁·鲁伊斯、埃斯科瓦尔、科尔特斯、阿兰达、洛萨达、贝那、科尔多瓦、卡塔涅达、贝尔纳尔、拉萨尔特和堂洛佩斯（胡安·洛佩斯·德·坎博亚）。因篇幅所限，诗中只译出七名勇士的名字。
4　加瓦利诺，马普切士兵，生卒年不详。1556年，在著名的拉古尼亚斯战役中，几百个马普切家庭被围困。马普切军队的领袖正是加瓦利诺。由于对西班牙的军队（约5000名）的力量和战术缺乏了解，马普切军队虽然有10,000人，但军队被击溃，加瓦利诺被俘。西班牙人剁去了他的双手后将他释放。获得自由的加瓦利诺要求和战友们并肩作战。因为失去了双手，加瓦利诺就把两把又长又锋利的刀绑在胳膊上，从而成为让西班牙征服者闻风丧胆的可怕士兵。在智利历史中加瓦利诺被称为"伟大的马普切战士"。

第二十三歌

加瓦利诺来到阿拉乌戈议会厅,在全体酋长大会上谴责某些人的愚蠢举动。西班牙人外出寻敌。描写费东博士居住的山洞和洞内物品。

切勿自轻自作践,应知敌人在眼前。　　01
星星之火可燎原,祸从天降身自燃。
乐不可支喜若狂,多疑尚需善判断。
一帆风顺靠运气,福祸倚伏常有变。

死亡降临有早晚,好运天助时短暂。
生生死死事难料,风风雨雨多嬗变。
有人从未享好运,运乖时蹇勿怨天。
安常处顺知天命,不惧灾祸降人间。

运移时易无常变,幸福岂能续百年。
好运总会成过去,规律习惯遵客观。
论谈累赘心沉重,即使不长惹心烦。
只愿叙述眼前事,加瓦利诺遭大难。

- 第二十三歌 -

青年流血伤重惨,暴怒勇气势不减。
抵达地点安达琏,考波利坎军营盘。
紧要议会正进行,秘密决定正筹算。
筹算作战诸事宜,逐项决定为迎战。

有人惧怕遇困难,如临深渊出怨言。　05
有人显示勇气在,知难而进事简单。
有人只求快通过,有人意见正相反。
公婆各说各有理,集思广益靠论辩。

争论不休分歧现,加瓦利诺获生还。
请求批准入会场,不费周折达心愿。
勇敢青年懂礼貌,声音嘶哑迈向前。
鲜血淋漓凄惨相,运拙时乖诉抱怨:

"报仇雪恨男子汉,外人伤害众人见。
横行异国土地上,旗幡乱飘遮满天。
祖宗土地遭践踏,杂种外人到处窜。
外人征服施暴虐,为何对敌还手软?

体无完肤诸位看,本人也属一族员。
有人煽惑骂议院,教唆此账如何算。
诸位价值被贬低,暴君面前失尊严。
声称杀光众酋长,无意肢解各器官。

战绩辉煌是昨天,口碑载道已如愿。
阿拉乌戈信誉升,赫赫有名至天边。
蒙受耻辱遭践踏,沸沸扬扬四处传。
沸腾热血已冷却,沟溢壕平热血填。

所有省份心胆颤,声名显赫世界传。 10
所有民族多屈服,坚甲利兵无阻拦。
征服到达最高峰,高处摔下定更惨。
世人藐视达顶端,货物过期不值钱。

外敌善用假慈善,冠予名分授头衔。
面朋口友称兄弟,服从管理附条件。
如有傲慢拒服从,无情镇压用刀剑。
一律成为刀下鬼,无论宗教女与男。

- 第二十三歌 -

诸位清醒回头看,谎言欺骗连成串。
诬蔑诸位功绩事,阴损毒辣坏事端。
趁火打劫造声势,海上陆地均霸占。
灿灿黄金成诱惑,条条矿脉囊中钱。

表面无辜心地善,绵里藏针蕴凶险。
鬼蜮伎俩传基督,口蜜腹剑藏祸端。
言行相诡心贪婪,心怀叵测谎连篇。
外人属于另类人,奸淫盗窃施霸权。

命运不济多祸患,真正威胁在眼前。
死得其所光荣死,面不改色人体面。
如铁肩膀担命运,身处逆境磐石坚。
无所畏惧挺胸膛,移山倒海排万难。"

人已昏厥苦难言,失血过多身瘫痪。　　15
脖颈错位软绵绵,支撑脑袋颇费难。
苍白脸部形象变,倒在平地鲜血染。
坚强勇士心悲痛,视死如归留遗憾。

- 第二卷 -

如此重伤世罕见，死神早已在召唤。
奄奄一息魂尚在，流血暂停命有缓。
忧国忘私总有报，良药妙方得救挽。
青年不久别死神，身体康复过险关。

铮铮有声肺腑言，千愁万恨涌心田。
冷却心脏又升温，疯狂怒火复点燃。
各抒己见求一致，求同存异事圆满。
另有观点被排除，一切措施迎挑战。

几个青年不耐烦，抄起武器求出战。
热血沸腾心切切，意急心忙限时间。
年纪长者动作慢，一腔怒火早点燃。
更有年轻冒失鬼，不肯遵纪守法典。

故事暂时放一边，百场战斗在眼前。
命令方式何地点，几种设想待实现。
允我慢慢唱细节，我军驻地乱翻天。
众多将兵住一起，莫敢大意警卫严。

– 第二十三歌 –

久等太阳缓出山，骑兵连队做先遣。　　20
步兵后面排齐整，尚有士兵做后援。
时辰瞬间到中午，爬上可畏峪峣山。
基督教徒白骨堆，小心移步心悲惋。

队伍行走山谷边，西侧濒临滨海岸。
扎营选在平原地，粮草充足人马欢。
央求村民充细作，传话保证毋冒犯。
只需占用少许地，基督教义保平安。

细作未能按时返，掐指一算过数天。
不懂奸诈施计谋，下落不明令记惦。
另派数人即出发，附近村庄再侦探。
月光暗淡出发晚，抓捕舌头问疑点。

本人忐忑未发言，气氛沉静夜黑天。
几个村庄转一转，宽阔密林绕周边。
愁痛悲苦老百姓，饥寒交迫尚平安。
打仗消息又疯传，战争后遗仍蔓延。

497

驻扎地名查伊坎，我军在此设营盘。
周围一片开阔地，一条窄路横跨穿。
一位老人印第安，细腿难立巍巍颤。
瘦骨嶙峋腰驼背，恰似树根露地面。

麻秆细腰动作慢，老态龙钟相可怜。
本人向前手搀扶，与之对话颇费难。
似乎腿脚欠灵便，几只猎犬趴路边。
胆小角鹿在逃窜，随同老人滚下山。

岂敢仔细往下看，双腿催马奔向前。
加速快跑紧跟踪，战马疾驰不及赶。
风在老人后面追，紧追慢赶落后面。
人已远去离视线，瞬间消失人不见。

待我下到陡坡边，两条熟路摆面前。
拉乌科坡地狭窄，左右竖立两座山。
眼睛再往下面看，茂密雨林现奇观。
河边走动小山羊，喜欢晨露嫩草尖。

- 第二十三歌 -

偶忆事情记心间，贤人梦里托谶言。
如何处理突发事，邂逅山羊在河岸。
愉悦无比心欢喜，顺延斜坡到岸边。
亦步亦趋跟踪走，缩手缩脚学羊倌。

山区行事须周全，细流清漫声涓涓。
信步侧耳随意听，嫩嫩野草长势欢。
嫩草感觉遭人踩，高昂前额欲叫喊。
小羊停止吃牧草，跑向弯路逍遥玩。

加快步伐紧追赶，驱赶坐骑走侧面。　　30
选择旁边一曲径，进入崎岖众小山。
直近一片林茂密，灌木大树锁路难。
山羊窜入小歧路，随其后面紧加鞭。

道路封闭跟踪断，周围空气浑浊暗。
山前山后疑无路，密林深处暗试探。
转向晕头无目的，尝试失败后悔晚。
选择他路行不通，不再前进回头转。

- 第二卷 -

弯弯歧路绕绕弯,转转蜿蜒团团转。
崎岖侧路存危险,清澈溪河淙潺潺。
寻觅水声继续走,一棵橡树立河岸。
眼前一座破茅屋,山羊依偎老人边。

"或因天意或不幸,带你来回瞎折腾。
密林灌木处女地,未有人迹留印踪。
如因倒霉命不济,误认逃犯出军营。
尽吾所能做吾事,千方百计逃活命。"

陌生老人令尊敬,收留山羊恻隐情。
喜出望外乐忘忧,意外收获在此行。
吾向老人话来意,不吝赐教愿意听。
何处山洞可栖身,求见博士称费东。

可敬老人父子情,唏嘘之余感情生。 35
轻轻握手示友好,走出破烂茅草棚。
其时正好值初夏,寻找一处凉阴影。
坐在乱石泉水旁,开始与吾诉心声:

- 第二十三歌 -

"老朽不幸本土生,瓜迪科洛是我名。
从军晋升授军衔,科罗科罗算后生。
本人曾作困兽斗,七次肉搏均战胜。
落叶归根回山洞,两鬓花白成老翁。

好在生活尚宽松,似乎总在做噩梦。
荣誉变为忝耻辱,命运多舛遭不幸。
输给埃纳维佑后,坎坎坷坷陷困窘。
多年头上戴花环,藐视名誉重生命。

保住生命失名声,(千次百次自绝命)
恢复声誉已无望,荒山野岭无人境。
离群索居二十年,匿迹林莽隐其形。
茕茕孑立你出现,奇迹出现令我惊。

久住此地活多年,孤独茅屋远人寰。
命运把你送给我,带到卑微处可怜。
真心实意满足你,我和费东算有缘。
他乃家父亲兄弟,性格怪僻人笃顽。[1]

费东居住在深山,荒山野岭无炊烟。　　40
自造房屋人怪诞,孤苦伶仃宿晦暗。
从未享受阳光浴,恶劣条件享清闲。
荒蛮非人度时光,少见烟火遁世远。

机智过人知识宽,动物植物高山川。
科学技艺深钻研,理论解释大自然。
身居可怕黑暗国,沉沦地狱人寡言。
无所不知无不晓,过去现在未来年。

太阳暴晒晴朗天,昏黑夜晚大地暗。
雷雨交加少风吹,天空寂静美自然。
眼前几条湍急流,飞禽翱翔向高攀。
昏头昏脑俯冲下,听他铿锵话语唤。

八月草地披绿衫,各自露脸各渲染。[2]
大海翻腾风顺从,月亮运转值夜班。
海浪滔天怒吼声,坚实大地自震颤。
变化运动自内部,地心暴躁凶恶险。

- 第二十三歌 -

多元因素勿小看，拥有强力发言权。
地壳变动有其因，能量消耗起剧变。
走火入魔博学人，探究奥秘重钻研。
其他星球何奥秘，人类与此何关联。

此人魔力属非凡，如何待你我不管。　　45
我愿满足你所求，侄子尽责是我愿。
现在你我即上路，一帆风顺事圆满。
目前正是闲暇时，马到功成好开端。"

二人起身走向前，马匹缰绳树间栓。
快步行走崎岖路，小路狭窄曲蜿蜒。
山路紧连一片地，原始森林人悚然。
阳光普照天晴朗，朦朦胧胧地昏暗。

忽见山洞在眼前，茂密树枝掩其面。
隐蔽狭窄入口处，两侧竖起木门板。
门口挂满野兽脸，小门大敞向两边。
老人从此冲进去，拉我随后手紧攥。

从此前进百步远,本人发憷心胆寒。
走出一处拱顶墙,高处长明灯一盏。
唯见灯下模糊物,整齐石凳摆两边。
无数瓶子标明字,膏丸草药水灌满。

一头猞猁切几段,一双眼睛尚和善。
眼睛突出似圆睁,蝮蝰蝎蛇蜥蚰蜒。
冒泡狗肉仍发怒,带血肩部盛怒颜。
动物发疯挣脱水,陈年蛇皮多斑点。

别处情景似这般,暴躁鬣狗关节坚。　　50
利比亚国沙漠蛇,毒蛇脑髓已焙干。
一只飞鸟软翅膀,双头毒蛇取其胆。
响尾蛇尾响不停,死到临头甜梦酣。

鸱鸺颅骨已裂断,未及处理尸埋掩。
肌肉鲜嫩似乳婴,焉能称之纯天然。
脊骨仿佛脱位置,长信毒蝰舌可观。[3]
毒牙伤人难治愈,生命完结血流干。

- 第二十三歌 -

恰似魔鬼毛发惊,多余鳞片属天生。
毒蛇毒液毒性烈,两侧沥液令惊恐。
剧毒牙齿液体浓,人或动物可致命。
顿时肿胀如皮囊,骨肉腐烂血瘀脓。

一只大杯全透明,隼狮心脏泡水中。[4]
东方凤凰化成灰,疲惫生命自焚终。
毒蛇身上涂油膏,怒吼大海养巨鲸。
舰船前进逆海风,强劲海风阻行程。

不乏毒蝎满地行,致命毒蛇尽逞凶。
毒蝎飞龙甩长尾,远处高岩落苍鹰。
鲨鱼嗉囊总饥饿,雌鲨受害吐奶精。
毒瘤瘟疫毒气漫,天然毒素处处生。

全神贯注走西东,沉醉观看药味浓。　55
一处小门立角落,走出干瘪老人精。
弯腰执仗走近前,瞬间认出我形影。
老人跑下斜坡路,健步如飞如弩弓。

- 第二卷 -

"勇敢胆大人年轻,冒险无畏怀激情。
能来此处隐蔽地,未经允许无人行。
早知心怀好意愿,远道而来我欢迎。
愿和你交忘年友,从未想过害你命。"

见我和善呼友朋,时机氛围皆顺境。
老人严肃性豪爽,和蔼可亲近人情。
纹丝不动盯我看,彬彬有礼人谦恭。
察言观色言由衷,先是沉默后回应。

"伟大费东如吉星,研究天体奥秘踪。
打破永恒旧轨道,独树一帜成体统。
秉承天意靠命运,难能颠覆旧规程。
推翻改变自然法,极目未来事发生。

神奇科学学问精,开凿洞穴穴土层。
活在深邃漆黑国,深入宇宙寻光明。
驱邪祛魔力无前,豪悍赶走地狱虫。
尔之神力天地颤,永恒法条出裂缝。

- 第二十三歌 -

站你面前一后生，他之到来仰慕名。　　60
印第安地名遐迩，直至北极均认同。
怀揣希望紧赶路，披荆斩棘直前行。
人被招兵学战事，耳闻目睹浩劫声。

忙里偷闲趁夜静，聊记那日全过程。
一场好梦突间断，似见欧洲事发生。
事变细节得披露，尔在深山也知情。
奇特故事宜回忆，那段历史受启蒙。

消息盈虚预测灵，博古通今未来明。
征服功绩奇迹事，离奇冒险比朝圣。
文字记载从未见，怕怯恐惧人发疯。
多余废话添烦扰，愿闻高论侧耳听。"

偶遇知音自庆幸，远近听闻传美名。
老者转身面向我，上下打量目圆睁。
声音铿铿似洪钟，散落白发不成型。
脸色凝重人严肃，回答方式令敬重。

"尽管道理违传统，预测未来事发生。
尽管违反天条令，至少延长我生命。
此时尔已来吾家，幽明崎岖路偏迥。
满足所求必回应，亲侄翻译互沟通。"

蹒跚走路慢腾腾，经过狭窄小门洞。
将吾带入另一处，房间明亮窗几净。
工艺高超费用贵，摆设井然奇特型。
语言无法好形容，发挥想象我无能。

方砖墁地砌齐整，玻璃瓷砖亮透明。
错落有致色纷呈，工艺光泽质不同。
无数宝石放异彩，穹顶星星闪晶晶。
整体大厅宽敞亮，光线余晖看反映。

金色立柱当支撑，名人浮雕过百名。
活灵活现艺精湛，聋人错觉会发声。
豪雄壮举功德事，宽阔墙壁绘英雄。
高超技艺实可观，兵器文学道德经。

- 第二十三歌 -

大厅中间宽敞明,五百绘画挂大厅。
散发奇特芳香气,光亮球体悬穹顶。
工艺水平堪绝妙,空中吊挂自支撑。
球体内部设机关,好似飘浮在空中。

赏心乐事人高兴,贪婪绘画意无穷。
瑰丽多彩雕塑品,墙壁地板天穹窿。
博士带我球右侧,观看雕像形不同。
弯形拐杖高举起,老者边指边说明:

"尔该知道好后生,众多形象曾著名。　　70
名望声誉凭伟绩,永远值得人尊崇。
门第低下人普通,鹏程万里达高峰。
功成名就运气好,升至月亮钩尖顶。

尔看球体比例称,世界缩小迷你型。
极其艰巨工匠心,四十余载我笃行。
不信长命百岁事,命运安排常变更。
本身能力终有限,钩深致远无止境。

尔具慷慨虚谷胸,挥舞橡笔写战争。
运用强大星球力,获得素材更丰盈。
诸多事情且不表,大千世界多内容。
向尔展示可怕事,让尔知其重要性。

阿拉乌戈素材丰,故事断线可补充。
利剑狼牙棒无敌,世界别处也使用。
虽未经历海军战,写成故事唯尔行。
海战陆战同道理,硝烟弹雨绘刀兵。

眼前战争记心中,某些事件疑窦生。
过去未来发生事,未必事事血雨腥。
地中海域安全海,获此海者尽享用。
失败一方被撕碎,海军覆没折将兵。

我之所说勿盲从,大可不必太吃惊。　　75
如果全神贯注听,现在未来可看清。
点点滴滴入眼帘,神道天意恩赐成。
如今尔已亲眼见,编年史学尔留名。"

- 第二十三歌 -

本人心理更贪婪,面向透明圆球转。
罕见人造世界相,大千世界在身边。
人脸贴近更清晰,犹如圆镜在眼前。
看见堂皇富丽殿,宫殿浓缩大空间。

站在此处望前面,奥索尼奥波涛现。
安东尼奥恺撒帝,著名战役得了断。[5]
大型海战勒班陀,多国在此曾鏖战。[6]
驶向宽阔大海洋,各国混合出战舰。

各类名人雕塑像,腓力国王和教皇。
土耳其人基督徒,认出各类兵戎装。
各大战役按顺序,一目了然供观赏。
可惜人物不会动,蓝色大海用表象。

博士费东再开言:"请看奇特一海战。
用心制作做展览,西班牙国最勇敢。"
瞬间脸上显怒颜,圆球戳烂用竹竿。
身体回身转右侧,发自胸中恐怖喊:

"黄色名犬三头精,地狱头领普鲁东。[7]　80
疲惫喀戎老船工,大小冥湖冠有名。
怪异恶魔最底层,居住地狱国永恒。[8]
忘河柯西地狱河,地狱河水水沸腾。[9]

复仇女神仇恨憎,折磨受伤众魂灵。[10]
惧怕看见神性善,前额呈现蝰蛇影。
蛇发女怪装仙女,招我强烈斥责声。
明明白白看清楚,未来海战鬼神惊。

恶魔女神瘴气浓,布告世上所发生![11]
为何迟误如此久,难道让我出吼声?
我将凿破地背面,恐怖发声谁不听!
绝对力量新权杖,我将粉碎冥府令。"[12]

博士说话尚未停,听到大海波涛声。
西北干风强劲吹,绳索布帆飞天空。
众多人群翘首望,船帆高起慢慢升。
劈波斩浪船前行,负重致远事业兴。

- 第二十三歌 -

惊心骇神可怕声,蚁蜂人群哄堵拥。
清晰看见额头字,注明职务名与姓。
在场人群令钦佩,幼时我就知其名。
年富力强值称赞,也有青年白头翁。

基督教徒多激情,一件圣物破平静。　　85
高举耶稣蒙难像,热情点燃人沸腾。
信徒戴罪救耶稣,最高崇拜心尊敬。
众多人群拥像下,善男信女戎装行。

耳听目见混杂声,摩肩擦踵人簇拥。
高高船尾升旗幡,猎猎旗幡迎西风。
方阵列队成军旅,高举兵刃声铮铮。
周围排满划桨船,铜炮旁备引火绳。

吟诗唱歌降低声,讴功颂德尚年轻。
确实需要喘口气,声音宏亮口齿清。
畏怯继续往下唱,心惊胆颤需调整。
请求陛下等新歌,赐臣恩宠屈尊听。　　87

513

- 第二卷 -

注释

1 家父,此处指瓜尔克罗(Guarcolo)。
2 南美洲的八月为冬末春初,"八月草地披绿衫"指初春时节,草木返青。
3 毒蝰,一种毒蛇,身长60cm左右,最长达85cm。身体灰褐色,有褐色斑纹。头呈三角形,有很长的毒牙。在古代被认为是神圣的动物。被毒蝰咬伤是致命的,中毒者一天之内就会七窍流血而死。
4 隼狮,一种类似隼鹰的动物。它的头和翅膀像鹰隼,腿和爪像狮子。
5 此处著名战役指著名的阿克提乌姆战役,即发生在公元前31年9月2日的奥索尼奥海战。当时正值奥古斯都·恺撒和马可·安东尼奥之间的罗马内战。恺撒在阿克提乌姆战役中击败了安东尼奥。马可·安东尼奥(Marco Antonio,公元前83—公元30),古罗马军事家,奥古斯都·恺撒的宿敌。
6 勒班陀海战(Batalla de Lepanto),发生在1571年10月7日,是欧洲基督教国家联合海军与奥斯曼帝国海军在希腊勒班陀附近展开的一场大海战。由西班牙王国、威尼斯共和国、罗马教皇、萨沃伊公国、热那亚共和国及马耳他骑士团组成的神圣同盟,通过惨烈战斗,击溃了奥斯曼海军,令奥斯曼帝国从此失去在地中海的海上霸权。据统计,在这次海战中,联合舰队共击毁土耳其舰队舰船113艘,俘获117艘,缴获火炮274门以及无数金银财富,击毙土军将士30,000人,俘虏8000人,土耳其舰队几乎全军覆没。而联合舰队只损失舰船12艘,被俘1艘,死伤15,000人。战后,15,000万名基督教奴隶划桨手全部获得自由。
7 普鲁东(Plutón),又译普鲁托。但丁《神曲》中地狱的冥王。为了防止凡人进入或死灵魂逃出地狱,普鲁东放置了一只名叫刻耳柏洛斯的三头犬,守卫地狱的大门。
8 怪异恶魔,即狄莫尔格翁(Demogorgon)。据传,恶魔神身高18英尺,上半身像蛇一样弯曲而又像猿猴一样高大,下半身像秋刀鱼,居住在地狱最低层。

- 第二十三歌 -

9 希腊神话中说地狱里有四条冥河,分别为:悲河阿刻戎、无奈河柯西托斯、火河佛勒戈同和忘河勒忒。
10 复仇女神厄里倪厄斯(Erinyes)是复仇三女神的总称。复仇三女神分别为:阿勒克托、麦格拉和提西福涅。她们的任务是追捕并惩罚那些犯下严重罪行的人,无论罪人在哪里,她们总能追踪到,并使他的良心受到痛悔的煎熬。因此只要世上有罪恶,她们就必然会存在。在但丁的《神曲》中,复仇女神出现在地狱的第三层。
11 恶魔女神,指希腊神话中的女神赫卡忒(Hécate),泰坦神和泰斯丽亚的女儿,被认为是魔法和巫术女神,经常被描绘成拿着两个火把或一把钥匙的形象。
12 冥府(Erebo),又译厄瑞玻斯,即地狱。在希腊神话中它是黑暗的化身,它管辖的地域为真空。卢卡诺曾经在《法萨利亚》中引用过。

第二十四歌

本歌集中描写一场大海战：土耳其海军全军覆没，统帅奥察里[1]逃之夭夭。

伟大陛下智睿远，臣子声音讨青眼。　　01
歌颂世界大事件，爱奥尼亚浪滔天。
奥斯曼国被打败，海军崩溃遭摧残。[2]
各国命运皆不同，残酷死亡血腥篇。

神圣缪斯赐灵感，赐我精神赐果敢。
诗歌言志新风格，臣下冒昧再续篇。
言简意赅讲故事，海军冲突造灾难。
将兵上下聚一起，命运打击受考验。

将兵舰船难计算，战舰布帆遮满天。
不同民族混合体，横幅标识彩旗幡。
防御器具辎重多，各色武器似博览。
机器设备精仪表，标志各异船帷幔。

- 第二十四歌 -

各国将兵人庞杂,克罗地亚叙利亚。
保加利亚马其顿,亚美尼亚利比亚。
鞑靼希腊土耳其,非洲阿尔巴尼亚。
船员船长省州长,级别职务分上下。

卡斯蒂亚西班牙,花季青年人潇洒。　05
德意两国人高贵,熊心豹胆兵奇葩。
军装整齐显国富,精神饱满海内夸。
船头船尾高桅杆,飘带旗幡处处插。

开足马力船强行,两路相逢海军兵。
恰如两片大森林,慢慢接触动刀兵。
尖锐兵器闪金光,波澜起伏海浪涌。
微弱光线雾蒙蒙,远处观看伤眼睛。

我国主舰向前冲,护卫快艇左右行。
舰艇站立一青年,倜傥潇洒骁悍勇。
华贵坚固护胸甲,坚硬无比护前胸。
仪表堂堂军人风,命运战神父子情。

体格匀称魁梧型,我想知道尊姓名。
瞩目观察属意看,从容不迫秉持重。
坚固头盔盔威武,盔沿刻字字体清:
<u>查理五世</u>子<u>胡安</u>,金字突出底色红。[3]

<u>胡安</u>跑西又跑东,意得志满似春风。
年迈文书<u>德索托</u>,靠近<u>胡安</u>乘快艇。
<u>费东</u>对我曾提及,无所不能众人捧。
屡次远征显身手,善于思考人精明。

<u>胡安</u>告诫众兵勇,趋吉避险善战争。　10
即使文武皆具备,犹豫不决难取胜。
临阵脱逃胆小鬼,视死若归真英雄。
敌人怒火在燃烧,战争狂人正发疯。

"勇敢善战兵远征,教会高墙坚固城。
机会难得在今日,放下所谓不朽名。
高举武器划起桨,信仰坚定无敌兵。
背信弃义异教徒,死有余辜定丧命。

- 第二十四歌 -

有人希望活命还，回到祖国好家园。
残酷海战人为造，杀出血路用利剑。
为天为命为国王，全体将士勇猛战。
拯救自己无别路，置敌死地一刀断。

请看手中英雄剑，千斤重量肩上担。
荣誉奖赏在右手，斩将杀兵任你愿。
盼望好运尽早到，三心二意事迟延。
未竟之志待实现，激烈海战在眼前。

冲锋陷阵定取胜，好运发出呼唤声。
不离不弃随好运，伟大功绩传美名。
迎头痛击杀敌人，野蛮高傲成败兵。
战争喧嚣似雷鸣，天涯海角大地动。

喜看大海荡激情，多少荣耀属英雄。　15
上帝集聚乌合众，弃甲曳兵拜下风。
制服整体全东方，桎梏在手套脖颈。
制服王子与国王，夺其王位颁新令。

将其判处无期刑,基督信仰五洲同。
<u>穆罕默德</u>气势汹,灭其高傲止其疯。
危险于我何所惧,稳操胜券我手中。
无人对抗你利剑,神圣之手任驰骋。

恳求诸位基督兵,十字架前献生命。
人人为其去战斗,基督存在百呼应。
坚定意志勇抗争,胜利死亡心忠诚。
奖赏胜利获荣耀,为了上帝舍死生。

决心坚定目标明,艰难险阻任我行。
坚决维护诸条法,对抗异教心不忠。
正义大业正实现,稳操胜券在手中。
我向上天发誓言,所向披靡获全胜。"

冰冷胸怀速解冻,英雄怒火燃烧声。
僵硬四肢复原态,可耻惧怕无踪影。
灵巧双臂高抬起,发誓殉义或取胜。
异教力量剩无几,信仰基督世界同。

- 第二十四歌 -

勇敢青年人冷静,坚强意志受称颂。　20
海浪海水被切割,冲风破浪行战艇。
白色浪花高翻卷,好似军号闪天空。
舰艇前进破浓雾,铭心镂骨魂魄惊。

瞬间排好各舰艇,战舰将兵排队形。
皇家战舰急停靠,欣喜热狂欢迎声。
各船就位按指定,万事俱备欠东风。
绕到土耳其船后,成排大炮待发中。

安德雷阿指挥舰,卓越上将气非凡。[4]
水天相接地中海,举世闻名传久远。
威尼斯人奥斯丁,海军物资供应全。[5]
左侧出现另一船,气冲斗牛人惊羡。

船头相同饰美观,查理之子指挥官。
严密封锁两侧翼,马耳他舰雷美舰。
教皇两船威尼斯,两舰快速驶向前。
节奏相同急速进,划动宽长船桨杆。

- 第二卷 -

三大桅杆六帆船，海员大炮绷紧弦。
两船成对相靠近，封锁对方成半圆。
三十舰船随其后，标准帆桨做救援。
<u>圣克鲁斯</u>侯爵到，率领勇敢军舰团。[6]

故事顺序遵演变，基督海军勇向前。　　25
叛逆舰船顶风返，占据大海抢时间。
戛然而止海风停，波涛汹涌趋平缓。
惩罚还需从命运，卓越实力做裁判。

左翼统领遇挑战，总督西罗来对面。[7]
海盗<u>贝伊</u>随其后，控制要点封锁严。
叛逆分子<u>奥察里</u>，携其爱子现左边。[8]
重垣叠锁封死路，为难海战上将官。

大将承认天意转，大祸临头事凶险。
船长谨慎人大胆，国王旗舰船尾站。
面带喜色怀自信，假装怯懦心地宽。
似乎力量在削弱，长话短说发狂言：

- 第二十四歌 -

"无须多说无须劝,无须激励再动员。
事态发展已至此,残酷意图将展现。
无须避讳愤怒情,心胸怒火已点燃。
兵器刀刀见鲜血,天意授权在今天。

眼前命运颇罕见,如此快乐尽展现。
处处荣耀战利品,而今摆放大门前。
满腔怒火投战斗,战争拖长心烦乱。
希望信念得尊重,你等勇气传永远。

稍安勿躁莫心乱,敌方海军近身边。　　30
对方军队正推进,多家王国集结完。
绝对服从命之神,稍一疏忽运气断。
你等掌控只一天,主管世界天主权。

瓦合之众秩序乱,士气人数不占先。
此等人群成障碍,统治世界受阻拦。
让其无力尽展现,应夺卑鄙小人权。
西方王国及领地,交给你等无条件。

对方船长眼光浅,年少轻狂缺历练。
新近提拔不称职,不懂规矩少经验。
粗心大意徒年轻,行为放肆胆包天。
舰船船员该处死,处死全凭你利剑。

天意不会设难关,胜利到手在今天。
胆小海军不善战,威尼斯城所派遣。
重视礼物徒外表,船员不曾受考验。
吃喝玩乐混时光,奢谈战争少锤炼。

乌烟瘴气喧闹乱,百姓肮脏性野蛮。
不同民族凑一起,一盘散沙难成团。
从不认识何为剑,不知何时为谁战。
听到大炮可怕声,鸦默雀静似失言。

汝辈无敌男子汉,成长锐利武器炼。
残酷战争能忍受,多次战斗受考验。
眼前危险岂可怕,对方军队兵散漫。
无须害怕进退难,精神百倍迎挑战。

- 第二十四歌 -

引以为荣我看见,九死不悔意志坚。
茫茫大海水上涨,白色泡沫血红染。
抛尸粉碎乌合众,基督力量大无边。
重拳出击占上风,恒河智利地两端。"

帕夏时间已有限,鼓励士兵拼命战。[9]
英勇冲锋多杀敌,定有战果捷报传。
内心深处曾谋算,一帆风顺难上难。
对手决断称伟大,占卜结果适其反。

近卫军官不情愿,登上塔台有发现。
待到发现得确认,认出许多军帆船。
"船体处在中右边,后面船只是救援。
如果眼睛没看错,应是盟军指战员。"

帕夏感觉死不远,基督教徒骁勇战。
振作精神挺胸膛,隐痛消失速度慢。
皆因船体处中间,战争规律难违反。
战船直冲占优势,两边配有护卫舰。

拼命突围避危难，天意果断已指点。　　40
愤怒相同速度同，强大战舰船碰船。
四面八方齐发射，恰似冰雹重炮弹。
恐怖轰鸣响连天，整个地球在震颤。

炮火连天雾弥漫，愤怒炮弹似雨点。
骇人遭遇激烈惨，大小桅杆全折断。
各类兵器折断声，大呼小叫喊连天。
一片混乱如粥锅，演出可怕和谐篇。

普利阿莫未夷平，多处战火烧不停。[10]
希腊利剑未见效，不时听见喊叫声。
土耳其军基督兵，两军混战炮火中。
海上燃烧地塌陷，天崩地裂灾难生。

英俊胡安已看清，真正敌人对面迎。
强劲海风劈巨浪，冲破烈焰向前涌。
土耳其船果敢攻，迎头痛击直线行。
两船隆隆冲击猛，船舷砰砰碰撞声。

- 第二十四歌 -

联盟舰船稍放松,众多敌舰如蜂拥。
七艘土国武装船,盟国船只遭猛冲。
义愤填膺怒吼声,救援舰艇闯敌营。
左右夹击土方舰,教皇派遣舰统领。[11]

<u>马可</u>上将第二名,<u>庇护五世</u>所任命。[12] 45
众多将士随其后,一队青年勇士兵。
后面救援船跟进,通行无阻水面行。
西国旗舰逞威风,异教船舰遭炮轰。

<u>亚历山大</u>人英勇,乘坐旗舰向前冲。[13]
冲破翻滚泡沫海,冲在方阵舰队中。
困惑犹豫心愤怒,眼前一片雾蒙蒙。
视线模糊人贪婪,浓浓雾气难看清。

<u>雷尼</u>先生乘船冲,两家敌舰窄路逢。[14]
<u>乌尔比诺</u>勇亲王,抵达阵地前几名。[15]
野蛮凶狠抗敌人,精神饱满心虔诚。
久经考验人彪悍,勇敢品德傲群雄。

527

- 第二卷 -

前呼后应抵港停，同样勇气同样猛。
多船并排封海路，高举利剑向前冲。
赴险如夷不顾命，不避危险显英勇。
进舰冲击永向前，发射大炮朝敌胸。

愤怒人群心求胜，进攻打击两阵营。
何等慷慨声怒吼，刀枪炮弹击沉重。
激昂沸腾激昂战，暴怒兵器暴怒风。
血流成海染一片，死亡人群尸遍横。

船头船尾船侧面，进攻进犯进非凡。　50
有用兵器有用火，倒下死亡人气断。
不乏许多倒霉鬼，瞬间倒向死人团。
无数炮弹致人死，战场从未留空间。

有人跳上对方船，跳到军舰船甲板。
有人欲伤对面敌，不慎落海面怒颜。
有人胆怯野兽心，努力游泳遂心愿。
拥抱可憎可恨敌，近身肉搏浪花间。

- 第二十四歌 -

胆战心惊身抖颤,世界末日降人间。
口径不等长短炮,多人同进鬼门关。
太阳光线渐暗淡,浑浊脸色血红染。
正趁乌云躲身影,惨烈场景不忍看。

人人挺胸愤怒面,战车滚动来回转。
凶鹗陪同恶鹰隼,血腥战神添危险。
忽而击打闪光盾,忽而撼动武装舰。
人兽难分混一起,愤怒暴虐凶火燃。

有人喊叫缺子弹,抄起圆木或桨杆。
有人慌乱用铁块,击打冲撞用铁链。
手无寸铁掷木头,是否投中全不管。
板凳船舷木栏杆,舱口舷窗均砸烂。

坚硬铁器已用完,投掷长矛长枪杆。
血腥场景处处演,敌人内部乱一团。
运拙时乖拒投降,冰冷水中继续战。
精疲力竭不退缩,身体乏力保命难。

血液溶化水中间，生命垂危浮水面。
抓住木板抓绳索，祈求灵魂祈升天。
不能承受再伤害，有人拥抱伤病员。
深水之中苦挣扎，含笑死去心不甘。

无法描写多混乱，困惑骚动骇人寰。
烈焰焚烧厚棉絮，焦油树脂海鱼燃。
沥青烟燎助火势，干柴焰烈雾弥漫。
爆炸声声烟花溅，火光熊熊星斗颤。

有人窒息烈火间，凶恶火焰近身边。
有人跳水宁淹死，拥抱木块火焰燃。
有人只想逃活命，抓住稻草也心安。
有人烧死在水中，跳海自救欲生还。

必死无疑离人间，苟延残喘支撑难。
抓住长矛放火枪，凶猛兵器有反弹。
浪花滚滚上下翻，参战海员已疲倦。
利用身边能用物，心力不足亦惘然。

- 第二十四歌 -

愤怒增长噪音烦,慌忙抵抗继续战。　　60
海洋四处掀巨浪,尸体拥挤乱不堪。
面目全非血腥臭,逆风刮起欲添乱。
人物跟随泡沫动,铁板帆船随风转。

高高船尾悬旗幡,卓卓胡安光亮鲜。
光亮愤怒超战神,身边士兵共同战。
战神提供多援助,加速出击得救援。
武士获得护身符,海战胜利戴桂冠。

堂路易斯侧面援,加油鼓励旁指点。[16]
护卫左右来回跑,哪里需要哪里战。
补位指导发命令,杀敌制胜出方案。
忽左忽右船前后,荣获尊敬永称赞。

费尔南多也参战,伯爵睿智人威严。[17]
几处支援出妙招,几番妙招均索然。
基督教徒土国兵,荣誉至上发誓言。
期望更多杀敌人,何惧战死在敌船。

531

- 第二卷 -

怒气冲天速决战，激战延续第二天。
弹丸涟涟似雨点，天晴气朗血海染。
子弹频射怒填胸，排炮不停出炮管。
震耳欲聋刀枪剑，声音远传至海岸。

<u>圣克鲁斯</u>正参战，侯爵观察四处看。　　65
哪里肉搏互纠缠，哪里寡众需支援。
不失时机猛冲锋，嘈杂声中扑向前。
暴怒骠勇杀敌寇，混战拼杀不惧险。

陷入敌人包围圈，皇家战船苦奋战。
开来一只武装舰，凶猛战斗力无前。
后面袭击急划桨，努力抵抗杀红眼。
急速前进快划船，心怀鬼胎正发难。

东跑西颠如狂犬，激烈战斗乱不堪。
打打杀杀在抵抗，走走停停施救援。
无法形容诸细节，剑影刀光在那天。
无比愤怒满胸膛，土国血液海吞咽。

- 第二十四歌 -

愤怒胡安心烦乱，命运姗姗来迟晚。
激励部下鼓士气，双方鲜血互粘连。
帕夏并非愚笨官，鼓励士兵拼命战。
功绩后人载史册，奖赏荣誉值赞叹。

皇家基督势优先，大将骁勇指挥战。
彪悍兵士锋利剑，高速冲开土防线。
武装海军大军团，对方抵抗时已晚。
侯爵怒吼声抖颤："西班牙冲！"大声喊。

土耳其人多帆船，危险临头强迫战。　70
基督教徒受击打，所有船员心慌乱。
暴跳如雷到极点，西班牙人遭冒犯。
战胜异教新进击，必须再次做周旋。

高高桅杆可佐证，耀武扬威信心增。
战斗继续重开始，浩劫屠杀达顶峰。
双方紧急求救援，疲惫折磨难支撑。
胜利死亡均无望，怀疑天意可救命。

- 第二卷 -

伤亡人数在猛增,船尾摇摆始晃动。
船体原地左右晃,互相阻拦船舷碰。
救命良药得补充,重新投入新战争。
敌人军力有反弹,妄图摆脱困兽境。

愚昧至极人盲动,船尾部位偏沉重。
<u>贝纳迪诺</u>施救援,全力以赴正面冲。[18]
进攻路上似发疯,一颗炮弹击前胸。
金砂炮弹威力大,救助计划均落空。

命运多舛多险情,众多人员伤情重。
胸甲不能挡抵抗,坚硬盾牌失作用。
青年牺牲获殊荣,雄心壮志全落空。
西班牙国剑入鞘,得失逐一均厘清。

马耳他舰曾有名,旗舰三处被击中。　　75
受伤惨重处困境,敌人狡猾人发疯。
力量效能人皆知,勇敢基督骑士兵。
异教教徒数量多,扭转形势需过程。

- 第二十四歌 -

阿尔及尔总督领,一言不发在旁听。[19]
让开道路给旗舰,其时航路未全封。
表面若无其事相,激烈猛扑对面攻。
再次派出三艘船,异教教徒数不清。

强悍骑士斗争勇,抵抗土军势凶猛。
最终盟军占上风,扑向强大无数兵。
斩尽杀绝割首级,不叫一人逃活命。
大海翻腾云水怒,洗礼血水水沸腾。

马耳他舰士气升,看见旗舰凶猛攻。
蔑视凶恶众敌兵,龙争虎斗激烈争。
紧急划桨近敌人,加速前进似发疯。
冲向异教刽子手,殉教忘身众烈英。

联盟将士逞豪情,渴望复仇激切浓。
直捣土军两侧翼,杀死敌人剁肉饼。
胜利报仇获双赢,收回战船收光荣。
眼见只有几人活,一位将军四骑兵。

安东尼奥逞英雄，藐视敌人豪气凶。　　80
精神焕发投战斗，尊贵雄心耐力撑。
面临考验贝尼罗，土军力量野蛮横。[20]
正义疯狂誓血恨，法码古塔遭欺凌。[21]

西西里舰陷危情，帕夏开足马力冲。[22]
前面几次唱此事，几艘桨船齐围攻。
基督教徒威风在，优势差别不对等。
此场战争可支撑，海军陆战也能胜。

伊万操起老营生，血统高贵人放纵。[23]
此人面对诸危险，展示价值正相应。
巴塞罗那民族凶，不怕牺牲杀敌兵。
紧紧握剑剑在手，剑剑染血血猩红。

巴巴里戈人精明，勃勃生机斗志勇。[24]
价值希望同等价，勇冠三军获好评。
忽而压制敌士气，忽而拒死不认命。
企图阻挡箭镞头，不幸箭头已击中。

- 第二十四歌 -

精神饱满气轩昂,战争残酷巨损伤。
不能对抗上天意,天庭秩序不可抗。
死亡期限既已到,突来箭矢逞疯狂。
一只眼睛被射中,不久倒地即死亡。

船长倒下自沮丧,伤心惨目不慌张。　　85
不会因此改决心,威尼斯人是勇将。
曾经怒火高万丈,报仇泄恨无阻挡。
斗牛勇士命如此,血洒疆场做补偿。

双方舰队战犹酣,舰船接近舷碰舷。
聪明狡猾堂胡安,英勇善战人老练。
埃比诺拉仍在战,履险如夷左右斩。[25]
愤怒填胸显身手,利古里亚兵善战。[26]

战斗历经两时半,斗争胶着肉搏战。
不知哪方能占先,胜负天平偏哪边。
勇敢胡安怒火燃,质疑天意心埋怨。
无疑形势有好转,天降好运在眼前。

激烈战斗嘈杂喊，欢呼基督勇敢剑。
压制怒吼伊斯兰，看见土国皇室船。
叛逆军旗被扯下，换上基督十字幡。
光荣凯旋颂英雄，欢庆胜利唱歌赞。

失败袭来心胆寒，土耳其人实可怜。
魂飞魄散手臂软，身体无力人晕眩。
屈服命运值怜悯，丢盔卸甲鸟兽散。
落花流水兵溃逃，乘胜逐北无阻拦。

左右两翼多战舰，血腥胜利残酷战。　　90
无情疯狂杀戮歼，四处眼见砍头斩。
有人挺胸跳水中，有人闭眼投火焰。
拒绝尖刀插肉体，投入火海更可怜。

土军狡猾奥察里，眼见麾下兵伤残。
屈服铁火咸海水，全军覆没舰船烂。
日落西山认失败，落荒而逃无他选。
蛮荒遗址遭破坏，水火无情逃命难。

- 第二十四歌 -

<u>查理之子</u>心明鉴,离经叛道卑鄙贱。
雷霆之怒破海浪,继续求战穷追赶。
随其后面备出击,逆风开船<u>古斯曼</u>。
编成一队混合兵,集中兵力攻一点。

穷寇倒霉路不宽,浩瀚大海成难关。
回到船头靠近岸,退到陆地挣扎战。
时而看见龙虾跳,成群结队蹦跳欢。
大胆人群跳下海,吊胆悬心避凶险。

手臂肩膀胸部脸,劈开海浪游向前。
不顾水深距离长,不谙水性命由天。
哪管亲朋莫逆友,父亲不顾亲子喊。
惧怕敌人心慌乱,危险时刻寻友难。

驱散惧怕心跳慢,脚踏实地海岸滩。　　95
岩石树木挡去路,撒腿逃跑避灾难。
七零八落成碎片,暴虐人儿亦可怜。
奥地利号胜土国,双方以牙还牙战。[27]

本人愉快一旁观，介绍事件如诺言。
<u>费东</u>博士击圆球，硬木拐杖立折断。
飞向空中自旋转，巨大声音止戛然。
大海静止水不动，密布阴云黑一片。

<u>费东</u>谈话味道鲜，领我大厅四处转。
仔细观看各物品，渐入佳境兴味添。
担心老人会生气，尽量避免少添乱。
尽管一切值记忆，游目骋怀远诗篇。

邂逅<u>费东</u>吾心欢，<u>瓜迪科洛</u>返家园。
到达营地天已晚，众人判断说失联。
翎毛续写长故事，离题万里开心颜。
前后滞留两礼拜，武器希望俱枉然。

谈论结局若寒蝉，敌人谨慎不便言。
敌人心里何打算，一概不知存悬念。
计划周密离此地，路线危险不说穿。
行军尽量走陆地，结束战争众人愿。

- 第二十四歌 -

太阳西坠下午天,抵达山谷人满川。　　100
大溪淙淙流淌过,周围庄稼种满山。
平坦之处留入口,安逸生活好田园。
安排住处按连队,支起帐篷设营盘。

连队住处安排完,树间走出一青年。
探听军官加西亚,阿拉乌戈人斗胆。
蛮人武装抵此地,不讲规矩不躲闪。
大言不惭侃侃谈,正好结束诗长篇。　　101

- 第二卷 -

注 释

1. 奥察里,全名奥察里·乌里奇·阿里(Ochalí Ulich Ali),当时的阿尔及利亚总督,在勒班陀海战中任奥斯曼帝国海军总指挥,统领250艘战船、120,000名海军和陆战队士兵。在勒班陀海战结束时,奥察里及25,000名士兵阵亡。
2. 此处指的是著名的勒班陀海战。1571年10月7日,在奥斯曼军队和天主教基督教国家联盟(所谓的神圣联盟)之间展开了一场战斗。超过400艘桨帆船和近200,000名士兵在希腊南部的爱奥尼亚海展开激战。勒班陀海战是西方最后一次几乎完全在桨帆船之间进行的大对抗。
3. 此处的胡安指胡安·德·奥地利。
4. 安德雷阿·多里亚(Andrea Doria, 1540—1606),出身意大利海军世家,在勒班陀战役中任热那亚海军上将,并担任右翼舰队51艘舰船的总指挥。
5. 奥斯丁·巴巴里戈(Agustín Barbarigo, 1518—1571),威尼斯勇士。勒班陀战役中,为威尼斯战舰提供军备物资,并且英勇地参加战斗。勒班陀海战结束后不久因伤去世。
6. 圣克鲁斯侯爵阿尔瓦罗·德·巴桑·伊·古斯曼(Álvaro de Bazán y Guzmán, 1506—1588),出身西班牙海军世家,父亲和儿子均为西班牙不同时期的著名海军指挥员。在勒班陀海战中表现出色。
7. 右翼统领,即前文提到的奥斯丁·巴巴里戈。他的对手土耳其海军上将西罗柯(Mechemet Sirocco, 1525—1571)也死于此次战役。
8. 爱子,指奥察里之子卡拉贝伊(Carabey)。
9. 帕夏(土耳其语:paşa),亦称贝萧,奥斯曼帝国行政系统中的高级官员,通常是总督、将军或其他高官。帕夏是敬语,相当于英国的"勋爵"。
10. 普利阿莫(Priamo),特洛伊国王,战果累累,功勋卓著。在他的统治下,特洛伊成为一个蓬勃发展的强大城市。普利阿莫有五十多个孩子,他最爱的长子赫克托尔,是特洛伊战争中非凡的英雄。
11. 教皇,即下文提到的庇护五世(Pío V, 1566—1572在位),原名安东尼奥·吉

- 第二十四歌 -

斯莱乌里（Antonio Ghislieri），生于意大利亚历山德里亚。1571年发动十字军，在勒班陀海战中打败土耳其，帮助欧洲联军在地中海击溃奥斯曼帝国海军。从联军踏上征途起，庇护五世就不断念经祈祷，并命令各地信众举行各种公私敬礼活动，求上帝护佑。勒班陀战役最激烈的阶段，罗马信众列队由米纳华圣堂出发，恭诵玫瑰经，呼求圣母玛利亚助佑。

12 马可，全名马可·安东尼奥·科罗纳（Marco Antonio Colona, 1535—1584），曾为意大利西西里岛的总督。1553—1554年被任命为西班牙骑兵和陆军总司令，勒班陀海战中担任教皇派遣的舰船将军，表现出色。

13 亚历山大，即亚历山大·法内西奥（Alejandro Farnesio, 1546—1589），时任帕尔玛亲王子、腓力二世的侄子，也是腓力二世儿时好友。曾任纳瓦拉总督、加泰罗尼亚总督和西属尼德兰总督。

14 雷尼先生（Monsieur de Leni），勒班陀海战中萨沃伊大公所派遣的三支划桨船队总司令。

15 1213—1613年期间，乌尔比诺是意大利北部的一个主权国家。在勒班陀海战中，当时的执政者弗朗西斯科·玛丽亚二世·德拉·罗维雷（Francesco Maria II della Rovere）随从萨沃伊主舰参战。

16 路易斯·德·雷格森斯·伊·苏尼卡（Luis de Requesens y Zúñiga, 1528—1576），西班牙海军指挥官、外交官和政治家。曾任意大利米兰都督。腓力二世时期曾被委派任荷兰总督。

17 堂费尔南多·卡里略·德·门多萨（Fernando Carrillo de Mendoza, 1559—1624），普列戈伯爵的第六代后裔。曾任国王腓力二世驻葡萄牙国的大使，他还是教育家。在勒班陀战役中任战舰指挥员并取得重大胜利。为表彰其功绩，后被委派驻罗马教皇庇护五世大使。

18 贝纳迪诺·德·卡德纳斯（Bernardino de Cárdenas, ?—1571），西班牙贵族、军事冒险家。在勒班陀海战中是联盟主力舰艇护卫指挥官。后来不幸被一枚猎鹰炮弹击中，战役结束后不久逝世。曾受到教皇庇护五世的奖励。

19 阿尔及尔总督，此处指奥察里·乌里奇·阿里。阿尔及尔（现在的阿尔及利亚）原属于西班牙征服领地，后成为土耳其附属国。

20 塞巴斯蒂安·贝尼罗（Sebastiano Veniero, 1496—1578），古威尼斯共和国的

- 第二卷 -

最高执行官,在勒班陀海战中任威尼斯军司令。
21 法码古塔是埃及古城,曾被热那亚人征服(1374)、被威尼斯人侵占(1389),后又被土耳其帝国占领(1570—1571)。
22 这里指波尔塔乌帕夏(Portau Bajá),土耳其海军指挥中心成员之一,后死在勒班陀海战中。
23 此处伊万是指堂胡安·德·卡尔多纳(Don Iuan de Cardona)。在勒班陀海战中,伊万担任西西里10帆船中的先锋船队将军。
24 即前文提到的奥斯丁·巴巴里戈。
25 埃克托·埃比诺拉(Héctor Espínola),在勒班陀海战中任联盟舰队左翼舰队总指挥。
26 利古里亚(Liguria),意大利西北部城市,与法国接壤。
27 奥斯曼帝国鼎盛时期的1521年,土耳其攻陷贝尔格莱德,后征服了匈牙利王国,并在其所在地建立土耳其属国匈牙利。1526年,土耳其人在第一次摩哈赤战役得胜,并于1529年发动维也纳之围,但由于冬季的来临而被迫撤退。1532年,土耳其举兵逾25万再次进攻维也纳,但在维也纳以南的克塞格被击退。作者突然写出这一句诗,令人匪夷所思。

第二十五歌

西班牙人与阿拉乌戈人展开激战

西班牙人在米亚拉普扎营。考波利坎手下的印第安人前来挑衅，展开惨烈的血战。图卡贝尔和连科展示力量。讲述西班牙人如何在同一日展现勇气。

兹事体大须慎重，不可马耳吹东风。　01
无知人们离正道，为人处世偏准绳。
围绕海湾非航段，欲速不达路不通。
战争进程循规律，众多豪杰扬名声。

作家头脑须清醒,毋须高评军事通。
更勿吹捧发明家,炼钢铸铁逞其能。
阿拉乌戈原住民,管理体制国家型。
战争模式守纪律,原始伦理应传承。

无人教授组队行,遵循规律去斗争。
组建骑兵筑堡垒,壕沟土墙自卫城。
发明战壕护卫营,均为军事所使用。
战略战术皆清晰,严格纪律严格兵。

所有一切应赞颂,静等战斗听命令。
秘密从未被泄露,威胁赠礼皆无用。
不厌其烦反复讲,成功经验座右铭。
阴谋密探苟且事,刮目相看做学生。

领地百姓不安宁,无故抓人常发生。　05
即使受刑仍反抗,拒不低头志坚定。
多次与之打交道,反应不一各不同。
难免造成大伤害,蛮人谨慎防陷阱。

第二十五歌

正如前篇已表明，我军刚刚扎兵营。
有位俊男探军情，司令行踪细探听。
蛮人青年刚到场，说话无礼问西东。
多人集聚观究竟，放肆青年喊高声：

"基督司令势威风，头衔高贵荣耀名。
吉人天相正逢时，前途无量好前景。
<u>考波利坎</u>众勇士，提出与你比英勇。
司令高尚力过人，单人对抗决雌雄。

我方早知贵姓名，高贵青年花季龄。
深谙军事懂战术，征服军队是头领。
皆因军阶身份高，选择兵器随你定。
毋须设定何条件，力量运气定输赢。

看来你还兴致浓，对付阿拉乌戈兵。
比武定在明清晨，到时你必现身影。
双方对等白刃战，战场搏斗双交锋。
如果同意所说事，携带兵器赴行程。

- 第二卷 -

按照条件如取胜,此处此地人顺从。　　10
随心所欲无拘束,无须慈悲假惺惺。
一旦不幸被打败,勿再霸道逞威风。
我方几乎无他求,只求胜利求名声。

粗言粗语你能懂,勇敢汉子重名声。
明日太阳一升起,尊贵大名广传颂。
是否真正男子汉,群众判断做决定。
<u>考波利坎</u>是对手,捉对厮杀硬碰硬。

我之所来已讲明,抓紧时间做回应。
挑战摆在你面前,接受与否你决定。
狭路相逢危险大,高尚精神我崇敬。
你会满载归营地,我也不虚此行程。"

<u>加西亚</u>答:"我高兴,接受挑战我应承:
时间地点无所谓,按你要求届时行。"
印第安人侧耳听:"今日见识骑士风。
大胆作答一言定,言而有信人赞颂。"

- 第二十五歌 -

稍停片刻身不动，回身上路返回程。
尽量表露心高傲，别无赘语话别情。
旁边有人脸色变，诡计间谍身双重。
猜测得到众共识，旁观将士回兵营。

黑夜来临雾蒙蒙，排兵布阵备战争。　　15
长矛直立摆两边，身体疲惫数星星。
枕戈待旦乏多梦，焉能全信土著兵。
孤军深入值怀疑，是否探听踩点行。

茫茫黑夜向西倾，星星坠落眨眼睛。
东方黎明晨曦到，满天星斗无踪影。
鲜花点缀白露珠，莹莹剔透亮晶晶。
不胜其烦阴霾降，颜色单调灰蒙蒙。

猛然高频喊叫声，声音嘈杂鬼神惊。
不远之处三方向，蛮兵军队排齐整。
兵强马壮威武军，快步行走示军容。
部队统一听口令，接近我方军帐篷。

一队骑兵做先锋，虎视眈眈抖缰绳。
提前到达目的地，崎岖山坡等命令。
冲向左侧战斗队，战场出击兵发疯。
纵有高墙高台筑，难挡蛮族狂妄兵。

<u>考波利坎</u>名首领，身先士卒率队行。
命令亲兵稍后退，瞬间冲出长矛兵。
高视阔步势坚定，行走利剑刀丛中。
迎接奇特遭遇战，我方先锋受伤重。

无翅也能飞空中，离开鞍桥人懵懂。　　20
有人爬树升天空，肋骨扎进泥土中。
伸缩弯曲膝盖骨，检验土地有多硬。
有人仍在苦挣扎，祈望祸灾能减轻。

敌方冲杀力凶猛，准确无误直击中。
成队兵士被击溃，有人被碾过前胸。
一切尽在瞬间生，无法避开尖刀锋。
响遏行云声音大，堪比火山喷发声。

- 第二十五歌 -

考波利坎好统领,长矛折断握矛柄。
左右逢源巧挥舞,中伤粉碎杀敌兵。
身体靠近贝索卡,咬紧牙关拳头重。
骑在身上出重拳,头盔塌陷脑裂崩。

打倒一卒杀一兵,身旁一卒也丧命。
开膛致死冒犯敌,崎岖道路被踏平。
丹波领地显神勇,雏鸡嫩鸽遇隼鹰。
无法辨认近者谁,窒息撕碎在手中。

贝尔纳尔与雷鸟,盼想加入杀戮中。
试图杀敌泄怒火,双臂疯狂用力猛。
高昂脑袋低垂下,吃奶力气尽使用。
双膝跪地肉红肿,牙齿骨骼嘎嘣声。

两人快速向前冲,投入战斗勇悍猛。
忽而脚踹忽用头,头盔盾牌出凹坑。
此时两人抱一起,东倒西歪身难动。
突然对付众多兵,多面出击力不从。

- 第二卷 -

堂米格尔基罗加,雷伊诺索阿兰达。[1]
科尔特斯堂伊万,支撑全队靠他俩。
科尔多瓦蒙基亚,重创敌人战果佳。
众多将士不一一,列举名单需增加。

堂路易斯奋力战,多名战友在身边。
抵抗疯狂蛮人兵,迭格彼得肩并肩。
埃尔南多堂兄弟,堂苏尼卡非等闲。[2]
敌人伤亡倒脚下,多人洒血做偿还。[3]

深入敌方阵营中,掎角之势互抗争。
分秒必争似斗牛,战友支援怒吼声。
我方兵力成方阵,全力以赴迎蛮兵。
恐怖轰鸣疯狂战,地球紧缩核心层。

多人倒下尸体横,圆锤长矛击打重。
铁矛钩枪木柄器,击成碎片飘空中。
多人多兵肉搏战,长剑长锋威力猛。
匕首刺刀建奇功,有被刺伤有致命。

- 第二十五歌 -

图卡贝尔似发疯,平地杀死几多兵。　30
精确打击岂满意,铿亮短剑刺肉中。
吉列尔莫胸受伤,惨遭祸殃心冰冷。
头盔脑袋双落地,远离身躯人殒命。

击杀窦豹血四溅,瞬间击伤堂伊万。
重器正好击头顶,脑袋歪倒在右肩。
一枪对准比科尔,肝肠外露命捐献。
稍一疏忽人大意,身受重伤中十剑。

外族将兵涌身边,灾难声声响一片。
吃人野兽成群来,心烦意乱疲不堪。
蔑视敌人浑身胆,无奈手臂高举难。
多人遭受重惩罚,发泄愤怒示勇敢。

胸中怒火熊熊燃,猛烈出击处处险。
荣光名誉怀心中,战况惨烈非一般。
困惑冒险任选择,几无可能渡难关。
无敌勇气无敌胸,轻易制伏难上难。

-第二卷-

人数众多后军团，战败而归另谋算。
脚底生风排队走，攀登山腰路平坦。
待到平原开阔地，我方人马露真颜。
借机喘气暂停步，清点人数辨北南。

加瓦利诺走在前，蛮人军曹魁伟汉。　　35
臂膀断裂伤口露，溃疡流血景象惨。
走前走后勿停歇，死伤相枕心胆寒。
胸中怒火在燃烧，句句铿锵动心弦。

"诸位士兵皆勇敢，名副其实值称赞。
命运天意如我愿，阿拉乌戈信誉添。
相信我方能取胜，乌烟瘴气实混乱。
残渣余孽不足道，败在我手无数遍。

此次战役生死关，殊死争斗如我愿。
所向披靡无阻挡，莫论长枪与短剑。
屈辱死亡活可怜，身败名裂终生伴。
残兵败将受折磨，胜者今天定兑现。

- 第二十五歌 -

倘若不能过此关，法条自由无从谈。
沉重桎梏套脖颈，战争来临窘难堪。
人畜不分混杂居，回家扶犁学种田。
精耕细作勤劳动，女人楷模操家园。

男儿好汉记心间，身背耻辱永难堪。
胜利在望近眼前，赫赫战功传永远。
耀目荣光冒风险，好运随时做陪伴。
伟大奖赏与荣誉，不久即到你身边。

优秀士兵重表现，心想事成理当然。　40
得偿夙愿即刻到，时来运转在眼前。
有朝一日被判刑，或因悖逆或叛变。
败者受罚无正义，无奈敌人当法官。"

勇敢蛮人肺腑言，激励复仇披肝胆。
心悦诚服众士兵，等待命令勿拖延。
似乎感到有迹象，解决问题有方案。
解甲休兵暂停战，缓解愤怒藏心间。

- 第二卷 -

驻地多石尚平坦,视线所及一箭远。
我方将兵手牵手,准备近体肉搏战。
张牙舞爪恶人相,咬牙切齿对怒颜。
兽性大发两面兵,遍野尸横躺一片。

木柄长矛折几段,漫天飞舞成碎片。
柄杆成排横地上,相互挤压互折断。
千人死相各不同,身上无伤也罹难。
有因硝烟窒息死,有因搏斗肢不全。

双方争斗恐怖战,沸腾狂怒令惊叹。
如箭在弦心紧绷,计谋冲杀至极端。
军队周边轰鸣声,怒吼似雷冲云天。
裸露土地被覆盖,尸体一片堆如山。

士气沸腾战犹酣,战斗激烈经考验。
身无盔甲可自卫,面见死神愤怒颜。
疯狂可怕不可挡,面目全非模样变。
紫黑血液成湖泊,生死存亡灾殃难。

- 第二十五歌 -

傲慢连科站左边，盼望即刻激烈战。
马塔基多遇敌人，高声辱骂面对面。
安德雷阿是对手，切齿咬人颇少见。
左右开弓猛击打，敌人求饶也徒然。

安德雷阿惶惶然，乞求休战莫纠缠。
双方都在寻出路，寻求好运脱危险。
意大利人耍花招，避开连科另开战。[4]
权衡轻重属合理，出其不意造哀怜。

一刀扎死特鲁罗，皮诺身体被刺穿。
特琯臂断成废物，身体滚动在沙滩。
昌勒头部遭击打，削断波恩身两断。
胸腔劈开纳尔波，布朗科洛鹤脚颠。

奥罗贝约人悲惨，投入一场致命战。
声音嘈杂场面乱，死尸成片亲眼见。
安德雷阿尚清醒，腹饱老虎拒美餐。
高举铁锤面颊红，双脚直立踮脚尖。

- 第二卷 -

热那亚人渐收敛,高举铁锤盔翎边。　　50
浑身几处肉塌陷,棉絮陷入皮肉间。
意大利人面困倦,黏稠血液颜色变。
苍白双手垂在地,天空雷鸣电光闪。

杀来一位帅青年,满脸愤怒少磨炼。
战争游戏勿小嘘,险些失手命归天。
热那亚人心茫然,稍许倾身避危险。
立刻起身弗多想,双手再举宽宝剑。

极端暴怒力罕见,年轻士兵被戳穿。
如果铁杆能穿过,自上至下劈两半。
如果剑刃未打弯,如同芦苇被切断。
剑伤深入肌肉中,青年命丧下九泉。

青年身无狼牙棒,猖狂未减仍坚强。
只手擎天动作快,护胸甲片攥手上。
攥住甲片一尖角,此时正好派用场。
仅用一节断把柄,猛刺傲慢敌胸膛。

- 第二十五歌 -

单手致其头受伤,轻盈灵巧跳身旁。
意大利人急躲闪,利剑无功刺天上。
再出利剑仍徒劳,出剑乏力变方向。
安德雷阿精力尽,只用破盾做抵挡。

愤怒长剑抛地上,护身盾牌无用场。　　55
偷偷迅速弯下腰,保护脑袋免受伤。
快刀刺穿硬头盔,蛮人懵懂地上躺。
猛然清醒看身边,触动对方用臂膀。

安德雷阿狂野状,肢解不成后捆绑。
此时自己被欺骗,狡猾蛮人藏锦囊。
鹞子翻身猛苏醒,两脚不住乱踢蹚。
大腿膝盖扭一起,巧施绊腿暗欺罔。

堂加西亚脚不停,得意洋洋人精明。
身经百战经验多,多次援救手下兵。
胡安·雷蒙不怠慢,士兵队长衔飙升。
遵守纪律勤训练,职务能力两相称。

卡塞雷斯十亲兵，护卫队长全牺牲。[5]
阿瓦罗斯纳瓦拉，逐一点名我心疼。
维加二人是会计，参加战斗应赞颂。
后面另有六战士，紧跟其后出击凶。

随后不久有军情，我方涌来众军兵。[6]
阿里亚斯普拉多，众多战友难认清。
巴里奥斯曾授勋，堂毕聂达随其行。
投入战斗皆神勇，敌军未能挡冲锋。

兵燹不断在加重，血洒疆场多牺牲。　60
维尔加拉等九人，不便逐一点其名。[7]
并非本人惜墨水，一只手写不够用。
不能记述诸细节，并肩作战难看清。

此时响起喊杀声，来自南部一军营。
兽性连科人凶悍，勇往直前果敢猛。
骁勇拼命好武士，不敢回头看亲兵。
周围布满敌兵将，身受重伤被追踪。

- 第二十五歌 -

连科杀进我阵营,左杀右砍心肠硬。
里外轮番螺旋战,相互厮杀伤亡重。
战场人群尚安静,八方四面听哀鸣。
子弹棍棒诸兵器,竟听刺耳投掷声。

丢盔弃甲难抗争,有人瘫痪有丧命。
中枪中弹尸体横,碎身碎骨脸无形。
缺臂短腿不完整,命归何处难断定。
甲胄头盔散满地,头颅碰撞也出声。

连科奋战信心增,战不旋踵无畏兵。
人被逼迫窄僻处,逃灾避难已不能。
拼命抵抗竭全力,尽看肉搏残酷景。
继续挣扎狂癫疯,窒息绝望无力撑。

单膝跪地地上撑,支撑困难站不定。 65
疲于奔命难喘气,走来一队方阵兵。
图卡贝尔自山腰,顺延河岸走捷径。
习惯运用狼牙棒,宽阔广场任驰骋。

561

- 第二卷 -

断腿公牛面狰狞,舌头伸出似犬疯。
混乱将兵围一圈,摩拳擦掌试剑锋。
突然转向另一面,前额抬起颈僵硬。
哈拉玛牛名声大,人群四散让路通。[8]

知名连科倒地横,膝盖红肿仍挣命。
身处坚定人群中,人群围拢不透风。
图卡贝尔伤淌血,拉住连科喊高声。
如此对待不公平,拨开众人忙救命。

推倒四五六群众,腾出空间路畅通。
人群自动四散开,礼让连科挪动行。
图卡贝尔遭围攻,举起兵器尖叫声。
日久才能见人心,无载才能一身轻。

"势均力敌两虎争,精神振作挺脖颈。
图卡贝尔同你在,临难不惧倒霉命。
上天恩赐好运到,致命遂志壮志成。
如今死神我操纵,面临挑战能成功。"

– 第二十五歌 –

连科立刻予回应:"言而有信我履行。　70
并非疲累如你想,人情债务将两清。"
喘气静息五时辰,动作立刻显轻盈。
坚强四肢举狼牙,起身冲向我方兵。

图卡贝尔回应称:"男人卑微称邪庸。
乘你之危攻击你,你有力量任驰骋。
鼓起勇气刚直性,铁矛利器显威风。
死得其所无遗憾,今日不死是证明。"

阿拉乌戈两精英,此时未及谈别情。
建立友谊好战友,活像一家亲弟兄。
照顾保卫护身边,正是惺惺惜惺惺。
调动英武各部队,两队并成一队兵。

敌我双方正斗争,激烈战事味血腥。
怒目切齿恨入骨,兵戎相见伤情重。
地上布满散锁甲,犹入图尔西亚洞。[9]
狂风怒吼撼大地,粗糙脏话叫骂声。

杀声大作喊连天，抗击愤怒速蔓延。
摧枯拉朽如疾风，西风怒吼凄凉寒。
巨石掀起风扫荡，剥刮树枝一串串。
墙壁房屋砖瓦顶，一扫精光均不见。

愤怒冲天似火燃，杀人兵器降人间。
伤口深深刀刀痕，尸体流血血涟涟。
嘈杂喊声惊四方，附近山岗回声传。
激荡大海潮水怒，落潮退潮浪滔天。

左手方向闹翻天，打仗双方战犹酣。
<u>考波利坎</u>显英勇，无情天意怒无前。
奋力扑向基督兵，剑拔弩张肝胆颤。
丢失阵地连成片，退至茂密山裙边。

时间紧迫天地转，蛮人进攻更凶残。
声音响亮得意唱，歌唱胜利保家园。
命运之神戏弄人，轮回规律瞬息变。
事与愿违经常事，好运逝去一瞬间。

- 第二十五歌 -

我方只剩中队连，渴望期盼等救援。
混在敌方军队里，残暴浩劫杀一片。
翁戈尔茂勇气减，林戈亚氏发力难。
诗歌一次写不完，积蓄力量唱下篇。　　78

- 第二卷 -

注 释

1. 此处原诗列举了19位西班牙征服者的名字,分别为:堂米格尔、堂彼得、罗德里戈·德·基罗加、阿吉雷、阿兰达、科尔特斯、堂伊尤(胡安·胡弗雷)、雷伊诺索、贝那、科尔多瓦、米兰达、蒙基亚、拉萨尔特、卡塔涅达、隆基略、乌约阿、马丁·鲁伊斯、堂洛佩和佩雷达。
2. 堂兄弟,指胡安·德·阿尔瓦拉多和埃尔南多·德·阿尔瓦拉多;苏尼卡即为本诗作者阿隆索·德·埃尔西亚·伊·苏尼卡。
3. 此处原诗列举了13位西班牙征服者的名字,分别为:堂路易斯、卡兰萨、阿瓜约、苏尼卡、卡斯蒂略、迭格·卡诺、佩雷斯、隆基略、胡安·阿尔瓦拉多、埃尔南多·阿尔瓦拉多、阿吉雷拉、帕雷德斯和卡里略。
4. 意大利人,指安德雷阿。安德雷阿为意大利籍热那亚人。本歌中,作者经常用"意大利人"或"热那亚人"来指代安德雷阿。
5. 此处原诗列举了17位西班牙人的名字,分别为:桑迪扬、纳瓦拉、阿瓦罗斯、维斯玛、卡塞雷斯、巴斯蒂达、加尔达梅斯、堂弗朗西斯科·彭塞、苑拉(以上为阵亡名单);维加、塞加拉、委拉斯凯兹、卡布雷拉、维尔图戈、鲁伊斯、里贝罗斯和里贝拉。
6. 此处原诗列举了8位西班牙人的名字,分别为:堂弗朗西斯科·阿里亚斯、普拉多、堂菲利普、堂西蒙、阿莱格里亚、迭格·德·里拉、巴里奥斯和堂毕聂达。
7. 此处原诗列举了9位西班牙人的名字,分别为:维尔加拉、弗洛伦西奥·德·爱斯基维尔、阿尔塔米拉诺、维亚罗艾尔、杜兰、拉戈、戈多伊、冈萨罗·埃尔南德斯和安迪加诺。
8. 作者埃尔西亚是将斗牛文化引入西班牙文学作品的最早的诗人之一。本书中还有另外六处将人和斗牛进行比较。这里提到的是西班牙新卡斯蒂利亚哈拉玛地区的著名斗牛。此地斗牛以勇猛著称。哈拉玛距马德里仅15公里。
9. 图尔西亚(Turcia),隶属西班牙北部雷翁省一个小城市,此地多自然形成的奇形怪状山洞。

第二十六歌

血战结束,阿拉乌戈人撤退。加瓦利诺的顽强、坚韧及死亡。继续描述费东博士的花园和居所。

生死无常弗确定,孰敢自诩我好命。　　01
惊涛骇浪难躲过,船去海湾避暴风。
福有双至值怀疑,祸不单行总在行。
绝好时光非长久,悲惨之人总悲情。

近在眼前有例证,故事本身是证明。
阿拉乌戈正欢庆,浮云朝露徒虚荣。
基督教徒被击溃,庆祝胜利听歌声。
天意变更走其反,败者反败可为胜。

再说前面那队兵,本人参战在其中。
占领更多阵地盘,蛮族敌人拱手送。
充当先锋林戈亚,运拙时乖难抗争。
最终不能再抵抗,不及对手暴怒疯。

粗粝沟壑走纵横，散落狭长山谷中。
放肆高傲被摧垮，蛮人勿改蛮人性。
困兽犹斗仍挣扎，脊梁挺直再抗争。
人人皆知性刚毅，死里逃命怒气生。

我方军兵节节胜，暂时不想再出征。　　05
深深密林多荆棘，历历秘密难查清。
屠杀破坏尚未停，竟听厮杀刺耳声。
发动攻击需谨慎，处处荆棘灌木丛。

猎手不住喊高声，惊起猎物遂跟踪。
多人可成包围圈，地形狭窄难前行。
失去耐心抄近路，猎物借机已逃生。
猎人捕杀山野兽，长短标枪射弹弓。

基督教徒信仰诚，合理合法厘事清。
兵戎相见非人道，玷污胜利非光荣。
蛮人被擒拒服役，誓不投降抗议声。
即使手中无寸铁，不教利剑逞威风。

- 第二十六歌 -

理解肤浅笔平庸,战争浩劫无可争。
躲过当日大屠杀,捍卫土地未曾停。
伤心惨目血成河,流入山间岩石缝。
可怜蛮人精力尽,悲愤呐喊呻吟声。

张望左侧看得清,大队人马败阵容。
神情疲惫士气丧,土地荣誉成泡影。
撤退号角低声吟,漫漫道路走齐整。
战旗猎猎飘飘扬,无奈穿过山坡行。

队伍行军沉默行,残暴连科鬼神惊。 10
身边亲兵被打败,溃不成军终逃生。
桀骜不驯人焦躁,无视危险宁舍命。
再给铁锤增愤怒,收复阵地一人撑。

连科无畏彪悍勇,形单影只抗敌兵。
战果不佳回头看,亲兵无人紧随行。
动作缓慢相拥挤,不时回头寻救星。
右手指向羊肠道,遁入森林进草丛。

- 第二卷 -

追随队伍意懈松,有人害怕影无踪。
看见连科到身边,人心振奋信心增。
振作精神鼓勇气,重整队伍收游勇。
挺胸抬头添自信,道路艰险听天命。

余在原地转不停,竟听附近嘈杂声。
不远树林边缘处,喊声叫声闹哄哄。
加快脚步向前走,寻声觅音漫步听。
刚刚接近森林边,认出几名我方兵。

雷蒙近前喊高声:"勇敢骑士,向前冲!"
众人权衡危险情,前进困难疑虑重。
本人缓缓步行到,战友谨慎心不宁。
雷蒙见我到面前,强逼本人做决定。

"阿隆索!大救星!品格优秀受崇敬。　15
你之出现正当时,足智多谋人出众。
密林不会挡好运,印第安人要屈从。
谁能找到突破口,胜利归他称英雄。"

- 第二十六歌 -

众望所归我出名,战友看我眼圆睁。
义不容辞挺身出,知荣守辱共抗争。
森林茂密惊魂魄,披荆斩棘我先行。
阿里亚斯曼里克,西蒙等人后跟踪。[1]

战友绝望心不宁,凶狠蛮兵正进攻。
茂密山林封闭路,我军无奈必通行。
暴跳如雷凶威猛,腥风血雨弥战争。
嘈杂喊声四处起,蛮人潮涌喊杀声。

重新厮杀面狰狞,谁输谁赢难判定。
双方争斗锐气减,战斗相持少冲锋。
何方值得着笔墨,武器愤怒兵活动。
两败俱伤难统计,难断谁人夺谁命。

人被劈开成两半,愤怒胸膛被刺穿。
大腿身体落多处,身体四肢分几段。
战斗胶着杀红眼,击打声声雨林颤。
暴跳如雷性急躁,切齿咬牙出重拳。

死亡受伤时难免,激烈战斗刀枪剑。　20
命运助力胜利方,较量结束夺地盘。
阿拉乌戈时限到,阵地狭窄遭重残。
宁可屈从铁兵器,休做敌人盘中餐。

不屈蛮兵遭重残,尸体成堆战场边。
磨磨蹭蹭幸存兵,跌跌撞撞向后转。
我军收拾战利品,全体将士尽开颜。
几多蛮人成俘虏,挟持堡垒军营盘。

十二俘虏均非凡,训练有素勇敢汉。
高贵勋章笔挺装,曾为卓越尊贵男。
如今一去不复返,直面威胁失尊严。
迎风高吊树枝上,遭受惩罚成典范。

我被点名前面站,严格盘查做审判。
试图救出一熟人,曾来我军面友善。
此人当时举两臂,失去双手羞愧面。
重伤两臂堪可怜,断臂无手重伤惨。

第二十六歌

加瓦利诺是奇男，前面故事待续完。
惩罚此人做典范，砍断两手司法判。
英雄虎胆彪悍兵，曾经受难在龙潭。
舍死忘生座右铭，人死留名无遗憾。

"可憎之徒令人厌，玷污荣耀丢脸面。　　25
嗜杀成性饮我血，满足喉咙性贪婪。
残酷天意虽嬗变，阿拉乌戈享主权。
死而无悔不屈服，自由精神永垂范。

死不足惜活尊严，死得其所有期盼。
可怜生命如延续，雪恨报仇永不晚。
一日不获正义果，希望总在剑里面。
摘除你军光荣牌，光荣属我生命换。

有何邪数别绕弯，想得奖励和金钱？
宁要死亡不要命，以死抵债我心甘。
有何不快和遗憾，最大希望表意愿：
但愿你等死我后，壮士断腕可自残。"

蛮人死前诉心愿，视死如归高声喊。
不幸生命已耗尽，悲哀延续长时间。
英雄潇洒心倔强，谩骂侮辱出狂言。
荣誉宝剑荣誉终，悲惨结束悲惨断。

披肝沥血英雄汉，本人与其站并肩。
力排众议示反对，应与活命虽不愿。
执行人员固已见，众人动怒怒难犯。
带走此人我无奈，随同酋长等审判。

山坳入口地偏远，驻地陡坡紧相连。
直通山谷林戈亚，一条大路顺直宽。
仪式隆重堪愚蠢，侮辱惩处不义判。
视死犹归还清债，自有公论公判断。

刽子杀手尚不见，一般都由其问斩。
确定执行在某日，执行方法实罕见。
面对每位土著兵，一根大绳递手边。
自己选择一棵树，自行上吊自绝断。

- 第二十六歌 -

壮士谈话尚未完,似如暗号相互传。
云梯长矛粗木桩,攀爬城墙赛猴猿。
被俘酋长动作快,顺势树干轻盈攀。
瞬间到达一顶点,手抓树枝身垂悬。

其中一人心意变,自认身轻手不凡。
礼顺人情均不在,转身请求有话谈。
得到批准理当然,自认羞愧声慌乱。
基督教徒受鼓舞,听其悔恨等开言:

"骁勇民族战胜难,道德高尚至极点。
我乃酋长后裔人,古老家系我续延。
无父无兄无亲属,死而无憾归西天。
至此结束继承权,请求予我矜愍怜。"

面对英雄敬慕羡,加瓦利诺称典范。　　35
洗耳聆听继续讲,叱责之声骂不断:
"卑鄙无耻胆小鬼,高贵血统失脸面。
如此下流人不齿,何不快死免难堪。

无耻叛徒无心肝,活在世上失尊严。
如今凄凄可怜相,何时自称男子汉。
即使天意施怜悯,无情死神面嗟叹。
已到回天乏术时,救命弥灾难上难。"

众人道理表述完,尊贵酋长后悔晚。
活动绳索套脖颈,身挂树枝空中悬。
勇敢蛮人树陪伴,面对死亡勿眨眼。
粗大橡树受考验,再结果实等来年。

重提胜利是从前,敌人溃退四处窜。
旧时营地不忍看,蛮兵尸体躺一片。
即使此时无骚乱,焉忍再看心胆寒。
<u>瓦帅</u>在此建营垒,死于非命实悲惨。

一处高墙初建成,围拢房屋四周通。
堆放辎重剩余物,暂时储存求安宁。
此处虽非安全处,少有抢劫突袭兵。
照方吃药起作用,兵不血刃换顺从。

- 第二十六歌 -

一天清晨刚黎明,本人跑步出兵营。　　**40**
营地早已得消息,近处发现蛮人兵。
走出不远离驻地,抵近密林高山岭。
忽听一位老人声,"再往前走路不通。"

缓慢回身拉缰绳,听到近旁奇特声。
依靠一棵枯橡树,似是朋友老交情。
手拄一根铁拐杖,即刻认出是费东。
轻轻拨马靠边停,向其问候表致敬。

"正想与你理论清,恨之切骨牙根疼。
贵方士兵驻地近,大肆屠杀犯罪行。
为何如此信任我,诸多理由难厘清。
加害于你非仗义,如需帮助愿提供。

遵从老天圣旨令,桀骜人群遭罚惩。
违抗上帝人傲慢,气傲心高终屈从。
贵军运气处上升,断断续续总在赢。
天意从来不可抗,如何衡量天决定。

- 第二卷 -

算你走运受邀请,请你自便任意行。
行动伟大利益少,你会满意此行程。
该我发声未发声,躲进草棚成一统。
草棚侧面虽有门,严实隐蔽路不通。"

看见老者我吃惊,他之预言耸人听。　　45
将马拴在路旁树,边走边谈边前行。
体弱老人做向导,我之恳求满口应。
披荆斩棘崎岖路,直至山下脚步停。

神神秘秘不透风,严严实实无隙缝。
举起弯曲大拐杖,敲击巨石动作轻。
口出毛骨悚然声,窄门自开黑洞洞。
头发竖起随其后,脚踏石板路坚硬。

走进一处绿草坪,心旷神怡养眼睛。
一片宽阔芳草地,漂亮围墙令起敬。
璀璨美玉斑岩砌,棋盘方格嵌紫晶。
雪松柴门雕刻画,脍炙传说刻其中。

- 第二十六歌 -

博士悠然至门前,豁然开朗见花园。
浑然一体匠人作,巧夺天工融自然。
翻开画册另一页,天开美丽见方圆。
清澈池塘处中间,源头细流水涓涓。

鲜花似非出自然,呈现丰腴美春天。
五色缤纷多品种,谁能媲美评花园。
香气扑鼻沁心脾,鸟语花香和声弦。
权势感官缥缈去,书生之见实可怜。

流连忘返痴迷幻,呆若木鸡方寸乱。　　50
博士费东未呼唤,摆头示意走向前。
老翁提醒朝上看,白色苍穹石膏板。
巨大球体超想象,游目骋怀别样天。

欲想看球心不敢,未得允许移步缓。
心照不宣人老道,老者满足我心愿。
拉住双手靠近我,不疾不徐手指点。
似乎世界映眼帘,以假乱真非一般。

顺序介绍眼前见，巨大苹果光亮闪。
博闻强记求全面，详细歌唱另一篇。
请求陛下赐恩准，声音嘶哑待舒缓。
微臣稍息歇片刻，焉图一次都唱完。　　52

- 第二十六歌 -

注 释

1 此处原诗列举了5位西班牙人的名字,分别是:阿里亚斯·帕尔多、曼里克、马多纳多、堂西蒙和科罗纳多。

第二十七歌

本歌描述智利诸多省份、山川和城市，它们或以风光迷人，或因战争著称。讲述西班牙人如何在图卡贝尔山谷修建堡垒。讲述埃尔西亚如何邂逅美女格拉乌拉。

言简意赅旨趣远，至理名言皆赞叹。　　01
谈天道地乃乐事，单刀直入少绕弯。
尽管冗笔亦有益，使人疲惫使人烦。
美味佳肴天天有，多余腻胃渐渐厌。

本人此时担风险，漫长生涯后悔晚。
脍炙人口好故事，何必费神绕大圈！
赏心悦目是我愿，如今不慎陷深渊。
寸步难行步履艰，勿系大事于杯盏。

有人不解琴乱弹，本人写作似中断。
走上一条神奇路，活像马匹跑驿站。
毋庸赘述多余事，尽快回到上一篇。
前面提到老博士，大圆苹果现指端。

- 第二十七歌 -

庞然大物圆又圆,廿人围抱难上难。
诸多故事映其上,形状新鲜非一般。
农村城镇现球体,游商小贩叫卖喧。
珍禽猛兽短蜥蜴,常见昆虫爬边缘。

"无人骚扰无事端,无须隐蔽无遮拦。　　05
一眼望见全世界,无央宇宙映球面。
从西到东北到南,海阔天空连成片。
山河湖海著名地,或因战争或自然。

亚洲国家密麻麻,先看卡塞多尼亚。[1]
里卡尼亚色雷斯,博斯普鲁斯海峡。
法纳西亚利迪亚,平原卡帕多西亚。
进入波斯海入口,幼发拉底河水大。

叙利亚国地遥远,上帝乐土私人占。
巴勒斯坦拿撒勒,圣玛利亚圣婴产。
再看神圣古遗址,城市废墟荒一片。
上帝之子遭嘲讽,可耻死亡降世间。

- 第二卷 -

地中海岸广绵延,分开欧非南北边。
伯梅霍海在右手,摩西分水用木杆。[2]
霍尔木斯波斯海,土地破碎难分辨。
万里无云天晴朗,阿拉伯国分两半。[3]

卡马尼亚波斯连,苏西亚纳处西端。[4]
冶炼钢铁放异彩,高级钢条凭冶炼。
特朗伽那俾路支,东方印度货博览。[5]
顺此道路向前看,阿拉克西气候暖。

恒河流域仔细看,印度土地向东延。　10
契丹首都称甘哒,建在印度海上面。[6]
中国南面摩鹿加,宽阔海洋波浪翻。[7]
古代塔普罗巴纳,号称东方边界线。[8]

鞑靼阿尔巴尼亚,延伸特拉皮松达。[9]
波斯周围同盟国,均为纳贡小国家。
伊贝洛人称高卢,可怜人们居住杂。[10]
沿岸狭窄半月形,可见马约大海滩。

- 第二十七歌 -

基罗河水水急湍,伊比利亚处旁边。[11]
高加索地延伸长,高峰陡峭叠嶂峦。
科尔喀斯国著名,美狄亚岛美名传。
乘船冒险伊阿宋,金色羊毛惹祸端。[12]

亚美尼亚值纪念,大不里士首府冠。
南方索尔塔尼亚,宗教城邦被推翻。
无法无天鞑靼人,帖木儿帝西征战。[13]
地面建筑夷平地,犹如上天播闪电。

底格里斯两水源,美索不达地平坦。
水流直入波斯湾,埃及等国处西边。
帕特里亚梅迪亚,蜿蜒海岸现午间。
里海亦称哈扎尔,向东延伸状椭圆。

亚述及其著名城,语言杂乱辨不清。 15
塞弥勒弥高城墙,尼弩斯后用此名。[14]
亚历山大正上路,青年夭折罹重病。[15]
切断美好光明道,天意绳索夺其命。

- 第二卷 -

非洲向南再伸延，多个小国名不全。
普莱斯特地优越，艾斯塞瓦辉煌建。[16]
一年收获三季粮，三次绿色三枯干。
地处北纬廿二度，相当南极高度线。

戈吉亚地周围山，雄伟超过众峰峦。[17]
山上覆盖皑皑雪，山下密林巉巉岩。
一幅巨大山林画，周围草丛荆棘攀。
飞龙野猪狮子熊，虎豹豺狼活其间。

粗糙巨石高处悬，今日称其月亮山。[18]
无名河流也有名，著名尼罗此发源。[19]
曲曲弯弯多支流，分分聚聚成深潭。
湖泊宽阔似无边，三个省份处沿岸。

贝格梅德向东延，达姆巴亚在西面。[20]
美丽岛屿人居住，能见数岛升炊烟。
尼罗从此变温顺，缓流河水河面宽。
一边流向阿玛拉，河岸宽阔水无边。

- 第二十七歌 -

一条狭窄陡峭关，巨石悬崖人仰攀。　　20
怒吼噪音传远方，瀑布声音响震天。
抵达大岛麦罗埃，河面开阔又展宽。[21]
人杰地灵三王国，法条不同风俗变。

开罗包括三城垣，杜提比亚皇宫殿。
高大围墙环四周，皇家塔楼大花园。
几处雄伟金字塔，异教虚荣重外观。
财富创造双象征，疯狂远超城池建。

多沙地区少人烟，利比亚国沙漠旱。
卡拉曼塔民热情，黑人野蛮性凶悍。
野蛮族群多好战，冈比亚河做贡献。[22]
曼丁戈等黑色种，扎贝等族脸难看。[23]

非洲临海海岸宽，著名都邑靠海湾。
尼罗河口地狭窄，两海此处水连天。
希尔特斯朝直走，的黎波里在眼前。[24]
古老遗迹遭浩劫，迦太基城美名传。

西西里岛肥沃田,撒科两岛面对面。[25]
意大利湾多恶疾,地势倾斜向西南。
那不勒斯名尊贵,罗马傲世长时间。
圆球代表大宇宙,所有民族均展现。

托斯卡纳好度夏,佛罗伦萨锡耶那。[26]
岛屿小城人卓越,博洛尼亚费雷拉。
米兰美丽大花园,地处北部帕维亚。
查理抓捕法国王,成王败寇事件大。[27]

亚历山大城豪华,通向辉煌热那亚。
穿过皮亚蒙特城,到达莱昂巴约纳。
风起云涌天地动,看到巴黎佩罗那。
弗兰德斯苏格兰,英国荷兰奥兰达。[28]

到达瑞典格西亚,城堡设防后人夸。
丹迪斯克海岸冰,丹麦挪威达契亚。
泽兰蒂亚顺航道,格陵兰岛北天涯。
远离太阳黄道带,半年白日半年蜡。

- 第二十七歌 -

北面莫斯科维亚，延伸边远有人家。
遥远勘测有人做，一侧高山属奇葩。
塔纳伊斯多山泉，大海结冰接山崖。
南面到达俄罗斯，东面鞑靼两海峡。

利沃尼亚立陶宛，摩拉维亚冈迪亚。[29]
西里西亚德意志，保加利亚临希腊。
摩尔多瓦罗德岛，塞浦路斯岛国家。
瓦拉吉亚马其顿，波兰斯洛文尼亚。

西班牙国西北面，古比斯开大海湾。　30
尊贵区域地开阔，一目了然易发现。
贝尔梅奥多草丛，比斯开湾此开端。
埃尔西亚城墙宽，阳光充足设施全。

潘普洛纳西北边，布尔戈斯偏东南。[30]
右手巴塞罗那城，萨拉戈萨在中间。
里斯本属葡萄牙，加利西亚左手边。
有幸传播多科学，不幸教授妖术言。

589

- 第二卷 -

美狄娜城在对面,闻名之处办博览。
古城巴亚多利德,凤凰涅槃欲火燃。[31]
塞戈维亚罗马桥,茂密森林种两边。[32]
阿兰怀兹风光美,花卉果蔬美丽鲜。[33]

崇山峻岭地荒蛮,山脚分散有港湾。
尽管荒漠多石块,听说有人居此间。
无往不胜堂腓力,圣金廷城终服软。
天主教会获胜利,美好愿望尽实现。

无与伦比庙著名,豪华雄伟工匠成。
工程伟大世人知,宗教狂热财富盈。
永恒建筑值纪念,威严无尚入佳境。
国王伟大基督徒,臂长显示国力盛。

马德里城运亨通,天朗气清看高空。　35
托莱多市称福地,金色塔霍旁建城。
格拉纳达被威胁,科尔多瓦要其命。
高举屠刀头上悬,屠刀直接刺喉咙。[34]

- 第二十七歌 -

塞维利亚是皇城,建筑优美神庙灵。
城市雄伟人聚集,遥远印度商贸通。
交换金银珍珠宝,四支船队一年行。
商船对开货出境,人员大炮军辎重。

加的斯城边远城,赫丘利神显神灵。[35]
竖立两座胜利柱,镌刻无比立碑铭。[36]
费尔南多赢光荣,破除界标任通行。[37]
开辟宽阔新大陆,独块陆地已难容。

顺沿大洋往下行,躲过南风躲西风。
抵达加纳利群岛,休整铁岛给养充。[38]
此岛历来缺淡水,禽鸟动物人渴疯。
一棵大树自流水,流入水槽供饮用。

请你再往右面看,第三群岛葡人占。
睁大眼睛向西南,堂哥伦布所发现。
人口聚集无外族,国家虽小具特点。
古巴南面牙买加,多米尼加圣胡安。

佛罗里达巴哈马,狭小岛屿多如麻。 40
无用土地海滨美,新西班牙行管辖。
科尔特斯敢冒险,港口工程多繁杂。[39]
大胆开凿拓宽面,王权已属西班牙。

哈里米却药出名,植物入药用根茎。[40]
墨西哥国物丰饶,古老国名至今用。
南方人稠多山脉,地势延长难界定。
两边各有一大洋,两洋之间瘦身影。

巴拿马城上帝定,狭窄地势自卫型。[41]
怒涛冲击成灾害,两侧大海反潮涌。
卡比拉山多荆棘,卡塔赫那延伸东。[42]
圣马尔他维拉角,委内瑞拉湖泊城。[43]

波哥大城悠久兴,左手建有五座城。[44]
往下看见基多市,地球南北划分明。
再看古老海滨港,盛产宝石蕴藏丰。
土地走向风决定,东风南风闷热风。

- 第二十七歌 -

瓜亚基尔木材城,莽莽密林多山峰。
图穆贝兹帕亚塔,港口宽阔可航行。
比乌拉城撒尔撒,雪水融化河形成。[45]
灌溉良田千万顷,滴雨不降蓝天空。

奇山异岭高巅峰,热带雪山在山顶。　　45
查查波亚土著民,人未开化心冰冷。
特鲁希略人凶猛,战斗骁勇出英雄。
优秀城市名国王,拜谒宝座总督城。

瓜努科城瓜曼加,从属阿雷基帕城。
印加王国首都市,库斯科城早闻名。
再看夏至热带区,南半球见摩羯星。
奇特土著多人种,河湖山谷高山岭。

此处丘基亚博城,南部区域一象征。
波托西山蕴富矿,大量开采山著称。
土地蕴含黏土矿,精炼纯银价值升。
一百英磅矿物土,提炼纯银占五成。

白银山谷矿产丰,高价转卖邪恶生。
越过乡村越城镇,越过高山越峻岭。
越过平原越山谷,远来商贾饱囊中。
著名巨商加波托,心安理得击掌庆。[46]

回到海岸观众山,阿塔卡马荒石滩。
右面海岸无居民,无鸟无兽草枯干。
著名箭手出此地,戈帕亚博人干练。
马波乔等城三座,比奥比奥三河连。[47]

蓬勃发展彭科城,阿拉乌戈地强盛。　　50
部落帝国卡涅特,比亚里卡火山凶。
城市瓦尔迪维亚,附近岛屿休数清。
顺沿海岸往下行,抵达海峡抵边境。

堂麦哲伦携亲兵,驶入南海航路通。
从西拐向马六甲,航船再向西南行。
撒布群岛在对面,交战马坦丧生命。
足有十个珊瑚岛,蝇头小字蒙蒙影。[48]

- 第二十七歌 -

土地斑点密层层,眼睛几乎雾蒙蒙。
彻头彻尾处女地,不见外国人影踪。
也许永远被覆盖,魔鬼幽灵所占领。
似乎上帝已预见,秘密揭开世人惊。

清清楚楚看清清,圆球周长真实形。
倘若时间再充裕,可知天体优美景。
了解天体奥秘处,太空真谛启示蒙。
聚变运动常发生,自然进程剧烈动。

尽管本人兴致浓,力求让你更高兴。
无奈红轮已西坠,或须赶路回军营。"
博士亲自做陪同,眼望目送我回程。
恰巧碰见手下兵,踏破铁鞋人无踪。

准时抵达驻地营,站岗放哨是友朋。
问东问西问南北,盼望敌方讲和平。
有人向我示友好,有人威胁挑衅声。
巡逻观察走不停,村庄庐舍不安宁。

悠闲自在身轻松,偃旗息鼓无军情。
恶毒意图在预谋,冷酷无情我将兵。
选择位置颇重要,深入腹地利远征。
同舟共济心一致,坚守阵地力求胜。

有备无患头清醒,军需物品应补充。
尽管土地丰收年,所剩无几农田空。
<u>阿文达纽</u>米格尔,好友邂逅兴冲冲。
诚心恳求做陪伴,结伴取道卡乌滕。

不顾冒险起征程,千难万险能适应。
机不可失勿错过,平安抵达帝国城。
多多结识当地人,话语和蔼求百姓。
慷慨提供美佳肴,秋毫无犯保性命。

远离战争好心情,面包水果活牲灵。
附近周围转一圈,土著惶恐人和平。
影影绰绰山坡上,隐隐约约巡逻兵。
原来都是自己人,确保安全做护送。

第二十七歌

残阳如血西坠行,海上阳光落水中。　　60
黑夜来临身轻松,披甲枕戈难入梦。
东方曙光照大地,重新启程喊大声。
沉沉辎重马背驮,围绕马匹行步兵。

行军习惯做先锋,发现密林有动静。
瞥见女人盲目跑,似乎害怕人跟踪。
我在后面紧追随,骑马赶上令其停。
欲知后面发生事,请读下歌新内容。　　61

- 第二卷 -

注 释

1. 卡塞多尼亚（Calcedonia），古希腊的一座城市。此处原文共列举14个亚洲古国或城市的名字，分别为：卡塞多尼亚、博斯普鲁斯、色雷斯、利迪亚、卡利亚、利西亚、里卡尼亚、潘菲拉、比蒂尼亚、加拉西亚、帕夫拉戈尼亚、卡帕多西亚、法纳西亚和幼发拉底。多数难以考究。
2. 摩西的故事出自《圣经·出埃及记》：耶稣的门徒摩西带领以色列人出走埃及的时候，年近六旬。摩西在上帝的帮助下，第一次呈现了神迹：摩西高举权杖，海水分开两边，上帝还让乌云挡住了埃及人的视线，掩护以色列人从秘密通道渡过红海。等到埃及人追过来，摩西再次举起权杖，让海水落下，淹没了通道，埃及人只能看着波涛汹涌的海水望洋兴叹。伯梅霍（Bermejo）海即现在的红海。
3. 两个阿拉伯：所谓两个阿拉伯是一个古老的地理概念，指亚洲的西南半岛即阿拉伯半岛。第一部分又称菲利克斯（Felix），土地肥沃、物产丰富，多指阿拉伯湾的海湾地区；第二部分是指帕米拉（Palmira）南部的沙漠地区。
4. 卡马尼亚（Carmania），处于波斯的东部；苏西亚纳（Susiana），处于美索不达米亚平原的东南部，北部毗邻地中海，东部毗邻波斯。
5. 特朗伽那（Drangiana），亚洲地名，处于今日的阿富汗西南部；阿拉克西（Aracosía），古波斯省，与特朗伽那毗邻。
6. 契丹（Catay），公元916年契丹建国，947年国号改为大辽。诗中所列契丹与历史上的契丹完全是风马牛不相及。甘哒地名纯属杜撰，无任何资料可借鉴。
7. 摩鹿加群岛，亦称马鲁古群岛，是印度尼西亚东北部岛屿的一组群岛。
8. 塔普罗巴纳（Taprobana），今斯里兰卡，旧称锡兰。
9. 特拉皮松达（Trapisonda），拜占庭首府的一部分，位于黑海的南岸。
10. 高卢人，指现今西欧的法国、比利时、意大利北部、荷兰的南部、瑞士西部和德国莱茵河西岸一带的居民。

- 第二十七歌 -

11. 此处伊比利亚是指处于古代格鲁吉亚境内的领土。
12. 金羊毛（vellocino de oro）是古希腊神话中的稀世珍宝，不仅象征着财富，还象征着冒险和不屈不挠的意志，以及对理想和幸福的追求。许多英雄和君王都想得到它。忒萨利亚王子伊阿宋在其篡位叔叔的欺骗下也去寻找金羊毛。美狄亚帮助伊阿宋找到金羊毛并和伊阿宋结婚生子。不幸，伊阿宋后来移情别恋，打算娶柯林斯王国的公主为妻。这使美狄亚十分愤怒，她设计毒死了公主，并杀死了两个孩子，来报复伊阿宋。等伊阿宋赶到的时候，他只看到孩子的尸体。最后，伊阿宋在无尽的痛苦和绝望中自尽。
13. 帖木儿（1336—1405），绰号帖木儿兰，出身突厥化的蒙古部落巴鲁剌思部。1370 年帖木儿建立帖木儿帝国。1388—1390 年间，征服花剌子模、阿富汗，降伏东察合台汗国。在此期间，帖木儿屡次西征，征服波斯全境。位于波斯西北部大不里士（Tauris 或 Tauriz）是波斯阿塞拜疆区的首府，也是历史上多次成为王朝的都城。波斯南部城市索尔塔尼亚（Soltania）亦被帖木儿摧毁。
14. 塞弥勒弥（Semiraamis），传说中的亚速女王。她是女神之女，以美貌、智慧和淫荡著称。她的丈夫是传说中尼尼微的建造者尼弩斯王（Ninus）。尼弩斯死后，塞弥勒弥独自统治国家。人们认为是她修建了巴比伦城，并且对邻国发动军事进攻。
15. 亚历山大大帝（Alexander el Magno，公元前 356—前 323），即亚历山大三世，马其顿王国国王，世界古代史上著名的军事家和政治家，曾师从古希腊著名学者亚里士多德。亚历山大大帝以其雄才大略，先后统一希腊全境，进而横扫中东地区，不费一兵一卒而占领埃及全境，吞并波斯帝国，大军开到印度河流域，征服全境约 500 万平方公里。
16. 普莱斯特，即胡安·普莱斯特，15 世纪末，葡萄牙人称呼阿比西尼亚（今埃塞俄比亚）国王为胡安·普莱斯特。
17. 戈吉亚（Gogia），从地理学的角度讲，是指早期寒武纪地形地貌。
18. 月亮山，又名鲁文佐里山（Rwenzori），位于乌干达，是乌干达人民心目中的圣山。
19. 尼罗河（Nile），世界上最长的河流，全长 6670 公里，流经非洲东部与北部

- 第二卷 -

的卢旺达、布隆迪、坦桑尼亚、肯尼亚、乌干达、扎伊尔、苏丹、埃塞俄比亚和埃及九个国家。

20 本诗中提到的三个地名(贝格梅德、达姆巴亚、阿玛拉)均为阿比西尼亚的省份。

21 麦罗埃(Meroe),位于尼罗河中游的河套地带。

22 冈比亚河为西非河流,源出几内亚共和国,向西流经冈比亚,注入大西洋。冈比亚河全长1120公里,流域面积7.7万平方公里。是冈比亚运输网主干。

23 本诗原文中列举多个非洲黑人人种:曼丁戈人、摩尼刚果人、扎贝人、比亚法拉人、赫洛夫人和几内亚人等。因篇幅所限,只译出几种。

24 本诗原文中列举多个北非地名:阿波罗尼亚、希尔特斯、的黎波里和突尼斯等。因篇幅所限,只译出几种。

25 撒科两岛,指撒丁岛和科西嘉岛。

26 托斯卡纳(Toscana),意大利北部区域名称,中心城市为佛罗伦萨。此外,此处原诗中还列举了以下意大利北部古代小城:帕多瓦、曼托瓦、卡莫纳和普拉圣西亚。

27 查理:这里指德国的查理五世。法国国王指弗朗西斯科一世。1521年法国国王弗朗西斯科一世和查理五世在意大利发生战争,结果法国在比可卡(Bicocca)战役中失败,法国国王被抓并失去米兰整个地区,不久又在温莎城堡签订友好条约。

28 此处原诗提及的国家和地区较多,包括:波尔多、普捷、奥连斯、巴黎、佩罗那、弗兰德斯、布拉班特、格尔德雷、弗里西亚、荷兰、英格兰、苏格兰、海伯尼亚、爱尔兰等。因篇幅所限,只译出几种。

29 在这首诗中作者共列举二十六个古代欧洲的地名,抄录如下:利沃尼亚、普鲁士、立陶宛、萨摩格西亚、波多利亚、俄罗斯、波兰、西里西亚、德意志、摩拉维亚、波希米亚、奥地利、匈牙利、科尔瓦西亚、摩尔多瓦、特拉西瓦尼亚、瓦拉吉亚、保加利亚、斯洛文尼亚、马其顿、希腊、莫雷、冈迪亚、塞浦路斯、罗德岛和尤伊代阿。因篇幅所限,仅译出15个名字以供参考。

30 此处原诗中列举了多个西班牙城市名字:布尔戈斯、洛格罗尼奥、潘普洛

- 第二十七歌 -

纳、萨拉戈萨、瓦伦西亚、巴塞罗那、莱昂和萨拉曼卡等。因篇幅所限,恕未全部译出。

31 巴亚多利德(Valladolid),西班牙中部城市。11世纪后逐渐成为西班牙的重要城市。1469年,阿拉贡王子费尔南多和卡斯蒂利亚公主伊莎贝尔在这里举行婚礼,后来,两人成为统一西班牙并开创数百年辉煌帝国大业的奠基者天主教双王。1527年,腓力二世在巴亚多利德出生,29年后又在这里加冕登基。塞万提斯晚年曾在此生活,哥伦布则在这座城市去世。1561年9月21日,巴亚多利德市发生大火,导致该市十分之一的面积遭到破坏。该市于1562—1576年进行重建。

32 塞戈维亚(Segovia),位于西班牙首都马德里以北约70公里处,是西班牙历史名城和著名古迹。全长800米的著名罗马水槽就位于塞戈维亚市中心。13—15世纪期间,卡斯蒂利亚几代国王都定都塞戈维亚。伊莎贝尔女王于1474年在此登基。

33 阿兰怀兹皇宫(Palacio de Aranjuez),又译"阿兰胡埃斯皇宫",距马德里50公里的皇家宫殿,是西班牙王室的夏季行宫,由腓力二世始建于1561年。在被大火烧毁之后,费尔南多六世于18世纪重建。阿兰怀兹是天主教双王伊莎贝尔和费尔南多"出逃"之处。18世纪时,波旁王朝的国王菲利普五世将宫廷中心移到阿兰怀兹。之后的卡洛斯三世和四世分别修建了王宫的两翼和"王子花园"以及"农夫之家"。

34 这里指的是费尔南多三世在14世纪收复征服摩尔人占领的科尔多瓦和格拉纳达的历史事件。

35 加的斯(Cádiz),被视为西欧最古老的城市,据说公元前1100年腓尼基人就已经在此建城。约公元前6世纪加的斯被迦太基人占领,前206年被罗马人占领。公元5世纪,西哥特人取代了罗马的势力,加的斯被毁。711—1262年摩尔人统治加的斯。卡斯蒂利亚国王阿方索十世将摩尔人逐出加的斯。在地理大发现时期中加的斯获得复兴。加的斯曾经是西班牙的造船业中心。哥伦布第二次(1493—1496)和第四次(1502—1503)远征都是从这里出发的。18世纪,西班牙与美洲之间的贸易有75%是经过加的斯进行的,当时它是西班牙最大和最都市化的城市。

36　加的斯城中有一座供奉腓尼基神美耳刻的神庙,一些历史学家认为庙里的立柱是根据赫拉克勒斯的传说而建立的。
37　即天主教双王之一的费尔南多(Fernando Católico, 1452—1516)。在他的支持下,哥伦布完成远征美洲并发现新大陆。
38　铁岛群岛:加纳利群岛中的一个小岛,属于西班牙的一个自治区。
39　科尔特斯,此处指埃尔南·科尔特斯(Hernán Cortés, 1485—1547),西班牙征服者,1519年进入墨西哥中部阿兹特克帝国。
40　哈里米却,即墨西哥的两个州:哈里斯科(Jalisco)州和米却阿肯(Michoacán)州。
41　巴拿马在印第安语中意思是"蝴蝶之国"。16世纪初,哥伦布在巴拿马沿海登陆以后,发现这里处处飞舞着五色斑斓的蝴蝶,便用当地语言,把这个地方命名为"巴拿马"。
42　卡塔赫那(Cartagena),哥伦比亚北部地名,与加勒比海相望。
43　委内瑞拉湖泊,即委内瑞拉境内的马拉开波湖(Lago Maracaibo)。
44　此处原诗列举了五座城池的名字,分别为:卡尔塔马、阿尔玛、卡利、博巴洋和帕斯托。
45　此处原诗列举了四处地名:比乌拉、洛哈、撒尔撒和科尔蒂耶拉。因篇幅有限,只提及两处。
46　塞巴斯蒂安·加波托(Sebastián Caboto, 1484—1557),意大利威尼斯商人。祖辈均为航海家和探险家。该家族在开发美洲银矿方面获得巨额利润。曾为英国和西班牙国王服务。
47　此处原诗中列举了三处地名(科金博、马波乔、卡乌艮)和三条河流名(毛利河、伊塔河、比奥比奥河)。
48　此处原诗列举了九个小岛,分别为:布鲁尼岛、薄荷岛、吉洛洛岛、特雷纳特岛、马希安岛、穆蒂尔岛、巴丹岛、提多列岛和马特岛。诗中说"十个珊瑚岛",似有误。

第二十八歌

西班牙人放火烧毁阿拉乌戈人村庄

格拉乌拉讲述自己的不幸和来因。阿拉乌戈人在布楞山口袭击西班牙人,双方激战。敌人抢走辎重,兴高采烈地撤退,乱作一团。

安逸自在心恬静,惬意舒适活庄重。　01
灾祸临头常有事,处惊不变自从容。
变幻莫测难预料,养尊处优变贫穷。
自由常常受羁绊,顺境屡屡成逆境。

天遂人愿时发生，命运多变难判定。
幸运很少敲家门，厄运进家休安宁。
众所周知有例证，福兮福兮祸伴行。
祸不旋踵是祈望，祈望祸灾能减轻。

本人罹遭切肤痛，有时倒怕运亨通。
称心如意转瞬过，悲切死亡长过程。
长篇故事添内容，蛮人姑娘在草丛。
穿戴打扮非一般，应为名门贵血统。

身材修长气势盛，天庭饱满大眼睛。
双唇红润鼻端正，牙齿似嵌珊瑚虫。
胸部丰满高隆起，纤纤素手臂白净。
美不胜收难言表，优雅自然体匀称。

欲想知晓因何情，只身处在密林中。　05
安之若素心泰然，气度文雅貌雍容。
劝其毋必多恐惧，姑娘吐气稍轻松。
反抗心理驱温柔，一反常态诉心声：

- 第二十八歌 -

"不知该否怨不幸,或应感谢天意命。
天意命运打开门,收我进去受酷刑。
灾祸磨难已临头,请听苦痛多深重。
可怜情感遭冒犯,恭请侧耳仔细听。

<u>基拉古拉</u>一千金,<u>格拉乌拉</u>称我名。
高贵血统<u>费利索</u>,田产丰厚可怜命。
受人尊敬族群宠,美丽难抵凄楚情。
莫如朴素牧羊女,生活节俭过光景。

父亲溺爱我矫情,家产唯一我继承。
家父沉浸舐犊爱,唯宠女儿心高兴。
本人意志是命令,勿容侵犯皆纵容。
几无恣心所欲事,于我身上办不成。

美好爱情遭专横,无端打破心恬静。
<u>斐索拉诺</u>求婚姻,身强力壮倜傥勇。
好心父亲亲表弟,实在亲戚亲情重。
风雨同舟共甘苦,痛痒相关似弟兄。

605

- 第二卷 -

父亲历来重友情,无奈答应从父命。　10
痛快谨严亲口应,避免家父心扫兴。
不料青年情感变,道德败坏人不忠。
友谊变质任放荡,邪门歪道岂能容。

或因与我友善情,或因本人苦难命。
运拙时乖命不济,绝非审美误判定。
忘恩负义对朋友,放债欠债两不幸。
千方百计表情爱,谨小慎微多奉承。

吞吞吐吐露真情,隐隐约约表苦痛。
似有图谋不轨事,远离端庄非正经。
本是同病相怜人,原是惺惺惜惺惺。
不说事危如累卵,吉少凶多遇灾星。

唉声叹气似有病,欺骗眼神露哀情。
战战兢兢似试探,鬼鬼祟祟恶意生。
耳提面命多劝告,大逆无道事严重。
晓以利害断邪路,粉碎不齿幻想梦。

- 第二十八歌 -

一天独自在房间，心怀恐惧防佻慢。
双腿跪在我面前，厚颜无耻低声唤。
'格拉乌拉我心肝！苦不堪言受熬煎。
浑身乏力无话语，坠入爱河抵挡难。

容我回到第一天，幸福愿景降眼前。　　15
未来爱情无限美，痛苦祸患抛天边。
我为爱情宁去死，你会享受爱无限。
拙口钝腮嘴巴笨，海枯石烂心不变。'

见其坚定示勇敢，不惧暴力与冒犯。
悄悄离开他身边，黯然神伤表语言。
'小人坏蛋请躲远，乱伦缺德招厌烦。
破坏亲情违约誓，家族规矩失尊严！'

冷语冰人讲一番，生气懊丧面对面。
猛然耳边嘈杂声，基督兵士来进犯。
麇集士兵齐进攻，包围高墙深宅院。
斐索拉诺跳一旁，正面对敌迎挑战。

607

- 第二卷 -

'饿虎扑食正下山,非人残暴降人间。
恶语确实可杀人,同仇敌忾手不软。
宁可为你终结命,绝不为敌盘中餐。
虽死犹荣高抬举,至少让人心悲怜。'

临危不惧怒冲天,冲入基督士兵间。
身中一颗火药弹,裸露胸膛被刺穿。
泰然倒地声嘶哑,'格拉乌拉!'连声喊。
肉体不在勇气在,不幸肉体灵魂牵。

父亲到场大声喊,身披战袍气凛然。　20
身体一侧受重伤,锋利长矛刺肉穿。
死去肉体无颜色,厄运倒霉今应验。
穿过假门躲灾难,无妄之灾魂魄散。

精神恍惚心烦乱,躲进深山暂避难。
听从命运任摆布,幽灵引导跳山涧。
盲人瞎马无路走,小心翼翼渐行远。
销魂夺魄失魂魄,东转西转原地转。

- 第二十八歌 -

祸不单行二连三,刚出虎穴入龙潭。
原地不动在原处,刚出火海进刀山。
本想能逃此遭劫,祸从天降一连串。
飞灾横祸相接生,雪上加霜万劫难。

苦不堪言抱头窜,荆天棘地重重难。
疲于奔命人困乏,睁大眼睛步蹒跚。
刚从树林迈出步,两个黑人重载肩。
黑人眼尖盯我看,争先恐后追杀赶。

脱离黑人躲惊险,幸好身上薄衣穿。
伤心惧怕无所畏,衣服生命身保全。
贞操名誉均重要,不堪设想出冷汗。
声嘶力竭怨冲天,树木山石也悯怜。

上天眷顾人可怜,<u>斐索拉诺</u>到面前。　25
十恶不赦强奸犯!伟大行动人傲慢。
跑步敏捷追黑人,野狗混蛋连声喊,
'立刻放开那姑娘,两个猪狗皮肉烂。'

- 第二卷 -

两个敌人近身前,<u>斐索拉诺</u>射弓箭。
对准近前第一人,箭镞羽毛入腹间。
轻盈敏捷退两步,当即射出第二箭。
箭不虚发目标准,射中心脏倒路边。

倒地丧命鬼蜮间,第二黑人连中箭。
<u>斐索拉诺</u>人英勇,讲究战术久锤炼。
黑人高大身肥胖,灵活力量非占先。
两臂将其高举起,摔在地上背朝天。

掏出闪光一短剑,铁器致命魂归天。
刺入裸腹刺侧肋,三次进出血涟涟。
灵魂出窍人死去,<u>斐索拉诺</u>开心颜。
深懂礼貌近身边,请我原谅迟来晚。

诸多理由表一番,(求我做爱仪式完)
心事重重来回走,贞操保全邪恶免。
避免闲话防诟病,成全好事我心甘。
特殊时刻特殊事,贞洁择偶结良缘。

- 第二十八歌 -

害怕人群走近前，躲进附近山后面。　　30
近旁无人无路走，迷失方向一瞬间。
太阳西斜时已晚，走到拉根河岸边。
眼前一队基督兵，十名蛮兵被绳牵。

我俩突然被发现，终于时来运气转。
大量人群纷乱跑，别动！站住！大声喊。
新婚丈夫心胆颤，宁愿以死拒侵犯。
求我躲藏树林里，冒死阻挡人近前。

胆怯惧怕心烦乱，柔软女子受熬煎。
劝我勿要靠近前，死亡可怕保命先。
懦弱胆小人性变，首次遇险吓破胆。
眼看有人近身边，狭路相逢心胆寒。

躲进树洞求安全，荆棘杂草绕周边。
呼吸困难身僵硬，心怀恐惧气嘘喘。
耳旁忽听一巨响，树林四处声震天。
利剑长矛士兵叫，远处似乎有激战。

- 第二卷 -

似乎慢慢停止战,不时听见人呐喊。
心急如焚无救助,血液凝固心胆颤。
苏醒之后感邪恶,问心有愧自埋怨。
危难死亡听命运,夫妻未能共患难。

走出树洞看外面,丈夫死活祈求天。　　35
快速跑步到河边,寻找丈夫心慌乱。
未能发现何迹象,只觉无援身孤单。
走投无路心绝望,死亡被俘选择难。

壮胆跳脚拼命喊,呼唤装聋不义天。
<u>斐索拉诺</u>在何处?无人回应情凄惨。
穿过草地过平川,艰难困苦不堪言。
肛肠欲裂寸寸断,半死不活气奄奄。

不想让你感厌倦,焦头烂额惹人烦。
仓皇失措方寸乱,疯狂愤怒满心间。
一筹莫展想自杀,愚笨邪恶义愤添。
痛不欲生无奈何,宁愿死去瞬刻间。

- 第二十八歌 -

痛苦困惑心纷乱,矛盾疑虑互纠缠。
上天无路地无门,伤口岂能再加盐。
迂回曲折到此地,暂时躲藏趁黑天。
躲过厄运保贞操,年纪轻轻饱灾难。

卡乌腾地过兵团,听到消息心开颜。
铤而走险舍弃命,人多路窄来回转。
本想更衣稍装扮,化装蒙混好过关。
万一跟踪被发现,命运捉弄多灾难。

几乎别无办法选,任人宰割任摧残。　　40
天大灾难可忍受,盼望死神呼唤传。
老天不想叫我死,让我加倍受熬煎。
千难万险在眼前,死亡时间谁能选。"

漂亮姑娘心黯然,反复讲述遭灾难。
众多蛮兵来袭击,须臾靠近我身边。
暴乱突然从天降,进出道路受阻拦。
印第安人似麋鹿,似乎杂草长一片。

- 第二卷 -

手下扈从到身边,刚刚服役三十天。
"把她扔到河里去,我再救她上河岸。
再想抵抗想当然,山里居民好哄骗。
对你我会尽忠心,为你去死我心甘。"

反复琢磨青年脸,感谢帮助好心肝。
格拉乌拉挣扎起:"天哪!是我看花眼?
难道你是我夫君?躺在妻子怀里面。
是在做梦或惊醒?天上馅饼是梦幻!"

惊讶事件在眼前,他之举止我敬羡。
格拉乌拉实可怜,可喜可贺事圆满。
别无事情非要做,时间有限莫等闲。
"上帝!我会尽全力,给你自由请自便。"

别无尽力许诺言,驱赶战马信由鞭。　45
骚乱蛮兵离不远,先将故事述说完。
茂密丛林无路走,斐索拉诺带身边。
害怕再次丢性命,姑娘再躲树洞间。

- 第二十八歌 -

神圣陛下请聆听,几位亲兵随我行。
几乎全天行军中,寻找掉队敌兵勇。
辗转兜圈回营地,十名俘虏一根绳。
一处平坦山入口,发现姑娘夫君影。

几名士兵向前冲,人多让其恐惧生。
眼神蔑视头高扬,想起身上有箭弓。
箭镞精准射出去,射伤近处两士兵。
掏出一支短匕首,手臂握紧长剑柄。

动作敏捷技艺精,阿拉乌戈享名声。
多数士兵往后退,近前一步即丧命。
东蹦西跳躲弓箭,所有攻击徒劳功。
闪身躲开避危险,斗篷匕首失功能。

不忍观看此斗争,青年抖擞锐气猛。
本人向前说躲开!诸位骑士一旁等!
勇敢青年不能死,死前应予酬金赠。
死亡几乎成定局,拼命挣扎一场空。

在场人群都认同，不义行径均看清。　　50
蛮人青年仍挣扎，苟延残喘延续命。
退后一步收匕首，出于礼貌脚步停。
"此事与你有何干，本人生死由你定？

本人命运本人定，人道意志心坚定。
人道可说不人道，虔诚可说不虔诚。
有人非要悲惨活，岂能强迫死非命。
正如我说不杀我，阴险怜悯假惺惺。

别说我已表绝情，但愿劫后有余生。
如今在你屋檐下，无地容我可怜命。"
说完掷下手中剑，桀骜不驯表卑恭。
从此跟随我左右，不做夫役做侍从。

再听战场练兵声，兵刃嘈声奏共鸣。
有人成群练跑步，有人喊叫求救命。
山间无路辟小径，谁先谁后分不清。
辎重家属大牲畜，道路堵塞难通行。

- 第二十八歌 -

通向布楞路直行，领地入口关隘通。
细细长长弯曲路，两座小山路边横。
两山相隔间狭窄，山体边缘互相逢。
道路崎岖小路径，一条小溪伴随生。

道路狭窄难通行，互相裹挟嘈杂声。　　55
混乱人群如旋涡，枪林弹雨暂时停。
犹如揉搓软面团，钢盔胸甲凹凸形。
愤怒骂声声声叫，长矛弓箭皮弹弓。

有人倒地伤情重，人在鞍桥难自撑。
有人走动如蛙蟾，蹦蹦跳跳慢腾腾。
有如母猫怀孕走，有人迤逦歪斜行。
停步皆因遇坑洼，助力行走靠旋风。

敌人正在窄路行，将兵辎重有序通。
我方兵士缺锻炼，石块陡坡难适应。
本人现场亲眼见，天降暴雨落不停。
泥泞滑动混石块，山上杂物山下涌。

可听老天怒吼声，彤云密布遮天空。
土地破坏多塌陷，暴风骤雨闪雷鸣。
禽鸟遇难飞翔中，人畜野兽岂敢动。
东奔西跑迷方向，不如自卫巢穴等。

冰雹风暴怒吼声，西班牙兵无所踪。
四处寻找重伤员，搜寻树洞查土坑。
有人躲避自保护，传统品德互照应。
苦苦挣扎树信心，渴望复仇盼取胜。

撒腿奔跑快行动，聚精会神逃活命。
阵阵弹雨落头顶，酿成士兵伤情重。
多名兵士掉悬崖，肉体石块腾空中。
恐怖愤怒世罕见，尸体受创鬼神惊。

故事继续在发生，狭窄广场寸土争。
炮火不逊前一歌，厮杀混战喊杀声。
印第安人乱一团，抢劫物品军辎重。
后勤人员服务处，多有重伤有牺牲。

- 第二十八歌 -

有人轻快爬山顶，背负鱼肉面包行。
有人携带背囊箱，不怕艰难不怕重。
上上下下自八方，乱乱哄哄掠夺疯。
犹如鸽群迎夏天，当仁不让抢食争。

我军将兵互挤拥，眼前失败已无争。
前思后想寻出路，估量能否保性命。
中路突然被冲破，道路阻断难逃生。
眼见十名我兵士，进退维谷钻山洞。

本人正在讲战争，战斗胶着无输赢。
取胜似已成定局，我军控制高山峰。
所有聚集地上人，处在抢劫兴奋中。
谁人管控制高点，取胜只需用俯冲。

无疑肯定丢性命，十人小队备出征。　65
战马正在爬陡坡，高坐马鞍轻骑兵。
崎岖山路陡峭直，犹如行走在刀锋。
抵达指定制高点，密林荆棘繁茂生。

- 第二卷 -

全体士兵跳脚蹦,此时马匹失作用。
汗流浃背喘粗气,气喘吁吁安能动。
通行无阻莫拖拉,近旁蛮人设重兵。
悬崖绝壁山险要,凌云壮志骑士风。

沉重打击休留情,火枪石块齐使用。
突然蹿出蛮兵将,我军惶惶恐惧生。
愚蠢反抗团团转,军队收缩似旋风。
天旋地转阻疯狂,左右前后皆战争。

信心加强锐气增,我方盼到救援兵。
满腔怒火复仇心,伤亡恐惧在上升。
有人精神已崩溃,溃不成军各逃生。
逃之夭夭鸟兽散,只顾衣服只顾命。

有人向西有向东,身背皮箱包袱重。
有人专走崎岖路,手牵牲畜难前行。
有人贪婪迷心窍,肩扛手提走不动。
宁可舍命不舍财,欲壑难填无止境。

第二十八歌

浩劫一场似节庆,一边被劫一边胜。　　70
胜利荣誉值庆贺,长号短号战鼓鸣。
边走边喊人激动,保持队形步轻盈。
几乎人人身带伤,驻地朋友鸣枪迎。

蛮兵同时撤回营,攀山越岭路泥泞。
得意洋洋回家路,享受盗窃味道浓。
人群路过司令部,秩序混乱闹哄哄。
胜利拱手让敌人,多人受罚树典型。

聚集士兵塔卡省,战场狼藉景凋零。[1]
领地要事待商议,召集名酋众首领。
相互寒暄人落坐,紧急相商做决定。
畅所欲言抒己见,下首诗歌待吟诵。　　72

- 第二卷 -

注 释

1　塔卡，即前文塔卡玛维达的简称。

第二十九歌

考波利坎立挡横

阿拉乌戈人召开新的酋长会议,谋划烧毁庄园。图卡贝尔要求与连科进行被耽搁的较量,二人展开勇敢激越的角斗。

傲雪凌霜心忠诚,热爱祖国怀激情! 01
义无反顾勇直前,国而忘家树典型。
莫惧危险与死亡,毁家纾难求光明。
牺牲为国做贡献,祖国永在我心中。

- 第二卷 -

功名盖世众精英,先辈伟绩彰赫明。
祖国形象印心底,剑胆琴心血液中。
闻名遐迩播四海,作家挥笔赞美颂。
阿格西劳众英雄,永垂青史留其名。[1]

当之无愧先驱名,阿拉乌戈值咏功。
自强不息尽呈现,为国不惧割喉咙。
高视阔步不回头,面对天意勇抗争。
无情天意打击重,斗志昂扬仍英雄。

九十昼夜去匆匆,四场战役青史名。[2]
不见悲情无沮丧,百折不挠骁勇兵。
族群内部守规矩,发动战争议会定。
我军面临新袭击,考波利坎动员令:

"伟大议会心虔敬,胜败生死决心定。　　05
设张举措顺适宜,斩将搴旗凭骁勇。
妻离子散舍家业,安排将兵短休整。
置之死地而后生,英勇取胜享盛名。

- 第二十九歌 -

必要公平互包容,衡情酌理众响应。
营地不占庄园地,荣辱得失知鉴衡。
不宜进驻一兵卒,克敌取胜是要宗。
热血沸腾莫泼水,保卫家国应尽忠。

战争激烈惨无情,喘息片刻成美梦。
敌人须还所夺物:荣誉家产与生命。
强取豪夺违公德,物归原主仍友朋。
战争和平互依存,杀人被杀定输赢。"

诸位酋长侧耳听,多人惊愕未发声。
有人慌神紧锁眉,面面相觑无所从。
稍许沉默被打破,犹豫不决半分钟。
道理清晰多赞成,似有高见未阐明。

<u>翁戈尔茂</u>惯逞能,不愿别人先发声。
高声提出高见解,无须讨论即执行。
<u>布楞</u>紧跟出现场,承诺不入居民营。
万不得已用武力,祖国自由保和平。

卡纽曼戈表态应,暂无承诺遵章程。　10
尽量做到不扰民,胆识过人讲信用。
连科等人态度明,酋长表示自豪情。
雷茂雷茂先发言,科罗科罗表赞同。

协议一致定章程,各方道理讲分明。
图卡贝尔不作声,心情平静凝神听。
瞬间平静被打破,最终决定艰难成。
图卡贝尔热情喊,说话从未用低声:

"诸位队长请安静,作为将领我声明:
采取正确好方案,荡然一空用火攻。
武力解决勿放弃,至少一月可支撑。
本人亲自挑选人,排兵布阵任我行。

可能仍有可怜虫,正确决定不赞成。
祖国敌人行霸道,可能推行军管令。
我方拒绝休答应,岂管方法为何种。
事关自由与财产,万无一失争取胜。

- 第二十九歌 -

本人果断遵决定,诸位观点定听从。
祸乱交兴时不稳,动机有理即启动。
正当荣誉应尊重,合理正义应力争。
不应放弃技战术,排除干扰事业成。

拖延至今一挑战,我与连科未了断。　　15
其叔与我发誓言,绝望死去心也甘。
无视耻辱遭冒犯,挑战因我事未完。
开门见山抢时间,履行承诺达意愿。

连科名声遐迩传,如雷贯耳我敬羡。
自负虚荣人膨胀,非要与我格斗战。
刚愎自用我厌倦,多次劝说求其变。
同室操戈应避免,岂容信誉遭非难。

贝特戈楞欠慎言,老奸巨猾善欺骗。
寻死觅活众人前,死去方得人怜悯。
狡猾逃脱人不见,纯粹怕死勿乱弹。
定要希图获荣誉,必定死在我眼前。

连科谨慎人能干,敌人内部善周旋。
获取荣誉排干扰,履行承诺不藏奸。
精神焕发永饱满,不惜断臂或瘫痪。
心有余而力不足,与我决斗争脸面。"

蛮人讲话声傲慢,激怒连科火气添。
无所顾忌发狂言:"决斗暂时放一边。
自吹自擂充好汉,此话使我心难安。
武器说话非讲理,大言不惭吹破天。"

图卡贝尔欲进攻,考波利坎立挡横。 20
机智巧妙站中间,话语不多持公正。
表情严肃举手势,训斥发疯勿冲动。
固执举动被制止,图卡贝尔得尊重。

决斗时间已确定,安妥停当四天成。
争论不休谈胜负,村里一片吵闹声。
为猜胜负赌衣物,下注土地赌牲灵。
男人不愿参赌事,唤来女人替输赢。

– 第二十九歌 –

场地周围木搭成，土壤坚实地平整。
狂放不羁男子汉，武装交手硬碰硬。
大声宣布诸条件，土著风格按规定。
安民告示尽知情，装聋作哑非正经。

如约而至天黎明，众人聚拢似节庆。
熙熙攘攘人麇集，乱乱哄哄围场拥。
空地人多互簇挤，无树无墙无窗棂。
似乎发觉有蹊跷，几处地方显冷清。

太阳初升懒慵慵，升自东方微微红。
一方抖擞满激情，<u>图卡贝尔</u>喊大声。
一方出场人傲慢，二人同时显身影。
<u>连科</u>英武多妙想，怒气冲天缓步行。

飒爽英姿身强硬，双层铠甲亮铿铿。　　25
护臂护腕护头顶，脚面脚底脚铁镫。
短矛锋利钢锻炼，粗大盾牌金属层。
左侧腰间挂弯刀，弯刀适配宽刀柄。

- 第二卷 -

广场四周布门控,如同赛场栏杆横。
两位战神抵现场,进入圆形赛场中。
显示招数下马威,亮相结束潇洒形。
二人并排近身站,恰似木桩立坚挺。

主持大佬讲赛程,类似活动同规程。
优胜劣败难预测,鹿死谁手难确定。
吵闹喧嚣告一段,全场气氛肃而静。
听到号角声响起,鸦雀无声冷冰冰。

两位斗士重名声,倾听信号遵命令。
潇洒自如无畏相,步步紧逼示进攻。
几乎同时露臂膀,激烈格斗见伤情。
两人站立似铁塔,脑袋下垂近前胸。

第一回合沉甸甸,第二回合软绵绵。
如无小憩无喘口,两败俱伤无第三。
某位说此出格话,评论蛮人两铁汉。
勇敢震撼壁上观,疯狂点燃达极端!

- 第二十九歌 -

图卡贝尔出重拳,击打用力盾牌前。　　30
一时精神处昏迷,感觉地转天盘旋。
连科回击动作快,出手效果非一般。
巨大冲击疼不堪,对方梦醒受摧残。

罕见毒蛇如此猛,巢穴护仔死拼命。
高傲蛮人怒冲天,维护荣誉胜疼痛。
龙争虎斗两暴怒,恶魔狂妄人冲动。
英俊连科受击打,愤怒铁锤疾如风。

连科原本占上风,对手愤怒毅力增。
镔铁狼牙已无用,粗大武器抛空中。
击打尚可能忍受,消耗力量消体能。
图卡贝尔抱连科,似乎决斗暂告停。

侧面隐约难看清,连科渐渐身斜倾。
终于一手垂在地,肥硕肉体难支撑。
眼见危险仍潜在,强壮对手蠢蠢动。
灵巧砸下重铁锤,再次打击更沉重。

令人敬佩呈凶猛，斗士勇气世人惊。
战术技巧多灵活，进攻伤后复体能。
本人胆小笔拙笨，未能记述全过程。
奇异战斗世罕见，蛮人传承此民风。

野蛮战斗正进行，拼命格斗展雄风。
熟练击打无休止，骨骼断裂肉青肿。
远近天空在震荡，粗声喘气似雷鸣。
大声呼喊炮声隆，千军万马正出征。

连科连连出击重，图卡贝尔盔裂崩。
头盔碎片满地滚，脑袋震昏耳欲聋。
亵渎上天人苏醒，反戈一击占上风。
连科只有招架功，还手已经无可能。

沉重打击倒卧横，连科重伤在头顶。
昏昏沉沉人麻木，伤痕累累致死命。
生命垂危疼难忍，头盔凹凸多不平。
怒吼挥舞向对方，铁锤断裂折木柄。

- 第二十九歌 -

连科无锤仍拼命,锤断两节地上横。
蔑视对方猛弹跳,利剑在手再进攻。
图卡贝尔忙抵挡,高举利剑拼命争。
连科只手遮挡身,无懈可击剑落空。

剑身落地响叮咚,剑锋直插泥土中。
阻挡有力见成效,图卡贝尔伤情重。
左面护臂肉相连,肌肉撕裂岂能动。
刀尖锋利刺通透,试图站起却不能。

盾牌之后藏身影,连科放肆击伤重。　　40
断裂盾牌成两片,坚硬钢盔离头顶。
险些倒地身瘫痪,蛮人伤重头懵懂。
罕见挣扎显勇气,战胜疲惫人清醒。

不因胆怯即服软,当机立断出重拳。
再接再厉再进攻,心怒心恨心火燃。
适得其反劳无功,冲力减弱何如前。
坚硬兵刃未给力,中间断开成两段。

刀刃刺入肉里嵌,对手瘫痪卧身边。
抛弃断裂破盾牌,求助手臂人放胆。
图卡贝尔健壮汉,如今倒地气奄奄。
手下亲兵尊习惯,焉能眼看橡树断。

此刻连科路边站,谁人敢当比勇敢。
十个八个下场同,连科轻盈善作战。
英气勃勃敏捷快,壮汉几人到眼前。
不同方向做试探,用尽心机求胜券。

互相对峙胸对胸,怒气冲天慢挪动。
强壮手臂扭一起,相互听到呼吸声。
年轻力量互壮胆,双方企望称枭雄。
希冀取胜靠力量,撂倒敌人算成功。

场面壮观人惊悚,死死抓住不放松。　45
汗流浃背血不止,两眼模糊冒金星。
呼吸短促频率快,挣扎呻吟嘶哑声。
几乎整天未休息,未见优势未见胜。

- 第二十九歌 -

图卡贝尔怒气盛，软弱无力脸通红。
麾下亲兵皆震惊，共享勇敢与伤痛。
连科敏捷谨慎行，收起强势得意情。
刚愎自用奔目标，雄心勃勃自始终。

眼看对手稍懈松，猛击右腿造疼痛。
图卡贝尔身收缩，胸部落满尘土层。
僵硬肌肉揪心疼，全身震颤频抖动。
用力压住对方手，以防败者反为胜。

照方吃药老习惯，快刀乱麻终苦战。
连科勇敢身灵巧，运用双脚夺地盘。
狂怒疯狂失耐心，鹞子翻身脱危险。
握紧拳头信心增，抓住猎物手紧攥。

图卡贝尔心茫然，身体摇晃腿脚绊。
连科使尽吃奶力，撑住双膝跪姿战。
两人快跑抢兵器，盾牌毁坏裂几片。
相互击打似雨点，垂死挣扎胜从前。

- 第二卷 -

现场观众心崇敬，提心吊胆赞英雄。　　50
人群潮涌自八方，满地鲜血满地红。
沉重甲胄散落地，一片狼藉无负胜。
似见一具人尸体，又像两人均丧命。

抓住圆盾侧面攻，<u>连科</u>对手伤情重。
圆盾用作护身符，如今烂布鞋底层。
宝剑静静躺在地，刀刃断裂波浪形。
肥大裤管粗绳结，杀进肌肉骨骼缝。

未见心脏如此静，未见胸部有跳动。
只见怒目悚然相，暴躁蛮人遭欺凌。
破损盾牌远处抛，恶魔暴怒近狂疯。
手中利剑又举起，无人认为会夺命。

<u>连科</u>听到鼓励声，斩钉截铁暴怒增。
用力出击手更猛，未见钢锋如此硬。
欲知格斗何结果，乞求原谅暂时停。
故事既然唱到此，国王陛下耐心听。　　53

636

- 第二十九歌 -

注释

1. 阿格西劳,此处指阿格西劳二世(Agesilaus II,公元前444—前360年),古希腊军事家,斯巴达历史上的传奇国王(公元前399—前360年在位)。阿格西劳二世为人精于谋略,以诚实勇敢闻名。人们通常把他当作斯巴达尚武精神的化身。除阿格西劳二世之外,此处原诗还列举了以下几位:马里奥、卡西欧、费隆、科德隆、阿特涅塞、雷古罗和乌迪森塞。他们都是古罗马时期的著名人物,大多为了公共利益或国家做出过牺牲。其中,雷古罗是罗马征战非洲的军队指挥官,被迦太基军队俘虏后受尽虐待和折磨,几乎失明。他的举动在罗马人中成了传奇,被视为真正的英雄。雷古罗的名字被视为爱国主义和忠诚的象征。
2. 四场战役指发生于以下四个地方的战役:马塔基多、安达琏、密亚拉布和布楞。

第三卷

荣耀并非凭战胜,伟大卓越功德赢。
理当善用胜利果,宽大为怀播启蒙。
胜者得意载史册,败者复仇抵抗中。
仁慈胜利堪伟大,征服人心称英明。

献 辞

——献给吾之主人国王陛下

一如既往臣仍将臣之拙作呈交陛下。诗之第三卷仍甚须陛下之护佑。臣只求乞陛下过目即可,此事即为陛下赐予吾之大恩大德。其余事陛下不必过虑。诗品应该又是一部值得骄傲之作。盖为陛下恩准之作,他人亦不敢于拙作敢有非礼之举。

愿上帝保佑神圣天主教国王陛下及其臣民。

臣阿隆索·德·埃尔西亚·伊·苏尼卡

第三十歌

图卡贝尔与连科角斗结束。讲述阿拉乌戈人布兰与西班牙人的土著仆役小安德烈之间发生的故事。

任何挑战须检验,遵从法规遵自然。　01
个体意愿出偏僻,公众权益勿侵犯。
患得患失顾私利,集体权威失尊严。
格斗场地守章法,使用凶器该罚判。

有人武断评挑战,属于权利与习惯。
随心所欲尊人性,怒火脾性自幼年。
修身养性应自控,遵德从道听人劝。
知过必改通情理,得能莫忘正义线。

先知告诫做指南,发怒应遵时空观。
量腹而食守规矩,切勿越界超底线。
鲁莽灭裂草率行,做人道理无从谈。
愤怒疯狂差别小,岂能各打五十板。

- 第三卷 -

尽管有人曾断言，本性难移山难转。
怒火中烧难抑制，驱使意愿应挑战。
莽撞行为或争斗，必受判罪与责难。
矫激奇诡成误导，理性桎梏抛一边。

四处观察事明显，局部人群心宽闲。　　05
必须遵从道与理，恼恨愤怒属自然。
绳趋尺步守规矩，斗士并非总夺冠。
不时之需可利用，合法对手亦可反。

如果挑战比大胆，或为吹嘘获称赞。
或显力量对勇敢，因恨因怨报仇冤。
非要顽固持己见，付诸武力应避免。
不当挑战应禁止，尽管此举合习惯。

眼前挑战是典范，<u>连科</u>二人正交战。
为显自负与傲慢，困兽犹斗互撕烂。
邪恶精神非人道，争斗接近死亡线。
两人已到死神边，距离公道万里远！

- 第三十歌 -

虽说格斗按习惯，徒劳煞费好时间。
军事规定莫允许，条法面前遭批判。
似有个案可保留，须看规定时空观。
诸位士兵可为训，后面实例即可见。

输赢未定实可观，图卡贝尔空中悬。
本人承认应自责，叙事拖沓费时间。
有人喊话向连科，故事赓续写前篇。
愤怒利剑落其身，潇洒手臂掌控剑。

两人扭打互纠缠，难逃重击跌倒瘫。　　10
连科双手举盾牌，弯曲身体躲下面。
锋利刀刃砍不停，坚硬头盔被刺穿。
砍遍全身砍前额，血流如注红一片。

昏迷不醒长时间，起身站立颇困难。
巨大疼痛渐缓解，失去记忆身微颤。
知觉及时得恢复，生命垂危难苟延。
图卡贝尔被击败，险些栽倒摔地面。

近观对手身瘫痪，连科此时神错乱。
膀大腰圆身体壮，脚底不稳腿拌蒜。
身体瞬间复原状，抓住对手心坦然。
强力重拳落身上，摧枯拉朽碎千片。

力量之大难计算，摇动包围空中悬。
连科弯腰缩成团，机敏灵活心坦然。
拼命搏斗势不减，休管血液几近干。
怒不可遏气冲天，击搏撕裂长时间。

图卡贝尔脚步乱，连科包抄右侧转。
强壮双臂紧搂抱，坚硬胸膛压上面。
两人贴身互挣扎，破釜沉舟泄怒怨。
不约而同卧在地，两座铁塔倒路边。

勃然大怒火复燃，角斗场上闹翻天。
两双手抓干泥土，意在扬土迷瞎眼。
格斗双方成盲人，兵器反而成负担。
尖锐指甲锋利齿，气急败坏撕肉片。

- 第三十歌 -

暴怒嗜血同兽性，谁上谁下难认清。
呼吸急促嘶哑喘，胸部起伏听回声。
神经尚未达紊乱，狂怒冲动未懈松。
不屈不挠持续战，再接再厉逞英雄。

三个小时战未停，势均力敌两精英。
狂怒增长变方向，不共戴天同死生。
气息奄奄迎死神，困兽犹斗无输赢。
两人站立身不动，半死不活等丧钟。

彻头彻尾双癫疯，苟延残喘贫血症。
胸部佝偻骨突出，布满沙土汗味腥。
手脚僵硬如雕像，奄奄一息悬丝命。
图卡贝尔有知觉，仍想站立苦支撑。

右腿右臂肉放松，压迫对方凭体重。
后有朋友做判断，自以为是占上风。
时至今日存争议，缓慢蠕动如肉虫。
岌岌可危人半死，摇摇欲坠心微动。

考波利坎非旁观,激烈战斗任裁判。　20
无情无义损失重,格斗场景实难堪。
情非得已多逗留,血肉模糊不忍看。
两块木板躺二人,十二壮男抬好汉。

多人随后近木板,显赫人物做陪伴。
场面隆重人失落,按部就班进营盘。
紧急抢救莫拖延,及时止血伤势缓。
幸得有效施救治,生命恢复短时间。

大难不死心胆寒,两人同时得复原。
图卡贝尔知伤情,拒绝治疗出狂言。
统领悲伤心难过,心急火燎话温暖。
渐渐平静驱怒火,和蔼可亲对伤员。

和平相处人豁然,虔诚祈祷求上天。
莫谈过去发生事,切记生命最值钱。
无论发生何种事,公诸于众莫隐瞒。
不许恶斗动武力,莫管道理多冠冕。

- 第三十歌 -

肝胆相照朋友间,今后永远遵此言。
危急时刻见真情,救难解危施救援。
两位精英成挚友,和睦相处成美谈。
形影不离同食宿,鼓掌庆幸节日欢。

刚才故事告一段,患难之交到永远。　　25
本人回到小河边,河之名称时改变。
驻扎营地似狼藉,逗留在外长时间。
最后一战何结果,谈论话题聚焦点。

最后一战我方胜,得之不易伤亡重。
日夜兼程耗体力,长途跋涉远军营。
灰飞烟灭云雾散,拔刀相向时发生。
浴血奋战情惨烈,大处着墨防扫兴。

别处战役正进行,惨烈战斗闻血腥。
此时无声胜有声,另有作家写赞颂。
辎重粮草堆广场,足够两月能支撑。
似乎也有高兴事,雷伊诺索位高升。

回头再看其他城，几场战争人惶恐。
法律弃置失作用，远处喊声破寂静。
蛮人军营乱不堪，管理不善已失控。
无法无天无秩序，无拘无束无服从。

领地村庄多百姓，土地肥沃物产丰。
每当新建一村庄，地理位置最看重。
城市设计占优先，议题后面说分明。
成功一半靠开始，堡垒名称常变更。

守土有责事关键，勇敢士兵善作战。 30
战役战争遵规律，我军突破封锁线。
饥寒交迫背负重，穿荆度棘布楞山。
安全抵达帝国城，全城欢迎尽开颜。

都督先生展威风，已废法律得重生。
移风易俗讲司法，镇压霸道恣意行。
除暴安良治无序，新型贪婪又放纵。
社会环境复常态，规划选址建军营。

- 第三十歌 -

缺觉少梦心不宁，饱受饥饿折磨重。
我军施行新措施，整块地域都震动。
看到我方兵分散，休战破坏违约定。
攒三集五蓄力量，保住堡垒保性命。

三十兵营已建成，横看成排竖成垒。
进入迪鲁丛林地，穿过涧壑越丘陵。
绕来绕去冤枉路，多少惊扰阻路程。
日夜兼程少睡眠，抵达要塞驻军营。

我方将兵在行动，已和对方有约定。
一旦发生特殊事，总体谋划情报明。
诚恳愉快示感谢，意外帮助获救应。
有人通报全过程，局势如此可掌控。

蛮人军队兵惶恐，好运风向正变更。
考波利坎威信降，第一交椅蒙阴影。
讨论队长适合人，恨五骂六有怨声。
战争持久长进程，职务尊贵头衔重。

35

回应声音非中听,明目张胆话放纵。
维持现状少新令,操纵自如走中庸。
惩罚规劝实例多,未见有人敢顶风。
命令颁布皆顺从,或因敬畏或尊重。

心怀惧怕谨慎行,命运无常难抗衡。
<u>考波利坎</u>处境难,少数亲兵令不从。
即使好运常光顾,千变万化时无情。
天天发生烦闷事,忠心崇拜渐变冷。

投石问路探前程,历历可数情况明。
殚思极虑挽败局,勿想卸职推负重。
百不获一取唯一,意图公开自说清。
斩钉截铁立决断,配备武器配辎重。

时紧时迫勿拖延,将恐将惧迎危险。
热血沸腾防冷却,以防不测事突变。
安排专人做准备,精神信心为关键。
悄悄备战莫声张,人多势众运好转。

- 第三十歌 -

再与议会做长谈，合理措施渐完善。　　40
袭击敌人从侧翼，中午到达指定点。
细作早已送情报，敌人如何布局战。
自信十足时大意，少数新兵无经验。

统领曾经做长谈，谈及战争各节点。
断乎不可后撤兵，即使缩小战地盘。
新征战中失阵地，皆因广场无救援。
当机立断行伏击，出其不意斩凶顽。

言近旨重意深远，说一不二显威严。
将官誓愿无异议，未现分歧无反辩。
意图坚决士气旺，服从决定表誓言。
视死如归去参战，两种命运两重天。

考波利坎人果断，谈话对象名布兰。
心灵手巧外表憨，睿智谨慎智勇全。
精明狡黠计谋多，城府深密善言谈。
谨言慎行有分寸，守口如瓶保密严。

正气凛然久锤炼，艰苦岁月少怨言。
朴实无华破衣衫，似像刚刚出牢监。
误闯基督兵茅棚，装作蛮人逃亡犯。
印第安人好夫役，毕恭毕敬人和善。

假装无辜四处看，似乎闲逛无事干。
进入禁区随问探。不顾警告善敷衍。
几次进入警戒地，装出一副村野汉。
人员武器总布局，阵地强弱皆了然。

遇见麻痹大意人，探听询问不厌烦。
谨慎倾听秘密事，机智善言细打探。
东邈西走细察看，左遮右掩混过关。
水壶有量大肚汉，狮子开口贪无厌。

渡口道路四处转，缜密行动善遮掩。
遮遮掩掩南北看，险要港口随意窜。
邂逅反水安德烈，略施小计将其骗。
二人外出讨饭碗，此事当地老习惯。

- 第三十歌 -

布兰意图难判断，双重身份心藏奸。
有人说是龌龊事，阿拉乌戈丢脸面。
侮辱冒犯人卑鄙，偷窃暴虐理不端。
记录此事属遗憾，善良自由何从谈。

眼看布兰无疑玄，相信虚假失北南。
耳听心受出自愿，时间机会不多见。
欺诈行为得理解，摘下欺骗乔装面。
揭开秘密敞心扉，意图暴露尽开颜。

"伟大布兰真正兵，阿拉乌戈灾难重。　50
可怜祖国被压迫，情势危难遭不幸。
天降好运今日到，向我展现善面孔。
众多人民在挣命，生死掌握你手中。

考波利坎真英雄，未曾遭遇此竞争。
无论和平血腥战，首当其冲善服从。
夸你强悍勇善战，劳苦功高应褒颂。
左右逢源对事变，休戚与共系大众。

你对事业有贡献，自始至终求完善。
荣誉光环属于你，威望战绩应称赞。
非他莫属唯一事，一意孤行具慧眼。
伟大事业结硕果，推举统领无二选。

千斤重任担在肩，壮举成功众人愿。
称心如意靠幸运，恨不替你去冒险。
形象鄙贱巧装扮，几乎无人能看穿。
本人为你做内线，祝你成功事圆满。

让你知道我所愿，现在无须再隐瞒。
袭击城堡在中午，狂怒武士大兵团。
某位密探传口信，大胆行事保安全。
疲惫士兵正午休，烦人夜晚难成眠。

包铁大门半遮掩，不存戒心进出便。　55
大门敞开呈常态，士兵疲倦午休间。
突然袭击造伤亡，要塞不久即瘫痪。
遥远蛮荒南极地，看谁敢与我作战。

- 第三十歌 -

相信你会得救援,放心大胆保平安。
距离此地三哩地,夜幕降临黑一片。
敌方军队住分散,千真万确不虚传。
此事只能通知你,长话短说不多谈。

敞开胸怀心释然,享受承诺冒风险。
身显名扬得荣誉,祖国解放你贡献。
受之无愧心坦然,人民因你命保全。
坚定不移信任你,命交你手心放宽。

目前事态无改变,机会难得好运转。
你对老天无冒犯,伟大事业你承担。
伸出双手抱祖国,含垢忍辱处境难。
提出你想所求事,有求必应务兑现。"

布兰机警人从容,衡情酌理专心听。
不动声色身不动,结束谈话好心情。
听话之人露笑容,精神抖擞挺起胸。
面对夸奖肺腑言,毫不犹豫立回应:

657

"如此高见道理明,内心享受我高兴。　　60
诸多恩惠在我手,心怀祖国珍贵情。
荣华富贵高职位,统治世界我不能。
身外之物如粪土,一切利益归大众。

野心外族人放纵,深恶痛绝野蛮横。
狂妄帝国崇暴力,夺我自由恣意行。
神圣天意主正义,除邪惩恶呈威灵。
罪有应得成范例,阿拉乌戈遭不幸。

考波利坎听吉言,本人向你表心愿。
如你此时想避嫌,责无旁贷我承担。
至于渺茫舰船事,从长计议再细谈。
我会履行我义务,义无反顾勇向前。

疑虑重重心不定,分道扬镳各西东。
孤军奋战人孤单,何处靠岸似浮萍。
明天清晨至午间,畅所欲言诉心声。
我会让你最满意,后会有期多保重。"

- 第三十歌 -

二人出发上征程,出发方向各不同。
一人回到原阵地,一人奔向我兵营。
后者心怀恶毒意,靠近长官话低声。
和盘托出各细节,下歌分解倾耳听。　　64

第三十一歌

阿拉乌戈人与西班牙人的战斗

小安德烈向雷伊诺索讲述了与布兰达成的协议。小安德烈向考波利坎进言,后者信以为真,以为西班牙人正在午睡,便来偷袭。

恶贯满盈遭审判,冒犯神圣逆友善。　　01
愧天怍人下地狱,至交契友可背叛。
叛徒本人自陶醉,唾骂叛徒万人嫌。
遵此龌龊诅咒法,获利之人愤懑牵。

- 第三十一歌 -

背信弃义常积怨,叛徒时刻不安全。
千夫所指万人恨,三朋四友均讨厌。
疑神疑鬼朋友间,好友真心也枉然。
终究休想免惩罚,作茧自缚莫怨天。

战争法则惩叛变,面对敌人应防范。
出卖灵魂予敌人,朋友自由鲜血换。
叛变祖国成反贼,假装忠诚两副脸。
理应憎恨应愤怒,刺破喉咙用刀尖。

公开敌人易看穿,敬而远之莫纠缠。
对待邪恶亦如此,对待叛徒另眼看。
善于伪装像朋友,匕首总是藏身边。
面对背叛毋安全,暗藏敌人是大患。

<u>小安德烈</u>坏典范,欺骗朋友喜沾沾。　　05
囊中取物动作快,如汤泼雪一眨眼。
行若无事见长官,从容不迫心坦坦。
叛徒自夸邪恶计,<u>雷伊诺索</u>已了然。

"你可知道天有眼,天意对你多顾眷。
目前我之所做事,两肋插刀敢冒险。
你之敌人死与活,我之意愿顺自然。
刀把已交安德烈,随意判决做武断。

拒绝还债良心欠,亏欠祖国亏家园。
我想牺牲自身命,助你解困过险关。
我之祖国正悲怜,武力刑律又复原。
万剑刺心对肉身,直接让你肋骨穿。"

诗歌回头唱布兰,布兰故事已耳传。
记得上歌曾描述,淋漓尽致笔墨酣。
雷伊诺索惊诧异,心怀感激尽开颜。
握紧双臂搂脖颈,诚心诚意连二三。

赞扬精明计多端,一心两用善周旋。
吹捧劳苦功高人,基督王国广宣传。
巨大贡献惠四方,永远铭记在心间。
班功行赏赐荣誉,应得酬劳永留念。

- 第三十一歌 -

平平安安过一天,风平浪静事安然。　10
定好时间定地点,对方司令曾面谈。
会面谈话内容多,设想困难方方面。
诡计多端谋划策,盼望目标早实现。

至此事情筹划全,走到密林山谷边。
熟识哨兵正值勤,久等引路四周转。
<u>考波利坎</u>面带笑,兵士主动迎向前。
泰然自若近哨兵,哨兵热情礼貌端。

"司令请你眼看天,正好仰视你尊严。
站在祖国土地上,战功累累值称赞。
荣耀忠诚满胸怀,德行高尚人勇敢。
负重致远超前人,步步高升盛名传。

虚怀若谷阔无边,勇敢目标怀心间。
宏图大展永向前,将有幸运大事件。
我已果敢表雄心,痛击仇人战敌顽。
因势利导你指挥,攻击敌营在午间。

– 第三卷 –

障人耳目战场现，悄然无声来此间。
心想事成铸大业，非你莫属誉奖赞。
伟大事业你承担，千斤重担压你肩。
你是主人是司令，命令指示你统揽。

劳苦功高饮誉天，议会将予发言权。　　15
我对蒙神发誓言，战神也听你使唤。
时亨运泰在你手，我之表达如你愿。
志美行厉遵规定，好事多磨不拖延。"

"助我张目助威风，旗开马到可得胜。
此事部分仍保密，附近布置武装兵。
事情未到揭秘时，敌人堡垒修筑成。
危险在即现眼前，万事俱备欠东风。"

"铁心铁意即执行，决意当前快启程。
翻山之后到海边，军队集结等命令。
纪律严明听指挥，精神焕发武装兵。
本人正等你到来，抖擞精神心激动。"

- 第三十一歌 -

顽固叛徒头清醒,将军承诺几时应?
不说论功行赏事,对其行径疑窦生。
细察勇敢男子汉,心有疑虑也可能。
外表魁梧面狰狞,巨人身躯比例称。

巨人身躯戎装行,金光铠甲闪闪动。
龙鳞凸起护身符,头盔顶饰彩羽翎。
左侧佩戴铁权杖,杖旁配挂剑鞘筒。
魁梧体魄逞雄风,犹如暴怒战神型。

小安德烈身价轻,身背邪恶走一程。　　20
双重身份行背叛,距离虽短步难行。
内心高兴脸欣悦,心怀鬼胎叵测胸。
肿胀膝盖双腿跪,如此回应对统领:[1]

"阿波罗神可作证,荣华富贵心不动。
拜你脚下知服从,冒死效劳心坚定。
面对馈赠物品重,梦寐以求我领情。
一切对我无所谓,责无旁贷自始终。

衷心感谢看苍天，靠你明智人勇敢。
祈祷海上风平静，一帆风顺进港湾。
延迟并未造伤害，正好快速去征战。
跟随命运向前行，好运正向我军转。

敌人作战成习惯，不怕夜间开恶战。
太阳升至到中天，卸甲帐内正午眠。
光身躺在土地上，美酒甜梦死猪般。
高枕无忧正酣睡，正好躲过烈日炎。

见始知终你高见，敌人将兵训练严。
机不可失应修整，风平浪静享清闲。
并非收获好季节，损失惨重因拖延。
勇往直前无阻挡，不管命运不管天。

为你胜利履诺言，不为奖励不为钱。
定为尊严付代价，真心求得功德满。
本人做你手下兵，实意实心愿奉献。
完好无损交你手，暴君喉咙血肉鲜。

25

- 第三十一歌 -

乔装打扮天亮前,太阳当空在午间。
布兰将到我住处,等他到来我如愿。
进入要塞进堡垒,那时敌人午睡酣。
按时午睡入梦乡,毫无警惕无值班。

今晚夜静默无言,上路拐弯靠右边。
军队行动按队形,距敌堡垒五哩远。
东方太阳露曙光,此时人群最混乱。
避开晨光遮武器,等我口令原地站。

我想你会心宽安,一切进展会如愿。
金戈铁马待出发,大功告成事圆满。
阿拉乌戈复元气,兵强马壮勇直前。
外族专横将铲除,你成君主遐迩传。"

考波利坎思万千,万无一失保安全。
怦然心动存芥蒂,行动巧妙动心弦。
信以为真无疑虑,赠送纯金额头圈。
一件上等厚呢衣,炫人耳目高价钱。

布兰欣然相陪伴,面前一座高山巅。　　30
蛮人军队多埋伏,骁勇将兵数空前。
贼子胆虚心困惑,叛徒狐疑心慌乱。
内心动摇情绪变,败德辱行已胆寒。

图谋不轨欲瞒天,煞费心机情绪变。
内心疑惑已驱除,包藏祸心走向前。
罪恶目的即揭开,虚张声势装坦然。
叛徒高度表称赞:军纪武器人勇敢。

探听之后做判断,判断正确心放宽。
察看运作探究竟,武装部队数量添。
静观默辨心有数,到达要塞等白天。
雷伊诺索耐心等,深怕耽搁长时间。

提醒忠告非一般,要做之事事杂乱。
振奋精神鼓勇气,我军抵达按时间。
恳请诸位听我唱,上午地点海岸山。
带领三十勇士兵,集合到达施救援。

- 第三十一歌 -

通宵达旦不得闲，准备军需刀枪剑。
要塞城墙护城河，各就各位备争战。
东方渐渐露曙光，浑浊光线照栏栅。
天亮之后悲号响，大量死亡血一片。

南极边界从未见，太阳蹒跚露红脸。　　35
光芒万丈照大地，将死之人已无缘。
最终日出围墙边，前面不远月亏欠。
阿拉乌戈地悲惨，白脸变幻朝天看。

信誓旦旦备征战，部分安排秘毋宣。
分道扬镳奔前程，貌合神离各藏奸。
布兰聪明人干练，勇敢强悍印第安。
一捆麦秸扛在肩，寻找朋友已背叛。

走出茅屋四处看，看见道路被霸占。
所找之人尚未到，约定钟点过时间。
出乖露丑心急躁，恶意狂怒心烦乱。
期望越多越失望，好事多磨实现慢。

669

- 第三卷 -

布兰到达口信传,三分之二人分散。
此地确有一土墙,遮遮掩掩难发现。
悄悄走路步伐慢,步伐坚实弓腰弯。
武器贴胸匍匐进,奔向要塞爬向前。

展示意图各不同,小安德烈心高兴。
告知我军无变化,午睡习惯不变更。
静静悄悄慢慢走,走走停停缓缓行。
欺骗高手行欺骗,如今要塞成陷坑。

军官士兵人集中,龟缩原地身不动。　　40
警惕严密似大意,似睡非睡头清醒。
马具摘下扔一旁,马匹卸鞍马懒慵。
风雨欲来风满楼,此时无声胜有声。

布兰身感舒适静,要塞之内少哨兵。
此地无人起疑心,乐见一群糊涂虫。
蛮人移动不勾留,顺沿熟悉窄路行。
走路喘气经考验,希望都在道路中。

- 第三十一歌 -

听见蛮人有动静,小安德烈喊高声:
"强悍善战勇士兵,守株待兔赢战争。
抄起得胜锋利剑,摇旗呐喊向前冲。
四门大开迎敌人,速战速决听命令。"

机灵海员勤奋兵,猛然跳起假睡中。
听到领航高声喊,海上忽然起暴风。
我方将兵耳不聋,听见杂乱喧嚣声。
抄起兵器迎蛮人,将士急忙出帐篷。

有人使用胸甲迎,有人使用头盔攻。
有人跨鞍上战马,舞剑催马长矛挺。
重型大炮立院中,几处大门炮声隆。
枪林弹雨不绝耳,滚木烟幕射击孔。

阵地有序得补充,各就各位尽职能。
静不露机沉心气,禁止嬉笑说话声。
堡垒气氛静悄悄,墙外军士听命令。
原地不动人安静,各人各做各人梦。

布兰并非糊涂虫,面对整装待发兵。
敌人暴露两侧翼,突然包围近兵营。
兵器拖地人弯腰,屏声静气装哑聋。
眼看不如用耳听,耳听不如动作轻。

久经猎场猎人精,狩猎地形门道清。
身子慢慢弯下去,隐藏马黛杂草丛。
先锋士兵被阻止,或走或坐悄无声。
直到近处身暴露,射出子弹多命中。

探头弯腰仔细听,印第安人隐蔽行。
眼前不超三十步,瞬间逼近要塞营。
未闻号角兵器声,蛮军悄悄集结兵。
小心翼翼开寨门,两千蛮兵如潮涌。

不知何词可形容,为何兴趣写血腥。
遗憾仇恨均正当,混为一谈不可能。
人类精神何所在,无法理解难求同。
心满意足重虔诚,自食其果自判刑。

第三十一歌

本可借口离兵营,或是龟缩藏身影。
关键时刻不露面,承诺未履缺德行。
自我困惑心茫然,敌我双方正战争。
下歌分解继续唱,另请高人赐雅正。　　50

- 第三卷 -

注 释

---

1 统领,此处指阿拉乌戈军事统领考波利坎。

第三十二歌

阿拉乌戈人向西班牙人堡垒发起进攻,遭到迎头痛击。考波利坎自毁营寨,撤向山区。埃尔西亚应士兵之邀,讲述迦太基女王黛朵的生平及真实故事。

高尚品德讴歌颂,万古流芳享美名。　　01
浮浅心胸难容纳,尊贵仁慈慷慨情。
盛极一时罗马国,战胜外族靠穷兵。
如有某国不低头,发号施令黩武征。

荣耀并非凭取胜,伟大卓越功德赢。
理当善用胜利果,宽大为怀播启蒙。
胜者得意载史册,败者复仇抵抗中。
仁慈胜利堪伟大,征服人心称英明。

凶残统领非光荣,如狼似虎人无情。
避免牺牲少流血,天大荣耀应赞颂。
屠刀飞舞劈上下,凶恶暴怒天不容。
冷血动物知多少,残酷复仇施暴政。

血流漂杵尸体横，破坏殆尽惨绝景。
本人见解如不错，凶年饥岁灾难生。
战争法则非人道，极端过分无人性。
入侵征服用战争，亘古未见丑恶行。

本人见解非英明，公众舆论我顺从。
世界法律连命运，胜者仍需更尊重。
烦人争论告一段，时不我待见行动。
残酷浩劫至极端，多为遗憾少公正。

离开战场奔军营，四处怒吼人发疯。
掩埋死者悄无声，千种兵器得补充。
命运残酷逆天意，拼命奔跑加快行。
进入大门假入口，伤心惨目尸体横。

万能上帝称永恒！惨不忍睹伤亡重！
可悲兵士糊涂虫，人被欺骗仍盲动！
刀剑无眼人无情，可怕大炮声隆隆。
子弹如蝗天浑浊，瞬间重击落头顶。

05

- 第三十二歌 -

有人身体被穿通,有人头臂飞天空。
有人被压扁无形,有人被刺身多孔。
肢体破碎脱肉身,粉身碎骨鬼神惊。
肝肠断骨漫天飞,五脏俱裂脑浆崩。

如同矿井遭矿难,轰隆爆炸如炮弹。
愤怒火焰突燃起,塔楼翻飞辎重散。
轰鸣声响成废墟,火药威力剧烈燃。
军队凑巧正到达,硝烟弥漫飞上天。

命运残酷天条变,土著军队成碎片。　　10
百发百中人丧命,倒下兵士连成串。
从未见人同丧命,逐一描述手发颤。
无法继续写场面,击打受伤死一团。

子弹纷飞乱一片,战场开阔在平川。
尖锐马刺刺战马,冲破入口占路边。
后援蛮人缩一团,惊慌失色不动弹。
大量伤亡屠宰场,重炮发威在前沿。

谁在东杀又西砍,杀出血路出口宽。
谁在左砍右厮杀,杀死对方尸成片。
疲惫不堪臂瘫软,伤口深深子弹穿。
粗大利剑刃锋利,血流不止如急湍。

慢慢描绘慢慢唱,描绘死伤残景象。
有人伤重马踏踩,有人脑裂开胸膛。
惨不忍睹伤亡重,肝脑涂地露内脏。
殒身碎首性命丧,无头尸体更凄凉。

喊声哀嚎呻吟声,悲惨痛心嘤嘤鸣。
兵器锵锵人哀号,天塌地陷求神灵。
倒下士兵仍挣扎,地上翻滚待命终。
仍见劫后余生人,不同部位伤不同。

意外惊恐自上天,受骗布兰人瘫痪。 15
眼前浮现安德烈,叛徒嘴脸多奸险。[1]
即使当时能逃脱,痛苦悲叹苦难言。
手无寸铁觅刀丛,奔向死亡心不甘。

- 第三十二歌 -

落后蛮人路艰险,喧嚷嘈杂秩序乱。
时而举剑回头看,溜之大吉靠脚板。
我方士兵不放松,轻车快马紧追赶。
掉队兵士身受伤,迤逦歪斜动作慢。

众多士兵人勇敢,死而后已重尊严。
手持武器高声喊,勇猛坚定冲向前。
拼尽全力去战斗,人人准备决死战。
死神暴怒持利剑,双方刀刃锋利尖。

蒙蒙天空乱气团,片片乌云遮青天。
层次分明时增减,千变万化一瞬间。
西北风吹冷飕飕,推动云堆似小山。
南风吹来云分散,湛蓝苍穹空气鲜。

人群呆滞心混乱,喧闹退去人分散。
时而费力重聚拢,相顾失色脸难看。
暴力进攻造灾难,丢盔卸甲丢旗幡。
落荒而逃乱纷纷,死伤被俘人增添。

破坏殆尽人哀叹，穷寇勿追及时返。　　20
俘虏战利均分配，满载而归回营盘。
挑出十三老酋长，排队捆绑炮口前。
杀一儆百作典范，点燃火炮人升天。

有人热衷问输赢，敌我混战难分清。
印第安人善作战，死伤无数刀剑中。
<u>图卡贝尔</u>众酋长，著名武士数英雄。
身先士卒总在前，冲锋陷阵排头兵。

本人回答也简单，双方指挥均未现。
下级军官靠欺诈，屡试不爽得应验。
卑鄙无耻胆小鬼，面对敌人多敷衍。
手段低端时取胜，胜利无光毋称赞。

趾高气扬神气现，避开死亡渡难关。
面对死亡不求饶，无意伸手施救援。
战胜手无寸铁人，功绩卓著也丢脸。
战场危险即荣誉，轻易胜利无尊严。

- 第三十二歌 -

考波利坎处境难，伤亡溃败近瘫痪。
夷戮遍野肉横飞，报仇无望心慌乱。
混乱不堪看满眼，热情冷却只有怨。
天昏地暗战场乱，允许兵士回营盘。

一筹莫展欲拖延，柳暗花明天意转。　　25
大势已去难再战，苟延残喘气奄奄。
麾下亲兵人涣散，尚听命令听规劝。
何时行动何目标，届时通知命令传。

精选十名男子汉，深得信任人勇敢。
不露声色急行军，越过村庄越荒山。
隐蔽地方暂栖身，一处不停长时间。
蛮横傲慢成习惯，百姓害怕不添乱。

我军追踪陷茫然，历尽千辛未发现。
挨家挨户全问遍，夜以继日紧追赶。
一处偏僻几间屋，曾有过客宿短暂。
来客不像本地人，为避战争躲灾难。

- 第三卷 -

诉说愿意回家园，家乡荒芜有财产。
严刑拷打遭暴虐，无情司令用专权。
包羞忍辱无他选，天从人愿无从谈。
冗长战争惹人烦，抛戈弃甲无心战。

尽管精心巧装扮，小心翼翼细打探。
平原河边无人住，山川谷地少炊烟。
和平战争好坏事，寻找蛮人皆不见。
计穷力屈费心机，蛛丝马迹未发现。

无须威胁不用刑，未能找到人踪影。　　30
小恩小惠难出手，勿用收买套人情。
谨慎小心探路走，相机行事秘密行。
日夜兼程时迷路，武器沉重睡意浓。

本人外出整天行，道路偏僻无人踪。
随行人员做陪伴，全是话痨小士兵。
抵达一处偏僻屋，无人居住草窝棚。
地处茂密大山林，环境安全好宿营。

- 第三十二歌 -

一位姑娘头伤重,脸上覆盖乱草蓬。
年龄不过十五岁,着装高贵面年轻。
脸色苍白人憔悴,面无血色脸胖肿。
身穿清秀白长袍,姑娘美丽惹同情。

我问为何遭不幸,荒野民散地冷清。
为何头部受重伤,惨无人道令同情。
精神萎靡脸枯槁,有气无力做回应:
"订婚成人未婚妻,幸福过后悲惨命。

事情结局令扫兴,福祸相依命决定。
订婚不过三十天,宠爱有加事变更。
允我自行择夫君,丈夫可称是友朋。
蹈常袭故细观察,姑娘有意他有情。

此人勇敢超常情,品貌非凡人出众。
不幸降临早离世,只因我军遭灭顶。
正巧我在他身边,一颗子弹正射中。
子弹射出直且准,错开一步穿我胸。

35

- 第三卷 -

夫君丧生我活命,生不如死人悲痛。
士兵看到我悲伤,哀悼劝慰表同情。
手臂致命一伤口,谢天谢地伤不重。
我愿魂灵随夫去,福兮祸依应验生。

两人躺地似尸横,尽管此时人清醒。
躲过击打躲愤怒,躲过人群嘈杂声。
亲戚酋长临现场,藏进路旁一深坑。
似乎有人拉我手,躲进树林藏身影。

随时情愿舍此生,死神迟到我高兴。
活人习惯求侥幸,不到咽气盼求生。
生命无多到尽头,上天不等我善终。
死神呼唤时间到,本人挣扎保性命。

我对生活憎恶生,至爱丈夫已丧命。
活人等于活受罪,生离死别同罪行。
先生给我好机会,对我不幸表同情。
爱人无力达心愿,余下事情我完成。"

- 第三十二歌 -

可怜姑娘正年轻,求死不得苟且生。　　40
诚心诉求话简单,无可挑剔朴素声。
本人心生无名火,烧我粗鄙窄心胸。
执着爱情胜伤情,想方设法救生命。

安慰姑娘表同情,立竿见影减疼痛。
死马当成活马医,死去丈夫应恭敬。
脸上涂抹鲜草汁,当地常常作药用。
本人为其包伤口,愿她早日得重生。

殷勤找话神心融,姑娘逐渐敞心胸。
脱离危险保安全,离开此地好逃生。
密亚乌戈父亲名,拉乌卡是姑娘名。
本人还有自己事,告别姑娘赶路程。

紧赶慢赶回军营,头疼之事未发生。
士兵之间正闲聊,谈论蛮人风土情,
称赞土著许多事,谈论爱情坚定性。
谈到黛朵守贞操,对待丈夫心忠诚。[2]

685

- 第三卷 -

一位新兵心激动,战友谈话侧耳听。
直截了当接话题:黛朵背叛心不诚。
淫荡放肆欲火燃,维吉尔诗树典型。[3]
原来执着炽热心,面对西格违初衷。

捕风捉影新士兵,附庸风雅乱发声。　　45
无须争辩有见证,凤凰涅槃贞烈情。
本人认为情理事,何必自绝示忠诚。
在场士兵注意听,表示同意皆赞成。

维吉尔氏怀私情,美化诗中主人翁。[4]
奥古斯都恺撒帝,自诩后裔人继承。[5]
污蔑黛朵非人道,败坏侮辱毁其名。
埃涅阿斯比黛朵,年代相隔百年整。

听我聊述心崇敬,诬陷黛朵愤怒生。
士兵求我继续讲,怀瑾握瑜兴趣浓。
叙述此事颇有趣,远征辛苦好放松。
取悦大家博一兴,设言托理我所宗。

- 第三十二歌 -

贞洁品格信念诚,名声舆论遭辱凌。
事属意外出预料,罕见范例机会逢。
虚假舆论势顽固,瞬间改变必更正。
捕风捉影无根据,改错纠谬不可能。

讲毕故事回军营,高兴趣事未发生。
马不停蹄奔前走,不敢浪费一分钟。
骑虎难下进退难,后面故事更生动。
耽误时间莫埋怨,此时此刻该平静。

坑洼不平令人厌,贫瘠土地无人烟。 50
踏上狭窄崎岖路,体力不支浃背汗。
行走强度应缩减,寻找宽阔地平坦。
扈从自由我自由,扈从消遣我消遣。

诸位耳聋头晕眩,兵器声音又添乱。
旧调重弹无新意,主题不变音不变。
精神分散因疲劳,舒服安静享悠闲。
即兴增加题外话,走路距离可缩短。

无端失礼做杜撰,破坏声誉耳畔传。
涉及提罗女王事,无辜有罪遭谗言。[6]
真理应为全民法,失去名声应归还。
为何不应诗歌颂,因何理由不听全?

我心激动生灵感,不合时宜莫去管。
黛朵荣誉应恒久,无缘无故遭非难。
诸位专心侧耳听,倾听真谛心凄婉。
邪恶冒犯应谴责,高尚品德理颂传。

迦太基城建在先,早于罗马六十年。[7]
黛朵女王人出众,奉为女神理当然。
遵从父亲完婚事,后为国王享尊严。
阿喀德斯庙住持,代表教皇护身边。[8]

牧师西格已知名,黛朵对其持深情。 55
仪表堂堂财巨富,无价宝物藏庙中。
百密一疏闯大祸,可怜西去丧生命。
多人贪多欲务得,无人豪夺实现梦。

- 第三十二歌 -

马丹遗产子女承,比格马隆是长兄。
弥留之际促膝谈,嘱托兄妹重亲情。
遗嘱墨迹尚未干,长兄贪婪邪念生。
皆因妹夫财宝事,刺客行凶夫丧命。

女人预感死临头,痛苦不堪难忍受。
痛哭流涕伤悲凄,泪如雨下心血流。
身披哀悼黑长袍,失魂落魄泪浇愁。
葬礼隆重规格高,安葬遗体比公侯。

标志呈现纯爱情,堂皇富丽墓碑陵。
豪华建筑称雄伟,难平黛朵悲伤痛。
心地虔诚做牺牲,肝肠寸断听哭声。
冰冷尸骨做陪伴,呼喊沉默天之灵。

"请问天上众神灵,独守空房何公平?
爱情来自善良心,扼杀感情万不能。
一般灾祸可忍受,突如其来雷轰顶。
老天不让黛朵死,求死不得更悲恸。"

心有怨恨能宽容，无义暴虐亲长兄。　　60
祈求上天报仇恨，倾听愤怒呻吟声。
唯有一人独处时，发泄怒火如暴风。
低声呻吟心沉痛，压抑暴怒声嘤嘤：

"何种情况不能容，难道不顾兄妹情。
阴险毒辣实可憎，有何脸面谈血统？
渴求财产贪无厌，贪图珠宝害人命。
不仁不义暴怒狂，对妹无爱无尊重。

视而不见善意行，骨肉私情应推重。
应该看到邪恶祭，应该不忘一母生。
骇人听闻恶多端，图谋不轨藏心胸。
口口声声偶然事，冰冻三尺岂日成。

头脑昏庸恶行径，事先对我应提醒。
走上邪恶野蛮路，劫去宝物图谋逞。
稔恶藏奸人愚蠢，病入膏肓日加重。
存心不良伤我心，追悔莫及哭无用。

- 第三十二歌 -

凶恶敌人惯逞凶,强取豪夺总成功。
利令智昏迷心窍,杀害黛朵两条命。
狠毒劣迹世人晓,残忍凶狠臭名声。
世代相传无穷尽,永为背叛挣骂名。

有何理由霸道行,叛徒暴君可专横? 65
恶毒残暴渎神灵,杀人越货是长兄?
手足之情获称赞,亲妹声誉人传颂。
妹妹名誉遭侵犯,未见有人持公正。

敬而远之躲凶残,随我一起心抖颤。
顺从命运随丈夫,兄长图谋可实现。
如与恶人同相济,玷污名声方寸乱。
自有通情达理人,设身处地表悲惋。

天地难容我长兄,面对恶魔何去从?
妹妹命运到终点,厄运何时至顶峰?
渴望死去是坏事,恐惧死神难自容。
怯懦死去非痛苦,死去方知万事空。

你是国王多扈从，合法报仇妹不能。
咒你尽快早丧命，携带假面兄妹情。
一旦你被授权位，妹妹立刻去远行。
无亲无财无权利，名声扫地听骂声。"

悲愤女王心沉重，铺张葬礼人悲痛。
忧郁孤独度伤时，来日报仇事成功。
担心疑惧力量在，谨言慎行机智生。
心怀朴素温柔爱，写信哥哥诉别情。

转告兄长妹泪干，孤苦伶仃人可怜。　70
居住豪华王宫殿，心情愉悦有陪伴。
回忆往事心悲痛，痛苦不去难过关。
兄妹和好释前嫌，珍宝财产全锅端。

秘密快速造帆船，船体结实大而宽。
满载船员金银宝，装船起帆离港湾。
万无一失行安全，船航大海走中间。
唯一担心遇不测，最终人货两平安。

- 第三十二歌 -

野心国王贪无厌,贪多务得嚼不烂。
总算盼到船抵港,财富之神降身边。
一排船队出海湾,高兴无比因贪婪。
人员礼品食物品,专门派去运输船。

到达港口见货船,出乎意料心爽然。
女王人员抵海岸,只等黛朵命令传。
欢迎黛朵远道来,赞扬谨慎祈祷天。
热情招待众船员,隆重礼仪尽周全。

谨慎黛朵下命令,安静小心动作轻。
总有赞叹惊呼声,打包装船备远行。
夜间操作倍谨慎,宝物装船船身重。
天大秘密无人晓,仅有几人知内情。

六十大箱打包成,粗粒砂石铅块重。
结实大锁镶嵌美,沉重金属亮光铮。
众目睽睽送上船,尽人皆知做何用。
一目了然是真金,珠宝财产做馈赠。

- 第三卷 -

黛朵依依不舍情,告别可悲老百姓。
一路顺风呼吸畅,天从人愿迎微风。
顺风顺水缓缓进,风平浪小海寂静。
海水跟随船队走,旗舰乘风破浪行。

长夜漫漫一白天,货船航行顺风船。
大海一度淹海岸,全神贯注黛朵看。
高贵陪同人顺从,众人愿意靠船舷。
陪同船员常聚拢,愿和黛朵互交谈。

挺起胸膛显勇敢,此行目的恕直言。
不去会见不义兄,不共戴天人背叛。
不讲亲情心不诚,此人堕落已叛变。
亵渎神灵恶毒狠,害死夫君罪滔天。

黛朵心乱人茫然,欺诈背叛心不安。
曾想弃国弃家园,放弃王国抛家产。
葬身大海随风去,寻找崭新日月天。
安闲自在度余生,远离暴君统治权。

- 第三十二歌 -

深受其害因财产，损失惨重遇难关。　　80
图谋不轨夫殒命，似乎灾祸已株连。
横灾飞祸几灭顶，一死了之别人寰。
财宝抛弃入大海，妄想拥有难上难。

毅然行动莫迟缓，沙中取箱展览看。
公开炫耀众人面，抛入深海全不见。
国王大臣面窘态，呆滞混乱心茫然。
面面相觑惊愕相，女王壮举情何堪。

局势混乱面难堪，无言以对心抖颤。
心知肚明国王怒，宝物尽失怒冲天。
财宝沉入大海底，不明其因为哪般。
愤怒国王无责怪，压住怒火默不言。

理智女王心犯难，眼前局面可生变。
兄长亲兵被恫吓，对其崇拜不如前。
时间慢慢在推移，定有种种消息传。
平息周围众亲人，讲话有力令震撼：

"我之所以心坚定,诸位亲眼可证明。
时乖运乖运嬗变,沧海横流如浮萍。
即使情况不反常,国王会有新暴行。
珍宝沉没我远走,天涯地角任飘零。

诸位深知我长兄,死不悔改暴虐疯。 85
你等回到他身边,财宝沉海两手空。
凶神恶煞可怕相,心狠手辣砍脖颈。
解疑释结劳无益,责任过错罪重重。

年轻国王暴怒凶,人们担心遭暴政,
离开尊贵我祖国,离乡背井闯西东。
如若有人愿随同,不忍看到我孤零。
富贵荣华同享乐,福祸同当心相通。

所有劝诫我领情,万事俱备欠东风。
诸位朋友聪明人,两害权衡取其轻。
依附国王难逃生,痛苦遗憾我心疼。
请求各位随我走,不因我而受严惩。

- 第三十二歌 -

面对死亡残暴行,诸位肉体必受刑。
房屋财产皆可抛,抛弃一切保性命。
前面将有暴风雨,勿想其他只逃生。
家有万贯似浮云,命临深渊履薄冰。"

女王讲道细分明,各位大臣心不宁。
思深忧远心混乱,千头万绪五味瓶。
尽管意图各不同,意见一致决心定。
跟随女王到彼岸,绝对服从当奴佣。

信誓旦旦仪式终,无人拒绝心相同。　　90
滞留船队扬高帆,黛朵命令启航程。
船上宣布细筹划,塞浦路斯受欢迎。
赤诚相待众朋友,八十姑娘同船行。

适时嫁给男精英,尽其服侍知尊敬。
寻求某处合适地,建立村镇建家庭。
畅行无阻顺风路,驶向非洲向西行。
力不从心坚持写,故事分为两段听。　　91

- 第三卷 -

注 释

1. 安德烈,即前文提到的小安德烈。
2. 黛朵(Dido),又名艾丽莎·黛朵(Elisa Dido),古提罗国马丹一世的女儿,后成为迦太基女王。黛朵的哥哥名叫比格马隆(Pigmaleon),妹妹叫安娜。哥哥觊觎牧师西格(Siqueo)的宝物,让黛朵嫁给牧师,以便窃取那些无价之宝。黛朵告诉哥哥宝物藏在神坛下面,但是宝物实际藏在花园里。哥哥派人去挖,当然没有挖到,哥哥于是派人杀死西格。黛朵对牧师西格忠贞不渝。后人称黛朵之死为凤凰涅槃。
3. 维吉尔(Publius Vergilius Maro,公元前70—前19年),古罗马伟大诗人,代表作为《埃涅阿斯纪》。诗中第1—4歌讲述了特洛伊英雄埃涅阿斯和黛朵之间的爱情故事。黛朵与埃涅阿斯产生了爱情,背叛了丈夫西格。黛朵自杀完全是因为埃涅阿斯受宙斯神的启示抛弃了她。但是本诗作者埃尔西亚与维吉尔看法不同。埃尔西亚称黛朵之死为凤凰涅槃,所以才说维吉尔诋毁黛朵。
4. 主人翁,指《埃涅阿斯纪》主人公埃涅阿斯。埃涅阿斯是特洛伊英雄,安吉斯王子和女神阿芙罗狄丝(维纳斯)的儿子。他是希腊神话中的英雄人物,在荷马的伊利亚特中亦被提及。特洛伊战争战败后,他漂流到迦太基后又到意大利,后来成为罗马人的祖先。
5. 朱利叶斯家族(Familia Julia)自认为是埃涅阿斯之子埃斯卡尼修斯(Ascanius)的后裔。根据罗马神话,埃涅阿斯是维纳斯的儿子,埃斯卡尼修斯就是维纳斯的孙子。如是,作为朱利叶斯的家族一员的奥古斯都·恺撒自然也就成了埃涅阿斯的后裔和继承人。
6. 提罗王国(Tiro),腓尼基众多城邦的一个小岛国。公元前10世纪左右,提罗王国逐渐强大起来。当时的国王马丹死后由长子比格马隆继承王位。马丹还有有两个女儿:长女黛朵,次女安娜。黛朵带领为数不多的追随者于公元前814年在现在的突尼斯建立迦太基国。本诗用大约两歌的篇幅专门讲述黛朵的故事。此处提罗女王是指提罗国王的长女黛朵。

- 第三十二歌 -

7 据有关文献记载,迦太基建城是公元前814年,罗马建城的年代确定为公元前753年,两者相差60多年。
8 阿喀德斯(Alcides),即赫丘利。

第三十三歌

迦太基女王黛朵塑像

埃尔西亚继续讲述黛朵到比塞尔塔[1]的航行,讲述黛朵如何建立迦太基王国以及为何自杀。本歌还讲述了考波利坎的被俘经过。

众人上船似蜂拥,高尚之路荆棘生。　　01
黛朵从众随庸俗,骑虎难下退不成。
扬帆起航路平坦,顺风扯旗路畅通。
难言之苦酸楚路,高尚庸俗互变更。

- 第三十三歌 -

济困扶危我长兄,自幼厚德人出名。
积德累仁守承诺,智义勇节锦绣程。
贪如饕餮变堕落,一落千丈令人惊。
欲壑难填得无厌,图财害命变血腥。

杀害妹夫秘密行,背信弃义有证明。
养尊处优习奢侈,珍视友谊兄妹情。
老大自居顾亲友,国王称职重德性。
恶劣行径限欺骗,二三其德尚能容。

事与愿违过半程,风云突变大不同。
不只未见心所望,失掉船只失人丁。
开船一帆风顺走,一路平安向西行。
不料水道未探明,自家船只互撞碰。

拐弯抹角依右行,希特浅滩遇险情。05
穿过里古蒂亚岛,非洲海岸多沙层。
船队航行闯天下,两处小岛走当中。[2]
舰船抵达突尼斯,致命律法逼迫停。

- 第三卷 -

大地肥沃负盛名,五谷丰登好收成。
天朗气清从人愿,天涯比邻人和平。
黛朵惦念远兄长,天各一方难相逢。
建立坚固一村镇,架屋铺地迎新生。

房屋院落刚建成,左邻右舍喜相迎。
邻居出卖狭窄地,一张牛皮剪成绳。
房屋虽小够实用,相关契约双方订。
诸项事物讲公平,奠定基础日安宁。

地点选定交易成,聪明黛朵下命令。
请人买来一肥牛,剥皮裁剪巧利用。[3]
牛皮剪成上千条,精打细算搓成绳。
精练黛朵贴广告,墙上贴字用假名。

肩无负债一身轻,付出代价颇沉重。
随身财物虽尚在,藏匿宝贝被盗空。
计谋精明皆用尽,沙箱扔进大海中。
一旦长兄得真相,已无机会去追踪。

- 第三十三歌 -

艰难竭蹶已西行,循规蹈矩按章程。　10
领事法官高职员,女王精心选择定。
所需材料俱备全,建筑名师被邀请。
尊贵女王定规划,准备动工建京城。

索图规划建京城,仁慈天意显音容。
宏伟辉煌矗立起,豪华建筑入云层。
新兴国体新法条,制订法律定章程。
村镇仍在原地址,生活有序享太平。

大智大勇人精明,管理村镇均服从。
事物进程与日增,短期达标不可能。
根基已固人脉好,疏滋异味各不同。
众多人群入村住,四面八方人接踵。

古老时代处启蒙,写字用纸未发明。
写字写在皮革上,皮革象征信函称。
名字今日仍存在,城市如期建筑成。
丈量土地用皮绳,迦太基城冠其名。[4]

- 第三卷 -

雄伟壮观城出名,烜赫一时世人惊。
金碧辉煌称奇迹,世人向往常旅行。
端庄女王展宏图,缜密治理气恢宏。
君王子孙多少代,颁布法令续都城。

品格高尚人歌颂,世人对其女神称。　　15
无人敢与相媲美,仙姿玉貌人出众。
寡闻少见似天仙,天生丽质自然成。
人间崇拜知多少,崇拜上天更盛行。

伟大女性怀激情,死而无悔慕美名。
伟人追求建伟绩,国家解放获成功。
完美事物如牛毛,不世之功黛朵能。
荣华富贵人崇敬,智慧艳姿人聪明。

家喻户晓消息灵,亚尔瓦斯闻其名。[5]
国王统治穆斯林,非洲国家均服从。
年轻有为富魄力,急不可耐示爱情。
派出使节见黛朵,议会长老在其中。

- 第三十三歌 -

辗转反侧难入梦,饱受折磨等回应。
乞求婚配结鸾俦,一国之主发号令。
强人所难无商量,蔑视大国无安宁。
派出重兵压边境,国土城市一扫平。

使团抵达议会厅,避讳女王现身影。
愿和议员单独谈,求乞威胁两手用。
议员惶惑心不定,纯洁祝愿节欲风。
坚韧女王不屈服,恼人国王邪念生。

议员进入议事厅,蛮横要求无法从。　　20
使节企图施计谋,谈判搁浅难进行。
垂头丧气心神乱,佩服女王心忠诚。
一脸惧怕满愁容,使节不满齐发声:

"尊贵女王侧耳听,国王欣赏贵国情。
治国有方闻遐迩,城市繁荣久闻名。
所提奢求应赞许,无须犹豫应执行。
提出二十诸条款,贵国修法改章程。

行为鄙俗不恭敬，慢待长辈欠尊重。
抛家舍业和平地，荒蛮之地稼穑耕。
暴戾人群改旧俗，陈规陋习须纠正。
原聘参事均解雇，正当理由免职称。

心如止水面安静，泄气而返不成功。
嗤之以鼻不恭事，涉危履险居住城。
大兵压境强兵舰，国王年轻野蛮横。
兵器怒火夷平地，百姓遭殃扬臭名。

国王要求已摆明，威胁乞求两手用。
我等年迈事难办，退休年龄法律定。
无理按照有理行，长期奉献皆断送。
放弃房屋栖身处，孤苦伶仃度余生。

年轻气盛恣意行，踔厉奋发求名声。
垂暮之年人疲惫，享受休闲享人生。
放弃爵位高职称，不知何时生命终。
只求安详闭上眼，骨灰安葬有人送。

- 第三十三歌 -

你已亲身看分明，非礼要求已认定。
绞尽脑汁想办法，尽心竭力交代清。
冥思苦想求谅解，我主国王难相容。
维持平和怜悯心，勿让我等返无功。"

女王黛朵专心听，夸奖谈判高水平。
兴致勃勃露笑容，内心不满有隐情。
事过境迁情势变，闭门谢客躲家中。
和颜悦色对众人，静观默察语声轻。

"尊贵朋友天上看，卑躬屈膝从未见。
黑云压城城欲摧，不惧危险面对面。
千万财宝抛一边，机会难得迎挑战。
短暂困难瞬间过，不让祖国遭沦陷。

相依为命众心愿，同舟共济渡难关。
安逸不须顾生命，公民应为保城战。
理性人权人所依，负债还债属天然。
人类有权尽义务，私人利益从公权。

伟大宙斯高在天，视死如归生命献。　30
治理世界法为先，贡献生命心自愿。
艰难险阻已渡过，步履维艰克万难。
任重道远持续走，重振旗鼓永向前。"

黛朵讲话谆谆言，诸位议员聆听见。
女王黛朵意志坚，担心武侵降身边。
喜悦脸色变伤心，众人举手高声喊：
"团结一心如磐石，鸿鹄之志众人赞。

女王有苦应直言，众人分担解疑团。
纵有辩口利辞者，不敢面对你威严。
已到机不可失时，需要你给揭谜面。
可以失敬失和谐，可以违心做判断。

亚尔瓦斯人精明，不会刁难老弱兵。
政府警察素质高，风清气正好百姓。
穷思极想博欢心，陪送嫁妆千车乘。
条件体面物实用，彩礼无数天下惊。

- 第三十三歌 -

如果女王不认同,神圣婚姻成虚空。
错误约定被蔑视,蔑视夙愿嫁衾丰。
兵戎相见燃战火,迦太基城被踏平。
选择余地已有限,战争和平待权衡。

慈祥公民心地诚,亲仁善邻尽其能。　　35
事不宜迟身边事,法律赋你重使命。
尽情尽理达民意,顾及百姓苦一生。
尽善尽美求生活,继承遗产硕果丰。

只如女王心坚定,保持贞操人从容。
城邦已为危险地,绳索紧紧锁脖颈。
兑现承诺与抗争,可爱祖国成泡影。
女王奢望静养息,应和大众共安宁。"

女王感到事蓦然,条件苛刻难过关。
原想隐瞒悲痛心,神色突变脸难看。
一向处事持谨慎,犹豫片刻回应慢。
声音稳重心平静,心中犹豫情难堪:

- 第三卷 -

"诸位朋友听我言,原想风波可避免。
对方给我设期限,我会给出对应案。
谈判结果非乐观,所谓婚姻不容谈。
我会尽快予回应,矢志不渝顾耻廉。

事态严重心纷乱,铤而走险违信念。
意图纯粹须阐明,我会诚心听奉劝。
印好邮票可更改,初恋爱情换新欢。
双方争斗相反行,需要商谈需时间。

我只提出九十天,达成协议按期限。　　40
保证诸位心满意,暂时不说何决断。
信口雌黄人低俗,寡廉鲜耻失颜面。
作为法律制定人,明目张胆护专权。

亚尔瓦斯讲友善,应允期限九十天。
一旦超过此规定,满意回答了其愿。
期限到期前一日,本人庄重示尊严。
垂谅已非黛朵事,谁之罪责谁承担。"

- 第三十三歌 -

女王从此自闭关,无奈斟酌新谋算。
等待规定时间到,决定是否结姻缘。
依照对方所要求,庆贺婚宴大操办。
迦太基城乐数天,欢天喜地笑开颜。

议会提出新高见,照顾公益人平安。
女王拖延回答慢,喜人消息耳边传。
女王悄悄梳妆扮,成竹在胸有盘算。
终结悲惨宝贵命,不变信念将改变。

不祥末日达期限,人群聚集广场前。
女王身着华贵装,走到高高平台边。
平台阶下一团火,祭品牺牲按习惯。
在场群众侧耳听,如下讲话令心寒:

"忠诚朋友密无间,诸位功劳亲眼见。　45
同为天涯沦落人,众人弃国弃家园。
命中注定路坎坷,对面风向已改变。
国王逼我违贞操,幸有诸位做陪伴。

- 第三卷 -

离开挚友非我愿,不忍离开心凄惨。
天上诸神已决定,能避祸端别无选。
迦太基国处危难,随风转舵祸转安。
挽救办法在我手,放弃初衷走中间。

天条无情莫触犯,我有能力避危难。
家园城市情危急,初心信念须推翻。
彻底摧毁龌龊事,虚伪爱情纯欺骗。
就此结束了一生,一了百了功德满。

我与死神握手牵,众人觉得事难堪。
办法奇特损失小,不费周折事简便。
诸位脱险人保命,亚尔瓦斯人失算。
质本洁来还洁去,干干净净床无染。

舍生取义生命短,洗刷凌辱城保全。
祈求众人遂我愿,写入法律成法典。
干净鲜血此地洒,对天对地无悔怨。
死为人民人完美,爱情信念拒污染。

- 第三十三歌 -

离世早死莫悲痛,上天隆重收我命。　50
生命虽短重尊严,重义轻生求永恒。
愤怒死神举起刀,想活之人心惶恐。
黛朵死去勿伤悲,甘死如饴死犹生。

朋友再见莫悲痛,夫君在天应有灵。"
生离死别无别望,结束一段暴力梦。
呼喊西格夫君名,匕首插入贞洁胸。
轰然倒地人死去,跳入大火了此生。

誓死不二终此生,迦太基城听哭声。
惊人事件永传颂,专建神庙慰英灵。
牺牲祭品常供奉,国家永久得安宁。
城市出名永高贵,祖国拥有女神名。

毅然抛弃领主名,黛朵女王得永生。
从此人民成主人,百名参议做侍从。
百废俱兴人丁旺,国富兵强逞威风。
一时强大胜罗马,罗马畏惧陷困境。

- 第三卷 -

故事真实曾发生，后来黛朵被辱名。
肆无忌惮维吉尔，伪造历史毁其声。
绝无自焚欲结婚，自焚之前欲联姻。
傅粉施朱加油醋，含垢衔冤女王命。

周围士兵侧耳听，离奇故事似朝圣。　　55
正当故事结束时，几人正好到兵营。
一夜无话宿营地，好觉酣睡东方明。
正值处理身边事，闻听附近有军情。

事先丝毫不知情，卫队俘获一蛮兵。
蛮兵激动人凶横，脚步灵活手放松。
承诺送礼认失败："自我解救自任命。
考波利坎在我手，交出一位大统领。

森林茂密多草丛，翁戈尔茂人失踪。
九里之外沼泽地，荒蛮沟壑自然景。
幸有稳固坚实地，可供十人结伴行。
直到时来运转时，咆哮河水悄无声。

- 第三十三歌 -

顺着狭窄旧路径,气氛静谧天蒙蒙。
漆黑夜晚我向导,安全带领诸位行。
赶在天亮之前到,你等暗处静静等。
至此履行我承诺,说话太多我头疼。"

青年讲话可听懂,履行承诺不变更。
此时过来一小队,人数不多熟练兵。
疑神疑鬼属多余,蛮人带路前面行。
第一夜晚神秘秘,阔步走路心平静。

狭窄杂乱小路行,爬上爬下路斜倾。　60
殷勤蛮人做向导,健步如飞走轻盈。
漆黑一团世纯净,曙光露脸天渐明。
多石源头流小溪,小伙回头告路情:

"再往前走不可能,承诺任务我完成。
动静太大露目标,无耻小人止步停。
一旦知道我叛变,考波利坎何心情?
不敢想象可怕相,叛徒士兵卖首领。

顺延小溪向上行,一路平坦无人踪。
越过溪水见茅屋,树枝繁多叶茂盛。
天清气爽第二天,诸位出发我不能。
哨兵发现生人到,铸成大错无地容。

完成许诺我回转,告别诸位说再见。
安全领路到重地,危险即在我眼前。
诸位到达敏感处,动作须快勿拖延。
开弓没有回头箭,拖延时间有危险。

如果此行被发现,道路崎岖成阻拦。
逃跑避险并不难,悬崖峭壁魔鬼脸。
久留可能受伤害,运气好坏全靠天。
大约还有一里路,敌人就在你眼前。"

不因友好兑诺言,印第安人走向前。
不因威胁当俘虏,故事到此告一段。
时间紧迫继续赶,事情已到关键点。
蛮人被捆松树下,继续赶路不迟缓。

- 第三十三歌 -

一英里处入口现，一团漆黑地阴暗。
抵近密林悬崖处，宽敞茅屋在眼前。
周围场地坚实建，陡峭悬崖河流穿。
河边长满香菖蒲，茅棚草屋一大片。

站岗哨兵有发现，我方人员在山端。
发出声音给信号，疏忽统领人大胆。
我方队员跑下山，靠近营地感突然。
哨兵惊慌聚门口，此时打开门两扇。

走出大门受阻拦，预感生命有危险。
抄起坚实大铁锤，跳到门口心坦然。
双手举锤向下砸，沉重砸下力无边。
向上举起如梁椽，锤头撞击人胆寒。

我方士兵冲向前，逼近门口站对面。
一锤砸在胳臂上，锤击肌肉鲜肉翻。
蛮人挪动退一步，自我保护力减缓。
要求亲兵快动手，抵抗无果情危险。

赤手空拳再出战,呼唤亲兵保安全。 70
可怜士兵旁躲闪,害怕肉搏心抖颤。
诚惶诚恐手脚乱,受到袭击忙逃窜。
此时正好门已关,兵器陈旧抵挡难。

匆忙闯入才发现,八九士兵警卫官。
放下武器愿投降,表情迟钝面木然。
手臂朝后被捆绑,缴获物品缠腰间。
装聋作哑大队长,严加看管作重犯。

队长心宽人坦然,谎说马弁身卑贱。
举止俨然大人物,身体魁梧人非凡。
确认此人长时间,颇费口舌问话难。
回说此人受尊重,问起名字默无言。

我方兵士怒赫然,俘获到手呼叫喊。
房屋茅棚抢劫尽,一片狼藉乱不堪。
不远发现一帐篷,地处巨大悬崖边。
一位女人窜出棚,跌跌撞撞磕绊绊。

- 第三十三歌 -

后面追赶黑大汉,不慎摔倒在路边。
地窄黑人脚步乱,女人走路颤颠颠。
怀中包缠一幼婴,幼婴大约一岁半。
父亲被俘遭不幸,男女爱恋至终点。

黑人将妻放一边,女人身份非一般。
多人出现在身后,小河流水水潺潺。
高贵女人面可怜,被俘丈夫走在前。
徽章武器被摘掉,胡乱捆绑拦腰间。

廓然无泪掩悲观,瘦弱女人未慌乱。
暴怒疯狂忍心间,手托婴儿护胸前:
"外人粗壮一只手,缚你右手我难堪。
如若此时失魂胆,别想同情慈悲怜。

命悬一线男子汉,伟大功绩遐迩传。
振臂高呼一声吼,吼声传到异国远。
瞬间征服西班牙,你是船长开舰船。
你能征服北极圈,阿拉乌戈帝国天。

出身高贵曾值钱,高傲思想傲视天。
众望所归齐呼唤:<u>斐雷茜雅</u>称女汉! [6]
<u>考波利坎</u>妻可怜,身轻言微人卑贱。
身陷囹圄荒芜间,生荣死哀我无憾。

严峻考验多危险,无数生命浴血战。
战事艰难存疑惑,你已奋战有贡献。
何谓光荣与胜利?无数牺牲无数残。
所有一切成过去,无赖此来有何干?

不乏勇气不缺剑,战胜死神何畏难?   80
虽死犹荣人长存,永垂不朽万万年。
请看这件褴褛衣,你已身无一分钱。
我将脱胎有来生,夫唱妇随笑九泉。

抱起幼童仔细看,爱情结晶襁褓男。
切肤痛苦重打击,丰满乳房已涸干。
养育我俩小娇儿,雌性身体子孙传。
本人无需母名分,父耻子辱我心甘。"

- 第三十三歌 -

话说到此满是怨,稚嫩爱子抛胸前。
激动愤怒人疯狂,婴儿交到父手边。
简单洁说免啰唆,乞求威胁一连串。
母亲残忍回头看,无辜孩子母爱怜。

陌生母亲婴儿脸,回头挥手说再见。
沿着小路快步走,跟随向导过山川。
怕她掉队绳捆腰,长长山路日西偏。
热烈鼓掌阔绰路,进入广场旗招展。

跟随蛮人学勤勉,了解越深越敬羡。
一表人才男子汉,考波利坎英雄胆。
无论在场不在场,高尚品格树典范。
隐姓埋名一小卒,出身卑微饷可怜。

幸灾乐祸非人情,不明真相因怂恿。
定死无疑难逃生,涉嫌欺骗被认定。
一旦把人带现场,知错改错人惊悚。
猜来猜去又推翻,不在现场不知情。

紧张危险人吃惊,道听途说懵懂懂。
亡羊补牢以后事,仍想探知何所终。
雷伊诺索到现场,询问何事要申明。
考波利坎心镇定,有何要求下歌听。　　86

- 第三十三歌 -

注　释

1　比塞尔塔（Biserta），即现在的突尼斯城。
2　两处小岛，指地中海中面对非洲海岸的两座小岛：西埃沃岛和兰佩杜萨岛。
3　据说，公元前814年，腓尼基人提罗国王之子比格马隆在国王死后继承王位，排斥公主黛朵而独揽大权。为免遭迫害，黛朵带着财宝与仆人漂洋过海，在突尼斯湾登陆。她向柏柏人部落首领马西塔尼求借一张牛皮之地栖身。得到应允后，黛朵把一张牛皮切成一根根细条，然后把细细长长的牛皮绳连在一起，在紧靠海边的山丘上围起一块地皮，建起了迦太基城。另有传说：黛朵逃亡地有一咅喬小国国王亚尔瓦斯，答应卖给她一块土地，但只能有一张牛皮大小。聪明的黛朵把牛皮剪成特别细的长条并搓成细绳。用细绳丈量土地，结果获得一大块土地。黛朵就在那块土地上建起了迦太基城。诗中的讲述与第二种传说相吻合。
4　迦太基（Cartago）一词，源自"信函"（Carta），因此，"迦太基"可直译为"信函城"。
5　亚尔瓦斯（Yarbas），北非古国赫都利亚国王。传说亚尔瓦斯同意给黛朵一块土地建城，条件是黛朵必须嫁给他。
6　斐雷茜雅（Fresia），考波利坎的妻子。

第三十四歌

考波利坎被捕

考波利坎与雷伊诺索交谈,得知自己就算变成基督徒也将必死无疑。阿拉乌戈人聚会推选新的军事统帅。

    活命艰难多苦痛,七灾八难遭不幸!   01
    好运连连值怀疑,谁人不曾跌深坑。
    甜食蜜饯虽可口,岂知苦味孕其中。
    总有食不甘味时,愉悦之余折磨生。

- 第三十四歌 -

世纪名人众精英，玷污长寿失光荣。
死神往往提前到，英年早逝令心疼。
绝好典型汉尼拔，庞培失败成话柄。[1]
丢掉最高执行官，否则世界第一名。[2]

考波利坎实例证，伟大战士尊世英。
闻名美洲印第安，舞刀跃马列头名。
命运之神伸出手，临死之前续生命。
溘然离世命终结，生荣死哀天无情。

认出近处有亲兵，情绪犹豫身晃动。
眼见时来运气转，倒悬之厄自天倾。
欲和司令有话说，询问近期所发生。
附近村民齐到场，蛮人说话声沉重：

"惭负天地难自容，命运残忍多不公。　　05
堂堂男人兵统领，今日可能命断送。
本人未开死神门，从未手软弱无能。
胸有丘壑手持剑，人生苦旅我完成。

- 第三卷 -

你可贵断自置评,本人无愧对人生。
你求于我求必成,我求于你必回应。
休想本人畏惧死,家财万贯乃贪生。
执念半生经年月,苟活在世多不幸。

考波利坎军统领,天意颠覆根基动。
外人前来做主人,如狼牧羊发号令。
政通人和随意愿,多项事务我裁定。
征名责实顺天意,掌控国土民遵从。

我杀瓦帅在图城,因其布楞城毁空。
我虽夷平彭科地,几大战役他取胜。
天翻地覆风向变,节节胜利我扬名。
倒你脚下求拜托,一刀终结我性命。

纵使事业欠公正,应知谅解知宽容。
避免狂热变仇恨,手下留情留性命。
请你熄灭心中火,愤怒产生傲慢行。
即便一定要我死,只求快死算同情。

- 第三十四歌 -

即使死在你手中，休想领地缺首领。　　10
<u>考波利坎</u>有上千，复无类我遭不幸。
你已领教我族人，本人只是一小兵。
既然好运求不得，前仆后继不旋踵。

众则难摧众人胜，阻止风暴招暴风。
愤怒考验男子汉，谅解报仇均豪情。
一人死亡招众怒，高悬屠刀无和平。
利剑之下二取一，我断喉咙你活命。

图谋不轨求光荣，当心淹死在水坑。
命运之神谋求事，并非全为你所用。
时来运旋转向你，本人死活你掌控。
草菅人命有何益，身背尸体奔鬼城。

肝脑涂地遭不幸，心满意足你得逞。
面对利剑伸脖颈，妖魔扼杀我苦命。
殒身碎骨我荣光，你被加速判死刑。
在所不辞对死亡，世界和平起暴风。

- 第三卷 -

凭你经验可证明，麾下对我恭而敬。
监禁释放无所谓，一切听从我命令。
我将皈依基督教，兵不血刃我保证。
我会亲临全领地，听从腓力国王命。

将我监禁锁军营，直到承诺得执行。　　15
军队议会将赞同，一切可按你规定。
规定期限一旦过，倘若违约我刎颈。
心满意足你归队，两家命运系一绳。"

慷慨陈词等回应，无人惊慌侧耳听。
生死存亡等判决，双方沉默脸凝重。
运拙时乖旦夕命，努力抗争已无用。
身陷囹圄等裁决，遗恨千古命将终。

如此方法诉心声，豪情悲歌血沸腾。
公开审判待惩处，捆绑木桩箭射刑。
面对过分处死刑，镇定自若挺脖梗。
刑法从来未改变，命运改变脸铁青。

- 第三十四歌 -

上帝出现人变更,万能之手力无穷。
愿受洗礼成教徒,光华信仰人虔诚。
卡斯蒂亚众百姓,怜悯高兴同时生。
在场之人虽敬慕,多数蛮人脸惊恐。

幸福时日人悲痛,洗礼仪式颇隆重。
或许因为时间短,未能告其真实情。
前呼后拥做陪伴,戎服四出武装兵。
死到临头奔西天,天从人愿盼重生。

蓬头利齿裸体行,赤脚重镣拖地声。　20
脖上绳索结粗扣,有人牵引手拉绳。
全副武装兵围拢,多人随后心崇敬。
有人怀疑有其事,有人亲临全过程。

断头台前受绞刑,地上吊板呈弓形。
离地立起半根矛,四面八方眼圆睁。
坚若磐石身不动,面不改色无表情。
自由自在爬阶梯,犹如未拖镣铐钉。

- 第三卷 -

高处吊下体翻转，额头安详晃两边。
片刻稍停喘粗气，更多百姓前围观。
场面惊人难置信，目瞪口呆掩面看。
惊愕围观人恐惧，运气转变奇迹现。

亲自走到木桩前，残暴执行重罪判。
从容不迫对厄运，神色自若心泰安。
"天意命运自天降，死到临头做陪伴。
只求死神快降临，穷凶极恶鬼门关。"

刽子手到人蛮横，面部黝黑衣不整。
看见蛮人在眼前，不言而喻执死刑。
身心交瘁呈病态，无疑曾遭重辱凌。
再受折磨难承受，考波利坎喊高声：

"基督教化心胸诚，岂能容忍过度刑。　　25
本人也算一名人，一刀能把你葬送。
罪大恶极应处死，杀人终究要偿命。
丧心病狂非惩罚，伤天害理无人性。

- 第三十四歌 -

哪有百人对一兵,争先恐后一窝蜂。
惯用斩尽杀绝法,快刀切断我喉咙。
千方百计折磨人,最后胜负难断定。
粗野胳臂鲁莽手,竟敢触碰大司令。"

说完此话右脚蹬,铁质脚镣分量重。
向后蹬向刽子手,黑人跌倒伤不轻。
骂不绝口斥黑人,恶鬼压抑不吭声。
有人助其坐起身,坐上尖尖木桩钉。[3]

尖尖木桩似刀锋,穿破肝肠肉相通。
木桩钻透人肉体,难忍疼痛不欲生。
安如磐石表情冷,眉毛未皱唇未动。
心若止水心恬淡,似坐婚床勃激情。

六名箭手精干兵,早到现场久候等。
三十步远人散开,顺序射箭听命令。
心狠手辣弓箭手,放箭之前心不宁。
射死如此大人物,军权在握人出众。

命运残酷人镇定，虎落平川大厦倾。　　30
虽无邪恶箭镞出，箭不虚发直射中。
瞬间身体无完肤，百箭穿胸无隙缝。
伟大灵魂离肉体，无数箭伤灾灭顶。

本人难过面愁容，惨绝人寰未闻听。
所说蛮人身上事，不在现场心干净。
身处别处新征程，人烟稀少不知情。
倘若当时我在场，罪恶行径会叫停。

目瞪口呆人受惊，亲眼所见活英雄。
面目全非脸蜡黄，死灰槁木未变形。
在场蛮人心胆寒，面对逝者表崇敬。
有谁见过人大胆，走近身旁不惊恐。

哀感天地传美名，名传遐迩贯长虹。
耻辱殒命出意料，人心惶惶生骚动。
满腹疑团氛围乱，惊慌失措无所从。
彷徨犹疑互传染，是否死亡看究竟。

- 第三十四歌 -

场面渐渐趋清冷,众人悻悻回县城。
原来宽阔拥挤路,寥寥无几见人影。
视而不见亲眼见,手不触碰不知情。
即使有人亲手碰,亦像是在梦魇中。

侮辱人格判死刑,百姓恐惧怀哀情。　35
缺少一位大人物,我方心绪稍轻松。
群威群胆无惧怕,不时兴起咒骂声。
希图满足残忍心,激起愤恨暴怒风。

一方遭难受欺凌,渴望报仇近发疯。
一方贪婪欲望增,手握权杖更专横。
往日悠闲求安宁,如今愤怒起骚动。
整块土地人狂热,狂热练武求战争。

英勇武士一大串:图卡贝尔英雄汉。[4]
连科事迹人感动,雷波曼德排第三。
不能占用长篇幅,一本大书写不完。
热血沸腾表忠心,自告奋勇盼入选。

科罗科罗亲眼见,现场战友身伤残。
谨慎机智人犯难,重要职务谁承担。
老迈年高动作慢,派去快腿侦察员。
邀请开会做商谈,地点隐蔽人分散。

会聚时间求短暂,尽快准备短时间。
有人担心误大事,紧赶慢赶不拖延。
更有酋长抄近路,道路生疏少人烟。
拨冗出席成习惯,科罗科罗有盘算。

与会约定各自便,单个参会勿渲染。 40
敌人方面无动静,秘密会议无传言。
四面八方聚一起,献计献策密室谈。
按部就班议要事,似在忏悔装卑贱。

时间确切定地点,安排隐蔽山谷间。
按照规定开会议,有备而来各成员。
图卡贝尔首席官,意见不一共同选。
别有看法欠全面,揆情度理抒己见。

- 第三十四歌 -

看法不一方方面，各执一词分歧现。
心潮澎湃表雄心，翻出老账重新算。
不同意见各自表，统一意见无从谈。
公婆各自出谵语，自恃其力发狂言。

不约而同众成员，高贵酋长出席全。
标新立异各装扮，传统戎装亮丽鲜。
科罗科罗人镇定，目睹各位改容颜。
原想最后做总结，仍然提前做引言：

"如果各位赏脸面，不才自荐先明言。
本想先谈细节事，再谈计划中心点。
开门见山奔主题，细末枝节促膝谈。
尽量提高破锣嗓，想让大家听周全。

感谢允我先进言，长话短说尽完善。
争取赶上加西亚，道路不同有长短。
此人精明善管理，村庄秩序优从前。
殷勤热心改现状，管理得法局面变。

- 第三卷 -

越过肥沃大平原,南部临近高火山。
犹如伏尔卡诺炉,火山正在喷火焰。[5]
从此拐弯向右转,地势奇特景可观。
宽阔湖面枯水期,尽头抵达瓦城边。

本人曾到瓦帅城,跟踪足迹脚不停。
众多人群聚城市,熙熙攘攘多如蜂。
谈论征服谈抗战,人群骚乱闻血腥。
震耳欲聋大炮声,受惊百姓人惶恐。

徐徐凉风吹不停,飘飘远播扬盛名。
暴躁声音传遥远,蛮人口音刺耳听。
急躁情绪乱纷纷,远离疯狂心惊悚。
惊吓羔羊结伙逃,逃避瘆人狼嚎声。"

罕见彤云密布浓,风云突变天地动。
闪电迅猛撕天空,低空雷电火熊熊。
地球震动稍逊色,惊恐混乱人群疯。
战争喧嚣声可惧,大地摇曳晃不停。

- 第三十四歌 -

明目张胆来远征,砸碎饭碗杀牲灵。　50
掠夺土地乡村镇,剥夺酋长宝贵命。
奸污高贵女主人,深闺姑娘被辱凌。
做尽卑鄙龌龊事,不管年龄男女性。

骚乱惊慌与日增,事无巨细传风声。
一旦消息得证实,焦虑惧怕人惊恐。
自救保命事茫然,折磨难过更苦痛。
四处喊叫跑西东,确信无疑无适从。

失去理智心惶恐,人满为患难挪动。
一旦出现空闲地,立刻有人做补充。
惊讶诧异人遏抑,损失巨大心冰冷。
亡羊补牢犹未晚,集思广益能治病。

眼前地处市政厅,门口邂逅一卫兵。
气质勇敢人通情,土著学校高才生。
事出有因生变故,亲属遭受发配刑。
家务纠缠多杂事,远离战争喧嚣声。

- 第三卷 -

百姓反应各不同,无比惧怕众惶恐。
未听号角未见兵,自己壮胆喊大声。
士兵躲在安全地,友好同伴互照应。
谣言四起生骚乱,卫兵大声表态明:

"各位朋友洗耳听,此地危险不平静。　　55
一帮敌人背信义,兵临城下到门庭。
惊慌失色人倦顿,形势所迫暂屈从。
自由家产交暴君,横冲直撞任踏平。

一无堡垒二无城,三无刀甲可护胸。
进退维艰地狭窄,多则抵挡几刻钟。
如想抵抗挺胸膛,赤手空拳对刀锋。
无枪无刀无将领,只有激愤内心生。

惨无人道恐怖兵,强占世界逞英雄。
战无不胜凭武力,东征西讨节节胜。
轰雷电掣暴风雨,善跑野兽行远征。
勇敢野蛮士气壮,统治思想占上风。

- 第三十四歌 -

武力强大人凶猛,诸位无力能战胜。
尽力弥补薄弱点,未雨绸缪防险情。
只能示弱求救兵,缓兵之计待成功。
求助周围好邻邦,勉为其难心不宁。

急如星火困难重,悄悄撤退按计行。
衣物粮草大牲畜,隐藏山谷随时用。
食品匮乏供吃喝,以食为天护民生。
天时恶劣贫瘠旱,居住可怜活贫穷。

贪得无厌悭吝兵,来此穷乡地清冷。 60
想法无疑会改变,放弃远征无用功。
缺乏人力缺物资,不久撤离脱困境。
山路崎岖路不平,即刻撤兵不可能。

安库关口一条缝,山峦峭壁荆棘生。
虎蹲龙盘成天堑,山村居民也惶悚。
悬崖草丛无正路,飞禽走兽难通行。
飞行吃力难适应,轻盈隼鹰悬天空。

- 第三卷 -

盲目至此路难行,高耸入云众山峰。
回心转意尚不迟,回头是岸返路程。
另辟蹊径绕路走,打道回府路重重。
穷山恶水应放弃,不堪回首弃骄横。

本人决定本人命,人生旅程路难行。
蓬头赤足寒酸相,异乡寻求新前程。
卖傻装疯苦中乐,破衣烂衫一书生。
穷困潦倒可怜虫,谁能理解我苦衷。

辛苦付出心意冷,收获甚少仍贫穷。
贫瘠土地多赋税,出身贫困布衣农。
原想寻求富裕路,更弦改辙弃初衷。
处心积虑劝众人,另做筹划辟蹊径。"

青年讲话尚未停,忽听人群议论声。
只听有人大声喊,未见有何大动静。
事先也曾有商定,决定之事即执行。
跑前跑后劝撤退,家具食粮大畜牲。

- 第三十四歌 -

西班牙人走匆匆,终于到达国界境。
结束一天行军日,抵达目地止前行。
此处停步按地标,快步行军须暂停。
如果陛下不嫌弃,允我翻篇继续听。　　66

- 第三卷 -

注 释

1. 汉尼拔·巴尔卡（Hannibal Barca，公元前247—前182），迦太基军事家、外交家。罗马人视其为眼中钉，不断追杀他。最后迫于罗马人的强大压力而自杀。
2. 此处指公元前48年8月9日庞培和恺撒进行的最大也是最后一次决战——法萨利亚战役。战役中，庞培被恺撒打败，失去了成为罗马帝国最高执行官的机会。
3. 据有关文献记载，当马普切的幸存者撤退时，佩德罗·德·阿文达纽率领一支先遣队抵达比马依根，1558年2月5日在安迪瓦拉战役中俘房了阿拉乌戈首领考波利坎。在被带回图卡贝尔军营的路中，考波利坎遇到马普切女子斐雷茜雅。女子怀抱一个婴儿，正是考波利坎的儿子。女人上前抓破考波利坎的脸并骂他为什么被活捉。撕扯过程中女人愤怒地把不到一岁的婴儿摔向一块石头。阿隆索·德·雷伊诺索决定将考波利坎示众行刑。刽子手叫克里斯多·德·阿雷瓦罗。考波利坎被绑在一块大木板上，木板中间有一个尖尖的木刺。考波利坎右腿被绑，刽子手猛然踢考波利坎一脚，考波利坎正好跌坐在木刺上。肠子被穿透，瞬间结束了生命。
4. 此处原诗列出九名阿拉乌戈武士的名字，分别为：图卡贝尔、连科、雷波曼德、奥罗贝约、林戈亚、莱博比亚、布楞、卡约古比和马雷安德。
5. 根据罗马神话，被称为火炉的伏尔卡诺（Vulcano）位于意大利西西里岛上的埃特纳火山下。希腊神话中，伏尔卡诺是主神朱庇特之子，被称为火、火山和金属之神。

第三十五歌

西班牙人前来，要求新土地。东科纳瓦出迎，奉劝他们打道回府，但无济于事。推荐女向导，女向导将他们引向悬崖。悬崖边发生的可怕之事。

利益驱使踏平山，何种困难算难关？　　01
虔诚胸怀意志坚，岂被毒化或腐烂？
毁灭人类宝贵命，所有秩序可推翻。
入口狭窄门不开，总会有人行方便。

亲戚兄弟血肉连，解开绳结绳更坚。
友谊可以变敌意，爱情仇恨互转换。
灾难邪恶肇事人，践踏理性命运变。
冰可生热火变冷，河流也可引上山。

屡战屡败涉万险，海湾深深水湛蓝。
尚有诸多未知数，不停涌来大兵团。
越过遥远不毛地，利益刺激征程远。
地球巨大圆又圆，探究核心多内涵。

- 第三卷 -

堂加西亚身影现,武装亲兵左右伴。
到达智利地界标,从未有人踏边缘。
两脚跨在线中间,两大世界分两边。
本人在场查标志,倾听统领侃侃谈:

"无敌民族意志坚,一路远征无阻拦。　　05
艰难险阻能忍受,海啸逆风只等闲。
面对千种不可能,斗转星移永直前。
乘风破浪到此地,天涯海角边陲远。

崭新世界在眼前,拨开乌云见晴天。
道路艰险变通途,唯用武力能霸占。
付出辛劳应授奖,命运之神惠无边。
丰功伟绩属我辈,必当主人权无限。

名誉传播天下谈,传至后代至久远。
先辈功绩应肯定,诸位功绩胜祖先。
两个世界容积小,征服目标在第三。
三处世界不相连,扩土无边细谋算。

- 第三十五歌 -

目前正是好光景,无须多说道理明。
诸位好运我不拦,不必赘言误行动。
占据新省新地区,一鼓作气全占领。
好运已来到门前,荣耀财富获双赢。"

铁马金戈齐出征,长驱直入踏征程。
驰骋踏上新土地,从未见过外族影。
严整有序步伐健,一路荆棘狭路径。
英姿飒爽威武军,祈望首战能取胜。

行军几日未扎营,计算时间看日影。　　10
新开道路自封闭,披荆斩棘越峻岭。
说谎向导先逃跑,误入歧途遭骗哄。
向前推进无可能,进退两难原地停。

日西坠山行军停,启程盲目人冲动。
已绕世界整四圈,额头热汗鱼可烹。
走下崎岖山丘路,路见蛮人约十名。
密林荆棘路难走,抱团慢跑裸体兵。

阴雨黝黑烈日蒸,全身覆盖毛茸茸。
紧身绳索系腰间,粗壮脖颈高挺胸。
指甲不剪卷发长,皮肤眼睛尽红肿。
行走旷野过荒郊,鬼脸怪相面狰狞。

粗壮老者领路行,只能看见半身影。
破旧斗篷粗呢衣,一副惨相土著农。
老人停步露笑容,<u>东科纳瓦</u>称其名。
希图改变我计划,假装劝诫诌一通。

听其说法心不定,山民逃生求活命。
我军原想抄近路,蛮人带路绕山顶。
连滚带爬到山脚,烂泥河水阻路行。
我军原地耐心等,土人弓箭地上扔。

稍后老者喊高声,语言诡异通译懂: 15
"遭殃乡亲注意听,来者毒蛇害人精。
被我骗到山谷沟,走投无路在挣命。
子子孙孙出生地,穷乡僻壤苦求生!

- 第三十五歌 -

不知何方刮邪风，胡说自己常胜兵？
纯属恶意乱编造，驱使你等瞎折腾？
收起可敬贪婪梦，恐怖事业不可行。
全体官兵被人骗，被判死刑可怜虫。

此地无人要战争，道路艰险走不通。
千峦万壑山连山，荒山密林荆棘丛。
大片土地未开垦，寸草不生少耕种。
穷山恶水难生存，乌烟瘴气传染病。

恶衣粗食草莽形，丛林活命度余生。
本人也曾当过兵，全副武装军人风。
按照法律服兵役，军队溃败鸟兽惊。
本人遗憾劝诸位，离开此地返回程。

人迹罕至密林生，再往南方天阴冷。
全军覆没进坟墓，将兵荣光就此终。
凄风苦雨野蛮人，犹如野兽住茅棚。
缺衣少食活命苦，礼轻卑微人意重。"

椭圆背囊系长绳，网兜细密手编成。　　20
掏出各类山野货，绿色坚果纯野生。
各色野味粗鄙饭，野兽肉干栗色硬。
晒干蝗虫灰蜥蜴，无数干瘪小山虫。

蛮人对我心崇敬，奇特形式坦荡胸。
漫山遍野乡土味，兽类虫类难辨清。
山区密林崎岖路，各类坚果外壳硬。
荒无人烟地贫瘠，民至老死不相逢。

峻岭崇山万壑连，请求老人多指点。
老人微笑做回答，荆棘丛生多艰险。
壁立千仞在面前，高攀难于上青天。
铲除杂草过山林，从容不迫顺自然。

无奈我等不听劝，雄心勃勃勇向前。
装模作样说赞同，知难而退非好汉。
和蔼可亲话温柔，脸色阴沉心悲叹。
思忖片刻设喻说，近处有路可通天。

第三十五歌

一直向西走右边,左面有座小山峦。
前人曾经留脚印,青草长出已不见。
耳闻有人穿密林,尽管路长少人烟。
老人亲自选向导,机灵女性懂语言。

我方将兵侧耳听,有人怀疑在说梦。　　25
所送物品已收下,礼尚往来表友情。
殷红棉制大披风,厚厚尾部狐毛轻。
十五彩色宝石嵌,下垂十二铜响铃。

老者感谢重馈赠,珠光宝石价贵重。
未雨绸缪谨防患,缮甲治兵即出征。
一路顺利踏征程,向导跟随两天整。
拐弯抹角引小路,不舍告别我将兵。

向导说话尽逢迎,财源滚滚好运生。
热情洋溢倍亲切,虚伪做作无真情。
"太阳主神翻身日,六倍照耀大地明。
我以生命做保证,吃喝不愁天照应。"

- 第三卷 -

精力饱满值称颂,总觉我方应自重。
幻想财富白日梦,虚无缥缈话空洞。
踏破山川坎坷路,崇山峻岭全踏平。
艰难险阻万千种,谁敢阻挡我将兵。

悬崖深谷高山岭,缺乏给养艰难行。
辗转不寐多幻想,高举兵器做美梦。
兴风作浪人傲慢,高兴不过三天整。
第四天黑日没后,撒谎向导逃无踪。

不祥迹象多疑团,情绪不安人心乱。
虚假路线被看穿,长途行军加倍难。
人迹罕至无路走,荆棘塞途在眼前。
饥寒交迫度时日,绝不逗留某处点。

越向前走越艰险,道路蜿蜒林遮天。
密林封路受阻拦,开路只能刀斧砍。
根深灌木傍巉岩,斧头铁铲力非凡。
抽打马匹马步乱,马蹄犹豫不向前。

第三十五歌

艰难竭蹶行路难，罕见阻拦来自然。
老天威力无限大，高大树木钻云天。
无数巨石沼泽地，密林杂草混其间。
天然道路自保护，荆棘灌木互纠缠。

老天起誓也发难，光线稀缺尽遮掩。
厚厚乌云层层盖，昏昏白日黑夜般。
冰雹暴风接踵至，风暴怒吼连不断。
地面艰苦多危险，战争残酷难上天。

有人陷入深草丛，大声疾呼喊救命。
有人身陷沼泽潭，呼朋唤友喊大声。
摸爬滚打原地转，污泥浊水没脖颈。
大呼小叫无人理，爱莫能助互不应。

满耳尖叫叹气声，艰难险阻塞路程。
疲惫战马趴地卧，缺蹄断腿几没命。
衣衫褴褛成碎片，荆棘灌木多剐蹭。
赤脚裸体兵器在，血汗泥淖沐浴兵。

- 第三卷 -

苦不堪言挣扎中，缺吃少喝无供应。
怨声载道忍饥饿，魔鬼折磨紧拉绳。
深信不疑遭重创，灰心丧气无力行。
无奈举手挥冷汗，肢体乏力何逞能。

知荣守辱知自重，艰难事业保光荣。
心脏坚强四肢动，重重困难一扫净。
敌方力量占优势，四面八方土著兵。
精神振奋骁勇战，蛮兵力量与日增。

鸟散鱼惊溃散兵，只抱希望有救星。
经过一场肉搏战，天空作美又放晴。
丛丛荆棘处处是，茂密林莽封路程。
分开杂乱树枝条，幽冥异路又通行。

慌不择路无头蝇，光线高照见光明。
巨石林立陡峭山，山峰顶部呈坦平。
厚厚冷雾湿漉漉，蒙蒙蒸汽热腾腾。
云开雾散天晴朗，一望无际千里清。

第三十五歌

迷头昏脑整七天,刀斧开路破阻拦。　　40
险象环生度时日,疲乏身体已瘫软。
一天上午有发现,安库肥沃大平原。
凹凸斜坡山脚下,广阔湖泊堤堰宽。

一处群岛面积宽,无数小岛入眼帘。
各色船只穿梭过,航行各处岛屿间。
水手从未心绝望,乘风破浪避险滩。
喧闹港湾人愉悦,峰回路转过难关。

跪姿休息一时间,享受温柔天地宽。
拜谢上帝躲一劫,逃离不幸避厄险。
精疲力竭抛脑后,好运乐事喜连连。
重振精神怀希望,快快出发路平坦。

众多兵士伤病残,瘸腿断臂身瘫痪。
赤身裸体肉撕裂,昏迷瘦弱饥饿缠。
欢欣鼓舞身康健,勇敢面对新局面。
地上狭窄面积小,雄心壮志征服天。

- 第三卷 -

精神振奋下河湾，部分地点丘陵连。
生长纯美香桃木，圆圆珍珠嵌皇冠。
野果难吃品位差，荒时暴月味道鲜。
天上甘露埃及锅，胃口大开嘴垂涎。

腐烂龙虾运抵岸，时而招致人病患。
丰收石榴多果粒，轻轻剥离颗粒弹。
七零八落撒满地，犹如人居散平原。
香桃木园树冠茂，果实枝叶被摘完。

饥不择食水果填，病病歪歪二连三。
有人食用树枝叶，狼吞虎咽嘴不闲。
分散脱离大部队，寻找安全避险滩。
食用折断树枝叶，猛禽利爪剩羹残。

大群母鸡离窝栏，争先恐后奔场院。
东奔西跑寻食物，粮仓附近可饱餐。
趾刨嘴鸹挖颗粒，埋没米粒被发现。
鸹住米粒又跑掉，再把他处米粒衔。

45

第三十五歌

常有一场争夺战，几只母鸡四处赶。
左顾右盼互追逐，比赛深挖便宜占。
争先恐后不谦让，绝非均分好时间。
乐善好施很少见，互相理解无埋怨。

互相品味获得感，享受乡间献美餐。
过来一条轻型船，十二长桨划向前。
划船高手是囚犯，猛然停船靠岸边。
毫无顾忌跳上岸，态度和蔼尚友善。

何方神圣来此间，为何在此船靠岸。
本人不便现在讲，伟大前程已中断。
恰逢其时该歇息，适可而止告一段。
提心吊胆多讨扰，微臣说唱勿困倦。　　50

第三十六歌

十位难友过水渠，乘坐一条轻载船

叙述酋长下船登陆，为西班牙人提供旅途所需。西班牙人节节败退。群岛的引水渠截断他们的前进道路。<u>堂阿隆索·埃尔西亚</u>率十名士兵乘独木舟渡河。返回驻地后，从另外一条路抵达帝国城。<u>堂阿隆索·埃尔西亚</u>启程返回西班牙，沿途游历欧洲各省。<u>腓力</u>国王颁诏向葡萄牙进发。

土地风物入眼帘，有人武断说杜撰。　　01
诸多事物创奇迹，讲述不多是谨言。
猜测疑惑应忌口，如此本人少风险。
我说真理埋地下，人说真理已升天。

- 第三十六歌 -

撤退此地堪可怜，离开家乡万里远。
虚假欺骗耍手段，不受欢迎甚难堪。
这段故事暂放下，赶快兑现我诺言。
再说囚犯满载船，划船猛力冲沙滩。

一位可爱帅青年，黑发卷曲白净脸。
年龄大约十五岁，卓尔不群非等闲。
谦虚过度人可亲，随从小队做陪伴。
待人和气讲礼貌，说话奇特出此言：

"粗俗百姓乡间神，生在高山大森林。
休养生息凭天意，闭塞憨厚直肠人。
路途崎岖羊肠道，诸位至此何原因？
来我贫穷偏远地，逃离战乱远纠纷？

真实意图勿瞒人，寻求土地宽无垠。 05
追逐理想无止境，似有某种大野心。
迫不及待求享乐，意愿蹀躞手长伸。
路上直接可发现，就在周围在附近。

757

如想此地深扎根,我供土地供耕耘。
如对大山感兴趣,我做向导去密林。
如需友谊或战争,依法奉陪不悔恨。
最佳选择顺我意,和平友谊抵万金。"

顺从天意语意深,青年穿戴正青春。
好言好语谈友善,慷慨大方情意真。
免费提供食住宿,招待得当心诚恳。
白净模样敦实身,斗篷宽松衫似裙。

粗布缠头显安稳,红帽带檐添精神。
帽檐朝后稍下垂,束带紧贴两角鬓。
细密羊毛拉绒编,五颜六色结穗衬。
气候偏寒土地冷,朝气蓬勃体匀称。

五体投地谢真情,甘心情愿心地正。
我方同时表诚意,如有需求尽可能。
实话实说真心话,饥肠辘辘腹中空。
饥餐渴饮尽提供,我方承诺偿还清。

- 第三十六歌 -

动作快捷大声喊,大批物资摆眼前。　　10
派出后勤爽快兵,马车运货车载满。
直接分配所有人,解决饥饿食为天。
唾手可得心满足,无须感谢无赘言。

如此这般获救援,满怀希望信心添。
行军开始沿河岸,步伐整齐成习惯。
迤逦走出一段路,地方舒适尽开颜。
水塘附近搭帐篷,建立第一落脚点。

据点营地未建完,诸多安排待完善。
林林总总千般事,忙忙碌碌独木船。
玉米水果鱼虾肉,劈开水面浪花溅。
心灰意冷可怜人,无依无靠无救援。

和蔼可亲人友善,淳朴百姓在乡间。
以怨报德怀恶意,贪心尚未进大山。
邪恶盗窃苟且事,战争灾难家常饭。
人情冷暖本可见,自然法则少污染。

我方将兵人性变，一路扫荡一路贪。
扬眉吐气路畅通，道路开阔欲拓宽。
破坏殆尽老规矩，辱骂堕落非新鲜。
明目张胆播贪婪，过犹不及更大胆。

夜晚过去新一天，又有新闻岛内传。
两位酋长同来到，来到营地表祝愿。
带来光鲜重礼品，饮料食物尽带全。
一只绵羊两鸵鸟，异兽珍禽肉新鲜。

酋长惊愕连声赞，众多官兵陌生面。
白褐皮肤密胡须，语言不同服饰鲜。
跃跃欲试高头马，训练调教暴躁烦。
惊呆酋长眼睁圆，吓人爆炸火药弹。

行军方向直向南，河道曲折多拐弯。
沿续海峡航线走，陆地标明地界线。
挺进步伐愈加快，群岛面积视线宽。
抬望远处更可观，诸多岛屿居民占。

- 第三十六歌 -

多位酋长看新鲜,奇形怪相站路边。
有人满怀圆珍珠,有人细密羊毛毡。
有人挎箭吹喇叭,有人彩蚌样非凡。
士兵一副寒酸相,身无礼物可打点。

本人友善包打探,探知原本不知情。
摸爬滚打苦劳作,俨然成为一颗星。
年轻小伙常陪伴,不时钻进木船中。
船过附近一小岛,土地平整人坦诚。

造访当地老百姓,简陋土墙低屋顶。　　20
周围植树种庄稼,水果蔬菜五谷丰。
探听村里新鲜事,婚丧嫁娶民俗风。
待人接物邻里情,约定成俗得遵从。

进入小岛享休闲,观察村镇耕稼田。
周围河湾到处串,附近常有家用船。
有人给我讲新闻,有人带我看新鲜。
夜晚享受清凉风,河边备有救生圈。

野外赶路汗满面，我军行程第三天。
今日行军三小时，结束任务未拖延。
海边大湖正排水，注入水渠湍流宽。
水面水阔水湍急，急流勇进路阻断。

巨大悲伤阴沉脸，满面愁容眉不展。
宽阔水面水上涨，行军路线被切断。
手牵缰绳马过河，吃力蹚过激流湍。
独木小船已无用，自身重量行船难。

形势骇然返回转，过度劳作多怨言。
涉水过河有风险，第一要务保安全。
两全其美不可能，事与愿违难向前。
原路返回原起点，万般无奈说服劝。

目睹我方窘态境，土著青年表同情。　25
自告奋勇愿襄助，指引顺路转回程。
欢欣鼓舞人高兴，回头是岸脱困窘。
南方已是严冬季，征候明显寒气生。

- 第三十六歌 -

本人计划待完成,倒看是否有善终。
十名战友相陪伴,骁敢善战人勇猛。
增援一条划桨船,伸手试探水速情。
桨船搁浅成碎片,全靠木桨手划行。

上岸一片灰沙滩,消息封闭无译员。
道路凹凸多杂石,密林草丛枝叶繁。
徒劳往返需反思,选择此地是冒险。
河水怒吼湍急流,无奈回到独木船。

心满意足事完成,继续向前赶路行。
地区标志认不清,探险激发兴趣浓。
跑出大约半哩路,留下路标手写成。
一棵树干正好用,刀刻树皮做印证:

<u>堂阿隆索</u>携同伴,先于别船抵海岸。
十位难友过水渠,乘坐一条轻载船。
时时二月二十八,公元一五五八年。
月末当天午两点,回程归队战斗连。

等人总觉时间慢，盼望我等回营盘。　　30
寒冷冬天即来到，旷野荒郊蕴危险。
蛮人向导多经验，腿脚轻快人乐观。
前面开辟弯曲路，轻车熟路只等闲。

岛人土著不食言，说话算数重兑现。
进入一片茂密林，离开陆地躲祸端。
动作麻利动作快，尽快逃离莫拖延。
尽管事物多而杂，行动快速勿纠缠。

到达帝国尽开颜，百姓慷慨送温暖。
美味佳肴满杯盏，酒足饭饱活神仙。
融洽无间似鱼水，周围挤满青壮年。
提出挑战互较量，个个亮出强筋腱。

出乎意料场面乱，判官迅疾旁边站。
本人认输站地毯，尖刀已到喉咙边。
过失严重被夸大，群众起哄齐呼喊。
双手紧握身边剑，即使有理难申辩。

- 第三十六歌 -

谁料酿成大事件,强迫流放受审判。[1]
幸亏过失得弥补,仍被羁押长时间。
如此这般被冒犯,池鱼笼鸟困境陷。
负屈含冤忍耻辱,昼夜服役在天边。

时有小型血腥战,摩擦伏击战不断。　35
突袭肉搏多凶险,游击战斗互纠缠。
兵不厌诈施欺骗,机关算尽计多端。
部分战斗占优势,部分战斗进退难。

突袭之后开大战,基贝战役令胆寒。
蛮人流血如泉涌,无数盔甲碎不堪。
战地围墙得加固,本人远离祸事端。
频繁冒犯天天有,饱受折磨心不甘。

乘坐一条大帆船,高升布帆出港湾。
本人离开倒霉地,意志鲜血经考验。
无人再讲突袭事,南风徐徐轻拂面。
海岸海湾转眼过,卡亚俄港在眼前。[2]

- 第三卷 -

无奈逗留长时间,直至马拉尼翁湾。[3]
洛佩那时当统领,堪比尼禄更凶残。[4]
杀害众多老朋友,亲生女儿未幸免。
无缘无故无道理,宁死一起无遗憾。

旅程英里超两千,个别地方无人烟。
峰回路转改海路,行程超常更艰难。
当日抵达巴拿马,呼吸空气倍新鲜。
暴君溃败人死亡,放弃写作我茫然。

我在利马受熬煎,罹患怪病长时间。　　40
幸亏大病得治愈,经过三岛回家园。[5]
中途逗留久拖延,法意德国尽饱览。
漫游数座大城市,游船多瑙河上转。[6]

来来去去几往返,曲曲折折时冒险。
疲于奔命多国家,博物多闻恋游览。
各有千秋差异大,千百物种记不全。
赤地千里龟背裂,广袤土地淫雨绵。

- 第三十六歌 -

乐此不疲岁月迁,误入歧途应知返。
岂会忘记承诺言,阿拉乌戈永留念。
我该续写旧诗作,但愿陛下不厌烦。
字斟句酌细推敲,以丰补歉饕餮餐。

本人回头续前段,诸位队长正商谈。
协商之中有分歧,各抒己见肺腑言。
谈及选举持己见,达成一致尽欢颜。
突袭遭遇肉搏战,均有价值写下篇。

身心疲惫人茫然,精神思维到极限。
地域遥远心烦乱,寻觅蛮人迷藏战。
似见刀枪剑戟矛,轰隆炮声响耳畔。
战争谣传刺耳传,怒火燃烧大地颤。

西班牙国生骚乱,所向无敌屡征战。
本国国旗四处飘,躁动法国正发难。
意国德国入歧途,敲击棺材响连天。
摇旗呐喊在他国,整军经武招兵员。

浩大声势到极端,战火硝烟四处燃。
养精蓄锐振雄风,利于陛下示强权。
骇愕冒犯在眼前,本人无奈入海湾。
助我张目靠陛下,安全抵港疲劳船。

信笔涂鸦结构松,诚惶诚恐歌暂停。
内容丰富素材多,陛下降贵纡尊听。
学贵有恒大劳作,竭智尽忠持慎重。
戒骄戒躁心自若,如愿以偿功告成。 47

- 第三十六歌 -

注 释

1 诗中提到的这一场景在《智利历史：自发现至1575年》一书有记载：作者阿隆索·德·埃尔西亚与军曹胡安·德·比内达发生一场激烈争执。两人同时掏出利剑向对方示威。当时军事统领智利都督乌尔塔多·德·门多萨正好从此经过，立刻决定将二人判处死刑，并于第二天凌晨行刑。乌尔塔多把自己锁在房内，拒绝任何人说情。据说，几个当地的权贵去求助与乌尔塔多关系暧昧的一位当地少女。少女向乌尔塔多请求宽恕埃尔西亚。于是，乌尔塔多改变主意，将死刑改为流放，后来埃尔西亚被监禁三个月，流放一事不了了之。事件发生的主要原因是埃尔西亚曾蔑视地说乌尔塔多是有背景的"飙升队长"，乌尔塔多借机惩罚埃尔西亚。
2 卡亚俄（Callao），秘鲁首都利马最大港湾，作者离开智利从此港经秘鲁回国。
3 马拉尼翁河（Marañón），秘鲁北部的一条重要河流，是亚马孙河上游的主要支流，全长1600千米。
4 洛佩·德·阿吉雷（Lope de Aguirre, 1511—1561），著名的西班牙征服者，镇压秘鲁土著人非常残酷，杀人无数。名声极坏，被称为疯子。因为害怕女儿被人侮辱，亲手杀死女儿。后被仇人杀害。
5 三岛，指葡萄牙亚速尔群岛中的第三群岛。
6 作者埃尔西亚经过巴拿马回到西班牙。后又游历法国、意大利、德国及其他多个欧洲中部地区。

第三十七歌

本歌为最后一歌。讲述战争为什么是人的权利,并宣告腓力国王对葡萄牙王国拥有摄政权。同时讲述腓力国王对葡萄牙人的要求,确保其武力的合法性。

卡斯蒂亚怒填膺,正义愤怒所驱动。　　01
葡萄牙国有权利,浴血奋战动刀兵。[1]
和平团结基督情,兄弟阋墙露狰狞。
长矛高举气势汹,投向骨肉亲弟兄。

上天发怒起战争,人类种群所派生。
水果保存时日久,自然腐烂合常情。
人类傲慢被压制,通过战争赢和平。
若遂恶念终不改,必遭上帝施罚惩。

专政镇压叛乱兵,弃暗投明路归正。
摧败推翻强权者,野心勃勃无止境。
发动战争人之权,军事纪律立章程。
公共事业须保障,政治法规必执行。

770

- 第三十七歌 -

不义战争遭恨憎,偏离正轨远和平。
或因复仇盲目恨,或因私怨动甲兵。
普天之下求安宁,敞开心扉祛惶恐。
和平团结成一体,单方岂能起战争。

如同我等信仰诚,信仰上帝兄弟情。　　05
基督一生贯提倡,永恒信念在《圣经》。
单方不能自放纵,同心同德求大同。
除非公益诉讼事,国王威望施权能。

纯洁天使人祇敬,在兹念兹只为公。
士兵武装乃正事,平息敌人狂热情。
等礼相亢或私情,显示力量劝退兵。
时而危险不可控,过失犯罪为公众。

出师征战应有名,扬眉吐气肆意行。
伤害抓捕杀降兵,释放奴役均遵命。
昔日仅能主自己,如今能主众生灵。
胜者王侯败者寇,众星捧月归顺从。

- 第三卷 -

时间机会人为定，效力公益无职称。
正规战争建军队，士兵应配武装行。
合法理由合法做，合法战斗兵对兵。
时而徒步时骑马，时而得胜时困境。

正义战争正义行，君主权威诏曰定。
听其指挥行定夺，公共秩序已成型。
我行我素常有事，常听反战抗议声。
挑衅或被人挑衅，合法非法或判刑。

基督君王不纵容，从不鼓励暴力行。　　10
该死兵器生万恶，只因报仇起纷争。
不因有理有证据，宽恕动武举刀兵。
时有起因被掩盖，囚犯得志变英雄。

武器血腥易判定，理应谴责无辩争。
使用目的值商榷，上帝安排下命令。
战事悲惨或幸运，所作所为难说清。
难说事事均公正，事事好运说不通。

- 第三十七歌 -

聪明士兵知服从，盘根究底勿推崇。
战争是否属正义，士兵无须辨分明。
国王自明其中道，下属效劳知尽忠。
身为公众总统领，轻重缓急应权衡。

国王作为众头领，权衡战争轻与重。
损失罪恶知多少，国王双肩负担承。
战争意图宜三思，衡量得失而后行。
用兵征讨出师正，不为贪婪野心控。

腓力如今难决定，骑虎难下陷窘境。
遵从正义诸法条，铁马金戈循正名。
不以强大为缘由，不以贪婪为准绳。
皇权王冠本神授，与日同辉计征程。

野心勃勃贪心重，腐蚀毒化毁人性。　15
遵从权利持正义，消灭反叛须亲躬。
或因怨恨或邪恶，二者阻止王冠梦。
铁拳出击荡障碍，武力开路合理情。

- 第三卷 -

假借正义愤慨生,掩饰武力假面容。
高举利剑半悬空,夸大救赎施血腥。
谨慎忍受心压抑,只为师出有正名。
野蛮行径施暴力,镇压贼逆铁拳硬。

镇压贼逆铁拳硬,巨掌按颈使屈从。
粉碎强大军舰兵,高卢海盗徒英勇。
纵使擒敌怒未消,滋扰和平罪难容。
首领菲力被处死,刀下做鬼众士兵。[2]

仁慈不容染血腥,血腥敌人血湖洞。
横行霸道罪行重,执行惩罚时同情。
今朝宽宥对小恶,来日大恶必丛生。
纵容一切属犯罪,缺乏谅解是酷刑。

心慈之人非纵容,严谨关键在量刑。
今日儆惩现行犯,恰为明朝更宽宏。
不能制止人为恶,等同纵容同胁从。
宽宥祸国殃民者,毒化社会伤公众。

- 第三十七歌 -

莫说仁慈非豪情,莫说怜愍失敬重。　　20
强大确该予称赞,轻看胜利更光荣。
天下太平弥足贵,持久和平需公正。
惩恶扬善应并用,国泰民安享太平。

丑恶并非肆意行,任其泛滥未罚惩。
审时度势看时机,不急不躁不纵容。
首脑人物控全局,应知赦罪饶人命。
重病还需下重药,刮骨疗毒治大病。

对敌可讲仁慈情,仇恨愤怒自缓轻。
心生崇拜交朋友,同气相求生爱情。
严惩不贷无宽宥,君王遭恨毁其名。
专权专制属国王,削弱法律刀失灵。

隐瞒过去罪恶行,已成过去勿看重。
未能知过必改人,难免新罪加一等。
惧怕惩罚人常情,心理压抑无清宁。
恶人钉在耻辱柱,痛心疾首欲改正。

- 第三卷 -

倘若惩罚不执行，犹如医生不治病。
伤口轻微无溃疡，剜肉补伤增疼痛。
铁器割肉易感染，治病救人不可用。
手术糟糕无经验，刀越用力伤越重。

见怪勿怪我声明，出尔反尔时发生。 25
强力惩处称美德，有时惩罚靠大众。
强权赦罪值推崇，震慑敌人效果同。
浪子回头金不换，改恶从善免严惩。

东奔西走愉悦情，时间紧迫素材丰。
劳作负担非轻松，疲惫双肩任务重。
删繁就简取精华，轻重缓急时调整。
我想再写葡萄牙，言简意赅纲目明。

葡萄牙人受欺哄，本末倒置糊涂虫。
武装力量被缴械，难道还想破章程？
精神颓废应振作，顾及公益求和平。
尊重宗教从自然，尊从腓力知崇敬。

- 第三十七歌 -

慷慨解囊心真诚,财产自由均应承。
并非强制缩军力,整军经武养精兵。
遏制用兵莫声张,以理服人应领情。
父亲怀有慈悲心,盼望逆子能顺从。

盲人瞎马被欺蒙,执迷不悟心不平。
失去理性无所宗,神魂颠倒似有病。
民族团结乃圣事,耶稣十字标志明。
迷信武器杀人刀,刀伤肝肠自身中。

旗帜相似币制通,跳出屋檐各不同。
招来无数外族人,无辜百姓遭血腥。
引介不端谬误法,恶习传染实可憎。
玷污基督西班牙,瘟病鼠疫蔓孳生。

至高无上主神圣,向你祈求赐恩宠。
相依为命互牵手,精诚团结风雨共。
卡斯蒂亚葡萄牙,两种语言应合并。
勿做暗箭伤人事,无须讨好格外敬。

– 第三卷 –

陛下深知我心境,驱动激情怀热诚。
善意目的诸行动,陛下准则自始终。
赐吾精神赐理性,拙笔冒昧敢评定。
胆大妄为尽情写,聚沙成塔功告成。

葡国国王性豪横,行动果敢人年轻。
进击宽阔非洲地,镇压异教斗胆行。
所向披靡如破竹,维持尊严施纲领。
不日侵伐当事国,聚敛权财得民众。

国王腓力头清醒,外甥盲动因气盛。[3]
谋划错误步履艰,舅甥针锋不相容。
劝其改弦易车辙,悬崖勒马避险峰。
瓜达卢佩两相会,抵掌促膝论行动。

衡情酌理理不通,严厉舅父未劝成。　35
南辕北辙方向反,河水倒流不可能。
多人低声下气求,无动于衷扫人兴。
效仿变幻无常神,天翻地覆随其动。

- 第三十七歌 -

傲慢青年帅气盛,临事而惧功不成。
谨慎讲演用舌战,力排众议独断行。
轻举妄动随心欲,加速陨落终丧命。
不顾循循善诱劝,违反旨意判死刑。

应为不幸悲歌颂,呜咽嘶哑啜噎哽。
血腥结局堪可怜,战事可悲人失控。
王国衰败无良药,千日名声一日终。
刚愎自用因年轻,无缘无故事发生。

一日哀伤添不幸,无限悲痛达顶峰。
本人翎笔染鲜血,不堪忍受写悲情。
祈求上天赐力量,锲而不舍宗初衷。
忽觉远处有战事,乌云蔽日雷声动。

年轻国王执意行,突袭非洲士兵营。
硝烟四起盲目动,溺亡一片尸体中。
四位国王死非命,命运之神怒吼声。[4]
万马齐喑究可哀,葡国军兵乌合众。

- 第三卷 -

葡国国王登基成,堂恩里克称其名。[5] **40**
主教兄弟任祭司,国王信教人虔诚。
旷日持久患重症,应天顺人祈长命。
命运虽赐国王梦,生命短促无嗣承。

葡国国王遭不幸,命运不佳人短命。
堂恩里克久罹病,伟大腓力表同情。
作为侄辈继承人,顺理成章进王宫。
作为旁系近亲属,国王头衔正相称。

招贤纳士进宫廷,天道好还值赞颂。
暇满难得基督品,执政兴国致理浓。
权利良心相适应,合情合理路直通。
待等观察人阶位,谋求王国功告成。

卡塔琳娜属正宗,理所当然可继承。[6]
杜阿尔特亲王女,贵妇公爵久盛名。[7]
安东尼奥另发难,争夺冠冕王位登。[8]
国民尽管表赞成,依法排除未成功。

- 第三十七歌 -

重大事件经检验,辛苦劳作尽完善。
无视左右多失礼,无所顾忌行主见。
时间平静正当时,预防不测迎挑战。
王国尚然未消亡,坚甲利兵理当然。

一清二楚王室鉴,旁系登基合法典。　　45
近亲关系属正统,继承王位非父传。
男女相比偏爱男,年龄大者排在前。
承继王权按次序,不按遗产按血缘。

安东尼奥靠边站,神圣道义遵法典。
卡塔琳娜胼力王,权力照样经检验。
继承王座同地位,侄女侄男站两边。
国王选择也为难,年龄一样出生先。

遵从惯例重法典,论道经邦列全面。
正直正义平常心,摒弃分歧去偏见。
胼力继承合章法,合法王国裁定判。
土地海洋各国号,征服属地归皇权。

- 第三卷 -

胼力合法众人见,多人拥护表称赞。
仇恨丑恶引疑虑,平民百姓自由权。
久存夙怨知慎言,根深蒂固在胸间。
尝想试探新鲜事,人心归向凭自愿。

虔诚热情势不减,渴望繁荣世平安。
疑团未释生骚乱,何将冷水浇火焰。
广开言路自由谈,免得公众心悚然。
自由表达无顾虑,直言不讳百姓间。

所述事件未述完,绅士莫拉被推选。[9]　50
声名遐迩播四方,经验丰富善谈判。
葡国血统名门后,曾任国王外事官。
自鸣得意信心足,志在千里人非凡。

畏威怀德善谋算,资深外交富经验。
事业权利两需要,洞察秋毫人干练。
勿用暴力继王位,不教统治秩序乱。
纯粹正义具威严,依据律典法自然。

- 第三十七歌 -

治国理政遵法典,祈望国王择至善。
面对祖国基督教,前面道路具风险。
恪尽职守侍国王,中正安宁平骚乱。
兴邦利国走正路,顺利继承掌王权。

百姓内部人涣散,莫名其妙生骚乱。
宣誓直白坦荡荡,中伤辱骂声连连。
持之以恒善治理,政通人和许多年。
继承王位遵律章,合法王子皇权传。

莫拉特使传信件,传递腓力意图函。
堂恩里克接旨烦,不屑一顾人漠然。
信函表明公正意,国王裁决做判断。
千方百计寻借口,模棱两可避明言。

鉴于谈判事拖延,兹事体大任务艰。 55
本地百姓性傲慢,有其匡谏发言权。
为使事态得进展,达权通变求妥善。
腓力再派钦差官,吉隆公爵被召遣。[10]

瓜迪奥拉做陪伴,学者风范人勤勉。[11]
违抗和平违协议,损失蹙迫勿拖延。
谋事在人成在天,意见不同分歧显。
国王登基秉章典,千丝万缕一刀断。

大事解决尽完善,蹚过泥泞走险滩。
盲目狂热成骚乱,立国抚民保安全。
隐藏仇恨勿翻悔,煊赫一时重任担。
均属皇室参议院,堂恩里克所差遣。

罗德里戈处事严,理直气壮事精干。[12]
久经锻炼见效验,满腹经纶善判断。
另一高人非一般,堂莫利纳博士衔。
人才老练被挑选,高风亮节多主见。

堂恩里克情报全,消除疑虑心坦然。
紧急召开御前会,告知仍享国王权。
广告固执众黎民,共同利益摆面前。
法典自由将兑现,对其仰慕又还原。

- 第三十七歌 -

年迈国王人谨慎,心胸顾及所有人。　　60
尽快执行遵法典,亲侄掌权尽放心。
拖泥带水事难成,商谈悬念意味深。
观照所有附属国,优势共享托皇恩。

迟钝国王神不定,逻辑混乱难辨明。
人到命悬一线时,生死有数天主定。
继承承继费心机,造反百姓冷无情。
竭尽全力反罪恶,武装力量正义行。

原先民众心竭诚,为其设法求和平。
小心翼翼少生事,送礼承诺少纷争。
倔强刁民持己见,享受福利不领情。
所有敌意公开化,权利理性门不通。

谁说自己万事通,谈天说地比我行。
喧闹刺耳号角声,旌旗猎猎舞东风。
全副武装血腥味,西葡两国动刀兵。[13]
海陆开仗战鼓响,战争机器正开动。

武器凶恶箭在弦,法律正义也可见。
仁慈伟大树典型,敌意邪恶任泛滥。
慷慨解囊气魄大,塞满口袋虎狼贪。
微小区别色斑斓,作家挥笔写千般。

笔饱墨酣写唱诵,洋洋洒洒诗文成。
腓力提供好素材,一片沃土田畴平。
天时地利人平和,胜过无果勤笔耕。
无果劳动如拙作,枯燥无味腹中空。

走南闯北跑西东,本人穿越北极冰。
南极地势低洼平,两极蛮荒待出征。
开航未通各港湾,斗转星移春夏冬。
陛下王冠光普照,直融南极厚冰层。

天南海北留踪影,跟随陛下脚不停。
意奥德国英格兰,乞求陛下做头领。
愤怒战鼓轰鸣响,效劳陛下秘鲁行。
剑拔弩张愤怒声,反叛陛下动刀兵。

第三十七歌

反叛土著受严惩,屈服统治心不平。
阿拉乌戈骚乱地,摆脱桎梏套脖颈。
冗长战争谋征服,憎恨统治暂屈从。
本人继续随远征,赤地千里草不生。

弗愿陛下勉强听,臣下劳作蕴苦痛。
饥饿干渴忍冷热,衣不蔽体无接应。
攀登千山渡万水,不毛之地无路行。
千难万险蛮荒路,无意重叙凄惨景。

莫说事件何所终,飙升队长造极刑。
吾被无端缚广场,险被斩首示公众。
莫说长期被监禁,小题大做遭罚惩。
莫说遭受千般罪,活受比死罪孽重。

壮志常在未懒慵,效劳陛下臣忠诚。
万念俱灰头昏厥,破浪前进船顶风。
长途跋涉履艰险,船体破损踏歌行。
运蹇时乖命不顺,高飞远走愿负重。

矢志不渝尊宿命，无奈大胆跳火坑。
迷途知返上正路，路途艰难踏征程。
疲于奔命多烦恼，值得奖赏值赞颂。
荣誉存在未享有，相信功到自然成。

懦夫终究会失宠，走投无路陷困境。
手足无措停脚步，无可奈何停笔耕。
陛下功德比天高，数不胜数应褒颂。
臣当功成身退下，另有能人另歌声。

最后一歌表真情，航船弗能遥远行。
忐忑不安寻港湾，老练船长也懵懂。
人命危浅在旦夕，结束生活结束命。
寿命不定路不定，歧路亡羊无所宗。

亡羊补牢臣侥幸，垂死挣扎得善终。
报到上帝永不迟，时时刻刻心宁静。
上帝永远慈悲心，孽障之人不惶恐。
宽厚上帝具慧眼，不计冒犯计奉公。

- 第三十七歌 -

世人面前吾放纵，曾有绚丽锦绣程。
走南闯北崎岖路，深孚众望无建功。
碌碌无为过半生，冒犯上帝大不敬。
知过必改归正道，长歌当哭史诗终。　　　76

2022 年 9 月 29 日　完成译稿
　　　时值耄耋之年
　　文化部参赞段继承

- 第三卷 -

注 释

1 西班牙和葡萄牙同处伊比利亚半岛,公元861年,葡萄牙国王阿方索宣布葡萄牙脱离西班牙独立,但西班牙却不予承认。为此两个国家经历了三百多年的战争,直到公元1143年,西班牙才承认葡萄牙是一个独立国家。1494年,西班牙和葡萄牙签订《托尔德西里亚斯条约》,双方约定:在西经41°—45°之间划一分界线(位于佛得角群岛以西约1770公里或1100英里),凡在分界线以东新发现的土地划归葡萄牙势力范围,而以西新发现的土地则划归西班牙势力范围。这一分界线由教皇亚历山大六世作保,被称为"教皇子午线"。15—16世纪,虽然葡萄牙在海外拥有大量的殖民地,但却于1580年再次被西班牙国王腓力二世率兵侵占。直到1640年葡萄牙才摆脱了腓力王朝的统治。因此,在葡萄牙人看来,他们的海上霸主地位之所以会衰败和坠落,也全是因为西班牙的缘故,是西班牙人将他们拖入战争,国家的财富也毁之殆尽。本歌中反复提到的就是腓力二世与葡萄牙国王之间的战争。

2 菲力·佩德罗·斯特罗兹(Felipe Pedro Strozzi, 1541—1582),出身意大利佛罗伦萨的斯特罗兹贵族家庭。父亲曾任法国军队元帅。菲力本人曾在法国官廷中担任侍从。后来继承父亲的领主头衔和法国军队司令的职位。在第三群岛的战役中指挥过法葡联军。由于西法两国签订和平协议,菲力·斯特罗兹所领导的军队被当成海盗,大多被砍头。菲力·斯特罗兹本人也被处死,尸体被抛入大海。

3 此处指葡萄牙第16任国王塞巴斯蒂安一世(Sebastián I, 1554—1578)。1554年1月20日出生,其母是腓力二世的妹妹胡安娜,所以是腓力的外甥。1578年8月4日死在摩洛战场上。塞巴斯蒂安是好战分子,自童年起就立下志愿——征服北非的摩洛哥。1578年6月24日,塞巴斯蒂安以"基督士兵"的声名,指挥一支令人惊讶的800艘军舰和18,000人的军队(大多都是葡萄牙贵族精英),离开里斯本。8月4日在阿尔卡萨吉维尔平原对战摩洛哥军队,几乎所有葡萄牙军队都被穆斯林军队消灭,年仅24岁的塞巴斯蒂安一世也在战斗中丧生(溺死在马哈赞河中)。他的遗体被送回葡萄牙,埋葬在

790

- 第三十七歌 -

里斯本的贝伦修道院。他的死引发了一系列复杂的王位继承问题。本歌的主题即为葡萄牙的王位继承和腓力二世成为葡萄牙国王的历史事件。

4 这首诗第5句原文写道：derrocó cuatro reyes, ahogando。对此做如下解释：塞巴斯蒂安一世于1578年8月4日在摩洛哥发动入侵的战役被称为"马哈赞河之战"，俗称"三王之战"。在"马哈赞河之战"的过程中，三位国王相继死去。这三位国王是：葡萄牙国王塞巴斯蒂安一世（Sebastián I），被废除的前摩洛哥苏丹穆利·穆罕默德·穆塔瓦基尔（Muley Muhammad al-muta wakil），前两位国王同时溺死马哈赞河中。次日摩洛哥在位苏丹穆利·阿布德·马利克马利克（Muley Abd Malik）暴病而亡。而诗中所说四位国王，也可能把两年后病逝的恩里克一世计算在内。

5 堂恩里克，即恩里克一世（Enrique I de Portuga，1521—1580）。1512年1月31日出生于葡萄牙里斯本，父亲是葡萄牙曼努埃尔一世国王，母亲玛丽亚是西班牙人。葡萄牙第十八任国王阿维斯王朝的最后一位国王，统治葡萄牙两年。因为没有子嗣，使西班牙国王腓力二世成为葡萄牙国王。恩里克从他出生起，就决定了他的教会生涯。他接受过一流的教育，学习希腊语、拉丁语和希伯来语，还专门学习数学。他在教会等级中步步高升，先后于1533年年22岁即成为布拉加地区主教；1540年成为埃沃拉地区主教；1545年他被教皇保罗三世授予红衣主教的尊称，即将被选为教皇的继任者。1564年成为里斯本大主教。1575—1578年再次担任埃沃拉地区红衣主教。后来成为天主教会枢机主教（红衣主教）。恩里克于1580年1月31日在葡萄牙的阿尔梅林去世，享年68岁。

6 葡萄牙国王恩里克病逝后，王位的诸多候选人中，有三人呼声最高：第一位是布拉甘萨女公爵卡塔琳娜（Doña Catarina, Duquesa de Braganza, 1540—1614），杜阿尔特的次女，其父为曼努埃尔一世之子，母亲伊莎贝尔为哈伊梅公爵的女儿，都是葡萄牙皇族的直系亲属，但葡萄牙历史上从未有过女性国王；第二位是安东尼奥，私生子出身；第三位是西班牙国王腓力二世，因为他的母亲是葡萄牙人，是葡萄牙第14任国王曼努埃尔一世（1495—1521在位）的外孙。当时，葡萄牙的贵族中精英和社会要人都倾向于选腓力二世，认为西葡两个王国的联合或许是解决葡萄牙社会危机的唯一出路。

- 第三卷 -

7 杜阿尔特（Duarte, 1515—1540），葡萄牙第12任国王曼努埃尔的儿子、若昂二世（1502—1557）的弟弟，喜欢打猎和音乐。

8 安东尼奥（don Antonio, 1531—1595），葡萄牙第15任国王若昂二世的兄弟、贝贾公爵路易斯（1506—1555）的私生子、若昂二世的侄子。因此，在葡萄牙第17任国王恩里克去世后，他自己认为有权利继承王位（葡萄牙历史上有过私生子继承王位的先例——若昂一世即佩德罗一世的私生子）。而且在第16任国王塞巴斯蒂安去世后，安东尼奥在葡萄牙的拥护者曾尊称他为安东尼奥一世。虽然遭到恩里克和选举委员会的拒绝，安东尼奥仍然竭尽全力争夺王位，他曾得到法国和英国的军力支持，可惜均被腓力二世的军队打败，无奈之下，安东尼奥只好逃到法国。1595年，安东尼奥病死在巴黎。

9 莫拉（Cristóvão de Moura Távora, 1538—1613），葡萄牙绅士，出生于里斯本，逝世于马德里。在葡萄牙王位继承危机期间他站在西班牙一方，是腓力二世在葡萄牙统治的得力助手，因此在1594年获得伯爵称号。

10 佩德罗·吉隆（Pedro Girón, 1575—1624），第三代西班牙奥苏纳公爵。

11 胡安·克里斯托瓦尔·德·瓜迪奥拉（Juan Critóbal de Guardiola, 1550—1626），西班牙法学博士、律师。

12 罗德里戈·巴斯克斯（Rodrigo Vázquez, 1529—1599），西班牙卡斯蒂利亚皇家委员会委员、宗教裁判所委员。在葡萄牙国王塞巴斯蒂安一世逝世后的王位继承危机期间，作为腓力二世的特使前往葡萄牙解决王权继承问题。

13 1580年1月，堂恩里克一世逝世，腓力二世为了夺取葡萄牙王位，于同年6月开始出兵葡萄牙，至此葡萄牙王位继承战争开始。战争是在西班牙腓力二世和英法两国支持的王位争夺人安东尼奥之间进行。1580年6月，西班牙的阿尔瓦公爵率领西班牙军队深入葡萄牙境内，直抵巴达霍斯。为配合西班牙陆军的行动，圣克鲁斯侯爵率领一支西班牙舰队在7月8日从加的斯港出发，沿海岸北上。7月下旬，安东尼奥在圣塔伦宣布自己为葡萄牙国王，随后里斯本、圣塔伦、塞图巴尔等地表示拥戴。8月，西班牙军队海陆并进在塔古斯河河口的海湾汇合。里斯本的安东尼奥虽不乏支持者和资源，但时间过于紧迫而来不及采取有效措施救亡图存，也无力阻止贵族和部队不断向阿尔法公爵投降。8月25日，安东尼奥在里斯本以西10英里的阿尔坎塔拉沿着山谷

- 第三十七歌 -

和河面组织了最后的防线。10月底桑乔·德·阿维拉的骑兵在登陆后迅速突袭,迫使安东尼奥离开最后的庇护所继续北逃,直到找到一艘英国船把他运走。随着波尔图之战的结束,葡萄牙本土已被征服,这场军事行动前后不过四个月。1580年12月,腓力二世迁居里斯本,将这里作为西班牙帝国的首都,翌年3月在此加冕为葡萄牙国王。1581年初,安东尼奥流亡到巴黎,后来虽有外力支持做过一些垂死挣扎,但都无济于事。

译名对照表

第一卷

献辞

Flandes 弗兰德斯
Doña María 堂娜玛利亚
Francisco Hernández Girón 弗朗西斯科·埃尔南德斯·赫隆
Alonso de Ercilla y Zúñiga 阿隆索·德·埃尔西亚·伊·苏尼卡

第一歌

Arauco 阿拉乌戈
Venus 爱神维纳斯
Amón 阿蒙
Inga 印加
Maule 毛利
Diego de Almagro 迭格
Pedro de Valdivia 瓦尔迪维亚，瓦帅
Ainaullo (Ainavillo) 埃纳维佑
Biobío 比奥比奥
Penco 彭科
Nibequetén 尼维根腾
Andalicán 安达琏
Coquimbo 科金博
Santiago 圣地亚哥
Angol 安科尔
Imperial 帝国城
Villa Rica 比亚里卡
Lago 湖城

第二歌

Colocolo 科罗科罗
Tucapel 图卡贝尔
Angol 安科尔，安科
Cayocupil 卡约古比
Elicura 艾力古拉
Ongolmo 翁戈尔茂
Milarapue 米亚拉普
Paicabí 帕伊卡比
Lemolemo 雷茂雷茂
Mareguano 马雷瓜诺
Gualemo 瓜雷茂
Lebopía 莱博比亚
Lincoya 林戈亚
Peteguelén 贝特戈愣
Caupolicán 考波利坎
Pilmayquén 比马依根
Tomé 图梅
Purén 布楞
Apolo 阿波罗神
Titón 提东
Palta 帕尔塔
Cayeguano (Cayeguán) 卡耶瓜诺（卡耶瑄）
Alcatipay 阿尔卡迪
Talcaguano 塔卡瓜诺
Belona 柏洛娜
Cíclopes 库克罗普斯
Carlos 卡洛斯

第三歌

Lautaro 拉乌塔罗
Bobadilla 博巴迪亚
Mareande 马雷安德
Scévola 斯凯沃拉
Curcio 科西奥
Horacio 贺拉斯
Furio 富里奥
Leonidas 雷奥尼达斯
Fulvio 富尔维奥

795

- 译名对照表 -

Cincinato 辛西那托
Marco Sergio 马尔科·塞尔吉奥
Marcelo 马尔塞罗
Filón 菲洛
Sceva 斯塞瓦
Dentato 登塔托
Diego Oro 迭格·奥罗
Payinaguala 帕伊那瓜拉
Leucotón 雷乌克东
Juan de Lamas 胡安·德·拉马斯
Reinoso 雷伊诺索
Juan de Gudiel 伊万（胡安·德·古迭尔）
Guaticol 瓜迪戈尔
Andrés de Villarroel 安德烈斯
Juan de las Peñas 胡安·德·拉斯·佩尼亚斯
Leocato 雷奥卡托

第四歌

Alonso Cortez 阿隆索·科尔特斯
Juan Morán de la Cerda 胡安·莫兰·德拉·塞尔达
Gonzalo Hernández 冈萨罗·埃尔南德斯
Sebastián Martínez de Vergar 塞巴斯蒂安·马丁内斯·德·维尔加拉
Martín de Peñaloza 马丁·德·佩尼亚洛萨
Andrés Hernández de Córdoba 安德烈斯·埃尔南德斯·德·科尔多瓦
Lorenzo Manríquez 罗伦索·曼里克斯
Sancho Escalona 桑乔·埃卡罗纳
Pedro Niño 佩德罗·尼诺
Gabriel Maldonado 加布里埃尔·马多纳
Diego García Herrero 迭格·加西亚·埃雷罗
Andrés de Neira 安德烈斯·德·内拉
Gregorio de Castañeda 格雷戈里奥·德·卡塔涅达
Juan Gómez de Almagro 胡安·戈麦斯·德·阿尔马格罗
Nereda 内雷达
Guacón 瓜贡
Narpo 纳尔波
Caalvete 卡尔维特

Carlos Quinto 查理五世
Francisco de Villagrán 弗朗西斯科·德·比亚格兰
Cautén 卡乌腾
Talca 塔卡
César 恺撒

第五歌

Castilla 卡斯蒂亚（卡斯蒂利亚）
Curiomán 古里奥曼
Diego Cano 迭格·卡诺
Mongibello 蒙吉贝洛
Torbo 窦豹
Corpillán 科尔比央
Pedro de Olmos de Aguilera 阿吉雷拉
Guancho 关乔
Canio 卡尼奥
Pillo 皮略
Titaguano 提塔瓜诺
Hernando Alvarado 埃尔南多·阿尔瓦拉多
Juan Alvarado 胡安·阿尔瓦拉多
Peña 贝那
Pompeo 庞培
Aquiles 阿喀琉斯
Palta 帕尔塔

译名对照表

Ron 罗恩
Bernal 贝尔纳尔
Pedro de Aguayo 佩德罗·德·阿瓜约
Ruiz 鲁伊斯
Pantoja 潘多哈

第六歌
Mailongo 麦龙
Guamán 瓜曼
Tifeo 堤福俄斯

第七歌
Concepción 康塞普西翁
Fama 珐美
Doña Mencía de Nidos 堂娜梅西娅
Paulo 保罗
Mapochó 马波乔
Pillán 比央
Talcamávida 塔卡玛维达
Troya 特洛伊
Nerón 尼禄
Leocán 雷奥坎

第八歌
Puchecalco 普切卡克
Serena 塞莱纳
Eponamón 艾博那蒙神,蒙神

第九歌
Pillolco 皮约尔克
Caniomangue 卡纽曼戈
Lepomande 雷波曼德
Chilcano 奇尔卡诺
Ortiz 奥尔迪斯
Torquín 朵金
Atropos 阿特洛波斯
Ícaro 伊卡洛斯
Ibarra 伊巴拉
Rengo 连科

第十歌
Orompello 奥罗贝约
Guambo 瓜博
Crino 科力
Mauropande 马乌罗班德
Talco 塔尔科
Anteo 安泰
Alcides (Hércules) 赫丘利（赫拉克勒斯）

第十一歌
Pedro de Villagrán 堂佩德罗

第十二歌
Marco Veaz 马尔可·贝阿兹
los mapochós 马普切人
Cañete 卡涅特
Marcos 马尔科斯
Itata 伊塔（河）
Mataquito 马塔基多
Los Reyes 国王城

第十三歌
Jerónimo de Alderete 吉罗尼莫·德·阿尔德雷特
García Hurtado de Mendoza 堂加西亚·乌尔塔多·德·门多萨
Quito 基多
Loja 洛哈
Piura 比乌拉
Jaén 哈恩
Trujillo 特鲁希略
Guánuco 瓜努科
Guamanga 瓜曼加
Arequipa 阿雷基帕
La Paz 拉帕斯
Cuzco 库斯科
los Charcas 查尔卡斯
Taboga 塔波加岛
Guarco 瓜尔科
Chincha 钦查
Nasca 纳斯卡
Atacama 阿塔卡马
Guacolda 瓜科尔丹

第十四歌
Millapol 密亚波尔
Picol 比科尔

── 译名对照表 ──

Guacoldo 瓜科尔多
Nico 尼科
Polo 波罗
Guarcondo 瓜尔孔多
Pon 波恩
Cron 科隆
Lauco 拉乌科
Andrea 安德雷阿
Génova 热那亚
Quilacura 基拉古拉
Colca 科尔卡
Maulén 茂愣

第十五歌
Dante 但丁
Ariosto 阿里奥斯多
Petrarca 彼特拉克
Lucano 卢卡诺
Lombardo 伦巴尔多
Lasarte 拉萨尔特
Talcuén 塔尔昆
Titalguán 迪塔瑄
Norpa 诺帕
Longoval 隆戈瓦尔
Galvo 加沃

Gabriel de Villagrá 加夫列尔
Zinga 辛格
Sylla 苏拉
Mallén 马琳
Sangallá 桑家垭
Chaule 查乌勒
Arica 阿里卡
Copiapó 科比亚波
Eolo 佛洛,埃俄罗斯
Ligua 里瓜
Quillota 基洛达

第二卷

献辞
Don Juan de Austria 堂胡安·德·奥地利

第十六歌
Amiclas 阿米克拉
Euricio 尤利西斯
Millalauco 密亚乌戈

第十七歌
San Quintín 圣金廷
los tirios 提罗人
Dirrachio 迪拉契奥
Gracolano 格拉科拉诺
Diana 戴安娜
Carlos Quinto 查理五世

Cáceres 卡塞雷斯
Julián Romero 胡利安·罗梅罗
Navarrete 纳瓦雷特

第十八歌
Andalot 安达劳特
Saboya 萨沃伊
Henrico 恩里克
Carlos IX 查理九世
Peñón 佩诺
Rodolfo 鲁道夫
Ernesto 埃内斯托
Diestristán 迪特里希斯坦
Malta 马耳他

San Telmo 圣特尔莫
Solimano 索利马诺
César Augusto 恺撒·奥古斯都
Panonia 帕诺亚
Trasilvano 特拉西尔
Dalmacia 达尔玛
Corvacia 克拉科夫
Siguet 西格
Granada 格拉纳达
los moros 摩尔人
Segovia 塞哥维亚
Danubio 多瑙
Viena 维也纳

- 译名对照表 -

Cipres 塞浦路斯
Famagusta 法玛古斯多
Fitón 费东
Doña María de Bazán 堂娜·玛利亚·德·巴桑

第十九歌
Pinol 皮诺
Martín de Elvira 马丁·德·艾尔维拉
Gracolán 格拉克兰
Guampicol 瓜比克尔
Surco 苏尔克
Longomilla 隆戈米亚
Fenistón 费尼东
Iulián de Valenzuela 胡琏
Felipe Hurtado 菲利普·乌尔塔多
Francisco de Andía 弗朗西斯科·德·安迪亚
Espinosa 埃斯皮诺萨
Alonso Pacheco 阿隆索·帕切戈
Ortigosa 奥尔蒂戈萨
Simón Pereira 西蒙·佩雷拉
Vasco Juárez (Basco Xuárez) 苏亚雷斯
Carrillo 卡里略
Antonio de Cabrera 安东尼奥·德·卡布雷拉
Arias Pardo 阿里亚斯·帕尔多
Riberos 里贝罗斯
Juan de Torres 胡安·德·托雷斯
Garnica 加尔尼克
Campofrío 坎波弗里奥
Martín de Guzmán 古斯曼
Hernando Pacho 埃尔南多
Gutiérrez 古铁雷斯
Zúñiga 苏尼卡
Berrío 贝里奥
Ronquillo 隆基略
Lira 里拉
Osorio 奥索里奥
Vaca 瓦卡
Ovando 奥班多
Bustamante 布斯塔曼特
Mejía 梅西
Diego Pérez 迭戈·佩雷斯
Saldaña 萨尔达亚

第二十歌
Gualebo 瓜雷波(河)
Crepino 格莱比诺

第二十一歌
Dido 黛朵
Lucrecia 卢克雷蒂娅
Virgilio 维吉尔
Penélope 珀涅罗珀
Camila 卡米拉
Fulvia 福尔维娅
Judic 胡迪克
Hippo 伊波
Tucia 杜西亚
Cloelia 克罗艾莉亚
Porcia 玻尔西亚
Virginia 比尔赫尼亚
Sulpicia 苏尔比西亚
Alcestes 阿尔塞斯特斯
Cornelia 科尔内里亚
Tulcomara 图克马拉
Caniotaro 卡纽塔罗
Millalermo 米亚雷茂
Picoldo 比克尔多
Cuacol 瓜科尔
los puelche 布艾尔切人
los llaucos 亚乌戈人
Peicaví 佩伊卡维
Curgo 库尔科
Millo 米罗
Teguán 特筁
Lambecho 拉姆贝乔
Guampicolo 瓜母柯罗
los plimayquenes 普利马依根人
los tuncos 敦科人

- 译名对照表 -

los renoguelones 雷诺根隆人
los pencones 彭孔人
los itatas 伊达人
los mauleses 毛莱人
Cauquén 卡乌艮

第二十二歌
Galbarino 加瓦利诺
Juan Remón 雷蒙
Hernán Pérez 埃尔南·佩雷斯
Miranda 米兰达
Juan Jufré 堂胡安（胡安·胡弗雷）
Pedro de Avendaño 堂彼得·阿文达纽
Escobar 埃斯科瓦尔
Ulloa 乌约阿
Aranda 阿兰达
Losada 洛萨达
Juan López de Gamboa 洛佩斯
Yanacona 亚那克纳
Chilca 奇卡

第二十三歌
Chayllacano 查伊坎
Rauco 拉乌科
Guaticolo 瓜迪科洛
Guarcolo 瓜尔克罗

Ausonio 奥索尼奥
Marco Antonio 马可·安东尼奥
Lepanto 勒班陀
Plutón 普鲁东
Carón 喀戎
Demogorgon 狄莫尔格翁
Aqueronte 悲河阿刻戎
Cocito 无奈河科西托斯
Flegetonte 火河佛勒戈同
Leteo 忘河勒忒
Hécate 赫卡忒
Erebo 冥府

第二十四歌
Ochalí 奥察里
Musas 缪斯
Juan de Soto 德索托
Mohamud 穆罕默德
Andrea Doria 安德雷阿·多里亚
Augustín Barbarigo 奥斯丁·巴巴里戈
Lomelino 雷美舰
Santa Cruz 圣克鲁斯
Sirocco 西罗柯
Mémethbey 贝伊
Carabey 卡拉贝伊
Gange 恒河
Príamo 普里阿莫

Marco Antonio Colona 马可·安东尼奥·科罗纳
Quinto Pío 庇护五世
Alejandro Farnesio 亚历山大·法内西奥
Príncipe de Parma 帕尔玛王子
Monsieur de Leñí 雷尼先生
Urbino 乌尔比诺
Don Luis de Requesens 堂路易斯·德·雷格森斯
Conde de Pliego 普列戈伯爵
Don Fernando 堂费尔南多
Bernardino 贝纳迪诺
Sebastiano Veniero 塞巴斯蒂安·贝尼罗
Famagusta 法码古塔
Iuan de Cardona 堂伊万（胡安·德·卡尔多纳）
Héctor Espínola 埃克托·埃比诺拉
Liguria 利古里亚

第二十五歌
Millarapué 米亚拉普
Berzocano 贝索卡
Tambo 丹波
Rodrigo de Quiroga 罗德里

800

- 译名对照表 -

戈·德·基罗加
Monguía 蒙基亚
Pereda 佩雷达
don Luis de Toledo 堂路易斯
Carranza 卡兰萨
Castillo 卡斯蒂略
Paredes 帕雷德斯
Guillermo 吉列尔莫
Trulo 特鲁罗
Changle 昌勒
Brancolo 布朗科洛
Santillán 桑迪扬
don Pedro de Navarra 纳瓦拉
Ávalos 阿瓦罗斯
Viezma 维斯玛
Bastida 巴斯蒂达
Galdámez 加尔达梅斯
don Francisco Ponce 堂弗朗西斯科·彭塞
Yuarra 苑拉
Vega 维加
Segarra 塞加拉
Velázquez 委拉斯凯兹
Verdugo 维尔图戈
Prado 普拉多
Alegría 阿莱格里亚
Barrios 巴里奥斯
Diego de Lira 迭格·德·里拉
Coronado 科罗纳多
don Juan de Pineda 堂毕聂达
Florencio de Esquivel 弗洛伦西奥·德·爱斯基维尔
Altamirano 阿尔塔米拉诺
Villaroel 维亚罗艾尔
Vergara 维尔加拉
Lago 拉戈
Dorán 杜兰
Godoy 戈多伊
Andicano 安迪加诺
Jarama 哈拉玛
Turcia 图尔西亚

第二十六歌

Manrique 曼里克

第二十七歌

Glaura 格拉乌拉
Calcedonia 卡塞多尼亚
Bósforo 博斯普鲁斯
Tracia 色雷斯
Lidia 利迪亚
Caria 卡利亚
Licia 利西亚
Licaonia 里卡尼亚
Panfilia 潘菲拉
Bitinia 比蒂尼亚
Galacia 加拉西亚
Paflagonia 帕夫拉戈尼亚
Capadocia 卡帕多西亚
Farnacia 法纳西亚
Persia 波斯
Eufrates 幼发拉底
Nazarén 拿撒勒
Palestina 巴勒斯坦
Gabriel 大天使加百利
Bermejo 伯梅哈
Moisén 摩西
Ormuz 霍尔木斯
Arabia 阿拉伯国
Félix 菲利克斯
Carmania 卡马尼亚
Susiana 苏西亚纳
Drangiana 特朗伽那
Aracosía 阿拉克西亚
Catay 契丹
Canta 甘哒
Molucas 摩鹿加
Taprobana 塔普罗巴纳
Tartaria 鞑靼
Trapisonda 特拉皮松达
Mayor 马约
Cirro 基罗
Iberia 伊比利亚
Cáucaso 高加索
Colcos 科尔喀斯
Medea 美狄亚

- 译名对照表 -

Iasón 伊阿宋	los guineos 几内亚人	Hibernia 海伯尼亚
Tauris 大不里士	Apolonia 阿波罗尼亚	Dacia 达契亚
Soltania 索尔塔尼亚	Sirtes 希尔特斯	Dantisco 丹迪斯克
Taborlán 帖木儿	Trípol 的黎波里	Gocia 格西亚
Tigris 底格里斯	Túnez 突尼斯	Zelandia 泽兰蒂亚
Mesopotamia 美索不达（米亚）	Cartago 迦太基	Moscovia 莫斯科维亚
	Sicilia 西西里岛	Tanais 塔纳伊斯
Partia 帕特里亚	Cerdeña 撒丁岛	Livonia 利沃尼亚
Media 梅迪亚	Córcega 科西嘉岛	Samagocia 萨摩格西亚
Hircano 哈扎尔	Nápoles 那不勒斯	Podolia 波多利亚
Asiria 亚述	Toscana 托斯卡纳	Silesia 西里西亚
Semiramís 塞弥勒弥	Siena 锡耶纳	Moravia 摩拉维亚
Nino 尼驽斯	Bolonia 博洛尼亚	Corvacia 科尔瓦西亚
Alexandre 亚历山大	Ferrara 费雷拉	Trasilvania 特拉西瓦尼亚
Preste 普莱斯特	Padua 帕多瓦	Valaquia 瓦拉吉亚
Sceva 艾斯塞瓦	Mantua 曼托瓦	Morea 莫雷
Gogia 戈吉亚	Carmona 卡莫纳	Candia 坎迪亚
Beguemedros 贝格梅德	Placencia 普拉圣西亚	Rodas 罗德岛
Dambaya 达姆巴亚	Pavía 帕维亚	Iudea 尤伊代阿
Amara 阿玛拉	Piamonte 皮亚蒙特	Vizcaya 比斯开
Meroe 麦罗埃	León 莱昂	Bermeo 贝尔梅奥
Dultibea 杜提比亚	Bayona 巴约纳	Ercilla 埃尔西亚
Libia 利比亚	Burdeos 波尔多	Burgos 布尔戈斯
Garamanta 卡拉曼塔	Putiers 普捷	Logroño 洛格罗尼奥
Gambra 冈比亚	Orliens 奥连斯	Pamplona 潘普洛纳
mandingos 曼丁戈人	Paris 巴黎	Valladolid 巴亚多利德
los monicongos 摩尼刚果人	Perona 佩罗那	Medina 美狄娜
los zapes 扎贝人	Brabante 布拉班特	Segovia 塞戈维亚
los biafras 比亚法拉人	Gueldres 格尔德雷	Aranjuez 阿兰怀兹
los gelofos 赫洛夫人	Frisia 弗里西亚	Tajo 塔霍河

- 译名对照表 -

Cádiz 加的斯
Canaria 加纳利
Hierro 铁岛
las Terceras 第三群岛
Colón 哥伦布
San Juan 圣胡安
Dominica 多米尼加
Bahama 巴哈马
Florida 佛罗里达
Jalisco 哈里斯科
Mechoacán 米却阿肯
Capria 卡比拉山
Cartagena 卡塔赫那
Santa Marta 圣马尔他
Vela 维拉
Cartama 卡尔塔马
Arma 阿尔玛
Cali 卡利
Popayán 博巴洋

Pasto 帕斯托
Guayaguil 瓜亚基尔
Túmbez 图穆贝兹
Paita 帕亚塔
Zarza 撒尔撒
Cordillera 科尔蒂耶拉
los chachapoyas 查查波亚人
Chuqiabao 丘基亚博
Potosí 波托西
Gaboto 加波托
los copayapos 戈帕亚波人
Magallanes 麦哲伦
Zabú 撒布
Matán 马坦
Bruney 布鲁尼
Bohol 薄荷岛
Gilolo 吉洛洛
Terrenate 特雷纳特

Machián 马希安
Mutir 穆蒂尔
Badán 巴丹
Tidore 提多列
Mate 马特
Miguel de Velasco 米格尔

第二十八歌
Friso 费利索
Fresolano 斐索拉诺

第二十九歌
Agesilao 阿格西劳
Mario 马里奥
Casio 卡西欧
Filón 费隆
Codro 科德隆
Ateniense 阿特涅塞
Régulo 雷古罗
Uticense 乌迪森塞

第三卷

第三十歌
Pran 布兰
Andresillo 小安德烈
Tirú 迪鲁

第三十二歌
Lauca 拉乌卡
Eneida 埃涅阿斯

Siqueo 西格
Tiro 提罗
Belo 马丹
Pigmaleón 比格马隆

第三十三歌
Biserta 比塞尔塔
Sirtes 希特

Licudia 里古蒂亚
Ciervo 西埃沃
Lampadosa 兰佩杜萨岛
Yarbas 亚尔瓦斯
Fresia 斐雷茜雅

第三十四歌
Aníbar 汉尼拔

803

― 译名对照表 ―

Vulcano 伏尔卡诺

第三十五歌

Tunconabala 东科纳瓦

Ancud 安库

第三十六歌

Quipeo 基贝

Callao 卡亚俄

Marañón 马拉尼翁河

Lope de Aguirre 洛佩·德·阿吉雷

第三十七歌

Felipe Strozi 菲力·斯特罗兹

Guadalupe 瓜达卢佩

don Enrique 堂恩里克

doña Catalina 卡塔琳娜

don Duarte 杜阿尔特

don Antonio 安东尼奥

Cristóbal Mora 莫拉

Pedro Girón 吉隆

Guardiola 瓜迪奥拉

Rodrigo Vázquez 罗德里戈

Molina 莫利纳

译后记

我用一首打油诗作为开场白。打油诗也是诗。

退休蜗居享清闲，　　失落迷茫夜少眠。
电视报纸一杯茶，　　慵慵懒懒过一天。
偶尔打开笔记本，　　有幸读到《再生缘》。
《阿拉乌戈人》史诗，如今译成弹词篇。

首先我想说：翻译《阿拉乌戈人》是无心插柳之事，翻译《阿拉乌戈人》是不自量力之事，翻译《阿拉乌戈人》是煞费苦心之事。

当此《阿拉乌戈人》付梓之际，我也可以大言不惭地说：翻译《阿拉乌戈人》是非常伟大之事。

我翻译西班牙巨篇史诗《阿拉乌戈人》纯属三个偶然，或者说是四个字：无心插柳。2015年在一次整理书架时偶然发现一本很沉的书，长约40公分，宽约20公分，重约3公斤。是

– 译后记 –

一本从未见过的特大开本书。翻开一看书名是 *La Araucana*（《阿拉乌戈人》）精装本。扉页上写：A mi gran amigo Duan Jicheng, con estimación y afecto, como signo de amistad.（赠给我要好的朋友段继承为表示敬意和深情，谨以此书作为友谊的象征），署名 Vittor Di Girrolamo y familia（维托尔·迪·吉罗拉莫及家人）。记得那是侨居智利并在智利文化界工作的一位意大利籍老朋友。日期是 1983 年 5 月。我当时正在中国驻智利使馆任文化专员。因为书太重，浏览几页就随便放下了。这是第一个偶然。

差不多是在同一时间，无意之中从网上读到一本叫《再生缘》的书，是清朝中叶的一部弹词作品。作者是杭州才女陈端生（1751—约 1796）。书中讲述了元朝成宗时尚书之女孟丽君与都督之子皇甫少华的悲欢离合的爱情故事。原作共 17 卷，近 60 万字。此书被陈寅恪教授赞为弹词篇中最杰出者，可以和印度、希腊的几部伟大史诗相比。郭沫若先生读过四遍之后对作品同样给予很高评价。我被书中的故事情节感动，被那个江南小女子的才华和写作能力所折服。作者开始写《再生缘》时才十八岁芳华。我尤其对书中的七言叙事格律诗风产生浓厚兴趣，油然萌生以此格律翻译《阿拉乌戈人》的奇思妙想。并开始试着用类似《再生缘》七言格律翻译《阿拉乌戈人》的第一卷第一歌。现在这个《阿拉乌戈人》译本就是彻头彻尾地模

- 译后记 -

仿《再生缘》七言叙事弹词说唱风格的翻译作品。

第三个偶然，2015年底和中学同窗老友聚会时与北大赵振江教授偶然谈及此事，赵教授说他正巧参加一项中国和拉丁美洲国家经典作品互译工程评审工作并建议我申请该项工程的出版资助。听后立即激起我完成翻译《阿拉乌戈人》激情。不久，我即向该工程办公室递交一份申请。那次会面还曾提及当时智利驻华使馆文化参赞也曾想在其履职期间把《阿拉乌戈人》介绍给中国读者的愿望。

三个偶然使我下定决心拼全力将《阿拉乌戈人》翻译成中文。当然还有一个不可忽视的原因是我曾经作为文化参赞在中国驻智利和西班牙使馆各工作过五年，对这两个国家有浅近的了解和不可割舍的情结。

《阿拉乌戈人》是拉丁美洲殖民地时期最早的一部史诗。在拉丁美洲和西班牙文学史上占有重要地位。作者阿隆索·德·埃尔西亚·伊·苏尼卡，生于马德里。父亲是西班牙的律师，早亡。寡母入皇室充当公主的侍从主管。埃尔西亚随母进宫，成为腓力王子即后来西班牙国王腓力二世的侍童。后在西班牙征服军队中服役，先到利马，后转战智利。1577年前后，埃尔西亚几次参加征服智利阿拉乌戈印第安人的战役，因被阿拉乌戈人英勇不屈的反抗精神所感动，回到西班牙后写

- 译后记 -

成叙事长诗《阿拉乌戈人》。《阿拉乌戈人》全诗共分三部分，三十七歌，于1569、1578和1589年陆续出版。这部作品内容曾被认为有偏袒被征服者的嫌疑，为当时西班牙当局所抵制。

《阿拉乌戈人》叙述的历史是真实的，诗歌第二卷和第三卷的大部分内容是作者亲身经历的事实。我用中药汤剂比喻这部史诗，因为它含有更多的实质。作者依靠这副"草药"的质量和重量提供给史诗以坚实骨架和丰腴膏粱。《阿拉乌戈人》无疑是一部表现人类美丽与丑恶灵魂的伟大工程，它刚直无情地揭露了征服者的残暴与丑恶嘴脸，同时淋漓尽致地塑造了代表阿拉乌戈人的英雄形象。人民英雄永垂不朽！《阿拉乌戈人》出版以来，得到世界著名评论家、如法国文学巨匠伏尔泰的正面评论和肯定。安东尼奥·费来罗[1]在其为1886年出版的《阿拉乌戈人》撰写的前言里写道："在完全掌握充分真实的材料的前提下秉笔直书，妙笔生花，其遣词造句之纯真，其声音抑扬顿挫之艺术效果达到登峰造极的地步。当时的许多诗人和作家对他望尘莫及，埃尔西亚确实已经站在了文艺复兴时代古典西班牙语的前列。"连当时的塞万提斯也在其《堂吉诃德》

---

[1] 安东尼奥·费来罗（Antonio Ferrero del Río, 1814—1872），西班牙历史学家、作家、文学评论家和西班牙皇家语言学院成员。

– 译后记 –

的第六章里写道:"堂阿隆索·埃尔西亚的三卷本《阿劳卡娜》(即《阿拉乌戈人》)可与意大利最优秀的史诗媲美,应作为西班牙诗歌中最宝贵的财富收藏起来。"西班牙阿利坎特大学拉丁美洲文学教授、伊比利亚美洲研究中心主任艾娃·巴雷罗·胡安(Eva Valero Juan,1975 出生)在《重塑埃尔西亚之路》(*Remodelar el camino de Ercilla*)一文中写道:"史诗《阿拉乌戈人》更得到智利本土作家和智利人民的肯定。诺贝尔文学奖获得者加夫列拉·米斯特拉尔、伟大诗人聂鲁达和美洲文化巨匠安德烈斯·贝略对埃尔西亚的人品和作品均予以高度的评价。"这也是激励我翻译《阿拉乌戈人》的重要因素之一。我愿意把以上三位大家对埃尔西亚的品论摘译如下,以飨读者。

诺贝尔文学奖获得者智利女诗人加夫列拉·米斯特拉尔认为埃尔西亚的史诗是道德高尚的诗歌,是具有伦理价值的诗歌,是具有高度美学艺术的诗歌。在 1932 年为《阿拉乌戈人》英文版写的序言中,米斯特拉尔写道:

> 对于西班牙征服者阿尔马格罗那个老家伙来说智利是块遥远而可怕的土地,印第安人是很难咀嚼的一个民族,是最难啃吃的一块硬骨头。从来没有人像埃尔西亚上尉那样带着短暂而有深远意义的远征任务来到这里。没有人能超越作

- 译后记 -

为埃尔西亚·伊·苏尼加上尉的历史使命。西班牙大多数征服军军人来到美洲是为名利而来，是为梦幻敌人而来，是为金银财宝而来。更确切地说是因贪婪而来。埃尔西亚是一位时代军人，他具有古典英雄主义精神，他无时不在寻找智名勇功的机会。但他同时也是一位诗人，他在不停地寻找活生生的诗歌素材。好人埃尔西亚用汗水创作了四百页的诗歌。他完成了自己的劳作。他是一位高贵的士兵，他在一场恶魔般的征服军队中其实只是一块肉，一个普通士卒。然而在这个小卒的肉体和心灵里却蕴藏着一部优秀的史诗。作者像一位技艺高超的石匠那样精雕细琢着这件艺术品《阿拉乌戈人》。他不断地在咀嚼《伊利亚特》和《奥德赛》。他以荷马为楷模，歌唱并讲述野蛮的印第安人。史诗赞美印第安人的高尚，赞美印第安人永远用民族的尊严保卫自己的每一片土地。我们智利人不能小觑埃尔西亚。

伟大诗人聂鲁达在他的诗歌中曾说：

埃尔西亚重新把我们领入到埃尔西亚之路。那是一条对待美洲印第安人的人道主义之路。因其作品和人品，埃尔西亚应被授予"西班牙拉丁美洲史诗神话创始人"的称号。他

– 译后记 –

为文艺复兴时代的入侵者创建了新型的英雄形象。他把这一桂冠给了西班牙人的同时也给了印第安人,等于给了我们智利人。埃尔西亚的心脏是跟不屈不挠的印第安人同步跳动的。

聂鲁达有许多非常著名的文字,是献给埃尔西亚的。在他的《漫歌》里,聂鲁达写道:

> 埃尔西亚用他的《阿拉乌戈人》创造了一种新型的诗歌,以历史和诗歌的意愿使阿拉乌戈战争成为一场永垂不朽的战争。他为阿拉乌戈的民族英雄诸如考波利坎、拉乌塔罗以及阿拉乌戈战争,为阿拉乌戈人民的英雄行为树碑立传。埃尔西亚的《阿拉乌戈人》成为一首歌颂智利的新《漫歌》。

聂鲁达还曾经写过这样的诗句:

> 埃尔西亚,声音洪亮的男子汉,我听到你黎明时的水声,我听到鸟的狂叫声,我同时听到树叶间的雷声。[1]

---

[1] 原文为:Hombre, Ercilla sonoro, oigo el pulso del agua de tu primer amanecer, un frenesí de pájaros y un trueno en el follaje.

- 译后记 -

在史诗《阿拉乌戈人》里几乎处处可以找到智利英雄民族的形象。聂鲁达更把埃尔西亚称为"智利的创造者"和"智利的解放者"。

美洲文化巨匠安德烈斯·贝略认为埃尔西亚的《阿拉乌戈人》是一部壮丽史诗,是一部体裁美妙、堪称经典并打破"荷马模式"的史诗。《阿拉乌戈人》是人道主义、正义、爱国主义、利他主义和热爱自由的完美契合。《阿拉乌戈人》作者的主导意识是高贵的:是对人性的热爱,对正义的崇拜,对爱国主义的慷慨赞赏和对被征服者的坚定勇气的赞扬。作者在毫不吝惜地赞扬西班牙征服者的勇敢和毅力的同时也义正词严地谴责他们的狼贪虎视和残酷无情。应该说诗人没有奉承他的国家而是给他的国家上了一堂生动的道德教育课。贝略认为埃尔西亚的史诗不仅在西班牙和西班牙美洲国家而且在世界许多国家的文学界都产生过深远的影响。《阿拉乌戈人》最大的也是其他史诗所不具有的特点,就是作者在其中扮演一个角色,是其中的一个重要演员,还是一个不会自己夸耀自己的演员。他是亲历者,但没有刻意的主观设计。他的灵魂深处只有历史事实。他叙述亲眼所见,是彻头彻尾的纯粹事实。

本书开始翻译的时间是2016年初。用自不量力、铤而走

- 译后记 -

险、持蠡测海、手足无措、不知所终、茫无端绪等词来形容翻译初始阶段的混沌状态一点儿都不为过。当然,当翻译稿件付梓之时也可用老当益壮、不辞劳苦、搜肠刮肚、不避斧钺、不甘雌伏、不进则退、晕头转向、不堪回首等成语来形容翻译过程和一切都结束之后的状态也恰如其分。

翻译快一半时我也曾有类似史诗作者埃尔西亚那般放弃劳作的想法。因为作品实在太长。但是,当我看到作者差不多用近三十年的时间以坚韧不拔的精神进行创作的情景,我的劳作和艰苦就不足挂齿了,一想到作者有时在战争的间隙趴在小块牛皮上或在旧信纸空档上乃至树皮上坚持写作的呕心沥血精神,我决心无论如何也要完成这一艰巨翻译工程。埃尔西亚在致读者前言中写道:

> 由于忙于参加战争,加之没有足够的工具和时间的限制,不利于写作,我只能忙里偷闲,劳心费力地撰写此书。这本诗作的纪事性和真实性是不容怀疑的。情节虽然支离破碎,但确实是在战争的过程中,在当时当地书写的。许多时候由于缺乏纸张只能是在一鳞片甲的牛皮上书写的,有时是在信纸的空白处写的,因为空白处太小甚至只能写下寥寥数行诗句,之后又花费了我不少的精力把这

- 译后记 -

些一一收集起来。

我要向作者学习。我差不多费时四年夜以继日、五冬四夏地翻译着《阿拉乌戈人》。每天最多翻译二十行左右,有时还达不到。

诗以言志,史以记事。翻译亦如此。《阿拉乌戈人》以中文版本问世实乃一奇事。翻译《阿拉乌戈人》是非常有价值有意义的事。毫不夸张地说这确是一件伟大的工程。

翻译《阿拉乌戈人》于我来说确是一件难度很大的工作。开始翻译《阿拉乌戈人》时早过古稀之年,精力有限。原诗2634首诗歌是标准的八行十一音节诗,其押韵格式是AB、AB、AB、CC。我的翻译采用AA、BA、CA、DA七言押韵叙事格式,类似七律格式但无平仄可言。我翻译的主导思想是要把诗歌的精髓译出来,并不是逐字翻译的那样狭隘,也不是像释义那样宽泛,一些词语我会省略,而有时我也会添加自己的见解。然而,我所省略的是无关紧要的描述,而补充的是我也希望可以轻易从埃尔西亚的感觉中推断而出。埃尔西亚的史诗不是匆匆写就的,它是慢慢完成的。翻译也是如此。交稿的前一天我还在给译稿"涂脂抹粉"。

但翻译难度确实很大,半天时间译不出一首诗是常有的

– 译后记 –

事。我自己不止一次地自言自语说此项翻译于我来说是不自量力。但翻译《阿拉乌戈人》确实是一种有意义的尝试，尤其是此次对用七言排律叙事史诗翻译格式的尝试。关于用中国诗歌传统形式翻译外国严格韵律的古典诗歌，翻译界一直在七嘴八舌，高谈阔论，争论不休。但是，我认为总应该有人尝试一下。本人不算是第一个吃螃蟹的人，因为见到过有人用古诗格式翻译过短诗。但用中国传统诗歌形式，我是说形式或格式，翻译一部长 21,072 行的西班牙史诗我应该算作是第一人。说失败说成功都为时尚早。如今：木已成舟米成炊。白纸黑字已成书。把每句 11 音节，以 AB、AB、AB、CC 押韵的西班牙史诗翻译成中文，使用汉语语言应该有人可以用相应的形式翻译出来，只是取决于译者的汉语和西班牙语水平而已。老实说，我没有完全达到翻译《阿拉乌戈人》应该具有的水平。但把结构押韵都十分严谨的巨篇史诗如《阿拉乌戈人》翻译成散文诗本人也不愿苟同。

最后，本人有一个不得不说的重要问题。那就是如何为这部巨篇史诗翻译书名。长期以来在我国，每当有关文章写到西班牙和拉丁美洲文学史并提到这部史诗名字的时候，一般都冠以《阿劳卡纳》《阿拉卡那》或《阿拉乌卡纳》《阿拉乌戈人》等，不一而足。其实，无论哪种译名都不准确，不足以表明

– 译后记 –

作者的初衷。有人说，这部史诗是献给与作者有特殊关系的国王腓力二世，也有人说是献给一位对作者有救命之恩的阿拉乌戈姑娘，我认为后者的理解符合埃尔西亚的初始意愿，因为史诗的西班牙语原文题为 La Araucana。根据作者亲身经历那段不寻常的故事来判断和西班牙语语法有关定冠词的规则，这里的 La Araucana 应该贴切地直译为"阿拉乌戈姑娘"。这里有一段不得不提的故事。1557 年，当时的西班牙军事统领、智利都督加西亚·乌尔塔多·德·门多萨，为一次战役胜利而举办一次庆祝活动（其中包括化装舞会）正值高潮时，埃尔西亚与一位曾有过过节的名叫胡安·德·比内达（Juan de Pineda）队长发生了冲突。两人同时剑拔弩张向对方示威。戴着舞会假面具的加西亚·乌尔塔多·德·门多萨正好从附近路过，两人躲避不及。加西亚立刻决定把他们二人判处死刑，并决定在第二天凌晨执行。乌尔塔多把自己锁在房间里，不允许任何人说情。几个权贵去求助一个当地少女，据传那个少女与乌尔塔多似有暧昧关系。少女去乌尔塔多那里说情，请求原谅埃尔西亚。乌尔塔多很快改变主意，将死刑改为流放。后来埃尔西亚曾被监禁三个月。事件不了了之。据说，埃尔西亚被羁押并被判死刑，更主要的原因是他曾经以蔑视的口吻说过：加西亚·乌尔塔多是人为提拔的"飙升队长"（当时乌尔塔多

– 译后记 –

的身份还是队长,任命为智利都督是后来的事),因为他的父亲安德烈斯·乌尔塔多·门多萨当时正担任秘鲁总督。加西亚·乌尔塔多这是借机报复埃尔西亚。埃尔西亚在史诗的第三十七歌中的第70首专门提到这次冲突:

> 莫说事件何所终,飙升队长造极刑。
> 我被无端缚广场,险被斩首示公众。
> 莫说长期被监禁,无缘无故遭罚惩。
> 莫说遭受千般罪,活受比死罪孽重。

埃尔西亚不忘这段救命之恩,因为没有那位少女的说情和搭救就没有后来的一切。作者之所以将史诗名称定为"阿劳卡娜"(*La Araucana*),也算是一种深深的报答。如果将这样一部伟大史诗命名为《阿拉乌戈少女》或《阿拉乌戈姑娘》,我认为与史诗内容不符,也不免有失作为一部伟大史诗的庄重。所以,我也将原来拟翻译的书名《阿劳卡娜》改为现在的书名《阿拉乌戈人》。

直至今天,在阿拉乌戈大区的首府、智利第二大城市康塞普西翁市中心仍然竖立着埃尔西亚和那位不知姓名的阿拉乌戈姑娘的雕像。雕像矗立在高15米左右的石柱上,作者的

– 译后记 –

腰身稍稍前倾，一副沉思的模样，身后站着一位身披黑色宽大斗篷右手高举橄榄枝的姑娘。姑娘的形象就是作者提到的救命恩人。无独有偶，值得一提的是2005年，圣地亚哥市政府居然也建立起一座形似康塞普西翁的雕像石碑，石碑的顶部矗立一座雕像。雕像内容居然也是作者埃尔西亚和一位阿拉乌戈姑娘。其主题也是纪念那位阿拉乌戈姑娘对埃尔西亚的救命之恩。

埃尔西亚与阿拉乌戈姑娘

借此出版机会，我衷心感谢我在那里工作二十年的文化部，感谢在文化部的支持下成立的中拉经典互译工程处，感谢为其工作的多位专家、领导及其工作人员，他们为推动中拉文化交流"承包"了一项伟大的工程。在此更应该感谢商务印书馆，感谢

- 译后记 -

为了出版《阿拉乌戈人》的领导和编辑工作人员，尤其应该感谢编辑崔燕女士的辛勤耐心的劳动。是她在第一时间就代表商务印书馆向我表示出版《阿拉乌戈人》的意愿，并在后来做了大量细致的编辑工作。我还要感谢智利驻华使馆，他们慷慨地赞助《阿拉乌戈人》的出版。我还要感谢北京的西班牙塞万提斯学院的有力支持。我更应该诚心诚意地感谢北京大学的博士生导师赵振江教授，是他为我提供翻译信息和鼓励并为我的译文撰写了完美无缺的前言。还应特别感谢我的另一位挚友、文联出版社的高级编审陈福仁同学，是他不厌其烦地把中文翻译稿件做逐字逐句的修改并提出十分宝贵的修改意见。最后我必须感谢我的夫人高颖，是她承担了大量的誊写工作，是她在默默无闻地支持我的工作。

由于中外文水平的限制，诗歌的翻译仍存在许多修改的余地。我深知译稿中可能还存在一些缺陷甚至硬伤。我的译作只能算抛出一块砖头，更确切地说是抛出一块土坯。我相信将来会有更好的译文出现在读者面前。或者再给我三年时间，我再重新翻译一遍。谢谢亲爱的读者。

段继承

2022 年 9 月 29 日

结稿于耄耋之年开始之日